重建与突围：
1980年代小说的家庭叙事研究

Rebuilding and Sortie: Research on the Family Narrative of the Fictions in the 1980s

王 莉 著

中国社会科学出版社

图书在版编目(CIP)数据

重建与突围：1980 年代小说的家庭叙事研究／王莉著.—北京：中国社会科学出版社，2020.6

ISBN 978-7-5203-2936-1

Ⅰ.①重… Ⅱ.①王… Ⅲ.①小说研究—中国—当代 Ⅳ.①I207.42

中国版本图书馆 CIP 数据核字（2018）第 179060 号

出 版 人 赵剑英
责任编辑 慈明亮
责任校对 季 静
责任印制 王 超

出 版 中国社会科学出版社
社 址 北京鼓楼西大街甲 158 号
邮 编 100720
网 址 http://www.csspw.cn
发 行 部 010-84083685
门 市 部 010-84029450
经 销 新华书店及其他书店

印 刷 北京君升印刷有限公司
装 订 廊坊市广阳区广增装订厂
版 次 2020 年 6 月第 1 版
印 次 2020 年 6 月第 1 次印刷

开 本 710×1000 1/16
印 张 14
字 数 251 千字
定 价 79.00 元

国家社科基金后期资助项目

出 版 说 明

后期资助项目是国家社科基金设立的一类重要项目，旨在鼓励广大社科研究者潜心治学，支持基础研究多出优秀成果。它是经过严格评审，从接近完成的科研成果中遴选立项的。为扩大后期资助项目的影响，更好地推动学术发展，促进成果转化，全国哲学社会科学工作办公室按照“统一设计、统一标识、统一版式、形成系列”的总体要求，组织出版国家社科基金后期资助项目成果。

全国哲学社会科学工作办公室

序

王莉女士的学术著作即将出版，嘱我作序，这部著作是在她博士学位论文的基础上加工、修订而成，对此，我还是比较有发言权的，因此，欣然接受，并向她表示祝贺！

岁月如梭，转眼王莉博士毕业已五年了。回想她跟我读博的四年，给我留下了深刻的印象，往事也历历在目。在我的博士生中，她是最优秀者之一，四年苦读，科研上有了长足的进步，博士在读期间，发表论文 8 篇，主持中央高校自主科研基金项目 2 项。同时，又能很好地兼顾工作，读博的第一年，就晋升了副研究员。学位论文的撰写也非常出色，首先是善于独立思考，善于进行自我选题。其次是文学理论基础较好，这可能源于她硕士期间的文艺学背景。再次是博士学位论文答辩受到答辩委员会专家的好评，并被评为校优秀博士学位论文。

回到本书上来。本书是研究中国 20 世纪 80 年代小说中的家庭叙事。正如王莉在“绪论”中所说，家庭是文学中的一个永恒话题。何以如此？因为家庭是以婚姻和血缘为纽带的基本社会单位，是社会最基本的细胞，是最重要、最核心的社会组织和经济组织，也是人们最重要、最基本的栖息场所和精神家园。中国人自古以来就有浓重的家庭观念，家庭成为社会的最基本的组织结构形式，从大家族到小家庭。由此也决定了中国家族书写和家庭叙事文学的繁荣和发展，《金瓶梅》《红楼梦》是中国古代家族小说的源头和辉煌代表。20 世纪中国文学，家庭书写更是一个贯穿性的叙事对象。五四新文学在某种意义上说，就是从家庭叙事开始的，“家”是封建礼教、封建秩序的代名词，是青年人争取独立、民主，以及恋爱自由、婚姻自主的“禁锢者”，是性别不平等的主要场所。鲁迅的第一篇白话小说《狂人日记》就是意在“暴露家族制度和礼教的弊害”。《幸福的家庭》《伤逝》《弟兄》等作品更体现了鲁迅对家庭、爱情、婚姻、事业、兄弟、伦理等问题的深度思考，开启了中国现代小说家族描写、家庭叙事的先河。叶绍钧、冰心、庐隐、凌叔华等“五四”作家也都展开了对家庭的各自书写，揭示出家庭桎酷、父子冲突等普遍性的问题。到了三四十年代，家族书写、家庭叙事的长篇小说迎来了辉煌，巴金的《激流三部曲》《憩园》《寒夜》，老舍的《四世同堂》，林语堂的《京华烟云》，张恨水的《金粉世家》，端木蕻良的《科尔沁旗草原》，路翎的《财主底儿女们》等都是鸿篇巨制和经典之作，展现了鲜活生动的家国春秋。50—70年代，在一体化的文学体制和文学格局中，家庭叙事多以潜文本的形式存在于革命历史小说之中，阶级感情、家族矛盾互为表里，家族叙事和革命叙事双重变奏。《红旗谱》《三家巷》代表着这个时期的成就、特色和局限。新时期以后的80年代，思想解放，观念更新，科学、教育、文学、艺术都迎来了崭新的春天。小说中的家庭书写也迎来了繁荣发展的黄金时期。

本书正是选取了20世纪80年代的小说，尤其是70—80年代之交和80年代前期小说的代表性文本，详尽探讨了80年代小说如何在现代民族国家话语和个人话语的双重规范下建构家庭，对家庭采用了何种叙事策略？小说中呈现出一个什么样的家庭图景？家庭表象有何特点？存在哪些叙事模式？对这些问题，作者都给出了从宏观到微观的详细解答。读完该书，感到作者以恰当的理论，翔实的作品引证和具有说服力的论证，出色地完成了对这一个个问题的阐释，给读者以启发和思考。

在作者来看，20世家中国文学存在着一个“离家—回家”的叙事模式，50—70年代，现代民族国家话语对家庭采用了“改造—借用”的双向建构，而80年代，再度启用血缘家庭表象，将“人性”复归表述为“回家”。到了80年代小说中的家庭叙事，演变成了三种叙事模式：除了“离家—回家”模式以外，又有“寻梦—梦醒”模式和“彷徨—选择”模式。“离家—回家”模式讲述了主人公离家革命、追求理想到回归家庭的故事，标志着民族国家话语对家庭伦理和情感价值的认可。主人公对理想话语的追求表述为“寻梦”，承载着民族国家富强的理想和个人解放的启蒙主义理想，“梦醒”后所显示出来的是日常生活价值的上升和建构理想家庭的新梦想。“彷徨—选择”模式包括婚恋选择和时代选择两个主要内容。可见，80年代小说的家庭书写远较此前的丰富复杂，也更值得深入探讨。

作者力图将本书所着重研究的20世纪80年代小说中的家庭叙事与50—70年代勾连起来，这在第一章中明显看出，这一章展现了50—70年代和80年代小说的家庭叙事的全貌，从而探寻现代民族国家话语在这两个文学史阶段对家庭的不同建构方式，揭示家庭由被改造、被压抑到被赋予拯救力量的变迁。家庭叙事的小说，离不开爱情、婚姻、性别、父子等内容，对此，本书都作了详尽的阐述。比如，爱情、婚姻，从彼岸爱情到此岸婚姻，以及它们和革命、理想、人性、政治、现实、日常的深刻关联，构成了本书的精彩章节。此外，作者对民族国家主体和个人主体所建构的性别话语在家庭、民族、个人三个层面的分析；对作为“社会的血缘性纵贯轴”的父子秩序及其符号象征意义，以及由于经济、社会、文化变革而引发的父子两代人之间伦理、道德、文化的冲突和发展趋势等也都作了精到的分析。最后，作者得出结论：20 世纪 80 年代小说中的家庭叙事，存在着一个“回家”的方向和情结。80 年代前期小说延续了现代民族国家建构过程中家庭叙事的被动状态，民族国家话语对家庭采用了规范—借用并举的叙事策略，家庭表象维持着家国一致的整体性，80 年代中后期，民族国家话语的撤退和消费主义的扩张促成了个人话语与家庭再度联合。家庭表象具有中介性、历史化的特征。

可以说，本书是对程光炜、李扬等提出的“重返 80 年代”的一次积极的回应和具体实践。为什么要“重返 80 年代”？理由很多，首先在于 80 年代的文学创作和批评是中国当代文学史上的重要时段，是创作和批评良性互动的“蜜月”时期，是文学艺术的春天，盛满生机和希望，值得“重返”和深入研究。其次，以往对 80 年代文学的研究，由于时间还没有拉开较长的距离，使得以前解读的成果多是批评、评论而非研究，学理性、历史化、经典的建构等远没有完成。如今，已经过三十余载的历史沉淀，对其的深度研究自然提到日程。“重返 80 年代”不仅是文学界关注的一个热点，而且也是思想文化界关注的一个热点。一些学者重新审视、清理 80 年代的文化现象、文学问题，重读文本，重叙、重释历史，以获得新知，寻找中国当代文学精神的来路，寻找 90 年代以后乃至新世纪文学的立足点，探寻中国当代文学研究的新的学术生长点，推进当代文学研究的学理化、学术化进程，进而深化对整个当代文学的研究。

当然，王莉的这本书还只是对 20 世纪 80 年代小说中的家庭叙事进行的初步研究，虽然，它以爱情、婚姻、父子、性别、叙事模式等为关键词，展开论述，也注重两个年代家庭叙事的比照。但一个时代文学的家庭叙事是非常丰富、复杂的，远没有穷尽，尤其是 20 世纪 80 年代，还可有若干角度和论述空间，包括对家庭叙事作品成败、得失的揭示和价值判断等都有待深入研究。同时，这一课题也是开放的，既可以向上追溯，探讨 20 世纪 50—70 年代小说中的家庭书写和家庭叙事，乃至中国现代和中国古代、近代小说中的家庭书写和家庭叙事。还可以向下延伸，研究 20 世纪 90 年代小说中的家庭书写和家庭叙事，乃至新世纪以后中国小说中的家庭叙事。这样上溯下联，将会获得更为开阔的视野和多项参照系，从而描绘出中国文学从家族叙事到家庭书写的发展轨迹、历史变迁以及基本规律，同时，也自然对包括 80 年代在内的每个时段的文学的家庭叙事有更深刻的认识，因为局部毕竟是整体中的局部，是整体链条中的一个环节，因此，对整体的认识，也是对局部的认识，对整体研究的突破，必然带来对局部认识的深化。王莉是一个比较年轻的学者，我们完全有理由期待她在今后的学术道路上会有更新、更高水平的学术成果！

王卫平

2018 年 7 月 10 日于大连

目　　录

绪　　论

家庭是文学中的一个永恒话题，也是20世纪中国文学中一个贯穿性的叙事对象。鲁迅的《狂人日记》、巴金的《家》在国族寓言解读中确立了“离家立人”的家庭叙事模式，此后“离家”成为中国现代文学一个基本的主题。控诉家族制度罪恶、破坏大家庭的呼声和“出走”的想象明显地受到了现代民族国家话语的规范。离开旧家庭是为了建立一个现代民族国家，建立一个“新中国”。个人从旧家庭中走出来，是为了走向现代民族国家。80年代小说的家庭叙事呈现出告别革命—回归家庭的叙事倾向，将持续了半个多世纪的“离家立人”转换为“立家立国”。个人话语在80年代的复归使家庭面临着民族国家话语与个人话语的双重建构，使80年代小说在20世纪中国文学的家庭叙事中呈现出转折性的意义和特征。遗憾的是，80年代小说对20世纪中国文学家庭主题的延续性和特殊性还没有得到足够的重视。本书选取80年代小说，尤其是70—80年代之交和80年代前期小说的代表性文本，试图探讨80年代小说如何在现代民族国家话语和个人话语的双重规范下建构家庭：对家庭采用了何种叙事策略？小说中呈现出一个什么样的家庭图景？家庭表象有何特点？存在哪些叙事模式？这需要对80年代小说的家庭叙事给出一个由宏观到微观的解答。

一　问题的提出

20世纪的中国家庭是在中国现代民族国家建构过程中被重新建构起来的。民族国家的建构同时意味着一个知识系统的建立，小说成为生产象征符号的重要形式，包含着民族国家对家庭的建构策略。从国家与家庭的角度来阐释小说文本中的家庭才能准确地把握研究对象，因此，本书选取了民族国家文学的研究框架来探讨80年代小说的家庭叙事。这里有必要简单交代一下20世纪中国现代民族国家建构家庭的知识背景。19世纪中叶开始，由于西方殖民者的入侵，中国被动地卷入了现代化和全球化的历史进程。西方的入侵，给中国带来了民族危机的同时，也激发了中国现代民族国家的想象。抵抗西方的严峻现实要求民族国家主体和个人主体的双重建构，二者构成了现代主体的基本内涵，从而产生了民族解放和个人解放的双重现代性主题。民族国家与个人成为20世纪中国文学最重要的两个面向。

反抗西方殖民者侵略的历史性任务，使民族国家主体与个人主体获得了历史正义，而处在国家与个人之间的重要范畴——家庭却因为传统的家族制度的没落而不再占据核心地位。建立现代民族国家的现代性历史任务要求个人发展为现代民族国家意义上的国民，然后将其组织到民族国家的社会结构之中，以获得抵抗西方的资源，但家族制度把个人束缚在家庭之内，横亘在国家和个人之间，阻碍这一历史进程，成为建立现代民族国家的障碍，因而产生了反动性，也因此造就了家庭在20世纪中国现代性进程中被疏远的命运。国家有将个人从家庭中解放出来并组织到现代普遍的同质性的国家之中去的要求，个人有冲破家庭、实现独立解放的要求，国家与个人在对待家庭上形成了共谋关系。国家从外部否定家族制度的政治合理性，个人从内部控诉家庭的黑暗腐朽，内外夹击之下，家族制度的基础松动了。实际上，康有为、吴虞等并不是抽象地否定家族制度，而是因为家族制度在中国社会发生巨大变化的形势下已不适应现代民族国家主义的政治需要。国家、个人、家庭构成了20世纪中国文学重要的意义表述空间。近代以来直到20世纪70年代，家庭都处在国家/家庭二元结构的下方，在小说中呈现为被建构的家庭表象。

本书的核心问题是80年代小说如何在现代民族国家话语和个人话语的规范下建构家庭。80年代小说中的家庭由“五四”小说中离开的对象转换为“立”的对象，由个人逃离之地转换为回归之所，个人回到家庭之中。尽管家庭表象会发生变化，但国家对家庭的建构性没有改变。变的背后存在着一个不变的民族国家叙事规则。本书将从当代文学的家庭叙事、爱情婚姻、性别话语、父子秩序、叙事模式及个案分析等八个章节展开论述。

二 研究的历史与现状

研究者普遍注意到了20世纪80年代家庭小说与以前文学叙事的差别，研究内容开始转换为“告别革命，回归亲情”。1978年卢新华的小说《伤痕》就是从母女关系入手开启了新时期文学。旷新年将《伤痕》解读为一个“离家—回家”的故事①。李新宇论述了80年代文学由回归亲情到反思家庭的变化。家庭继“五四”之后再次成为传统与现代思想交锋的场域。文学热情地讴歌家庭亲情，作家们以真挚的内心情感热情歌唱母亲，歌唱母爱，歌唱被破坏了的家庭亲情。从京夫的《娘》、胡正的《妈妈》、张平的《姐姐》、舒婷的《呵，母亲》，一直到陆星儿的《杏黄色的镇纸》、梁晓声的《母亲》《父亲》。但这些作品实现的却只是对日常家庭场景和家庭亲情的回归，接续起一度遭到异化的家庭观念。随着80年代文学新潮的涌动，文学开始了对传统家庭秩序的批判性反思②。彭子良从结构层面指出这种反思的核心精神是个人本位对家庭本位的冲击，具体表现为夫妻对立、父子冲突、母女冲突、婆媳关系等。他说，所有家庭题材的作品几乎都是采用了破裂的婚姻和变动不居的家庭关系的外观，这似乎还不仅仅是现实生活中婚姻自身的形态，而更主要的是一种有意的设计。借助这种设计，传统的以家庭为本位的文化模式受到了彻底的冲击，而人，首先是独立的“单个人”获得了社会本位意义上的外观③。

对于20世纪80年代小说的家庭叙事，从研究框架和评价标准来看，主要包括启蒙主义和民族国家文学两种研究框架。大多数研究者以个性解放、现代人格、主体性、民主文明等五四时期建立的、经80年代人道主义思潮接续的启蒙主义立场来研究小说中的恋爱、婚姻、家庭，将研究的焦点集中在婚恋观和家庭伦理关系上，把家庭当作80年代传统与现代观念交锋的场域，研究内容包括娜拉出走、父子—母女冲突、婆媳关系等家庭伦理关系。

（一）启蒙主义视域下的研究

20世纪80年代家庭小说研究在内容上延续了现代小说所开启的父子冲突、娜拉出走、婆媳关系等家庭关系。可以说，传统与现代的冲突是20世纪80年代家庭小说的总主题，表现在个人与家庭、女性与家庭、长者与幼者在价值观念、道德观念、思维方式、行为习惯等方面对立与冲突。研究者主要从伦理层面入手来思考家庭小说所蕴含的思想。研究者对婚姻问题给予了更多的关注，这方面的研究又集中在女性在婚姻家庭之中的生

---

① 旷新年：《20世纪中国文学与个人、家、国关系的重建》，《常熟理工学院学报》2006年第3期。

② 李新宇：《传统家庭秩序的崩溃与重构——新时期文学的伦理观念考察》，《齐鲁学刊》1996年第5期。

③ 彭子良：《裂变与对立——论新时期文学中家庭观念的嬗变》，《文艺评论》1989年第6期。

存状态、精神状态。这与中国家庭之中的女性长期以来得不到与男性平等的地位，牺牲奉献、委屈压抑的传统角色和生活方式有关，与渗透进中国人血脉中、心灵里的男尊女卑、男主外女主内的文化心理沉积有关。研究者还抓住了改革开放新时期带来的经济关系变化对家庭的影响，提出了经济利益之下新旧道德的冲突、经济地位与家庭地位等问题。80 年代小说对女性婚姻家庭的思索与批判，与五四时期对娜拉出走的主题是一脉相承的。从成果数量上看，父子冲突、婆媳关系的研究数量明显少于娜拉出走的数量。

研究者大都肯定和赞赏“新时期的娜拉”冲破婚姻家庭束缚、追求自我价值的独立意识和勇敢执着的精神。陈娟认为，80 年代第一篇打破禁区写爱情婚姻的是刘心武的短篇《爱情的位置》，小说将争取婚姻自由与政治批判的主题紧密结合。紧接着一批受读者欢迎的中篇小说从时代与社会的变异中表现苦难磨砺的爱情及情操，如《天云山传奇》（鲁彦周）、《三生石》（宗璞）、《人到中年》（谌容）。她还指出，对现代婚姻现状的思考及对未来文明婚姻的追求，是新时期这一创作领域内最有生命力以及最富有历史意义的主题。其中女作家起着先锋作用[①]。程文超、李新宇、段崇轩等对女作家的婚姻家庭小说给予了高度关注，将焦距对准张洁、张抗抗、张辛欣、谌容等女作家，王安忆、陆星儿也备受关注。普遍认为张洁是 80 年代女性作家用小说反抗传统家庭观念的第一人。程文超在《也谈女作家笔下的爱情、婚姻、家庭问题》一文中指出：当张洁大胆而响亮地发出了“爱，是不能忘记的”呐喊之后，女性情感在这一敏感点上爆发了。爱情、婚姻、家庭问题成为女作家们一直最为关注的问题之一，他敏锐地指出，较之男作家，她们在这方面的作品更多，影响更大，成就更显著。她们的一系列作品都表现出富有个性意识的求爱感[②]。李新宇在《从天国到人间的回归与迷失——论近年文学作品中爱情的世俗化倾向》中认为，进入当代社会之后，女性在政治经济上得到了很大程度的解放，但在家庭生活中，传统观念仍然像沉重的枷锁扼制着她们的生命。因此，新时期的女作家对此大声疾呼，举起了她们反抗的旗帜[③]。陈宏在 20 世纪中国文学的视野内关照“娜拉现象”。历史前进到 20 世纪 80 年代，中国娜拉们仍然处在对女性彻底解放和完全实现女

① 陈娟：《新时期的婚姻伦理小说》，《社会科学》1992 年第 10 期。

② 程文超：《也谈女作家笔下的爱情、婚姻、家庭问题》，《文艺评论》1987 年第 6 期。

③ 李新宇：《从天国到人间的回归与迷失——论近年文学作品中爱情的世俗化倾向》，《文艺争鸣》1991 年第 1 期。

性自我价值的新的探索和追求之中。历史条件和时代背景不同了，但探索的主题仍然在延续，追求的最终目标仍然未变易。研究者放弃了单纯的道德评价，承认爱情与婚姻的适度分离，肯定了女性冲破无爱婚姻的束缚，追求美好爱情的勇气。张洁的中篇小说《方舟》中的三位女主人公曹荆华、柳泉、梁倩，作为具有现代女性风采和经过"思想解放"洗礼的新一代娜拉，就是继续着这种探索和追求的代表性人物形象[①]。李新宇认为张辛欣的《在同一地平线上》向人们透露了中国不满足于依附地位的女性在文学中的崛起。他进一步揭示了女性反传统的极端倾向，由于现代社会中女性传统角色的断裂，新时期的女性文学展示了另一方向：以离异、独身、同性恋为特征的女性摆脱了妻子和母亲身份，追求着一种超然的生活处境[②]。段崇轩重点探讨了谌容的家庭小说《懒得离婚》《人到中年》《错，错，错!》和《献上一束夜来香》，认为在谌容的小说中深含着一种浓重的悲剧人生意识和无力抗拒人生命运与现实环境而滋生的诗化人生意识[③]。

80 年代的家庭题材小说接续了"五四"父子冲突的主题，重新审视父子关系，呼唤幼者本位的现代伦理观念，重建父子伦理秩序。这一时期的小说研究发现了贯穿于 80 年代小说的"审父""弑父"情结。有影响的作品有韩少功的《西望茅草地》、张贤亮的《灵与肉》、方方的《风景》、余华的《在细雨中呼喊》等。从 80 年代中期开始，父亲的形象开始被改写和颠覆。褪掉了"红色父亲"身上耀眼的党性光芒，还之以有血有肉有缺陷的人性；对生身之父形象重新塑造，抽去了伦理观念中父亲的诸多优秀品质，而赋予了他人类的种种局限性，刻画了有悖于传统甚至近于丑恶的父亲形象[④]。莫言的《红高粱》一开头，叙述人就以那种"无父无君"的语态直呼"我父亲这个土匪种"，表现了一种完全异于传统的态度。王蒙的《活动变人形》等作品写父亲的无能，使父亲的形象在儿子眼里不再是英雄。李新宇认为，从 80 年代后期开始，父亲的形象迅速变得面目可憎，父与子的冲突成为敌对性的，子辈开始以前所未有的形式反抗父亲的

---

① 陈宏：《女性解放路向选择的经典模式：20 世纪中国文学家庭叙事中的"娜拉现象"通观》，《江汉论坛》2004 年第 12 期。

② 李新宇：《传统家庭秩序的崩溃与重构——新时期文学的伦理观念考察》，《齐鲁学刊》1996 年第 5 期。

③ 段崇轩：《悲剧人生和诗化人生的冲突——评谌容的家庭系列小说》，《当代作家评论》1989 年第 1 期。

④ 徐越：《父父子子——80—90 年代初文学作品中的父与子》，《安徽文学》2007 年第 9 期。

权威。甚至在很多作家的文本中，父亲被彻底放逐。特别是先锋作家的作品中明显存在着弑父情结。在余华的《往事如烟》《四月三日事件》《在细雨中呼喊》、苏童的《狂奔》《我的帝王生涯》《米》、北村的《施洗的河》、林白的《大声哭泣》、王朔的《我是你爸爸》《动物凶猛》、叶兆言的《青春无价》、洪峰的《瀚海》等作品中，父亲大多已无长者的仁慈怜爱、高尚正直，往往卑鄙龌龊、狡诈阴险、专横自私，是扼杀儿子的魔鬼或帮凶[①]。80 年代的父子冲突超越了文化批判直达人性反思的层面，对长者本位的反抗意义显而易见。蔡翔提出了父子冲突的根本问题：在中国文学中“父亲”和“儿子”究竟处在怎样的一种模型之中。他对比了西方文化的弑父情结与中国的神话，认为与西方儿子最终战胜父亲不同，中国父亲是最终的胜利者，他具有不可摧毁的绝对权威性，这正是中西文化的根本不同。他进而认为儒家文化是一种父亲文化，它的代价是儿子们从此失去了自由意志，并在道德上否定了向父亲挑战的可能。80 年代家庭小说在父子问题上重新开始了对“父亲”的反思与批评，更加知识分子化，或者说更加意识形态化。从王蒙的《活动变人形》、张承志的《北方的河》到洪峰的《葬礼》，父子关系经历了审父、征服到无视的变化。洪峰消解了父与子的关系，也即消解了神圣与卑琐、理想与现实、此在与彼岸的差别[②]。

母女冲突与父子冲突都属于代际冲突，同时由于性别因素和女性在传统与现代冲突之中的独特角色，母女冲突显示出不同于父子冲突的自身特点。许多研究者都发现了 80 年代家庭小说由“尊母”到“弑母”的变化。“弑父”行为通常由男作家实行，“弑母”则多由女作家完成。谈凤霞从女性作家的童年视角出发，分析了 20 世纪 80 年代家庭小说中母女关系和母亲形象的嬗变。20 世纪 80 年代，在神话解体的时代，年轻的女作家以解除一切禁锢的目光来审视之前陈旧的文化符将母亲从“神”到“女人”甚至“坏女人”逐步还原，而对母亲生命的认知方式、程度和态度则映现着女儿自我建构的状况[③]。向颖发掘了“母亲”这一角色“原型”化的原因：母性不再是作为人之本能的抒发，而是一种由社会环境决定的特殊行为。温暖、无私、伟大，这种类型化的特征在此种母女关系中，早已不见

① 李新宇：《传统家庭秩序的崩溃与重构——新时期文学的伦理观念考察》，《齐鲁学刊》1996 年第 5 期。

② 蔡翔：《父与子——中国文学中的“父子”问题》，《文艺争鸣》1991 年第 5 期。

③ 谈凤霞：《朝向母亲镜像的认同危机——当代女性作家童年叙事中的母女关系论》，《江淮论坛》2008 年第 3 期。

了踪迹，取而代之的是，自私、冷漠、无情[①]。而石万鹏认为80年代女性写作还没有进入对女性文化自觉吁求的阶段，因而对母女关系进行自觉的、有意识的探求的文本还没有出现[②]。从研究程度与成果来看，母女冲突的研究要略逊于父子冲突；与娜拉出走相比，母女冲突的研究更显平淡和单薄，值得发掘之处还有很多。

在父子、母女、婆媳三种代际冲突之中，婆媳关系最微妙最复杂，然而得到的研究最少。研究80年代小说中婆媳关系的成果只散见于一些文章中，发掘也不深，多是初步的文本层面的研究。刘冬梅运用女性主义理论分析了80年代小说中的婆媳关系。两代女性的对立已不限于“恶婆婆”欺压“好媳妇”这一固定模式，作家开始反省作为文化创造者之一的女性自身（婆、媳）的缺陷，发掘被掩埋的女性经验，追求人性完满和两性和谐共处[③]。张丹丹从不同角度对婆媳关系文本进行了细致的解读：从门户之见的传统观念分析了达理的《无声的雨丝》，婆婆只考虑媳妇纹纹能为婆家带来什么，而从不考虑自己能为媳妇做些什么，媳妇在这个家庭里并不是有着平等地位的家庭成员，完全沦为了工具和附属品；从“组织”的角度看陆文夫的《井》，婆媳关系的走势依赖于政府选择站在哪一边的立场上，获得了工人阶级身份的婆婆自然掌握了主动权；经济独立并不能必然带来妇女解放，只有全社会都认可了这一观念，并且在各个领域都得到强有力的贯彻，男女平等才真正有望实现。从文化转型的角度解读李陀的《七奶奶》，敏锐地捕捉到了文化转型所带来一种特殊的婆媳冲突类型。代表现代生活方式的炊具煤气罐给用惯煤球炉的七奶奶带来了巨大的恐惧，从而引发对媳妇的无限猜疑与愤恨。除了现有的伦理、社会方面的文本研究，还可以从人性、心理、女性、文化、政治等多种角度来研究婆媳关系，值得研究的问题还很多，研究空间还很大[④]。

硕士、博士学位论文中也有许多家庭小说方向的选题。硕士学位论文选题非常具体，在时间上更多地关注20世纪末和21世纪初的作品，讨论了“围城”中的女性面临的家庭婚恋问题，新时期以来中国小说中婆媳关

---

① 向颖：《异化与重塑——论当代女性写作中的母女场景》，《文学界》（理论版）2010年第5期。

② 石万鹏：《论“五四”以来女性文学中母女关系的写作》，《山东社会科学》2000年第6期。

③ 刘冬梅：《从“婆媳冲突”的文学阐述看20世纪中国女性文化语境的变迁》，《理论与创作》2001年第4期。

④ 张丹丹：《新时期以来中国小说中婆媳关系的叙事及其所反映的社会文化内涵》，硕士学位论文，北京语言大学，2007年。

系的叙事，中国现当代女性文本中的母女冲突等问题。涉及了家庭小说的主要方面，能够在20世纪中国文学的大背景中审视所关注的问题，表现出了较为宽阔的视野和文学史意识。博士学位论文的选题容量和时间范围都要宽一些。郝军启的博士学位论文《1980年代小说的家庭伦理叙事》对80年代小说的家庭伦理关系进行了全面研究，指出了作家们对家庭伦理现象的认识有着在时代潮流影响下的共通之处——这个阶段初期的小说对于“极左政治”破坏家庭伦理亲情的控诉，对子辈由向血缘亲情的回归再到反叛过程的历时性描述，对爱情由呼唤到怀疑的态度等。同时从现代性的视角看到了作家们对家庭伦理现象有着不同甚至相反的认识并对一味赞美家庭伦理的倾向进行了批判：“作家们对有些作家在叙事中对家庭伦理缺乏理性的审视，对明显失去现代合理性的家庭伦理现象仍持赞美的态度。由于理性审视意识的缺乏，有的小说即使是对家庭伦理中某些落后方面的批判也多出于刺激反映式的本能性表现，而缺乏对这种落后的家庭伦理现象的深层反思。这就造成了小说批判力度的不足和批判深度上的欠缺。”指出了这一特定阶段小说创作存在的问题。传统家庭伦理所具有的强大吸附力，使得有些作家在对其表现时总是在传统伦理亲情和现代伦理理性之间游移徘徊①。

与激烈地反传统、激赏女性冲破束缚追求个性独立的倾向相对，面对婚姻之外的爱情吸引，克制自己、保持婚姻完整的东方女性同样得到了赞赏。这类研究体现了中国传统文化的顽强而稳固的力量。一些研究者肯定了陆星儿《美的结构》对传统道德的表现②。蔡翔认为，在“审父”的同时，当代文学亦存在一种“认同父亲”的创作倾向。在《人生》《鲁班的子孙》等小说中，“道德老人”的形象再度出现，小说家在现实的道德困惑中重新回到了“神圣的传统”，诸如忠、孝、节、义、信，等等。“道德退化论”的观念导致了小说中父亲形象的温情复活，这股创作思潮一直若隐若现地延伸着③。与“弑父”情结相反，张承志的小说里存在着一个“寻父”主题。孙先科认为，儿子对神性化的自然父亲和英雄父亲的寻找，把父亲放在只能仰视的至尊位置上，以此填补世俗世界精神导师的缺席④。对东方女性和理想父亲的寻找与呼唤，表明了80年代家庭题材小说研究

① 郝军启：《1980年代小说的家庭伦理叙事》，博士学位论文，吉林大学，2009年。
② 陈娟：《新时期的婚姻伦理小说》，《社会科学》1992年第10期。
③ 蔡翔：《父与子——中国文学中的“父子”问题》，《文艺争鸣》1991年第5期。
④ 孙先科：《父子之情与国家公义：王蒙小说中“大义灭亲”的故事原型及其意义阐释》，《河南大学学报》2010年第6期。

在传统与现代之间的摇摆。

启蒙主义视域下的研究取得了很多实绩，探寻了80年代家庭题材小说研究的基本路径，形成了娜拉出走、父子冲突、母女冲突、婆媳关系等基本研究内容，在赞赏年轻一代、女性冲破家庭束缚争取独立方面取得了普遍共识，但也存在一些问题。

1. 研究所涉及的作品影响不一，界限不清

80年代家庭小说涉及的作品有的影响很大，如《爱，是不能忘记的》《方舟》《祖母绿》《被爱情遗忘的角落》《在同一地平线上》《我们这个年纪的梦》《三恋》《人到中年》《懒得离婚》《错，错，错!》《绿化树》《男人的一半是女人》《人生》等作品发表后就引起热烈的讨论和争议，其后对这些作品的研究一直延续下来，几乎每篇讨论80年代婚姻家庭小说的文章都会提到，出现的频率最高，研究也最深入。影响稍弱一些的作品如《锁链，是柔软的》《挣不断的红丝线》《流泪的红蜡烛》《井》《美的结构》《冬天的童话》《心祭》《衰与荣》《夜与昼》等，也得到了分析和比较；《女性三原色》《铁轨，伸向远方》《远去的冰排》《爬满青藤的木屋》《前妻》等，也表达了对婚姻爱情的新感受新思考，但影响力不如前面提到的那些作品，在读者中影响不大。就体裁来说，中短篇研究较多，长篇研究很少，只有《活动变人形》《玫瑰门》等进入研究视野。这当然与长篇数量少的创作情况有关，但《穆斯林的葬礼》《人啊，人》等有关家庭叙事的优秀长篇，现在的研究对这些作品的关注远远不够，应该从家庭叙事的角度阐释出这些作品的内在品质和精神。无论从影响力还是体裁来看，80年代的家庭小说究竟包括哪些作品，现有的研究成果并没有给出相对明晰的界限，这表明研究对象没有从整体上得到关照，影响了家庭小说研究的推广，当然这也给出了今后研究的方向。

与家庭小说内部界限不清相比，家庭小说与家族小说的分野非常明确。《古船》《白鹿原》《第二十幕》《家族》《红高粱》《旧址》都在讲述一个家族的历史，所以，家庭小说研究不把这些作品划进来是正确的。当然，在一些研究内容上二者也有彼此交叉的情况，如“父子冲突”研究里，《红高粱》常常作为父亲形象坍塌的一个例证，但总体上家庭小说与家族小说的分野是清楚的：首先，家族大于并包括家庭。其次，家庭小说关注家庭内部成员的关系，个人与家庭、家庭与时代的关系，人性在家庭中的表现，重在共时的书写；家族小说关注家族的历史，兴衰变迁，重在历时的叙述。曹书文近年来重点关注的就属于当代家族小说

研究[①]。

2. 研究框架相对单一，有待拓展

从研究框架和成果看，大多研究都在传统与现代的框架内讨论80年代家庭小说。作品论居多，分析人物、主题、思想；少数研究含有作家论、发展论的因素。段崇轩分析了谌容的生活经历对作品的影响，陈娟比较了张洁、张抗抗和谌容的创作和作品特点，李新宇论述了80年代家庭小说体现的婚姻家庭观念由神圣纯洁到世俗琐碎的变化，石杰透过知识分子婚姻家庭小说反叛无爱婚姻的表象，看到背后深层的传统文化内涵和悲剧性。蔡翔深入到上古神话时期，在中国传统文化内部追溯了中国文学中父与子的复杂关系。以上成果是80年代家庭小说研究中的优秀者，研究者都是在传统与现代的冲突框架内取得这些成果的。在肯定成绩的同时，也要看到这一框架的局限，停留在对人的独立、自由、价值的反复论证上而难有进一步的推进。这时，新的研究框架的建立就显得非常必要。

3. 内容研究拥有绝对优势，形式研究薄弱

80年代家庭小说的研究主要集中在思想研究，研究成果大多都是这方面的。艺术形式的研究就薄弱得多，一般都是内容研究之余提上几句。段崇轩在讨论谌容家庭小说创作那篇论文的最后一部分提到，小说突破传统现实主义，用意识流的手法表现主人公的内心世界[②]。徐越指出儿子对于父亲的挑战不仅体现在文本的内容上，还体现在文本的叙述视角上。有很多表现"父与子"的小说都采用的是"儿子视角"，儿子掌握着话语的主动权，通过儿子的视角来审视父亲。相对于第三视角而言，这种"儿子视角"的叙述方式，限制了"父亲"形象的展现空间，一定程度上协助了儿子对父亲形象的解构与颠覆[③]。在现代派、先锋小说研究中，大异于传统现实主义的叙述手法和结构、语言等形式因素受到关注，但这是由于这类作品本身就是以形式的特别在传统的背景上脱颖而出获得新质而并非研究者对家庭小说的艺术形式产生了兴趣。

此外，从成果类型来看，论文数量大大多于专著，目前还没有关于80年代家庭小说研究的专著。总之，80年代家庭小说研究无论从廓清研究范围、突破研究框架、发掘新的理论资源，还是艺术形式的探讨都还有很大的研究空间。

---

① 曹书文：《中国当代家族小说研究》，中国社会科学院出版社2010年版，第1—5页。

② 段崇轩：《悲剧人生和诗化人生的冲突——评谌容的家庭系列小说》，《常熟理工学院学报》2006年第3期。

③ 徐越：《父父子子——80—90年代初文学作品中的父与子》，《安徽文学》2007年第9期。

（二）民族国家文学视域下的研究

为数不多的研究者把小说中的家庭放在民族国家文学框架下来研究，他们是刘禾、旷新年、戴锦华、李杨、贺桂梅等。人数虽然不多，但在启蒙主义之外开创了一个新的研究框架，跳出了男男女女、父父子子的伦理窠臼，把家庭放在国家、家庭、个人的范畴之中来审视，研究的视野和格局比较宏大，思路和观点也令人耳目一新。

1992 年，刘禾提出了“民族国家文学”的概念，她说：“‘五四’以来被称之为‘现代文学’的东西其实是一种民族国家文学。”[①] 明确要求揭示现代文学同现代民族国家之间的关系。研究者以现代文学、50—70 年代文学为研究对象发掘了民族国家文学与家庭之间的叙事关联。旷新年在《民族国家想象与中国现代文学》一文中借用詹明信“国族寓言”和刘禾“民族国家文学”的概念，把鲁迅的《狂人日记》和巴金的《家》当作现代民族国家的“寓言”，由此建立了现代文学中的“家”与现代民族国家话语的联系。他发掘了现代文学中的大家族被现代民族国家话语规范的命运，不仅建立现代民族国家是现代文明的标志，而且也是适应现代世界生存的需要，传统的家族制度和道德礼教已经成为了建立现代民族国家的障碍，个人与国家在对家庭的批判中构成了一种同谋的关系[②]。旷新年把现代文学描述为一个批判家庭的过程，明晰却失之简单，国家与家庭的关系并非是单向度的。戴锦华敏锐而深刻地看到了“中国”作为一个现代民族国家，“对中国传统家庭存在着一个双向的文化建构过程：一边是‘岳母刺字’式的尽忠、尽孝或杨家将式的‘忠烈满门’，已由‘民族主义原型’成功地转化为现代‘爱国主义传统’，于是，家庭与民族的表述便在这一重新建构的传统联系中获得了新的融合；另一边是工农兵文艺成功地将阶级仇、民族恨转换为叙述中的家族血仇。因此，家族/血缘在阶级/血缘的层面获得了再度认可”。[③] 戴锦华揭示了国家对传统家庭的另一个向度：借用。动摇的是传统家族制度，借用的是传统家庭伦理的精髓——忠孝和民间家庭话语。国家在伦理和话语两个层面上对传统家庭资源进行了借用和改造，用家庭之旧瓶装现代民族国家之新酒。李杨对红色文学经典进行了再解读，认为《红旗谱》体现的恰好是这种“传统”“现代”之间

---

① 刘禾：《文本、批评与民族国家文学——〈生死场〉的启示》，唐小兵编《再解读：大众文学与意识形态》，北京大学出版社 2007 年版，第 1 页。

② 旷新年：《民族国家想象与中国现代文学》，《文学评论》2003 年第 1 期。

③ 戴锦华：《隐形书写——90 年代中国文化研究》，江苏人民出版社 1999 年版，第 215—217 页。

双向运动的叙事策略，将一个抽象的关于“阶级斗争”的现代性命题寄生在一个传统的“家族复仇”的伦理叙事框架中[①]，指出传统血缘/家族与阶级斗争之间的冲突是这一时期小说的基本主题。以上三位学者把贯穿于现代文学、红色经典之中的家庭主题与现代民族国家话语联系起来，建立起了国家、个人、家庭的批评话语空间，将国家与家庭的现代性关系描述为“革命伦理”建构“家族伦理”的过程，揭示了国家对家庭改造与借用的双向建构关系。

以往的研究对现代文学、红色经典中民族国家对家庭的建构进行了较为深入的阐释，对于80年代文学的家庭建构略有涉及。贺桂梅在著作《“新启蒙”知识档案：80年代中国文化研究》中将人道主义话语与家庭表象联系起来考虑，指出了80年代小说家庭叙事研究的价值与意义空间。“70年代后期、80年代初期的人道主义话语，主要在家庭领域或借助于家庭这一表象，来成功地建立其表述。但是这一层面的内容在当代文学研究界，并没有得到深入讨论。……考察‘人性’话语如何具体地呈现为与‘家’相关的制度性关系，也是将80年代历史化的努力之一。”[②] 戴锦华认为80年代对家庭（血缘或核心的）表象再度重视的现象本身就是对阶级论与集体主义的一次反拨[③]。旷新年把“伤痕文学”的代表作《伤痕》解读为“离家—回家”的故事。小说前半部分讲述的是一个“离家”的故事：主人公王晓华是一个“林道静”式的人物，为了保持革命的纯洁性而与家庭决裂，同“戴瑜”式的人物——母亲划清界限。小说的后半部分则是一个“回家”的故事。由此，旷新年认为《伤痕》成为20世纪对于个人、家、国叙事的一个重要转折和新的重写的起点。而这一点长期以来被忽视了[④]。贺桂梅对《伤痕》这个80年代家国叙事的代表性文本给予了同样的重视，认为《伤痕》事实上完成了两个层面的叙述，即一方面以母女血缘关系的被破坏，控诉阶级论的荒谬；而同时，则以一对恋人的结合（王晓华和小苏），昭示新秩序的建立。她指出，80年代初“人性”的表达落实于关于“家”的叙事当中，强调了人道主义话语对“家庭”表象的秩序建构性的重要意义。“如果说‘五四’时期的人道主义话语将‘人’

---

① 李杨：《50—70年代中国经典文学再解读》，山东教育出版社2006年版，第59—63页。

② 贺桂梅：《“新启蒙”知识档案：80年代中国文化研究》，北京大学出版社2010年版，第78—79页。

③ 戴锦华：《隐形书写——90年代中国文化研究》，江苏人民出版社1999年版，第217页。

④ 旷新年：《20世纪中国文学与个人、家、国关系的重建》，《常熟理工学院学报》2006年第3期。

从传统宗族秩序当中解放出来，是为了将其组织到现代民族国家的新秩序当中，那么，80 年代的人道主义话语则通过将‘人’从国家机器的直接控制之下解放出来，‘归还’给隶属‘私人空间’的家庭的方式，形成一种新的制度性组织形式。”这种观点和表述方式与旷新年对现代文学家国关系的表述如出一辙。她进一步指出：“80 年代的人道主义话语在何种意义上扮演着‘解放者’的角色的同时，揭示出其确立了怎样的‘秩序’，正是呈现人道主义话语的意识形态功能的关节点所在。”①

以上分别概述了启蒙主义和民族国家文学两种研究框架中的 80 年代家庭题材小说研究状况。启蒙主义框架内的研究取得了很多实绩，厘清了 80 年代家庭题材小说研究的基本路径，形成了娜拉出走、父子冲突、母女冲突、婆媳关系等基本研究内容，取得了赞赏年轻一代、女性冲破家庭束缚争取独立的普遍共识，为 80 年代小说的家庭研究奠定了坚实的基础。但这种研究的弊端也非常明显，其研究视角停留在 80 年代内部，而 90 年代以来中国社会市场化和全球化的变迁及传统文化的复兴对 80 年代启蒙主义、人道主义的批判性提出了质疑，启蒙主义的评价标准本身成为问题。

因此，80 年代小说的家庭叙事需要建立新的视角，寻找新的研究框架。“民族国家文学”就是这样一个适合于 80 年代小说的家庭叙事研究的框架。研究运用的方法和理论资源与以往不同，冲破了以往研究所遵循的传统与现代冲突的研究框架，即 80 年代家庭小说接通了五四新文学“立人”的理念，反对传统，追求人的独立、自由、价值，开辟了 80 年代家庭小说研究的新思路，开拓了这一研究的新领域，为今后的研究带来新启示。旷新年、李杨、戴锦华等的研究揭示了现代文学、红色经典存在的家国模式以及民族国家对家庭改造—借用的双向建构关系，为 80 年代小说的家庭叙事研究给予方法和路径上的启迪。对于 80 年代文学，刘禾曾用略带犹疑的语调指出：“也许，80 年代文学的最大功劳就是对民族国家文学的反动。”② 事实上，80 年代前期，尤其是 70—80 年代之交的文学创作仍旧在民族国家文学的轨道里运行，只是将个人和家庭还原为民族国家崛起的积极因素，80 年代中后期发生了现代主体由民族国家主体向个人的位移，民族国家主题后撤之后，个人话语如何建构家庭成为新问题。现有的

---

① 贺桂梅：《“新启蒙”知识档案：80 年代中国文化研究》，北京大学出版社 2010 年版，第 79 页。

② 刘禾：《文本、批评与民族国家文学——〈生死场〉的启示》，唐小兵编《再解读：大众文学与意识形态》，北京大学出版社 2007 年版，第 17 页。

研究恰恰对民族国家话语和个人话语如何在80年代小说中建构家庭缺乏足够的关注，这使得20世纪中国文学的家庭主题研究缺少一个重要的环节。旷新年、贺桂梅对这个论题提出了有价值的问题，但没有进行深入的研究，这使得研究80年代小说的家庭叙事成为必要。

三 研究价值、思路和基本内容

80年代小说与当下文学现实相隔30年，已经逐渐脱离文学批评的领域而进入文学史考察的范围。当然，由于相隔时间不长，它仍然具有向批评开放的特点。本书以“80年代小说”为研究对象，具有文学史的价值和意义。80年代在中国当代历史上占有特殊的地位，80年代小说在中国当代文学史上同样占有特殊的地位。在改革开放和思想解放的大背景下，新启蒙的思潮和商品经济的大潮冲击了中国大地的每个角落，家庭作为社会生活的基本单位最鲜活最细微地体现了中国人日常生活和价值观的剧变。而80年代小说中的家庭叙事呈现出了告别革命—回归亲情的基本叙事模式，既带有家庭革命化的叙事痕迹，又体现了改革时期家庭理想化、矛盾化的叙事特点，是中国当代文学史上带有两个特殊时代印记的家庭文本，具有重要的文学史价值。时隔30年，在民族国家文学视域下，系统阐释80年代小说的家庭叙事，不仅有文学史的研究价值和意义，而且也为80年代文学研究提供了新视角。

80年代小说的家庭叙事如何被纳入到80年代的民族国家想象之中是一个有意味的问题。本书选择了家庭叙事作为具体的论题，从遭到宏大叙事遮蔽和忽略的家庭来切入，可以更清晰地发掘80年代主流话语在小说中的建构作用。在研究视角上避免陷入家庭伦理视角的局限，将家庭叙事与现代民族国家建构联系起来考虑无疑是个超越性的选择，扩展了家庭主题的研究空间。采用话语外部建构与家庭内部视角相结合的方法，跳出家庭伦理关系的局限，从家国关系之中看待家庭叙事，这将对80年代小说的家庭叙事有一个全新的透彻的认识；同时通过家庭中个人的位置和视角揭示出80年代小说家庭叙事的建构性，分析代表性文本中遭受压抑、控制的因素，从而发现文本的缝隙、破绽和矛盾，以非本质化的方式实现对80年代文学的重返。研究方法上注重文化研究与文学研究相结合。文本解读方面借鉴了“再解读”的方法，在文学史描述上借鉴了洪子诚“回到历史情境”的“非本质”研究思路和程光炜“重返80年代”的研究理路。这些文学史观念和方法对于80年代小说家庭叙事的研究很有借鉴意义。

除绪论、结语外，本书共分八章展开论述：

第一章阐述80年代以前及初期小说家庭叙事的概貌，探寻现代民族国家话语在这两个文学史阶段对家庭的不同建构方式，揭示家庭由被改造、被压抑到被赋予拯救力量的变迁。家庭在80年代小说中成为“人性”复归之所，并通过“祖国”的叙事转换建立了国家、家庭一致的家国新秩序。分析了家庭表象所具有的中介性和历史性特征。

第二章剖析爱情与婚姻的话语性。80年代小说中的爱情故事承载着革命、理想与人性的意义形态内涵，“理想的爱情”一个重要内容是服从国家利益，主人公把个人的爱情与爱祖国联系起来，爱祖国、建设祖国是选择恋人的重要标准，核心家庭同心同德建设祖国是小说叙事建立的家国秩序。只有在爱祖国的前提下才能获得叙事的合法性。婚姻则与政治、现实、日常生活密切相关，彼岸爱情和此岸婚姻呈现出民族国家话语对家庭的建构由理想向现实降落的特点，与此同时个人话语与家庭再度联合。

第三章分析民族国家主体和个人主体所建构的性别话语在家庭、民族、个人三个层面的叙事策略。80年代小说将男性塑造为民族国家的主体，女性作为男性的追随者、依附者而存在，但80年代的女性在参与民族国家主流话语的同时，从未停止性别的突围，特别是从家庭中走出去，在家庭之外的空间寻找女性的主体性，对家庭表现出认同与批判的双重选择。

第四章分析作为“社会的血缘性纵贯轴”的父子秩序及其符号象征意义。80年代小说以父子关系来表述新时期新秩序的建构。政治经济权力的新旧更替、传统文明与现代文明的撞击表现为父子冲突和父子新秩序的建立，展现了经济、社会、文化变革而引发的父子两代人之间伦理、道德、文化的冲突，子辈取代父辈成为改革时期的主体已然是时代发展的必然趋势。

第五章概括出80年代小说家庭叙事的三个叙事模式：“离家—回家”模式、“寻梦—梦醒”模式和“彷徨—选择”模式。“离家—回家”模式讲述了主人公离家革命、追求理想到回归家庭的故事，标志着民族国家话语对家庭伦理和情感价值的认可。主人公对理想话语的追求表述为“寻梦”，承载着民族国家富强的理想和个人解放的启蒙主义理想，“梦醒”后所显示出来的是日常生活价值的上升和建构理想家庭的新梦想。“彷徨—选择”模式包括婚恋选择和时代选择两个主要内容。

第六章“理想主义者的爱情救赎”，以《爱，是不能忘记的》《祖母绿》为代表性文本分析张洁小说的家庭叙事。她赋予了爱情纯洁、美好、坚定、神圣的品质，把理想爱情当作理想人性来追求，提供了80年代重理想、轻现实，重精神、轻物质的理想主义爱情观的代表性文本。张洁小说的爱情叙事走了一条由个人之爱通向国家之爱、人类之爱的升华之路。

第七章“家庭叙事的个人化”以王安忆80年代的小说为代表性文本分析她不同于国族叙事的个人化的家庭叙事。王安忆的小说使家庭空间由“客厅政治”的寓所，变成了寻常百姓的家，以此肯定家庭生活根基性的意义，确立建立家庭、经营日常生活的普通人的价值。

第八章“乡村青年与城市平民的家庭图景”以刘震云80年代的乡村系列和城市系列小说为代表性文本分析刘震云小说的家庭叙事。他笔下的乡村青年身后总有一个贫困而沉重的家庭，写出了乡村青年在家庭重负之下青春梦想的破灭、离开乡土的城市梦以及拒斥又怀恋的“老家”情结。在城市生活小说中，他写出了日常生活和社会体制对个人理想的销蚀以及家庭生活磨灭理想又催人奋进的双重性。

第一章　规范—借用：人性话语对家庭的重建

20世纪初，在“西方现代个人”的参照下，传统中国人显出了愚昧、麻木、保守、自私的国民性，由此鲁迅开启了“国民性批判”话语。“人”的观念进入中国现代民族国家话语之初，就与“家庭”的范畴紧密联系在一起，表现为个人与家庭的紧张关系。辛亥革命把传统中国大家庭当作使中国人无脑无血的罪恶根源，五四新文化运动将封建大家庭视作禁锢个人的渊薮。鲁迅不仅让我们看到传统家庭对个人的扼杀，揭示礼教“吃人”的一面（《狂人日记》），更让我们看到个人走出家庭的可能性。《伤逝》里，子君喊出了“我是我自己的，他们谁也没有干涉我的权利!”的旷世呐喊，《我们现在怎样做父亲》里提出的“肩住了黑暗的闸门，放他们到宽阔光明的地方去”，至今仍然是做父亲的理想。巴金的《家》用文学的形式绝好地诠释了现代个人与传统家庭的关系。现代中国在接受19世纪西方人道主义的同时，接受了马克思主义和俄国“阶级”“革命”的实践。在马克思主义理论的指导下，中国革命现代性话语将“人”按阶级划分为无产阶级和资产阶级，在中国民族革命的语境中，西方人道主义的“个人”与马克思主义“阶级的人”遭遇了，“阶级的人”与“个人”开始了漫长的对话和磨合。马克思主义赋予“人”阶级的内涵，中国现代民族国家的革命语境又赋予“人”民族、国家的内涵，将个人指认为“小我”，将为民族、为国家的人指认为“大我”。1928年革命文学之后，西方人道主义的“个人”受到马克思主义“阶级的人”的规范，家庭随之成为需要警惕和改造的场域。总体来看，20世纪中国文学存在着一个“离家—回家”的叙事模式，现代民族国家话语对家庭采用了“改造—借用”的双向建构，80年代，再度启用血缘家庭表象，将“人性”复归表述为“回家”。本章试图考察80年代小说以及与之相关的红色经典中，现代民族国家话语对家庭的建构。

80年代是中国政治、经济、社会发生巨大变化的转折性的历史时期，伴随着一场葛兰西意义上的“文化革命”，即重新安置“人”在社会结构中的位置，正如李泽厚所说：“作为个体的人在国家、社会、家庭里的地位和价值需要重新安放，这带来了对整个人生、生命、社会、宇宙的情绪性的新的感受、体验、思索、追求和探询。”[①] 围绕着“人”“人性”“主体”等问题的人道主义表述，无疑构成了80年代最为醒目且持续时间最长的一组话语形态。1978年，朱光潜先生率先重提“人道主义、人性论”[②]，重新开启了人学的话语[③]，关于“人”的问题再次出现在话语中心。1979年，朱光潜在《文艺研究》第3期上发表了《关于人生、人道主义、人情美和共同美的问题》这篇著名的文章。他借呼唤人性，唤回了曾被列入文学禁区的“人情味”，把富于“人情味”的爱情当作“人性”复归的最佳题材。“无论在中国还是在外国，最富于人情味的主题莫过于爱情。”[④] 理论界重启了马克思《1844年经济学—哲学手稿》里关于人的表述，提出了“人是目的”“人的价值”“人的解放”，并且强调“人的解放”是历史的，不是抽象的，要以历史唯物主义的观点和方法来看待和研究。80年代人道主义的主要任务是分析和批判反现代性的意识形态及其历史实践。“抽象的人的自由和解放的理念最终转化为一系列现代性的价值观”，并且由此催生了中国社会的世俗化运动[⑤]。实际上，最初的人道主义的世俗生命关怀，就表现在那些曾被“革命理念”压抑的自我经验重新成为文学的叙述对象[⑥]。有关“人”“人性”的叙事迅速出现在小说中。《伤痕》的发表具有突破意义。它使文艺创作中“人”的主题更加鲜明了。王晓华母亲的遭遇——女儿断绝来往，家庭被拆散激起了人本能的愤慨和同情[⑦]。1978—1980年陆续发表的《献身》《醒来吧，弟弟》《三生石》《铺花的歧路》《夜客》《我该怎么办》等小说共同提出了一个问题：社会动乱让家庭支离破碎，亲人隔膜甚至彼此伤害。家人重聚可以抚慰伤痕，使

---

① 李泽厚：《夜读偶录》，《瞭望》1984年第11期。

② 朱光潜：《文艺复兴至十九世纪西方资产阶级文学家艺术家有关人道主义、人性论的言论概述》，《社会科学战线》1978年第3期。

③ 1957年批判了“人性”论，此后人性、人道主义成为作家不敢轻易涉足的禁区。而在此之前，1950年，朱光潜先生就因为坚持“普遍性”的美学和美感而遭到否定和批判。1978年，时隔20多年，朱光潜再提“人性”“人道主义”就有了身份关注、语境变迁、价值迁移、重新评价的多重意味。

④ 朱光潜：《关于人生、人道主义、人情美和共同美的问题》，《文艺研究》1979年第3期。

⑤ 汪晖：《当代中国的思想状况与现代性问题》，《文艺争鸣》1998年第5期。

⑥ 乔以纲：《新时期女性文学与现代国家意识》，《天津社会科学》2006年第3期。

⑦ 俞建章：《文学创作中的人道主义潮流——学创作的回顾与思考》，《文学评论》1981年第1期。

家庭再度完整。小说文本将抽象的“人性”呈现为家庭表象和家国新秩序的重新书写。

第一节 家庭表象批判功能的建立

戴锦华曾揭示出20世纪中国建构现代民族国家过程中血缘家庭的双重表象：

> 颇为有趣的是，血缘家庭的形象同样被剥离开来，分属两个不同的话语系列：作为封建文化的象征，它是个人的死敌，是“狭的笼”，是对欲望的压抑，对生命的毁灭；作为民族生命之源，它是亲情、温暖和归属所在，它规定着我们的身份，创造着民族的力量。而关于血缘家庭的“正面”表述，始终会凸现于社会危机深重的时刻。①

面对曾经深重的精神和信仰危机，民族国家话语在70—80年代之交以“人性”启用了作为“民族生命之源”的血缘家庭资源，正面的家庭表象浮现出来，以拯救受到伤害的国家和个人。二者都受到了极“左”思潮的伤害，同为受害者。家庭不再是国家改造的对象，也不再是个人需要克服的“私”字源头和需要抵御的亲情诱惑。个人回到家庭，重新把家庭当作生命和情感的归属地。“伤痕”“反思”小说对家庭叙事的态度表达了这种转变，家庭由需改造的场域变为伤痕、反思的载体。《伤痕》最有代表性，它结束了“离家”的故事，开启了“回家”的故事。“从她记事的时候起，妈妈和爸爸像爱掌上的明珠一样溺爱着她这个独生女。”“孩子，我们已经八年多没见面了，我很想去看看你，但我的身体已经不允许了，因此，我盼望你能回来一趟，让我看你一眼。孩子，早日回来吧。”这里以女儿的回忆再现了温馨的家庭场景，重塑了妈妈的形象，以妈妈的信诉说了妈妈盼望孩子回家的最后心愿，母女之间的情义缓缓复苏，富于感染力。荒煤评论《伤痕》时用“伤害了‘小家’就是伤害‘大家’”的逻辑，自然地把“小家”和“大家”统一起来。“我们的家，就是大国家中的一个小家。小家与国家的命运是一致的……林彪、‘四人帮’疯狂地摧

---

① 戴锦华：《隐形书写——90年代中国文化研究》，江苏人民出版社1999年版，第215—216页。

残、毁灭千千万万革命的家庭，正是要毁灭我们这个社会主义的国家，建立一个封建的法西斯的王朝！”① 原来受到压抑和“小家”由“大家”规训的对象转换为统一体，面对一致的“伤痕”和共同的“伤痕制造者”。当然，其中包含的“小家”属于“大家”的逻辑相当确定，而且严格限定在“革命”和“社会主义”范畴内。无论怎样，70—80 年代之交对家庭血缘伦理的再度重视，是对走向极端的阶级伦理的一次成功反拨。

现代民族国家话语在阶级伦理发展到极端而失效的情况下重新肯定了血缘伦理符合“人性”的正面价值，赋予了家庭拯救“人性”的精神力量。80 年代小说对家庭伦理的肯定和张扬构成了对此前小说压抑家庭伦理和“五四”新文学批判家庭制度的反拨。家庭由被批判的对象改写为拯救的力量，民族国家话语在 80 年代，尤其在 80 年代前期对家庭的建构，延续了小家—大家的二元关系，只是把“舍小家顾大家”改写为“伤害‘小家’就是伤害‘大家’”，家庭在拯救“人性”、热爱祖国的前提下确立起叙事的合法性。尽管 70—80 年代之交的小说延续了“五四”的“人性解放”，但对待家庭的态度却没有延续“五四”“离家立人”的思路。“五四”将家庭视为“狭的笼”“人肉筵宴”，呼唤个人走出家门，走向社会，70—80 年代之交的小说将家庭看作温暖的归宿和救赎的力量，个人回归家庭。从国家与个人对待家庭的态度和取向上看，80 年代以前的小说都在讲述“离家”的故事，80 年代小说开始讲述“回家”的故事。无论是“离家”还是“回家”，“家”大都可以归入戴锦华所说的作为封建文化象征的“狭的笼”与“民族生命之源”这“两个不同的话语系列”。80 年代末“新写实小说”对日常家庭场景的聚焦，小说方真正“回家”。

第二节　血缘伦理疗救功能的建构

70 年代末，中国社会“伤痕”情绪弥漫。为了给劫后的社会疗伤，“人性”话语建构了血缘伦理的疗救功能，包括对个人的疗救和对国家的疗救。70—80 年代之交的小说文本大都把家庭作为个人“伤痕”存在的话语空间，家庭成为“伤痕”集中和情感倾诉的载体，具体表现为家庭、婚恋伦理的异化。郑义的《枫》写了两个初恋的青年学生的爱情悲剧。不可调和的派别隔阂让他们付出了年轻的生命。陈国凯的《我该怎么办》

① 荒煤：《〈伤痕〉也触动了文艺创作的伤》，《文汇报》1978 年 9 月 19 日第 4 版。

中，一个弱女子经历了三次家破人亡（囚），一次自杀被救，两次结婚，两次失去丈夫，孩子两次失去父亲，最终还要面对两个丈夫的困境。扭曲的历史让美丽浪漫的女子遭受了家庭、亲情、伦理的多重变故和苦难。孔捷生的《在小河那边》里，夫妻离异，母亲被囚至死，姐弟失散，再相遇已成陌生人，几乎造成姐弟乱伦的悲剧。家庭悲剧背后的血统论阴影不时隐现。戴厚英的《人啊，人》里，特殊的历史时期成为考验知识分子恋情、家庭亲情的试金石。赵振环抛弃了孙悦母女，很快与别人结婚；暗恋孙悦的何荆夫在此时来到孙悦身边向她表达执着的爱情。奚流与儿子奚望政治观点不同，父子几近反目。政治谬误和历史暴力表现为对恋人、夫妻、母女、父子、姐弟等家庭伦理关系的破坏，“伤痕”的治疗和抚慰表现为重建家庭伦理的渴望和要求，让女儿回家（卢新华《伤痕》），让“有情人终成眷属”（冯骥才《铺花的歧路》），夫妻破镜重圆（韦君宜《洗礼》、张一弓《张铁匠的罗曼史》、李国文《月食》）。在这种时代性社会心理的强烈作用下，“‘人的东西’则建立在一种隐喻性的理想个人关系之上，爱情、婚姻、家庭等涉及私人生活空间的关系模式成为负载这种理想个人关系的具体载体”①。

血缘伦理对国家的疗救表现为运用“祖国”叙事唤醒个人与民族国家之间的血脉联系。小说叙事中出现了“祖国”的表象，“祖国母亲”正是现代民族国家话语重启作为“民族生命之源”的血缘家庭的结果。忠孝观念成功地转化为爱国主义，以儿女对母亲的家庭血缘伦理来体现人民对祖国的热爱，建立起无可置疑的忠诚、仁爱的家国新秩序。“伤痕文学”中存在这样一种普遍的抽象，即把个人记忆作为国家记忆加以书写，个人身心上的伤痕被看作一种国家的伤痕，而抒情自我就是作为民族国家的符号出现的，个人身份与国家身份获得了一致性。当一场不正常的国家政治生活给个人命运带来磨难和挫折时，对个人伤痕的书写无处不体现出一种关系民族国家的政治无意识。从对个人伤痕的抚慰转向对民族命运的同情，巩固了国家信仰。80 年代初期传颂一时的诗作仍然以“祖国”为题，表达现代化建设时期欣快的国家想象。如舒婷《祖国啊，我亲爱的祖国》、江河《祖国啊，祖国》、梁小斌《用狂草体书写中国》直接以民族国家作为抒情对象。这种高昂的浪漫的理想主义激情正是从对现代化的民族国家的想象中获得抒情依据和动力的。② 事实上，进入 80 年代以来，国家感情

---

① 贺桂梅：《人文学的想象力》，河南大学出版社 2005 年版，第 83 页。

② 尹昌龙：《1985：延伸与转折》，山东教育出版社 2002 年版，第 79—81 页。

在文学中的渗透不仅没有停歇，反而更强了。只不过那种悲壮的国家记忆已转换成了欣快的国家想象。

无论是对个人伦理和情感“伤痕”的疗救，还是用文化象征符号“祖国”来建立新的民族国家认同，都意味着家庭作为传统文化资源的重启。“人性”话语通过对血缘伦理的借用，使家庭在中国20世纪文学的历史上，具有了“疗救”的功能。“疾病”与“疗救”都是现代民族国家话语对家庭建构的结果。

第三节 家庭内部视角的反思功能

叙事视角是一部作品，或一个文本，看世界的特殊眼光和角度。“叙事”和“视角”都可作广义的理解。视角的功能在于可以展开一种独特的视境，展示新的人生层面，产生哲理性的功能，进行比较深刻的社会人生反省[①]。对于独特的视野和“风景”这个问题，福柯认为决定主体所看到的内容的，正是主体的位置。可以将“位置”与“视角”结合起来理解。主体获得了位置即获得了视角，主体占有了一席之地即可以通过自己的眼睛来看世界。知识社会学的创始人、德国社会学家卡尔·曼海姆（Karl Mannheim）论述了“视角”与“思想”的关系：“‘视角’在这种意义上表示一个人观察事物的方式，他所观察到的东西以及他怎样在思想中建构这种东西，所以，视角不仅仅是思想的外形的决定，它也指思想结构中质的成分，而纯粹的形式逻辑必须忽略这些成分。”[②]“位置”与“视角”决定了观察的方式和观察到的“风景”、思想的内容和结构以及叙事的形式。

“位置”与“视角”的概念为考察1979年以来的“伤痕”“反思”小说的家庭叙事提供了适合的角度。正是建立在自然人性基础上的家庭血缘伦理和家庭的私人空间，使小说中的人物获得了反思历史的一种亲人位置和家庭内部视角，看到了“阶级论”者看不到的家庭“风景”。冯骥才的《铺花的歧路》值得分析之处，就在于亲人位置、家庭内部视角的反思功能。文本通过既是害人者又是受害者的女青年白慧的亲人位置与家庭内部视角，形成了家庭“风景”与阶级“风景”的强烈对比，家庭使阶级极权

① 杨义：《小说叙事学》，人民出版社1997年版，第196—197页。

② ［德］卡尔·曼海姆：《意识形态与乌托邦》，黎鸣、李书崇译，商务印书馆2000年版，第207页。

理性造成的笼罩性的整一性社会思想出现了裂隙与松动，单向度的白慧在家庭与阶级“风景”的冲击下，产生了回归常识和理性的疑问，继而进入“谁有罪”和“赎罪”层面的对历史的理性反思。白慧在学校里革人家的命，父亲在厂里被人家革命，父女回家后相对而坐，陷入“反右”狂热的女儿蓦然惊醒，爸爸在厂里会不会被批斗呢？妈妈去世后，爸爸一个人把她养大，还教育她要记得妈妈；爸爸是老革命，现在厂里做厂长，把一生都献给革命和工厂了。爸爸在家是个好爸爸，在厂里是个好厂长。女儿的身份以及家庭空间带来的亲人与亲人之间的了解使她信任爸爸，从而对她自己在学校的行为产生了怀疑，由狂热地参与、无条件地相信历史暴力到怀疑这种理论和行为。女儿的身份、源自亲人境遇的感同身受使革命小将白慧在如何对待革命对象这个“不证自明”的问题上犹豫起来。她与常鸣相爱后，恋人之间的信任使她借常鸣的眼睛获得了重新认识他的妈妈的家庭内部视角。下面是白慧和常鸣在常鸣家中的一段对话：

> “她一定有罪！”
>
> 陷入痛苦中的常鸣完全没有去注意白慧和她的话。常鸣扬起满是泪水的脸，哀号着：“她哪里有罪？她热爱党，热爱毛主席，热爱祖国，热爱生活、青年一代和她自己的事业……她哪里做过半点危害人民的事？”①

站在儿子的角度，才能知道妈妈是个多么优秀多么受人尊敬的老师，才能了解和相信妈妈年轻时是个对党心怀感激的穷学生，后来成长为愿意为党为祖国奉献一生的人民教师这段历史。作为儿子的常鸣看到的“好妈妈”“好老师”与作为女儿的白慧看到的“好爸爸”“好厂长”的形象是一致的。问题在于这种来自血缘伦理的家庭内部视角与来自阶级伦理的外部视角在矛盾的。因为白慧和常鸣的恋爱，白慧得以通过常鸣的家庭内部视角重新认识常鸣的妈妈。她原来的错误信仰立时崩塌了，她整个人也崩溃了。她原以为在惩罚有罪的人，结果她自己犯了罪。家庭内部视角使白慧重新建立了人与人之间的了解、信任以及常识、真实这些被遮蔽的“风景”，使她获得理性，猛然觉醒，得以反思历史。正是通过家庭内部视角看到的家庭“风景”，引导白慧重拾理性，爱情也最终拯救了试图以自杀赎罪的白慧。恋人常鸣对白慧的爱情，更重要的是恋人位置和视角所建立

---

① 冯骥才：《铺花的歧路》，《收获》1980 年第 2 期。

的对白慧人格品行的了解和信任，使常鸣相信白慧并非有意为之。

《铺花的歧路》在两个层面上重建了家庭叙事，一是以血缘伦理和家庭“风景”的被遮蔽揭示历史的荒谬之处，二是以爱情实现人性的救赎。这得益于亲人位置与家庭内部视角的运用。在80年代小说“回家”的话语序列中，《铺花的歧路》的意义并不亚于《伤痕》。如果说《伤痕》是一部“离家—回家”小说，那么《铺花的歧路》是一部打开家庭“风景”，引发历史反思的小说。

在80年代以前的当代文学史重要阶段，民族国家话语对家庭呈现出了“改造—借用”和“规范—借用”双向建构的特征。这是由民族国家的现代性特点决定的。国家是建立在共同情感和想象基础上的现代政治组织，家庭是以血缘为基础的传统社会组织。在中国向现代民族国家的艰难转型中，为了建立现代的国家共同体的意识、情感和想象，对传统的社会组织——家庭一方面采用了“改造”与“规范”的话语建构方式，促使其由传统向现代转变。打破家庭的血缘束缚，使之成为向民族国家开放的社会组织；另一方面以“借用”的方式实现家庭传统文化符号的现代转型和现代民族国家意识向民间社会的渗透。血缘是“借用”得以实现的伦理基础，家庭在国家与个体成员间担当的传达与过渡的组织性角色[①]，是“借用”得以实现的社会基础。“借用”体现出家庭作为意识形态国家机器[②]的运作方式，用非暴力的方式使个人具备国家意识，以培养现代社会的公民。“改造—借用”和“规范—借用”双向建构的结果，突出了家庭在国家和个人之间的中介性。家庭既是国家培养公民的场所，又是个人逃避历史暴力的避风港。社会主义改造使家庭成为培养“社会主义新人”的场所。70—80年代之交，家庭表象作为“人性”话语的载体承担起重新建立国家认同的社会组织功能，拯救了灾难后的祖国和满是伤痕的个人。短暂的家庭团聚之后，整个80年代的家庭图景就是以子辈、女性为代表的个人从重建之后的家庭再次突围，去追求个性、独立、自由的理想主义和浪漫主义的“个人”存在。

---

① 沈江平：《日常生活向度的家庭意识形态考量》，《甘肃理论学刊》2010年第3期。

② ［法］路易·阿尔都塞：《意识形态和意识形态国家机器》，李迅译，《当代电影》1987年第4期。

第二章　爱情·婚姻

阿尔都塞明确地把家庭看作是意识形态国家机器，作为与宗教、教育、法律、政治、工会、传播媒介、文化并列的意识形态国家机器之一①。在诸多意识形态国家机器中，阿尔都塞最为关注家庭和教育机构。他指出家庭意识形态国家机器和其他意识形态国家机器一起致力于同一目的：生产关系的再生产。学校—家庭联合体代替了前资本主义时期的教会—家庭联合体在意识形态国家机器中占据了支配地位②。家庭的根本价值是利他性的情感的社会组织，爱情和婚姻是构成家庭情感的核心要素。家庭作为意识形态国家机器运转时，爱情和婚姻成为意识形态的场域。20 世纪 80 年代人道主义在小说文本中表现为“回家”，对家庭话语的建构由“五四”以来的“离家立人”转换为“立家立国”，家庭表象由束缚个人、妨碍国家的保守落后形象转换为拯救的力量，以情感为基础的家庭价值得到认同，爱情、婚姻由“家务事、儿女情”的弱势题材转换为“人性”的载体。本章主要从浪漫爱情和现实婚姻两方面来论述民族国家话语对家庭的建构由理想向现实降落的特点。

第一节　浪漫爱情

爱情在中国现代语境中从来不是单纯的，它是政治、经济与文化权力

---

① 阿尔都塞发展了马克思主义经典作家的国家理论，把国家机器分为强制性的国家机器和意识形态国家机器。在马克思主义理论中，国家机器包括政府、行政机构、军队、警察、法庭、监狱等，他把它们合称为强制性的国家机器，把另一类明显支持强制性国家机器的实体叫作意识形态国家机器，包括宗教、教育、家庭、法律、政治、工会、传播媒介、文化。意识形态国家机器与强制性国家机器的基本差别是：强制性国家机器“用暴力手段”发挥其功能作用，意识形态国家机器则以“意识形态方式”发挥其功能作用；同时，差异掩盖不了二者深层的同一性：被统一于统治意识形态之下。

② ［法］路易·阿尔都塞：《意识形态和意识形态国家机器》，李迅译，《当代电影》1987 年第 4 期。

博弈的结果[①]，被纳入社会/政治的意义象征体系[②]。爱情是一种话语，如何讲述80年代的爱情故事体现了爱情的意识形态性。80年代的意识形态背景一是知识分子提出的“新启蒙主义”“人性解放”，一是官方主导的“思想解放”和“现代化建设”。“人”在新的语境中需要被重新叙述，这意味着将个人与国家、革命与爱情重新编码，讲述属于80年代的爱情故事。1979年，朱光潜的论文《关于人性、人道主义、人情味和共同美的问题》重提爱情，将人性落脚在爱情上，拥有爱情才可能唤回人性。70—80年代之交的小说文本用爱情故事来表达对历史和未来的思考。刘心武创作小说《爱情的位置》，目的是为了找回爱情在社会中的位置；郑义的《枫》以追悼美好的爱情来揭示历史伤痕；宗璞的《三生石》、冯骥才的《铺花的歧路》以爱情来拯救历史暴力之下的人们；谌容的《褪色的信》、遇罗锦的《冬天里的童话》以结束错误的爱情来结束错误的历史；卢新华的《伤痕》，以爱情开启新的时代。更多的小说文本，如张抗抗的《北极光》、王蒙的《风筝飘带》等面向新时期讲述理想的爱情故事。80年代小说中的爱情故事呈现出由意识形态向爱情自身回归、由理想向现实降落的趋势。以下从革命与爱情、理想与爱情、人性与爱情三个方面来论述爱情的浪漫性、理想性。

一　革命与爱情

正如陈建华在《“革命”的现代性：中国革命话语考论》一书中提出的：“革命”是被作为一种现代性的知识话语而建构起来的[③]；张莉、旷新年提出，“爱情”是被现代话语建构起来的。由“革命”与“爱情”所组成的叙事结构充满了意识形态性。1979年，刘心武的《爱情的位置》以小说的方式宣告了“革命者也有爱情”；1980年，张弦的《被爱情遗忘的角落》宣告了“爱情不可耻”，他们分别以肯定和否定的句式向人们告白：爱情无错，年轻人可以光明正大地谈恋爱。《爱情的位置》通过青年工人孟小羽和炊事员陆玉春的爱情故事，明确宣告“爱情在革命者的生活中应当占据一席重要的位置”。这个观念并不新奇，但经过了“样板戏”的去爱情化叙事，文学创作上很少有深刻的爱情描写，生活上形成了恋爱影响

---

① 蔡翔：《青年·爱情·自然权利和性》，《文艺争鸣》2007年第10期。

② 张莉、旷新年：《新媒体与现代爱情观念的建构》，《南开学报》（哲学社会科学版）2010年第4期。

③ 陈建华：《“革命”的现代性：中国革命话语考论》，上海古籍出版社2000年版，第176页。

革命的非正常观念，在这种背景下，刘心武重新讲述“革命者也有爱情”的故事自然起到了拨乱反正的作用。小说发表后刘心武一个月就收到了7000封读者来信，足以证明这种讲述的震撼力，它搬去了压在年轻人心头那块“恋爱有害于革命”的石头，年轻人从此可以光明正大地恋爱了。

刘心武和张弦接续了四五十年代小说“爱情与革命”的叙事框架，将城市/工人、乡村/农民的爱情故事讲述恢复到了以前的水平。《爱情的位置》回到了小二黑和小芹爱情故事的讲述方式，内容上回到了杨沫讲述的林道静的革命爱情：以共同事业为基础，男女双方有共同语言，在革命和建设事业中相识并产生爱情。赵树理的《小二黑结婚》里，写了区长这个角色，他具有支持农村青年自由恋爱的政治功能，使革命由外在的事物变为年轻人的内在要求。《爱情的位置》中，刘心武写了冯姨这个角色，赋予了她思想导师的身份，她与“区长”所承担的叙事功能是相同的，她的出现使工厂团小组长孟小羽的恋爱行为获得了革命理论和实践的依据。她为孟小羽解惑，明确地告诉她“爱情在革命者的生活中占有一席之地”，在思想上支持了孟小羽谈恋爱。孟小羽接续了林道静“共同事业”和“共同语言”的爱情故事，这个“共同事业”指祖国的现代化建设事业，“共同语言”指工作、学习、集体、他人。刘心武用小说的方式为爱情恢复了位置，但爱情的位置也仅止于50年代的“爱情位置”，革命对爱情的规范非常明确。冯姨对孟小羽说，爱情有助于革命时，爱情就是正当的；反之，当爱情有碍于革命时，就是不正当的。孟小羽的爱情观是革命的爱情观，她反对家里人门当户对的封建婚姻观，担忧同事亚梅的物质爱情观，她要寻找的是“一个高尚、正直、有道德的革命者，同他在一起我能感受到幸福和向上的力量”。而且他们都理解并支持对方将革命排在爱情前面、同志之情排在个人感情前面的选择。由此可见，刘心武的小说所争取到的“爱情的位置”，仍然在革命原则的绝对支配之下，爱情仅仅在有助于革命的前提下存在。

张弦的《被爱情遗忘的角落》讲述了解放区民主政权、70年代、改革三个年代的爱情故事。社会动乱使存妮和小豹子的爱情成为耻辱；解放区的民主政权支持了存妮的妈妈菱花和爸爸沈山旺的自由恋爱和婚姻自主，但未能提供爱情和婚姻幸福的经济基础；改革给存妮的妹妹荒妹带来爱情和生活的希望。赵树理通过“区长”支持小二黑与小芹恋爱，使革命由外在力量变为年轻人的内在要求，张弦继续了这种40年代爱情故事的政治讲述。公社团委书记的报告让荒妹第一次听说了“爱情”这个字眼，懂得了要“反对买卖婚姻”；团支书许荣树组织年轻人看电影打破了荒妹严防死守的心灵栅栏，层层包裹的柔情有所流露，荒妹心头“喜欢男人”“不要脸”的错误爱情观念和心灵重负松动了。“中央的文件”使荒妹相信农民会富裕起来的，她不会重演妈妈美好却贫困的爱情。改革将在思想上、政治上和经济上为荒妹和许荣树的恋爱提供启蒙和多重保障，萌动的爱情使荒妹坚定地相信和欢迎改革的到来。许荣树的政治身份与恋人身份合二为一，荒妹很大程度上是因为相信许荣树而相信改革，这与50年代梁斌的《红旗谱》中严萍对爱情与革命的认识一致。严萍之所以想革命，是因为恋人江涛干革命。爱情是严萍参加革命的动力，也是荒妹相信改革的动力。荒妹盼望改革并不是出于自身对改革的理解和向往，而是因为爱情而相信改革。

《爱情的位置》的意义在于重新正视并处理了革命与爱情的关系，重新讲述了“革命者也有爱情”的故事，《被爱情遗忘的角落》的意义在于将改革与爱情的故事恢复到40年代“爱情是革命的动力”的认知程度。直到80年代初，一些有代表性的爱情叙事文本仍然在“革命与爱情”的框架里讲述爱情故事。张抗抗在《北极光》（1981）里讲述的陆芩芩的爱情故事用“建设”替换了“革命”，其所遵循的爱情原则仍然是林道静式的“共同事业”和“共同语言”。靳凡的《公开的情书》（1980）中，真真和老久的爱情与建设国家的热情合而为一。1985年以后，革命（建设）与爱情相结合的故事销声匿迹了。

二 理想与爱情

“理想与爱情”的故事是“革命与爱情”在80年代的新版本，革命与理想背后都有投身社会的理想主义情结作支撑。晚清以来，特别是“五四”之后，改造社会成为实现个人价值的首要途径。改革开放之后，改造社会的理想体现为“现代化”建设。个人与集体、物质与精神、理想与世俗这些“革命与爱情”框架里的重要二元关系在“理想与爱情”的故事中继续起着甄别主流与支流的重要作用。

理想追求与规训下的爱情故事试图延续50年代以来整一的“社会主义”理想，并引领80年代的主流价值观，把爱情放在改革、社会发展、祖国命运这样的宏大语境中来叙述。改革初期，有社会责任感和历史使命感的年轻人成为爱情故事的主角。主人公积极乐观，相信人能够创造理想社会。孟小羽不选择学历好、工作好、家境好的年轻人，却选择了有个瘫痪母亲的烙火烧的陆玉春，因为她爱的是“这个人”，相信他们能创造出理想的生活（《爱情的位置》）；陆芩芩拒绝了世俗的未婚夫傅云祥、注重自我的费渊，选择了与她同类型的理想主义者曾储（《北极光》）；真真鄙弃庸俗的第一个男朋友，倾心于胸怀报国之志、激情澎湃的老久（《公开的情书》）。在这些爱情故事的讲述中，世俗被叙事者作为理想的对立面加以否定。不仅如此，叙事者还让恋爱中的年轻人在精神上超越世俗和社会理想的层面。王蒙的《风筝飘带》里，素素回城后在清真餐馆做服务员，佳原修理雨伞，但佳原宣称“人应该是世界的主人，职业的主人，首先要做知识的主人”。他在学英语，他让素素学阿拉伯语，他有那么充足的信心和干劲儿，像芩芩在曾储身上找到了童年的“北极光”一样，素素在佳原身上找到了她失落的理想——“小马驹”。知识、科学、学习、现代化代替“革命”成为80年代初年轻人的理想，使失落人生意义的“迷惘一代”在新的理想之中找到了新的价值支点。

理想话语在叙事上表现为叙事者对理想/道德和世俗/身体资源的分配。叙事者把道德赋予理想女性，把美丽的服饰分配给世俗女性。孟小羽的“革命爱情”使她在工作中一个人有两个人的干劲儿，却远离“花枝招展的装束”，“搞对象”的亚梅则与洋红的拉毛围巾、宝蓝色的呢外套、“海鸥”相机、大立柜、存款折为伍。《北极光》中，理想主义者陆芩芩的心中时刻想着“北极光”，她的夜大女同学每日与舞会、手表、羊毛大衣相伴。叙事者把那些美丽的衣裳只分配给世俗女性，而同时分配的道德劣势又使世俗女性只俗不美，远离美丽；理想女性获得了道德优势，但即使在恋爱中也与花枝招展无缘，于是造成了高尚而不美丽的理想爱情观。表面看起来，世俗的因素受到批评和抑制，精神层面的理想得到肯定和高扬，但深层来看，丰富的物质、漂亮的装束对于革命、理想和道德是一种危险的诱惑，理想主义者需远离俗艳和物质，才能实现理想和道德的完善。然而物质的因素已经迅速丰富起来，有力地冲击着理想主义者的爱情堤坝。

必须指出的是，“理想与爱情”故事的爱情观太过理想主义，以至于只能吸引和规范少数理想主义者，世俗女性亚梅根本不理睬这一套；芩芩的未婚夫、母亲都认为她不安心结婚不可思议，理想的“北极光”只属于芩芩一个人。重理想、轻现实，重道德、轻物质的理想主义爱情观在20世纪80年代初昙花一现，恢复了“爱情的位置”，却无法再恢复50年代革命爱情观的主导地位。历史翻开了新的一页，“现代化”的意识形态使物质和日常生活重新获得了合法性，理想主义的爱情叙事只能成为50年代的革命爱情故事在70年代刚结束的特定时空里的回光返照。

“理想与爱情”故事还表现在“爱情”与“爱祖国”相统一。当“爱情”与“爱祖国”相背离时，爱情的民族国家话语性质更加鲜明。正如尹昌龙所说：“中国知识分子的国家感情，已成为一种最高的意识形态，一种元叙事，或称‘中国情结’。”[①] 这种“中国情结”表现在爱情小说上，就是爱情服从于国家，“爱情”与“爱祖国”相统一，“爱祖国”是相爱的基础。从80年代前期的爱情文本来看，对爱情的渴望和浪漫的呼唤中怀有的理想主义激情和动力，正是来自对现代民族国家的想象。曾被视为80年代“异端”的靳凡的《公开的情书》事实上恰恰表达了个人爱情与民族国家话语的统一。靳凡在至读者的信中说：“你对祖国的爱，对历史责任的理解，都应该包含在这广泛的时间和空间之内。”[②] 相信科学、追求真理的老久思考的不仅仅是个人的爱情，而且是“一旦国家有一天召唤我们，我们有没有能力为国家服务，能不能立刻骑马上阵”，他当仁不让地承担了祖国未来建设者的角色，“在我们祖国，这关键性的一步，不得不由我们——经历过大变革、大动荡而又有文化的青年人来走”。正是老久对祖国的热爱和责任感使真真选择了他。被渲染得近乎煽情的对祖国的忠诚和责任，不计个人得失对祖国坚定的信仰，最终要归因于中国的“个人”在民族国家基础上才获得存在的合法性。这与郁达夫在《沉沦》中“祖国啊，你快富起来，强起来吧”的悲凉呐喊源于同样的民族国家语境。

“爱祖国”是理想主义者爱情开始和发展的思想基础。建立在个人基础上的爱情及其建立的核心家庭，也与“爱祖国”保持一致。谌容的《人到中年》、张洁的《祖母绿》等文本呈现女性个人的爱情、家庭与祖国之间的复杂情感。《人到中年》里陆文婷和傅家杰的爱情显然充满了“小资产阶级”情调。傅家杰为爱人吟诵着裴多菲的《我愿意是急流》，俘获了陆文婷的芳心。陆文婷的心本来要献给祖国的眼科医学事业，拒绝家庭角色、日常生活。傅家杰带着个人的爱情，以一种奉献的姿态来到陆文婷身边，暗示了个人爱情和家庭在陆文婷生活中支持者的角色。她为祖国默默奉献，她的丈夫担负起更多的家庭责任。《祖母绿》里的曾令儿走了一条在个人爱情里失去自我到爱祖国而实现自我的升华之路。曾令儿与陆文婷一样，是个奉献者的角色。只是曾令儿的人生道路比陆文婷更加曲折。她最初把自己奉献给爱情，为恋人献出了自己的前途，连珍贵的生命也毫不吝惜。为保护左葳而被分配到边疆后，她把自己的数学才能奉献给祖国，

① 尹昌龙：《1985：延伸与转折》，山东教育出版社2001年版，第76页。

② 靳凡：《公开的情书：彷徨·思考·创造——致〈公开的情书〉的读者》，北京出版社1981年版，转引自程光炜《文学讲稿：“八十年代”作为方法》，北京大学出版社2009年版，第332页。

从而拯救了在爱情中沉沦的自我。在民族国家与个人、进步与落后的层面上，陆文婷和曾令儿都获得了肯定，其中包含了个人、家庭与民族国家命运的契合。《人到中年》发表后，以提出“关注中年知识分子的生活”得到广泛关注。陆文婷躺在病床上，给丈夫留下“给佳佳梳小辫，给圆圆买球鞋”的“临终”嘱托。这是一个母亲的嘱托和愧疚。她对事业与家庭的关系作了反思：她是个无私的医生，却是个自私的妻子和母亲。“我最自私了。我把丈夫打入厨房，我把孩子变成了‘拉兹’，全家都跟着我遭殃。说实话，我是个不称职的妻子，也是个不称职的妈妈。”[①] 核心家庭发挥意识形态国家机器的功能，最终由一位女性来承担她对家庭和家人的愧疚。《祖母绿》里，曾令儿把死去的儿子陶陶作为和她一样为国家建设奉献自己的知识分子群体的一员。正如古代中国社会忠孝难以两全，当代的中国知识女性很难在事业—家庭的二元结构里找到平衡。如果说 70 年代末、80 年代初，人道主义话语肯定血缘家庭表象是为了拯救劫难后的个人，建立个人与祖国的自然血缘伦理，那么，肯定核心家庭表象保持爱情与爱祖国的一致性。在这个意义上，80 年代前期的小说与红色经典之间保持延续，而非断裂。

以爱情为基础的核心家庭表象在爱祖国的话语中获得了叙事合法性，也得到了升华。如果只为建构个人的小家庭，它会成为失败者的泥潭。《祖母绿》中的卢北河与左葳组建了家庭，她出色地经营着她的家庭，让能力一般的丈夫做到了研究所负责人的位置，一家人享受着优渥的生活。但这个家庭始于爱情也止步于爱情，所有对家庭的苦心经营都源于卢北河对左葳的爱，停留于家庭氛围的一派祥和和物质生活的丰饶精致。在已经由爱左葳升华为爱事业爱祖国的曾令儿面前，始于爱情、止于家庭的卢北河光彩顿失，而曾令儿自带光环。可见，在民族国家语境中，能够于内乱之后的社会危机、精神危机中拯救个人的，是家庭的血缘伦理和情感价值。向家庭借用血缘的隐喻，“祖国母亲”能拯救劫后中国人破碎的精神和惶恐的心灵，但代表现代性的核心家庭同时含有侵蚀个人、疏离国家的离心力，因此是需要警惕的对象。

三　人性与爱情

“人性”是 80 年代人道主义思潮的核心价值观。它本身的内涵正如“革命”一词一样充满了建构性和意识形态性。80 年代前期的作家把爱情

---

① 谌容：《人到中年》，《收获》1980 年第 1 期。

故事作为人性的集中展示来讲述。王安忆在与陈思和的对话中曾说过，要真正地写出人性，就无法避开爱情。爱情是一种人性发挥的舞台，人性的很多奥秘在这里都可以得到解释[①]。“革命与爱情”延续了四五十年代的爱情故事，“理想与爱情”试图以现代化建设的社会理想引领80年代的爱情话语，“人性与爱情”则把理想爱情当作理想人性来追求，讲述人性解放的爱情故事，同样表达了爱情的浪漫性、理想性。

张洁的《爱，是不能忘记的》和谌容的《错，错，错!》是追求理想爱情的正题和反题。张洁把理想爱情当作理想人性来追求，谌容则揭示和痛悼理想爱情之不可实现。张洁赋予了爱情自身崇高的意识形态：纯洁、坚定、美好、神圣，将爱情提高到理想人性的高度来追求，爱情高于婚姻、高于欲望，在于坚信与守望，树立了80年代爱情的范本。张洁把钟雨和老干部的爱情讲述为超越婚姻、道德限制，经得起时间、空间、身体的分隔，精神层面的心灵相通的爱情。这种爱情近乎宗教，是种信仰，引领着尘世的人超凡脱俗，进入纯净和狂喜后的安宁。钟雨是生活在爱情里的人，爱情引领着她走向崇高、神圣。张洁对爱情故事理想主义式的极致讲述使后来的此类爱情故事难以继续，其他作家只能讲述反题，即理想主义的爱情无法实现，如谌容的《错，错，错!》。值得注意的是，张洁是在婚姻之外讲述爱情故事，钟雨和老干部的爱情自始至终存在于精神恋爱的范畴里，没有进入到婚姻阶段。正因为如此，张洁的爱情故事才如此至美至纯。尽管张洁宣称“没有爱情的婚姻是不道德的”，认为爱情以结婚为目的，爱情与婚姻是统一的，但她讲述的爱情故事是与婚姻分离的。也就是说，她对爱情的认识与爱情故事的讲述之间存在明显的裂隙。她讲述的理想主义的爱情只在婚姻之前、精神层面存在。她后来的爱情文本证明了这种讲法是讲不去的。《祖母绿》讲述了曾令儿被现实撞得粉碎的爱情故事，最终把个人之爱成功地转化为国家之爱、人类之爱。《方舟》里的三个女性没有一个拥有美好的爱情。

理性是人性解放的重要内涵。谌容的《褪色的信》借用章小娟的爱情故事讲述了经历了特殊历史时期的年轻人重新获得历史理性的故事。章小娟下乡插队时爱上了一个农民的儿子并嫁给了他。后来，章小娟考上了大学，她对历史、对社会有了新的理性的认识，对丈夫的爱情也随之消失。她认识到刚刚过去的那段历史是一场噩梦，她与这位农村青年的爱情是噩

① 王安忆:《两个六九届初中生的即兴对话》,《王安忆说》，湖南文艺出版社2003年版，第2—15页。

梦的产物，现在该结束了。叙事者给予了章小娟客观性的肯定，大学校园内的章小娟拥有了反思历史、反思自我的启蒙品质，她的理性从社会运动的狂热中清醒过来、解放出来，否定了特殊历史时期的爱情观——省委书记的女儿与农民的儿子恋爱就是追求平等。叙事者肯定了章小娟的理性，同时以赞赏的笔调叙述章小娟对知识的渴求以及做一名医生——做对人民有用的人的理想。理性、知识、人的价值正是80年代“启蒙”的核心观念，农村青年的痴情、苦闷、绝望成为走向启蒙的代价。因此，这个故事可以解读为启蒙的重现，叙事者借用爱情故事表达了“启蒙”的思想观念。因为追求理性的启蒙而结束了非理性的爱情，应该得到肯定，并获得道德上的赦免，而不应被指责为“女陈世美”。不过，爱情本身并没有被否定，叙事者借章小娟之口表达了对爱情的理想叙述“那样的爱情一辈子只有一次”，而理想是爱情所负载的另一个意识形态。也流露出爱情与婚姻分离的倾向——“我以后也会结婚”，但再不会恋爱了。

“启蒙”是人性话语推广的主要模式。古华的《爬满青藤的木屋》将知青李幸福定位为现代文明的传播者，他来到大山深处的绿毛坑，把广播、告示、小镜子和文雅温柔等现代文明的因子带给瑶家阿姐盘青青，获得启蒙后的盘青青抛下山大王般的丈夫跟随启蒙者李幸福奔向山外的文明世界。李宽定的《山雀儿》借爱情故事讲述了被现代文明启蒙后个体的欢欣和痛苦。文本前半部分讲了一个赵树理式的爱情故事：山村姑娘山雀儿在党委书记和妇联主任的支持下冲破包办婚姻、获得了爱情自由和婚姻自主。作者没有把故事停留于40年代的讲述方式，而是让山雀儿进城了，接下来讲述了山村姑娘接受现代文明后面临的爱情困惑。她的雇主教授与夫人以及教授女儿与男朋友之间的相亲相爱、亲密无间，特别是这两个年轻人往来的情书使她对爱情产生了新的认识和向往。但她遇到了启蒙后的问题：她的农村男朋友还停留在未启蒙的状态。一个启蒙者和一个未启蒙者对不上话了。她在道德标准之下选择了自杀来结束一个获得启蒙后的、清醒而痛苦的生命。章小娟、盘青青、山雀儿都是被启蒙者，她们以结束一段爱情、婚姻甚至生命来向蒙昧告别，叙事者肯定了她们对理性、文明、知识的热烈追求，用启蒙话语改写了“第三者”或“陈世美”的传统故事，赋予了其反叛传统、追求人性的新内涵。

由以上论述可知，80年代的小说叙事者运用“与”字结构完成了爱情的“革命、理想、人性”三个重要的时代使命，构建了爱情的浪漫性和理想性。当“革命者能否有爱情”“婚外情与道德”“爱情该不该有变化”等话题讨论告一段落，它的时代使命也随之结束，爱情摆脱了来自各方的束缚获得“独立”时，爱情故事并没有就此畅通无阻、大行其道，恰恰相反，爱情故事也随之讲完了。爱情不再承载意识形态之后，它的审美魅力也随之消失，归于平庸。可见，爱情的命运如同文学，在“与”字结构里，通过辨析落后的意识形态成为新兴意识形态的价值载体，爱情获得社会认可之时，不再负载意识形态内容，爱情故事也随之失去了审美魅力，“不谈爱情”表征了爱情独立后的话语命运。

第二节 现实婚姻

如果说爱情是80年代人道主义、理想主义主流话语的主要载体，那么婚姻则显露了由理想向现实降落的话语转换痕迹。爱情的理想性承载着家国理想和浪漫梦想，婚姻则与日常生活联结更紧密，婚姻的现实性有助于80年代的个人主体从理想和激情中觉醒。婚姻与爱情的不同之处在于，婚姻可以检验爱情，能够回答爱情是否存在、爱情与道德伦理、爱情与日常生活等“理想爱情”无法预见也无法回答的问题。80年代小说的主人公对爱情和婚姻的态度有一条鲜明的变化轨迹，从理想主义到经验主义再到“新写实主义”，这一理想降落的过程同时也是理想主义话语失效的过程。1979年，张洁首先在《爱，是不能忘记的》里塑造了一个“痛苦的理想主义者”钟雨的形象；1982年，张弦在《挣不断的红丝线》里塑造了一个失败的理想主义者，同时是个成功的经验主义者傅玉洁的形象；1984年，谌容的《错，错，错!》以惠莲的失败婚姻证明了理想主义的反题；1988年，池莉的《不谈爱情》和谌容的《懒得离婚》表达了对爱情与婚姻的“新写实主义”思想。这几部作品的名字耐人寻味，勾勒出了整个80年代小说中爱情婚姻观念及其所负载的意识形态由理想到现实的变迁。

一 政治与婚姻

即便是现实性的婚姻，也处在民族国家话语的建构之中。把《挣不断的红丝线》与《爱，是不能忘记的》放在一起解读，会发现其中的爱情和婚姻背后隐藏着深刻的民族国家话语。两个文本都在用叙事为老干部复出提供身份佐证。《挣不断的红丝线》通过傅玉洁对老干部的不同态度与选择来表达深层的政治内涵。以傅玉洁的视角来进行今昔对比，以她的心态变化来表达价值观的转换。开篇一段话定下了肯定老干部身份的基调。复出后的老干部不再仅仅与革命相连，更与权势、身份、地位相连，家庭场景成为用来表达这种身份地位的首要方式。叙事所需，文本选择了介绍人马大姐的家：

> 司机轻轻地一按喇叭，庄严的铁门打开了。于是，车轮就沙沙地滚动在两旁有整齐的冬青的、洁净的水泥路面上。绕过花坛，在一座精巧的小楼前，轿车停了下来。这小楼同相邻的几幢一样，深隐在法国梧桐的浓荫之中。月光在它深色的墙和红色的尖顶上，投下昏黄的斑点。①

司机、轿车、庄严的铁门、洁净的水泥路、花坛、精巧的小楼、法国梧桐，这些混合着现代文明气息与老干部身份地位因素的物象一开始就赢得了傅玉洁的向往和读者的愉悦。不会开车门令傅玉洁很窘迫，洗澡时，那洁白的瓷砖、浴盆、浴衣、浴巾、化妆品、香味和无与伦比的身心享受与闹哄哄、脏兮兮的女浴室的对比使她否定了自己当初的小资产阶级爱情观。

少女时代的傅玉洁是加入革命队伍的“娜拉”式的女性，她离开银行股东的资本家家庭，加入了热情高昂的革命队伍，真诚地把自己改造成革命者。组织对她嫁给齐副师长的安排，与她想象中的罗曼蒂克的恋爱大相径庭，她完全无法接受。她试图用“改造自己”的革命意识来克服小资产阶级恋爱观，但没有成功。这与她对于革命干部家庭的想象有关，“粗壮的胳膊”“黝黑的脸”“值得学习的优秀品质”，与他结合就是帮助自己改造，就是资产阶级小姐为革命干部光荣牺牲自己的罗曼蒂克。学习、改造、牺牲对于傅玉洁来说都是真诚然而痛苦的。纠结中，她用苏骏的“为什么老革命不爱农村的无产阶级姑娘，偏要找小资产阶级小姐”的理论成功地反抗了对自己的改造，截断了与工农相结合的资产阶级知识分子（尤其是女性）改造的必由之路。当时看来，傅玉洁胜利了，她拒绝了齐副师长，与苏骏回到了《叶甫盖尼·奥涅金》《命运交响曲》《英雄交响曲》及柳絮、荷香、园林、小径组成的小资产阶级知识分子的梦幻世界；但20年后再看，傅玉洁失败了。她与苏骏的婚姻好景不长，苏骏被打成了右派，摘帽以后人变得很猥琐，她自己和女儿住十平方米的小屋，当总务拉煤……20年后，展现在她面前的革命干部家庭是另一番图景，优雅气派，

① 张弦：《挣不断的红丝线》，《上海文学》1981年第6期。

与她原来想象的“黝黑、粗壮”截然不同。20 年的时间，经历了特殊历史时期的磨难，她完成了对老干部由政治认同但文化排斥到文化认同而政治认同的转变，这个转变被叙述为婚恋观的变化。20 年后，傅玉洁与知识分子苏骏离婚，与老干部结婚，以婚姻的形式主动接续并完成了“与工农相结合”的小资产阶级知识分子的思想改造，彻底否定了自己的知识分子情结。《挣不断的红丝线》延续了《青春之歌》《创业史》《艳阳天》《金光大道》中的“改造 + 恋爱”主题。但我们要看到，《命运交响曲》与司机、轿车、小楼浴室、化妆品、咖啡同为现代文明的元素，但前者属于精神交流，后者属于物质享受。对老干部的文化认同更多建立在物质与权势、身份层面，以婚姻的胜利者出现的老干部与自愿改造的傅玉洁之间仍有距离和缝隙。张弦通过出身于资本家家庭、喜欢普希金、舒曼、贝多芬、向往精神生活的女性知识分子傅玉洁对老干部家庭图景想象与实景的前后对比，和知识分子丈夫苏骏的甜蜜爱情与不幸婚姻的对比，写出了傅玉洁对老干部的文化认同，再现了知识分子与工农结合的历史命题，特别是以女性知识分子为对象的“改造 + 恋爱”的主题（这种改造仍以婚姻为形式，只是由“共同革命”转变为“共同生活”），同时传达了对老干部身份重新确认的新时期意识形态，这种确认仍然以否定知识分子的“小资产阶级”思想为前提。忽略 80 年代非政治的政治性这一巨大语境与文本特征，只在“文明与愚昧”的冲突中解读张弦作品中的人物与命运，显然是不够的。

韦君宜的《洗礼》也以女性的视角和婚姻表达对男性革命干部的评判。刘丽文是个爱情和婚姻的理想主义者，她性格勇敢又坚韧，无视一切世俗的地位、金钱、相貌，大胆追求个人的情感幸福。但她的爱情并非单纯指向个人欲望，而是包含了特殊历史时期的政治选择，她对爱情对象的价值判断基于其所具有的政治品格。表面上看来刘丽文掌握着爱情和婚姻的主动性和选择权，但实际上她在文本中的功能只是一个性别政治的符号，作为丈夫王辉凡政治思想和身份的性别资源而存在。革命战争年代，王辉凡是个热情帮助学生的地下党员，刘丽文爱上了他，信赖他；社会动乱期间王辉凡变得官僚、盲从，缺乏独立的思想，成了只知执行政策、无视人的生命尊严的政治机器，刘丽文与他再也没有共同的思想基础和共同语言，因此离他而去；王辉凡被打倒，反而因此接近了群众，灵魂经受洗礼，焕发出自身的光彩，刘丽文对他的爱情复活。二者婚姻的离合，成为王辉凡思想历程的折射，这种安排显然饱含着叙事者的价值判断。

刘丽文追求志同道合、心心相印的爱情和婚姻，而这种心灵的沟通又必须建立在对国家、社会具有共同认识的基础上。当王辉凡失落了这种品质时，她的爱情施于忧国忧民、具有“鲁连蹈海义不帝秦”精神的祁原；当王辉凡心灵净化以后，刘丽文对他的爱情开始复苏。正如叙事者所言“无论她自己和祁原的或是和王辉凡的爱情，都不是纯男女之爱，一个现代中国有思想的女性不可能有别样的爱情啊！”① 这种爱情和婚姻必然与时代、政治相连。鲁彦周的《天云山传奇》、李国文的《月食》、王蒙的《蝴蝶》等文本也通过女性的婚姻选择来表达对男性政治地位的重新确立。

婚姻幸福固然是人类共同追求的情感价值之一，然而自进入新中国成立以来，个人的婚姻幸福已经纳入集体幸福之中。幸福不再是个体的价值追求，而是成为民族国家话语的载体，通过婚姻的微观权力渗入到生活的各个角落。陆星儿的《啊，青鸟》中，妻子蓉蓉本来通过翻译《青鸟》，拥有了个人价值实现的幸福，最后自觉地由寻找个人幸福想到国家找到幸福，这本身就是一种乌托邦情结。丈夫舒榛身旁的另一个女性秦辛始终追求自身的价值实现，陆星儿把她塑造成了最有争议的人物。最后，凡是追求个人幸福的都以失败告终，这些都是曾拒绝把个人幸福结合到国家宏大幸福中的人物。舒榛最后回到妻子身边，秦辛被赵国凯拒绝。个人的婚姻幸福再次消融在民族国家话语里。

二　现实与婚姻

爱情是理想的载体，婚姻是现实的存在，四者构成了婚姻/现实、爱情/理想两对意识形态结构。“婚姻是爱情的坟墓”可以用来诠释80年代前期小说文本中的婚姻观。叙事者站在“五四”的启蒙立场，用理想主义、人性来批判婚姻的非理想性，婚姻被叙述为埋葬爱情与理想的存在，家庭场景被叙述为麻痹心灵、束缚个性的空间。

80年代前期关注爱情婚姻的作家如张洁、张抗抗、张辛欣、王安忆等对婚姻都很悲观，让婚姻承担了拆解理想的叙事功能，用婚姻生活揭示了爱情神话的虚幻性，流露出理想幻灭后的悲哀，婚姻/现实呈现为荒凉冷漠的景象。如果说张洁在婚姻之外正面宣告了理想爱情值得追求，那么谌容在婚姻之内宣告了理想爱情的不可实现性。比起张洁的理想主义，谌容要冷静得多，她的《错，错，错！》讲述了理想主义的爱情观如何在美满婚姻之中遭受失败的故事。把张洁和谌容讲述的爱情故事连起来读，可以得到一个完整的故事。钟雨和老干部的爱情因无法进入婚姻而显得无比瑰

① 韦君宜：《洗礼》，《当代》1982年第1期。

丽，她对婚姻满怀理想主义的情结，宣称“没有爱情的婚姻是不道德的”；而汝青和惠莲在恋爱时尽享浪漫，婚后却冷漠得形同陌路，不得不认同“天底下，多的是失去了爱情的家庭，它们照样在地球上运转”。谌容将这个理想主义爱情的反题讲述得很彻底，她为汝青和惠莲的爱情排除了所有障碍，郎才女貌，既没有社会的妨碍，也没有婚姻道德的限制，又不存在世俗原则的干涉，俊男美女一见钟情，恋爱热烈而浪漫，汝青如饮美酒沉醉其中，自信进入了爱情的天堂。这样一个郎才女貌的爱情故事如果不“节外生枝”是无法继续下去的，谌容继而排除了社会因素对爱情的影响，没有让社会事件或突发事件改变爱情的道路，让汝青和惠莲顺利地进入了婚姻，而且是美满婚姻。她将汝青塑造为模范丈夫，洗衣做饭接妻子下班，洗尿布带孩子为妻子排解心理问题，总之，丈夫也没问题，双方也都没有喜新厌旧。然而汝青和惠莲建立在爱情基础上的婚姻结局却是冷漠麻木，不再相信爱情，以致惠莲早亡。其原因汝青归结为惠莲只想要天堂般虚幻的爱情，不想要地上的婚姻。

> 你是不食人间烟火的霓裳仙女，你生活在梦幻之中。你的爱情，就是你的梦幻。或悲或喜，忽暗忽明，随心所欲，任其自然。你所需要的，是一个配合默契、能够跟随你感情的脉搏一起跳动的舞伴。你所需要的，是一个爱你、怜你、娇你、宠你的天宫中的王子。可惜，我是地上的一个常人，不能超凡，不能脱俗，永远演不了天上“王子”的角色。[①]

爱情的不能承受之重造成了二人的隔膜，惠莲抑郁而亡，汝青终生痛悔。惠莲那没有与现实婚姻生活相融合的爱情是不存在的。耽于虚幻的惠莲只停留在对美好爱情的虚幻、想象和不断索取里，与沉迷于日常的子君殊途同归，都印证了鲁迅的话：“人必生活着，爱才有所附丽。”[②] 由张洁树起的“没有爱情的婚姻是不道德的”理想主义大旗，时隔 5 年，谌容用“失去了爱情的家庭照样在地球上运转”的沉重现实把它放倒。谌容发表于 1988 年的《懒得离婚》再次讲述了爱情与婚姻分离的故事，爱情是存在的，但无关婚姻。先锋小说以形式革命反抗现实主义成规，制造真实与虚构无界限、非理性的新意识形态。爱情在先锋小说中是叙事者逃避或解

---

① 谌容：《错，错，错！》，《收获》1984 年第 2 期。

② 鲁迅：《伤逝》，《鲁迅全集》（第 2 卷），人民文学出版社 2005 年版，第 124 页。

构的话题，文本中有欲望、有伦理、有暴力、有性、有死亡以及讲述这些话题的形式，少有爱情和它的形式，这是属于先锋作家的“不谈爱情”。

80 年代的叙事者们宣告理想爱情之不可实现的同时，也用婚姻宣告了永恒、专一的爱情神话破灭。叙事者意识到，人的感情并不是一种永恒的东西，承认夫妻间的感情是可变的，表现出“婚外情”、艳遇符合人性以及爱情、婚姻、性相互分离的价值取向。婚姻会受到外界环境的诱惑。陆星儿的《啊，青鸟》里，丈夫舒榛上了大学，视野更开阔，认识的同学更有品位，于是看妻子蓉蓉不够层次了。婚姻暴露了爱情喜新厌旧的本性。张笑天的《公开的“内参”》里，中年记者陆琴方尽管对妻子一往情深，但面对年轻热情的女大学生戈一兰仍然怦然心动，只是他不敢跨越雷池，因此受到奚落。叙事者借婚姻讨论了人性这个 80 年代的重要话题，透过婚姻场景看到了“人性”的丰富、复杂、多变。

婚姻/现实作为对爱情/理想的扼杀者受到批判。夫妻间“没话儿”的“凑合婚姻”首当其冲。阎云翔在著作《私人生活的变革：一个中国村庄里的爱情、家庭与私密关系：1949—1999》中指出，“共同语言”是 80 年代农村青年择偶的重要条件，这是始自 40 年代的革命爱情观宣传渗透的结果[①]。夫妻“没话儿”就是没有“共同语言”，显然不符合革命对爱情和婚姻的规训。干部徐明夫与文化不高的妻子杨月月没什么话儿说还可以理解（谌容《杨月月与萨特之研究》），没有爱情的刘述怀夫妇没话儿说也有充分理由（谌容《懒得离婚》），汝青和惠莲由有着说不完的话到可怕的沉默令人震惊和惋惜（谌容《错，错，错!》）。刘述怀是个苦中作乐的形象，他提出的“理想家庭”看似幽默，实则满怀苦涩。他说理想的家庭一要有两间房，二要三天请一次客，三要男女双方各有一个乃至几个无话不谈的朋友。两间房夫妻一人一间，为的是彼此都有一个可以逃避对方的空间，各自有朋友是因为彼此之间无话可说。陈晓明解读刘震云的《一句顶一万句》，最推崇的就是作家关注了夫妻间“我们俩没话儿”的婚姻状况。“懒得离婚”道出了刘述怀的苦水，离婚的人活得认真，有勇气，他婚都懒得离，一辈子就凑合过了。凑合的婚姻就这样淹没了一个有生命活力的人。汝青说不上比刘述怀幸运还是更加不幸。爱情幻灭后，汝青和惠莲夫妻俩同原本就没有爱情的刘述怀夫妇一样“无话可说”，一样对婚姻麻木，汝青比刘述怀更加痛苦，他不堪这麻木却要清醒地忍受这麻木，

---

① 阎云翔：《私人生活的变革：一个中国村庄里的爱情、家庭与私密关系：1949—1999》，上海书店出版社 2006 年版，第 58 页。

他们对离婚的看法如出一辙，“懒得离！”“离了又怎么样？还能再去寻找吗？”“算了，爱情算得了什么，何必去自寻苦恼？天底下，多的是失去了爱情的家庭，它们照样在地球上运转。就让我们这个不幸的家庭也加入进去吧。”[①] 费孝通对恋爱绝没有理想主义的认识，他指出恋爱中无我的感情原则与婚姻的理性原则正好相反。“若是把恋爱训作两性无条件的吸引，把一切社会安排置之不顾的一往情深，（这是一种艺术，而不是社会事业）婚姻也必须是这种恋爱的坟墓了。真的坟墓里倒还安静，恋爱的坟墓里要求一个安静的生活却是不可能的。”[②] 这番解说为汝青和惠莲的爱情幻灭与婚姻痛苦作了最贴切的注解。承认爱情的虚幻性对于刘述怀和汝青并非是幸福的事，无论是刘述怀最后对离婚的人表达的敬佩之情，还是汝青对亡妻惠莲的痛悔，都掩盖不了他们面对婚姻现实那种深重的失败感和绝望情绪。

费孝通从家庭社会学的角度对中国社会中夫妻的感情淡漠进行了解释。他认为中国的家庭是一个事业组织。事业需要的纪律性排斥了夫妻的感情。不但在大户人家，书香门第，男女有着阃内阃外的隔离，就是在乡村里，夫妇之间感情的淡漠也是日常可见的现象。我所知道的乡下夫妇大多是“用不着多说话的”，“实在没什么话可说的”[③]。无话可说不仅被视为自然，而且设置男女有别的社会原则防范感情。冯友兰曾指出，儒家论夫妇关系时，但言夫妇有别，从未言夫妇有爱。“男女有别”是认定男女间不必求同，在生活上加以隔离。这隔离非但是有形的而且还是心理上的，男女只在行为上按着一定的规则经营分工合作的经济和生育的事业。夫妇是事业上的合作者，而不是感情的伴侣。“婚姻所缔结的这个契约中，若把生活的享受除外，把感情的满足踢开，剩下的只是一对人生的担子，含辛茹苦，一身是汗。”[④] 费孝通先生严肃的理性分析之下对中国传统社会的夫妻伦理充满悲观，把婚姻视为事业、生育制度，婚姻就是经营事业，感情破坏事业，理应受到压抑，夫妻“没话儿”正是理想状态。按他的观点，夫妻感情属于西方文明，中国夫妻是事业伙伴，夫妻感情是舶来品。凑合婚姻在中国虽有社会基础但并不表明它的合理性，只表明中国夫妻经营感情缺乏经验与传统。

凑合婚姻与家庭的组织化造成的离婚难有一定关系。谌容在《错，

① 谌容：《懒得离婚》，《解放军文艺》1988 年第 6 期。

② 费孝通：《乡土中国》，上海人民出版社 2007 年版，第 466 页。

③ 同上。

④ 同上。

错，错!》里借汝青之口痛斥了离婚难：“要离婚，先必须接受调查，接受调解，把家庭中那些说不清、道不明、见不得人的事情，统统抖露出来，赤裸裸地公诸于众。不搞得身败名裂，怎么离得了婚!”[①] 在中国人的观念里，婚姻绝不仅仅是男女双方的事，单位制进一步弱化了婚姻的私人性。私人空间的缺乏在结婚和离婚这两件事上体现得非常充分。适龄男女不结婚，邻居大妈和同事大姐都不会放过他/她，他们对他/她的婚事比对自己的事还用心，直到用各种意味深长的目光、流言和热心把他/她推进婚礼。结婚难，离婚更难。“宁拆十座庙，不毁一桩婚”的传统观念和组织审批的现代观念共同造成了离婚难。谌容在《懒得离婚》里用反讽的手法描绘了离婚难的情景。两口子要离婚，赵婶、李大妈、孙姐、汪奶奶、支部委员、人事干部、妇女委员、工会主席、爹、妈、哥、嫂、丈母娘、老丈人、七姑八姨都来轮番轰炸，但谁也不听那个挨欺负的妻子说话，只有一个中心思想：不准离婚。最后只好不离婚了，因为供不起茉莉花茶了，“茶叶桶子又空了”。

凑合婚姻埋葬了单纯、整一、热烈的80年代理想主义爱情观，离婚自由和“婚外情”表达了新时期的个人主义价值取向。如果说“政治与婚姻”负载着民族国家话语，那么“婚外情”承载着个人话语，以反封建、个性解放的人道主义话语建立个人叙事的合法性。在个人与国家二元关系上突出了个人，把个人价值的实现表述为对爱人的重新选择。离婚自由和“婚外情”的意义在于挣脱婚姻家庭的无尽关系，促成“个人”的登场与确立。

在特殊历史时期，有一种婚姻建立在危难基础之上，一方为解除危难与另一方结婚，抽空了爱情的婚姻成了一种活命的形式。当危难过去，爱情重新成为一方精神需要而另一方无法呼应的时候，就出现了寻找爱情而放弃无爱婚姻的现代“陈世美—秦香莲”式夫妻。如《花工》，小说中的女主人公素芳，逃避逼婚时被驼背的花工王凯解救，后因找工作而与王凯结合。素芳考上大学后发现与王凯没有真正的爱情，后与高干子弟陈风相识，离开王凯与陈风结合。再如《在两个问号之间》中，女知青卓乃丽插队的村子穷得几乎饿死人，她又得了病，连基本的生存都无法保障时，为求生嫁给了当地农村青年赵锁柱。《一个冬天的童话》中遇罗锦为了自己不被饿死，为家人离开北京在农村有落脚之地嫁给了在黑龙江北大荒插队的北京知青赵志国。卓乃丽与遇罗锦当时考虑的就是生存问题，面对生

① 谌容：《错，错，错!》，《收获》1984年第2期。

存，爱情太过奢侈，爱情理想让位给生存法则。她们为了生存而被迫放弃了爱情理想，接受了有条件的互利婚姻。对于以生存为出发点的婚姻，叙事者对个人放弃原有的婚姻追求爱情的行为给予了支持。

知识与城市的新意识形态制造了婚外情的可能性。现代“陈世美—秦香莲”式的夫妻伦理问题，主要由知识与城市这两个现代文明要素所引发，表现为有文化有知识的已婚者渴望追求爱情。陈可雄、马鸣的《杜鹃啼归》中的“他”与妻子在农村过着温馨的家庭生活，但妻子文化素质低，他有文化，夫妻二人在精神深层无法对话。他考上大学、到大城市读书后，与妻子的思想差异更为明显，造成了他的心灵饥渴，与女同学有了婚外情感。有无文化成为有无共同语言的决定因素。有文化则有共同语言，无文化则无共同语言，文化联系着夫妻的心灵与精神。他在心里把妻子与女同学作了对比，与妻子“夜晚在一起时，妻一开口就是柴缺屋漏，而当他讲到学校或书本时，她不是‘嗯嗯’地应付着，就是呼呼地睡过去了”。而他的女同学身在大学，桌前摆着普希金与海涅的诗集，是一个热情浪漫的知识女性。《杜鹃啼归》的续篇《飞向远方》讲述了农村青年考上大学后分配在北京工作，对农村的妻子疏远，追求大学女同学的故事。王安忆的《金灿灿的落叶》也写了这样一个文化决定夫妻共同语言的故事。女主人公莫愁承担了一切家务，让丈夫复习并考上了大学，但其后的共同语言越来越少，二人之间出现了一道精神的鸿沟，丈夫爱上了他的大学女同学。文本把莫愁与丈夫之间的感情裂痕和“第三者”的进入归结为丈夫拥有知识而莫愁缺乏知识，让莫愁发愤学习，以知识来填平与丈夫之间的精神鸿沟，重新获得爱情。知识激发婚外情，城市容纳婚外情，知识和城市支持了个人在80年代的登场。一些“婚外情”的文本透露出爱情、婚姻、性相分离的价值取向，为日常生活最终消融理想作好了话语准备。李宽定的《浪漫女神》里，一个已婚男性面对年轻女性有心动无行动，受到了叙事者的批判和嘲弄，他被理解为一个被文明枷锁泯灭了生命活力的人，而女孩子却非常可爱。王安忆的《锦绣谷之恋》里，一个中年女性与丈夫的婚姻生活已经审美疲劳，她在出差时与一位陌生男性相爱了。叙事者只是让这段意外的婚外情诠释了新鲜感，最终让女主人公平静地回了家。

遇罗锦的《一个冬天的童话》和她轰动一时的离婚案互文性地提出了“我是否应当因为我自欺过，而把继续和他凑合过作为对自己的惩罚，永远自欺地过下去”的社会性问题。严肃的离婚自由和婚外情，以及“痛苦的理想主义者”所凭借的理论都是恩格斯“没有爱情的婚姻是不道德的”

经典理论，只是他们以结束不理想婚姻的方式来追求理想的婚姻。陈世旭的《第三者》中的男人认识另一个女人之后，发现从前和妻子在一起的生活并不是真正的生活，而是一种敷衍，“那种违心的敷衍实际上是苟且，是淫乱，是罪过”。楚良的《对第三者的审判》结尾，慕容华在法庭上喊出：“没有爱情的婚姻才是不道德的，我们爱！”这个著名的婚姻观自然有其偏狭之处，但对满足于过日子的中国人的婚姻观有巨大的冲击力量，它动摇了凑合婚姻的思想基础，确立了以个人爱情为基础的婚姻观，当然也为一些对婚姻不负责任的人提供了冠冕堂皇的理由。

我们知道，子君喊着“我是我自己的，你们谁也没有干涉我的权利”离开叔父的家，并没有一劳永逸地迎来个人的解放，而是如鲁迅所说“不是堕落就是回来”。旷新年指出，个人并不是自己从家庭里解放出来，而是国家把个人从家庭里解放出来，组织到新的社会组织和秩序里。那么80年代前期，举着恩格斯“没有爱情的婚姻是不道德的”理想旗帜摆脱婚姻束缚的个人，解放到哪里去了呢？戴锦华在《隐形书写》中这样写道：

> 而90年代，当广告与大众文化取代主流或精英文化成为展示理想生活、示范人生价值的窗口之时，一个或许不期然的策略，便是以理想核心家庭的表象取代并裂解集体主义或传统血缘家庭价值的表述。……跨国公司昂贵的广告序列、来自西方国家的肥皂剧以盗版VCD形式传播的好莱坞电影，几乎是在不约而同地书写、构造着个人、个人空间，呼唤并构造着中产阶级的美妙生活；此间核心家庭的形象，作为全球化的标准形象，成为一种恰当的非意识形态/日常生活化的意识形态载体。①

民族国家话语把个人从家庭、单位制、集体主义层层约束的“公共”的婚姻里解放出来，为即将到来的市场经济作了个人观念上的准备。

三 日常与婚姻

80年代，从小说文本的题目就能看出婚姻观念的巨变，其剧烈程度不亚于从计划到市场的经济体制转型。1979年，张洁沉重而热切地呼唤《爱，是不能忘记的》，1989年，池莉喊出了《不谈爱情》《烦恼人生》。再也看不见“爱情”的影子，只有找对象、结婚、生孩子、夫妻吵架、提

---

① 戴锦华：《隐形书写——90年代中国文化研究》，江苏人民出版社1999年版，第211页。

职、出国这种一地鸡毛般的烦恼人生。新写实小说在80年代末完成了对“爱情”神话的解构，10年仿佛有100年之久，爱情已经落满尘土，古典而遥远，甚至成为嘲笑的对象，从此“日常生活”与婚姻现实成为新的主流话语。戴锦华从解构理想主义与解构爱情的关联进行了阐释。她说：

> 伴随着改革开放进程的深化，宏观领域中的经济实用主义的入主，必然携带着颇为张扬的物神与沉重而诱人的物质现实登场；深刻而巨大的社会转型所必然伴随的文化革命，则使得解构理想主义成为一个必须的文化环节。……如果说“爱情”曾作为理想主义话语的重要载体之一，那么，消解爱情同样成为新主流构造中的必要步骤。①

正是在新主流话语的意义上，戴锦华指出池莉始自《烦恼人生》的小说序列，显现了相当深刻的意识形态症候意味。从某种意义上说，“新写实主义”，尤其是池莉的写作，于不期然之间，成了对80年代——理想主义最后的黄金时代的送别；《烦恼人生》的发表完成了一次由理想而为现实的，看似突兀，实则从容的降落②。戴锦华认为池莉的小说不是理想主义的绝望陷落，而是此岸人生的清晰显影。她准确地概括出池莉小说告别理想主义的精神向度，并肯定其彰显日常生活的话语价值。孟繁华在《1978：激情岁月》中说：“日常生活被表达的方式，取决于作家的价值目标和对日常生活的理解。”③ 池莉以婚姻家庭的世俗化叙事确立了日常生活的价值。在文学史的意义上，对日常生活的肯定是有其历史进步意义的。理想主义是中国当代文学的精神内核，在精神/物质、理想/现实、革命/日常的二元结构中，物质、现实、日常始终处于需警惕、被压抑的一端，未得到过正面的价值确认。即使到了80年代前期，思想界、社会生活中、小说里高擎的仍然是理想主义的大旗，人的价值主要在精神层面、国家高度来实现。在池莉这里，人物追求的目标发生了下移，由理想降落到现实，由爱情降落到婚姻，她为普通人建立了一套日常生活话语。正如陶东风在《社会理论视野中的文学与文化》中对世俗文化价值的承认：“当今社会的世俗化过程及其文化伴生物——世俗文化，同样具有正面的历史意义，它是中国现代化与社会转型的必要前提。……它在以自己大量的文化

---

① 戴锦华：《涉渡之舟：新时期中国女性写作与女性文化》，北京大学出版社2010年版，第46页。

② 戴锦华：《池莉：神圣的烦恼人生》，《文学评论》1995年第6期。

③ 孟繁华：《1978：激情岁月》，山东教育出版社1998年版，第227页。

产品占据了市场与读者的阅读空间，客观上使文化的一元格局难以维持。这难道不是一种值得肯定的力量么？”① 在笔者看来，池莉小说在80年代小说家庭叙事中的意义主要在于完成了对家庭价值，尤其是核心家庭的话语转换，由“五四”式的批判婚姻、家庭束缚个性、破灭理想转换为对家庭生活重塑人性的肯定与颂扬。池莉把婚姻、家庭之于每个普通人的意义推向神圣，从而制造了家庭神话。理想主义失落之处，正是日常生活升起的地方。池莉联结起80年代的理想与90年代的日常生活。她小说里的人物，认真地经营着他们的婚姻和家庭。

池莉对婚姻、家庭价值的确立从解构知识分子的爱情观开始。花前月下、海誓山盟、志同道合的爱情故事作为理想主义话语的象喻，成了池莉着力消解的主要对象之一。在池莉那里，爱情是一种话语的虚构，谎言的网罗；人生的智慧在于窥破这美丽的谎言，获得一种对并不完满的婚姻/现实的认可与坦荡。她在《不谈爱情》里选择了知识分子庄建非作为男主人公。庄建非的个人梦想不再是罗群式的追求理想的社会进步的（鲁彦周《天云山传奇》），也不再是钟雨式的追求人性理想的“爱情梦”，他逐渐放弃浪漫的“爱情梦”，认同为更实在的“日常生活梦”，落脚在平实琐碎又无比重要的婚姻上。知识不再带来爱情的魅力，而蜕变为爱情和婚姻的障碍。文本从知识分子庄建非贬低和逃离他的知识分子家庭（父母和妹妹）入手拒绝“知识”，走向“日常生活”。庄建非觉得知识女性王珞的爱情已经让他无法消受了，他拒绝了王珞。王珞在探询爱情的小说里会是个苦苦思索、不断追求的女性，在《不谈爱情》里她被戏仿为一个高傲的神经质的可笑形象。她在电梯里给过庄建非一个眼神，然后就跑到花坛边等他。结果他根本没理解这个信号，当然没有去赴约。爱情已经由承载人的解放的理想化价值观蜕变为缥缈可笑的边缘个性，变成老姑娘的怪癖，宣告了理想主义话语已经失去支配生活的征服性力量。但从未完成的启蒙意义上来讲，“没有爱情的婚姻是不道德的”无论如何都不应该成为一个笑话。在理想主义话语之下，婚姻是批判的对象，在池莉这里，婚姻被提升为一个男性知识分子成长的空间和动力。庄建非遇到了已婚女人梅婷，在梅婷那里得到了性的启蒙和欢娱。在找到理想的爱人之前，主人公的身体和灵魂已经不纯洁了，在推崇“连手都没拉过”的80年代初的爱情理想主义者那里，这种场景是不可能出现的。在庄建非这里，与其他女人的婚前性行为并没有成为一个问题，反而作为启蒙的一种方式促使他由男孩

① 陶东风：《社会理论视野中的文学与文化》，暨南大学出版社2002年版，第58页。

走向初步成熟的男人。更重要的是，梅婷这个形象是日常生活的象征。她自身优秀，有优秀的丈夫和孩子，有美满的家庭，她启蒙了庄建非，使庄建非认识到婚姻和家庭比爱情重要得多。庄建非与梅婷的相遇使他放弃了浪漫的爱情梦，心甘情愿地钻进了花楼街的女孩吉玲精心编织的婚姻之网，因为他从吉玲身上体验到了过日子的味道。漂亮的妻子、独立的小家庭成为安放知识分子个人梦想的现实空间。主导 90 年代中产阶级的家庭梦想已经呼之欲出了。

池莉认可此岸婚姻，把婚姻家庭当作普通人成长和实现人生价值的空间，甚至怀着一种敬意书写普通人的日常生活。这在倡导理想主义、集体主义话语的中国当代文学中并不多见，因而弥足珍贵。《不谈爱情》是庄建非的成长史，《太阳出世》是赵胜天夫妇的成长史。庄建非婚后与吉玲的家庭矛盾以及矛盾的成功解决，直接推动了庄建非的成长，使他由一个单纯、有个性的知识男性成长为会经营婚姻、有能力提职、出国的成功男人。婚姻生活、抚育后代促进了赵胜天夫妇的成长。池莉以“太阳出世”命名了一对平凡的年轻夫妻所经历的一次平凡的生育。在此之前，尚没有一个中国大陆作家如此细腻、逼真而兴趣盎然地记述一个女人从妊娠、生育、抚育孩子的全部不无苦楚、有泪有笑的过程；记述一对尚不成熟的年轻夫妻如何“个中甘苦两心知”地度过了这一全新的寻常岁月。池莉将它呈现为一次学习与成长的过程，新婚一年间经历的辛酸、琐屑、困窘的日子使他们由任性、粗鲁、自我、惹是生非的小青年成长为负责、体贴的丈夫和奉献、宽容的妻子；儿子出世的欣喜、抚育后代的艰辛与欢乐使他们由无须操心衣食的儿女成长为尽职尽责的父母，进而形成了责任、宽容、进取、奉献的人生观，而这是各自的原生家庭不曾教会他们的。这部以武汉街头闹剧式的婚礼开始的故事，成为一个特定的、池莉式的成长故事。一如《不谈爱情》是男主人公庄建非在一次夫妻口角引发的婚姻危机中认知了现实与妥协，因而“长大成人”。

《烦恼人生》的主人公印家厚是位普通的男性，文本也采用了男性选择女性的结构来表达对日常生活、婚姻、家庭的认同。正如庄建非拒绝王珞，选择吉玲，是因为在吉玲身上体验到了过日子的味道，印家厚抵御了徒弟雅丽、幼师晓芬、初恋情人聂玲的诱惑，最终认可了“整天蓬松着头发的邋遢”妻子，也是由于他领悟到，婚姻是实实在在的热汤热菜热毛巾，从烦恼的现实人生中体悟到了比爱情更实在的东西，认同了妻子就应该是“粗粗糙糙，泼泼辣辣，没有半点身份架子”，更重要的是“这世上就只有她一个人在送你和等你回来”。这当然并非是他向往的“理想爱情”，甚至偶尔心中会产生瞬间的杀机（“手中的起子寒光一闪，一个念头稍纵即逝”），但他并没有像刘述怀（谌容《懒得离婚》）那样“懒得离婚”，他无暇思考“没有爱情的婚姻是否道德”这个问题，他是一家之主，作为丈夫、父亲和儿子，他必须负担起家庭的责任和重担。印家厚使尽浑身解数支撑他的家庭：两个公共卫生间十户人家共用，一起床就得领儿子挤厕所；物价上涨，买不起给岳父的寿礼；住房要拆迁，姑妈的儿子还要来家里住；迟到一分半钟只得了五元钱的月奖；被人栽赃挨了批评，报考电大的事泡了汤等。对婚姻家庭负责对一个普通人来说实现了他的人生价值。刘川鄂用纯文学的标准来评价池莉的创作，概括了池莉创作的文学史意义，也指出了其存在的弊病。他认为，池莉等作家掀起的新写实主义小说浪潮，最大的价值不在于它开拓了一个似乎多么重要的题材领域，而在于它动摇了此前的“现实主义”创作原则。他指出，20 世纪 80 年代中后期的“新写实主义”与此前的中国当代文学史上指称的“现实主义”有明显差异，主流和本质是一元论的作家如果没有表现规定的本质或者主流就被斥之为自然主义或者是反现实主义的，因此它也会排斥日常事务、家庭琐事在文学描写中的作用。新写实小说摧毁了这种“伪现实主义”，给了作家自由表现生活现实的更大空间。但新写实小说有一个根本的弊病，它只表现了“真实的生活”而没有表现“真正的生活”。只有写实而没有价值支撑，尤其是中外优秀现实主义文学所开创的批判精神在这个文学潮流中尤其是在池莉的小说中尤其缺乏①。刘川鄂评判了池莉创作的优劣，他延用 80 年代文学的批评标准来评价含有向 90 年代文学过渡性质的池莉小说有些非历史性，说池莉小说“只有写实而没有价值支撑”显然没有看到“新写实”下的新意识形态。池莉小说的意义在于在 80 年代末确立了婚姻家庭的价值并建立了日常生活话语，使人们正视理想、政治、民族国家之外的日常生活空间，从而有效改变了理想主义话语独白的局面。她为庸常之辈、为主流意识形态一度不屑一顾的家庭生活和寻常岁月辩护，并赋予它近乎神圣的尊严与价值，然而不经意间却落入“日常生活”的新主流话语轨道。

80 年代，同样确立家庭生活价值的还有王安忆。她的《小院琐忆》《庸常之辈》《流逝》等小说肯定了个人营建家庭的价值。王安忆小说的意义在于在民族国家话语的边缘开启了家庭叙事的个人化书写，使家庭由“客厅政治”的寓所变成了寻常百姓家。第七章“家庭叙事的个人化”将

---

① 刘川鄂：《“池莉热”反思》，《文艺争鸣》2002 年第 1 期。

对此进行深入阐释。

20 世纪 80 年代小说通过爱情和婚姻故事确立了家庭的情感价值和日常生活的意义。民族国家话语在 80 年代中后期认可了家庭生活的价值，表现为爱情和婚姻的理想性减弱，日常性上升，个人与家庭在“日常生活”中实现了再度结合。中产阶级的家庭梦想成为个人追逐的目标。

第三章　性别话语

马克思在《1844年经济学—哲学手稿》中说："人和人之间的直接的、自然的、必然的关系是男女之间的关系……从这种关系就可以判断人的整个教养程度。"[①] 这个论断说明两性关系是人类文明和伦理的起点。一夫一妻制家庭，两性关系规范于夫妻之间，这是人类社会关系上最早的也是最简单的伦理规范，是人类历史上"最伟大的道德进步"[②]。也就是说，两性结合是家庭的起点，家庭是性别规范最初形成和应用的空间。人类学的研究显示，到20世纪90年代初期，家庭中横向的夫妻关系已经取代了纵向的父子关系成为家庭关系的主轴[③]。性别规范从产生时起就与社会伦理紧密结合，而且，中国传统的家庭伦理是国家政治制度的基础。由家而国，家国一体，始自家庭的"男女有别""男耕女织""男尊女卑"奠定了中国的社会性别角色分工和等级规范，奠定了国家政权和家庭人伦协调统一的基本范式。性别规范由家庭推广扩大至国家乃至社会的组织原则。因此，产生自家庭的性别规范在原初意义上就带有伦理性、制度性和意识形态性，与政治统治和意识形态控制密切相关。性别话语是关于性别规范的叙事和修辞，它与文化、意识形态、历史之间存在着千丝万缕的关系，揭示了存在于文本内外的话语意义与权力互动关系[④]。

20世纪80年代小说中，性别话语成为民族国家主体和个人主体建构家庭的必然选择。探讨80年代小说中性别话语在家庭、国家、个人三个层面的叙事策略，剖析家庭内部的性别秩序和家庭外部性别话语的建构和裂变，男性和女性对待家庭情感和社会价值的变动，会是一次有意味的

---

① 《马克思恩格斯选集》第42卷，人民出版社1979年版，第119页。

② 刘海鸥：《从传统到启蒙：中国传统家庭伦理的近代嬗变》，中国社会科学出版社2005年版，第4页。

③ 阎云翔：《私人生活的变革：一个中国村庄里的爱情、家庭与亲密关系：1949—1999》，上海书店出版社2006年版，第125页。

④ 马春花：《被缚与反抗——中国当代女性文学思潮论》，齐鲁书社2008年版，第10页。

尝试。

80年代小说文本中的性别规范及其话语表述由封建父权传统、“五四”新文化传统、社会主义传统以及新时期人道主义思潮共同制造而成。商与西周时代，男女有别的性别规范划定了人与禽兽的分界线和人伦的起点，奠定了父系社会的血缘基础和文明开端；小农生产方式下男耕女织的性别社会分工带上了主—从的等级内涵；男尊女卑将先天禀赋不同的男与女赋予不同的尊卑地位和道德要求并不得更改。“乾坤”和“阴阳”两对基本范畴确定了男尊女卑的性别秩序与天地阴阳一样，不可改变，代表君父男的乾道应该支配代表臣子女的坤道。父子相继的制度使女性失去了政治权利和财产继承权、所有权和祭祀权，丧失了经济上和政治上的独立。父子相继标志着父系社会统治秩序的最终确立。“公私”“内外”两个界线将“公”和“外”的开放性空间划归男性主宰，将女性禁锢在“私”和“内”两个封闭性空间内。在国与家之间谈公私，在家的范围谈内外①。男性可以公私兼顾，穿行在国和家之间，在国和家之中都占据统治地位。女性被隔绝在社会生活之外，与家庭天然地结合在一起，却不是一家之主。家庭是以男性为标志、为本位、为组织因素的，是“父”的家，家的秩序是严格的男性秩序，男性是家长，女性在家庭中只有“从父、从夫、从子”的从与服的地位，只有女、母、妇的功能性性别角色。家庭是父系统治确立过程中的关键性枢纽，将男耕女织和父子相继联系为一个统治整体，对女性发挥着父权社会国家机器的功能②。

近代以来，封建家族制度成为中国现代性进程的障碍，辛亥革命、“五四”新文化运动先后向封建家庭发起了冲击。家庭作为父权统治的意识形态国家机器，是男尊女卑的等级制性别规范最集中的场域，必然在政治文化变革中首当其冲。辛亥革命揭露了中国传统家庭与女性的关系：家庭是女性的牢狱，女性是家庭的囚徒。“五四”新文化运动动摇了压抑子辈的“父”的家，“女儿”勇敢地走出“父”的家，是女性历史上光辉的一大步，但却只是迈入了“夫”的家。家庭由封建大家庭转换为核心家庭，家长由父亲更替为丈夫，但家庭的父权统治秩序依然如旧，作为人伦之始的夫妇之伦所强调的女性的屈从并没有得到反思。“夫”的家代替了“父”的家，继续保持着男性在家庭和社会中主导性别的地位，而女性要

① 刘海鸥：《从传统到启蒙：中国传统家庭伦理的近代嬗变》，中国社会科学出版社2005年版，第17页。

② 孟悦、戴锦华：《浮出历史地表》，中国人民大学出版社2010年版，第5页。

由物体、客体、非主体成长为主体还需要漫长的过程。“五四”的爱情叙事中主导者与追随者、英雄与仰慕者、启蒙与被启蒙的性别设置证明了这一点。“十七年”文学和“新时期”文学在国家民族层面延续了男主女从的性别话语。80 年代大力追求的个人主体理所当然地被想象为男性，女性追随、辅助、选择男性得以进入父系秩序。但启蒙语境也使女性主体对性别话语的质疑和突围成为可能。首先，女性在个人意义上，要求作为“树的形象”和男性站在一起，与男性站在“同一地平线上”；其次，在性别意义上，女性对男女两性关系重新思考，并且尝试走出“夫”的家，进入社会或创造“方舟”以拯救女性自身，但陷入家庭角色与社会角色的矛盾中无法寻得有效的突围之路。

第一节　男性的主导

传统的性别规范将男性奉为主导性别，将女性视为从属性别，其所有的规定都是为了维护男性高于女性、主宰女性的等级制度和组织原则，经数千年延续完善，已由大众认同的伦理规范内化为个体自觉遵从的心理结构。男公外、女私内的性别分工和男主女从的性别秩序赋予了男性在家庭、民族、个人各个层面的主导地位。这种根深蒂固的性别规范经辛亥革命和“五四”的震荡已经有所松动，并且女性解放作为民族解放的一部分获得了“男女平等”的瞩目结果，但男性依旧是公共领域和家庭私人领域的主导性别，掌握着政治经济权利和话语权。80 年代前期的小说延续了“十七年”文学的性别话语逻辑，继续建构男性统治的公共领域和家庭私人领域，关于民族国家的现代性想象也继续渗透于性别表述之中。性别话语叙事策略及性别符号象征意义的延续表达了对男性主导的性别秩序的维护，具体表现为对传统的家长地位的坚守以及个人主体和民族精神的性别想象。男性形象大多是不属于家庭的“男子汉”和“改革英雄”。

一　家长地位的延续

正如孟悦、戴锦华所指出的：“家庭，及至家族，从它出现的那一刻起，便是以男性为标志、为本位、为组织因素的。家的秩序是严格的男性秩序。”① 家庭是“父”的家，是“夫”的家，男性在家庭之中占据家长

① 孟悦、戴锦华：《浮出历史地表》，中国人民大学出版社 2010 年版，第 5 页。

地位。不过，家长地位的确立与彰显却是通过对女性的规定实现的。80 年代前期小说中的家庭，尽管早已不是高老太爷的家，不是涓生的家，不是萧长春的家，但仍然是男性拥有家长地位的私人领域，以女性的受难、奉献和对女性的规训来延续“父”与“夫”的家长地位。

80 年代前期，作家通过“受难的女儿”来揭示传统“父亲”在新时期的存在和延续。男作家与女作家一起探讨“文明与愚昧的冲突”主题，性别规范无疑是这个主题的重要构成。叶蔚林的《五个女子和一根绳子》提供了一个“铁屋子里的少女”的寓言性民间文本。叶蔚林创造了一个男权统治严酷的愚昧落后的乡村世界，很容易联想起“铁屋子”的象喻，五个乡村女儿，明桃二十一岁，桂娟二十岁，荷香和爱月十九岁，金梅十八岁。她们生活在男权筑成的“铁屋子”里，这里没有时间，只有空间，女儿们足迹不曾踏出三十里。祖传的规矩，女人家一出嫁，就只配在灶台上吃饭。哪怕你活到八十岁，子孙满堂。外人面前，夫妻必须形同路人，在家全靠女儿传话。命运安排嫁给不喜欢的人，偷人便成了女人满足爱情的唯一渠道。然而，这个渠道是乡俗不允许的，惩罚的办法也是乡俗：自己的老婆，打死不偿命。生育时，舍女保男，舍母保子。“铁屋子”由乡俗筑成坚固的性别围墙，被围住的女儿们突围不得。

女儿们通过“看”家里其他女性的命运来想象自己将来的命运。她们看到的图景悲凉而可怖。爱月“看”奶奶和妈妈，看到了女儿到女人是个由美丽、高贵到衰败、低贱的生命过程。奶奶年轻时是个美人，许多男青年争着追求她，如今衰老得如同干笋，在家里辈分最高，但属于她的位置只有灶台，只因为是结了婚的女人，连给她过生日，儿子都不同意她坐席的愿望，小孙子却可以爬上席面。想坐席的已婚女人在男人们眼里是怪物，是个不服从规矩的异类。儿子给她过生日实际上与她一点关系也没有，只不过是儿子展示财富和赚取名声的仪式。爱月看到了女儿到女人的衰老丑陋，看到了女人在男性规则下没有权利没有色彩的一生。爱月看妈妈，便看到了将来婚后的自己与男人疏远冷漠的夫妻关系。

荷香看到的是嫂子的受难。嫂子的罪过是偷情。嫂子漂亮能干，哥哥粗鲁凶暴。美丽能干的嫂子被哥哥裸体示众，被愚顽的男人女人围观。女人的身体给愚昧的大众奉上了视觉的盛宴；偷情的女人裸体给丈夫抽打，满足了男女看客畸形的心理。嫂子受难，荷香发疯一样挡住嫂子，换来的是哥哥“叛贼”的咒骂和痛打。让荷香更绝望的是，她的相好“白背心”说的那句话“偷人，自作自受”！要知道，嫂子的现在就是荷香的将来。他日荷香若因与他偷情而受难，只会落得“自作自受”的下场。

桂娟“看”的对象是姐姐。姐姐命好，找了个好夫君，疼她爱她。但姐姐临盆那天，大河涨水，姐夫回不来。姐姐的生死交到了叔婆和收生娘娘手里。叔婆用大柴刀剁掉狗头，将狗血淋了满屋满床，驱赶“血盆鬼”。收生娘娘像个屠户，指甲好长，藏着污垢，骑在姐姐身上像揉面团一样用力揉压她的肚子。为了男性后代，姐姐献出了自己的生命。姐姐是自愿的牺牲。中国传统的性别规范里，男性是根。女人的职责就是保住这个根。叔婆做主弃大保小，弃女保男；收生娘娘用最野蛮残酷的办法让产妇生下了这个根。母亲含笑而去。男性之根，却由女人来忠实地执行，用血淋淋的杀戮换来一个男婴的啼哭。毫无同性之间的怜悯，更无反省。桂娟受了极度的惊吓，终日精神恍惚。

明桃视婚期如死期，提到婚期就落泪。她有后妈，苦日子不用提。她不必看别人的血泪史，自己就是苦水泡大的。嫁为人妇对她来说是更深的苦难。金梅最小，是其他四个姐妹的追随者。

女儿们在家中的女人身上看到了等待她们的命运由两个阶段构成，“娘屋里做女”和嫁为人妇。一个天堂，一个地狱。对于这些女儿们，出嫁就是进鬼门关，下地狱。男人和婆婆就是阎罗和鬼怪。她们对“夫”的家充满恐惧和抗拒，但并没有批判“父”的家，相反，对女儿身份颇为认同，很享受“娘屋里做女”的纯净与安宁，滞留在走出“父”的家之前的“女儿”阶段。“父”作为“女儿”的供养者保持着家长地位，但五个女儿上吊游“花园”后，明桃父亲和金梅父亲争吊死女儿那根绳子的细节暴露了“女儿”在“父”的家之中地位还比不上一条绳子。正是“父”对“女儿”婚后命运的默认使女儿们陷入绝望，对“女儿”的无视和轻视导致了花季女儿的凋谢。

《五个女子和一根绳子》中农村女儿的受难显而易见，铁凝的《没有纽扣的红衬衫》里，城市少女安然的受难则非常隐蔽。安然尽管读书受教育，却受“父法”支配而不自知。铁凝善于塑造“女儿”形象。安然是80年代初引人注目的追求个性、不同俗流的少女形象。但从性别话语的角度来分析，安然却是个维护“父法”而不自知的“女儿”。安然的主要活动场景之一是家庭。安然与妈妈矛盾最激烈，偏向爸爸，和姐姐最要好。安然与妈妈的激烈冲突有两次。第一次是在小说的第三节，安然的父母刚出场，妈妈熨皱了爸爸的裤子，安然帮助爸爸，与妈妈大吵了一架。

“不说就等于不存在吗？爸爸五个扣子掉了三个，叫你缝一下，你反过来问他为什么不自己缝；爸爸的袜子找不到，请你帮忙找一下，你又反问他，为什么不自己去找？这就是妈妈！要是有工作的妈妈都这样，那我宁愿要个家庭妇女妈妈！”

“这可都是你说的。没有心肝的东西，你可别后悔。我这就走！”妈妈作了一个要冲出屋去的姿态。①

安然完全站在爸爸的立场上来批评妈妈，不自觉地受了男权思想的影响。她把“有工作的妈妈”和“家庭妇女妈妈”对立起来，毫不犹豫地选择了后者，无师自通地将妈妈的家庭角色定位为“妻”和“母”，照顾好丈夫、孩子的生活，如果做不好，就不是好妈妈。第二次母女冲突是妈妈发现了安然和刘冬虎去划船。妈妈批评安然和男孩子“偷偷摸摸”地出去。妈妈管教安然的方式有点直接和简单，但在80年代，家长视早恋如虎狼的年代，跟踪、私拆信件、偷看日记、禁止与异性同学来往，都不是什么稀奇事。安然的妈妈只是要求女儿出门时和她打个招呼，“偷偷摸摸”也属用词不当，就被安然斥责“我看不起你”，被大女儿安静直接定论“你不对”，丈夫也跑过来大喊“你不懂得尊重人”，这些指责显然又要求妈妈具有民主、平等、自由的现代文明观念。在父女联盟的双重要求之下，妈妈悲愤而无奈。

安然要求妈妈做爸爸的好妻子，女儿的好妈妈。妈妈应该给爸爸熨裤子，熨不好就要接受批评，不接受批评更错得离谱。妈妈应该全心为女儿，以女儿的成绩为自己的成绩，通过教育女儿实现自己的价值。因此妈妈不给她找英语辅导老师，她的同学做客不给做饭而去加班，简单粗暴指责女儿早恋都是母亲不称职的表现。她毫不留情地指责妈妈，与妈妈面对面地辩驳，甚至教训妈妈。她身上没有女儿与母亲亲密温暖的感情联系，全是挑剔、批评、指责、嘲笑。她的力量来自男权，父亲、丈夫对母亲、妻子的男权统治。她身在其中而毫不觉醒，对妻子、母亲的要求，就是对已婚女性的要求。这锁链有一天也会加在她身上。她享受着女儿的特权，全然不知道自己将面临与妈妈一样的家庭与女性、与个人的两难处境。所以，安然的形象是受传统性别观念影响而不觉醒的形象。安然对母亲角色的认识既要求母亲做到传统的相夫教子，又要求她理解、尊重、支持孩子。从她的品质来说，她显露了自私的一面，她根本不考虑妈妈的处境、想法、愿望、心情，一味指责妈妈。这点又与“孝”的传统思想相矛盾。安然继承了传统思想中的男权主义，用男人的立场和眼光看妈妈，显示了

① 铁凝：《没有纽扣的红衬衫》，《十月》1983年第2期。

她的保守性；同时她又抛弃了传统思想的内核“孝”，指责和顶撞妈妈，但这并不表明她的现代性，只说明她过于自我，并不表明她独立。姐姐安静扮演了母亲的角色，爱安然，照顾她、理解她。当安然与妈妈有矛盾时，总是她来调解。写到妈妈时语调是无奈、包容的，安静对妈妈也是有要求的，妈妈没做到的她都做到了，代行母职。

在母女三人中，妈妈是失败者的形象。长得漂亮，有点文艺，有情绪，没头脑，不了解社会，随波逐流，处理不好自己的个人事务，也照顾不好丈夫，不理解女儿。她只有现代女性的观念，缺乏做现代女性的能力。不仅无法启蒙女儿，反而处处受女儿挟制和嘲笑。妈妈作为女性个人和女性意识的觉醒者遭到了女儿不明就里的否定和抵制。又一次证明了启蒙者的性别如果是女性，启蒙结果通常是无效的判断。铁屋子里的女性是悲哀的。荷香们的铁屋子看得见，安然们的铁屋子看不见。看得见的，人们一致去捣毁它。看不见的，人们无视它任它存在。安然身上有看不见的铁屋子里未觉醒的女儿的影子，而不全然是“个性解放”的新时期少女。

同样维护“父法”的还有问彬《心祭》里的女儿们。五个女儿都是知识女性，自以为有文化、有思想，却没有一个真正爱母亲，尊重母亲的人格，理解母亲的感情。母亲在封建家庭沉重的伦理、习俗束缚下，含辛茹苦把女儿们抚养长大。她老了，唯一的心愿是与年轻时的恋人结合。五个女儿都不同意妈妈晚年再婚。妈妈到死也没有实现她的心愿。女儿们顶着现代女性的身份，却因袭着愚昧得近乎残酷的“父法”，代替“父”实施了对母亲命运和精神的虐杀。那一丝忏悔透露出“女儿”反思“父法”的消息。

王安忆的《流逝》、张洁的《祖母绿》等小说塑造了管家形象的知识女性妻子，揭示出“夫”的家以及“丈夫”的家长地位依然存在的现实。《流逝》中的欧阳端丽和《祖母绿》中的卢北河解决了子君未能解决的经济问题。她们与凌叔华《酒后》《花之寺》中的新式妻子也不同，虽同为知识女性，但其所生活的家庭并非二人之家，而是上有公婆下有孩子中有小叔、小姑的大家庭，面对的问题也不同，新式妻子面对女性自身的问题：爱情到手、幸福到手，女性还能做什么[①]？当家的知识女性面对外在的家庭问题：一个家庭如何在社会上生存下去？叙事者以女性的视点在家庭空间里“看”知识女性和男性，知识男性在家庭里“百无一用是书生”，知识女性才是高明的管理者和家庭的灵魂人物，但男性仍处在“家

① 孟悦、戴锦华：《浮出历史地表》，中国人民大学出版社 2010 年版，第 86 页。

长”地位，女性扮演着管家的角色，不过，管家维持家庭日常生活、凝聚家庭成员的责任感和卓越能力使“家长”的逃避、无能暴露无遗。

欧阳端丽和卢北河把家庭当作事业来经营，在家庭里锻炼成为坚强女性和家庭的庇护者。她们的丈夫何文耀、左葳在妻子羽翼下过着滋润的知识分子的优雅生活。他们只管上班，挣份儿工资，其余什么也不管，家里一切事务全扔给妻子，家庭的命运与他们无关，是妻子的事。欧阳端丽和丈夫何文耀一样大学毕业，嫁给何文耀之后就做了这个大家庭的主妇。上有公婆，下有小叔、小姑，还有三个孩子。婚后不久，公公被打成资本家，那点家财尽数抄没。端丽临危受命，当了这个落难的大家庭的当家人。她要管理家庭一应事务，买菜、做饭、打扫、整理，要应付最头疼的问题：没钱怎么办？端丽先是辞了保姆，自己买菜。每月精打细算那几十块钱的生活费，仍入不敷出。给人带小孩、在街道工厂上班补贴家用。她还要处理各种琐碎烦恼的家庭关系：夫妻关系、婆媳关系、姑嫂关系、母子关系。端丽变卖衣物给小叔、小姑下乡凑路费，操心小姑的亲事，还要应付婆婆的挑剔和猜疑，维护丈夫的面子，还好公公信任她。她把大学毕业生的智慧和精力都用在了家政管理上，锻炼成为一个成熟坚强的女性，而丈夫文耀则百事不问，见事就躲，只享受妻子带来的现成生活，夫妻二人形成鲜明对比。但端丽充其量只是个管家，家长还是丈夫文耀。她处处要考虑到丈夫的感受和婆婆的感受。知识女性当家主政时也是三等人，尽管丈夫在生活上无能，婆婆也依靠端丽，但传统文化赋予的家庭伦理秩序顽强地存在于这个知识分子家庭。后来公公平反，返还财物。劫难过去，丈夫站出来要求做家长，行使夫权、父权。一家人都恢复了落难之前的性格做派，享乐挑剔。唯有端丽，忽然发觉自己在家庭中的工具性位置。

端丽撑起一个落难之家，卢北河则是把握着左葳一家老小的命运。她比端丽心机更深，也更有手段和谋略。她没有像端丽那样成为婆婆传位的当家人，而是在左葳身后暗中看清一切，掌握着这个家庭的方向和命运。

她首先处理好和公婆的关系。她不仅爱左葳，也爱左葳父亲的地位。为了嫁进左家，她在左葳写大字报出事时救了左葳，让痴爱左葳的曾令儿顶“右派”的罪名，发配到边疆。和左葳结婚后，她为分享公公的地位和住房等生活待遇，选择了与公婆住在一起。这样的心机都是左葳绝对不知道的。她刻意维护着与婆婆的关系，以保证自己在左家的地位。她对婆婆极恭敬有礼，每日问安；出国不给儿子带单放机，而给婆婆带补品。因此她在婆婆眼里得到了不喜欢、但会办事的评价。她还要处理好与左葳的关系。她早就知道左葳不行，但她不能不爱左葳。这就是女性情感与理智的吊诡之处。她要把左葳打造成权威专家，让他一辈子躺在职称、地位、荣誉上吃利息就够了。她在研究所做副书记，这是她多年来洗清自己资本家出身、获得身份认可的成功标志。但她不为自己谋求，而为左葳谋求。她凭借深藏不露的政治手段不动声色地让左葳出任了科研组长，这个任务完成后，左葳就功成名就了。这一切左葳都不需要知道。但左葳知道一点，就是卢北河能行。对卢北河来说，这就够了。并且夫妻联手，再一次让曾令儿为左葳献出智慧。她要处理好与儿子的关系。出国给奶奶带了补品没给儿子带单放机，儿子怨她。她心里怪儿子不懂事，但表面不流露。儿子参加夏令营时左葳给儿子买卧铺，她心里怪左葳不知道藏富避嫌。她要培养儿子入党，争取政治资本。左葳说入党干什么。她的心机左葳都不明了，只享受她带来的幸福生活。她要安排好左家的生活，像她做人一样，表面不动声色，实际机关算尽。外人看得到的穿着很朴素，打扮很低调。外人看不到的饭菜很讲究，吃补品，炖燕窝。左葳能悠游自在享受知识分子的优雅生活，都是知识女性/政治家卢北河暗中当家的结果。

管家形象的知识女性妻子尽管拥有新知识，但认同妻子的性别角色和家庭的生存空间，她们的存在使“夫”的家和丈夫的家长地位得以在80年代前期继续保持。当家的知识女性为一个家庭掌舵，把握着一个家庭的走向，一家人依靠着当家的知识女性度过苦难或平凡的日子。知识女性为家庭奉献了青春和智慧，献出了爱和心血，但她们仍然处在传统性别规范的等级秩序中，并且自觉借助和维护着这个秩序。她们在秩序允许的角色中生活，把责任最大化，却没有争取女性在家庭中的权力，没有建立起关于性别平等、主体、个人、女性的概念。因此这些知识女性“管家”只能是能干、尽责的主妇角色，没有超越，也没有思索和尝试，只有隐隐的失落。

二 个人主体的性别想象

70年代末，80年代初，改革伊始。中国社会的叙事方式由革命转换为建设。“实现四个现代化”成为建设祖国的目标和口号。“现代化”以科学、理性为工具。“知识”是生产力。社会对知识的叙事由“知识越多越反动”转换为“知识就是力量”。掌握知识的知识分子由改造的对象转换为新时期的个人主体。这个主体自然地被想象为男性。意识形态变化使知识分子，特别是知识分子/革命干部身份的男性从社会权力结构的边缘走向中心，继“五四”之后再次成为社会的启蒙者、引导者、代言人。受难—归来者是男性，如章永麟、罗群、伊汝、张思远；改革者是男性，如乔光朴、李向南；启蒙者是男性，如张老师、李幸福。“男人们身上的知识文明之光、强悍进取的男子汉气概、高尚的道德情操无疑预示着民族国家从浩劫废墟中崛起，重新走向希望。”[①] 知识分子的形象开始大量出现在小说中。“小说正面人物的构成发生了质的变化，有知识、有文化、有思想、有良知的人们，负载着作家们的主要审美理想。知识分子的形象在作品中占压倒优势。”[②] 下面以鲁彦周的《天云山传奇》、李国文的《月食》、王蒙的《蝴蝶》为代表性文本，分析知识男性与个人主体的关系。主人公罗群、张思远、伊汝都是男性作家塑造的“受难—归来”的知识男性。他们重新回到主流，被建构为新时期民族国家的个人主体。男性作家讲述了男主人公的革命史、受难史、爱情史，通过男性与女性的性别政治实现新时期男性主体的转换和确立。

《天云山传奇》通过两个男性——知识分子/干部罗群和干部吴遥对一个女性——宋薇的权力变化表现了新时期的男性主体由革命干部向知识分子/革命干部的悄然位移。吴遥主体地位的得到—失去以他对年轻姑娘宋薇的得到—失去来建立叙述。“反右”时，吴遥是胜利者。他利用职权把罗群打成“右派”，又向罗群的恋人宋薇施压，要她与罗群划清界限，嫁给自己。吴遥对罗群的政治打击以宋薇为标的，两个在政治上较量的男性，胜利的一方拥有对女性的占有权，吴遥首先取胜，因此他得到了宋薇。吴遥压制罗群的平反问题受到上级批评，他在政治上失势的同时，也失去了对宋薇的占有和宋薇对他的服从。宋薇坚决地离开了他。罗群是个受难—归来的知识分子/干部男性主体形象，小说将其主体地位的得到—失去—复得表述为对初恋情人宋薇的得到—失去—复得。1956 年，罗群担任天云山综合考察队的新政委，取代了一天到晚训斥知识分子的老政委，处理了一个骂工程师的正式干部，使全队明确社会主义建设是党的中心任务，带领全队发现了天云山地区丰富的宝藏。知识分子/革命干部取代政工干部成为新时期建设的男性主体，他的身上体现了新的历史主体的历史正义和知识话语的力量。考察队的年轻女性宋薇爱上了他。1957 年，罗群因为支持知识分子与科学建设被打成“右派”，失去了政治地位，遂失去了宋薇。宋薇在压力之下与罗群划清了界限。罗群平反重获主体地位时，重新获得了宋薇的爱。宋薇离开吴遥，重返天云山看望罗群并幻想嫁

---

① 王宇：《性别表述与现代认同》，上海三联书店 2006 年版，第 160 页。

② 季红真：《文明与愚昧的冲突——论新时期小说的基本主题》，《中国社会科学》1985 年第 3—4 期。

给他。

小说还通过罗群与宋薇、冯晴岚和周瑜贞三个女性的爱情史来表现他的历史主体地位的变化。1956 年，罗群以自己的学识、魅力和对知识分子的重视确立了知识分子/干部的男性主体地位，赢得了考察队的年轻女性宋薇的爱。1957 年，宋薇离开了被打成“右派”的罗群，她的朋友冯晴岚在罗群落难时对他表达了坚贞的爱情，支持他著书立说。周瑜贞在罗群平反过程中钦佩他的思想和才华，爱上了他。使三位知识女性对罗群倾心的一个共同点是他的知识分子/革命干部身份，罗群是一个科学家、规划者、爱国者，他把知识和才华奉献给国家建设。即使被打成“右派”，他也并没有放弃希望，仍埋头写作，在著作《论天云山区的改造与建设》题记中写上“献给未来的天云山区建设者们”。他为天云山区作规划，就是在为新中国建设作规划，显示了知识分子作为新时期男性主体的家国情怀。罗群曾经失去过主体地位，但不曾失去他的知识和对祖国的热爱，正是这两个因素使他重获知识分子/干部的主体身份，重新掌握了政治、知识、性别的权力。罗群带领宋薇和队友们发现了天云山的宝藏；冯晴岚帮助罗群苦难岁月里著书，完成规划，劳累过度去世；周瑜贞将和罗群一起来实现这个宏伟的规划，把美好的蓝图变为现实。文本以女性对科学、建设的奉献和崇拜实现了对知识男性历史主体地位转换的叙述。

吴遥与宋薇的婚姻一方面是吴遥与罗群男性主体地位转换的表征，一方面也昭示了的男性施予女性的政治和家庭双重统治。吴遥在单位一手遮天。他提拔妻子宋薇做了副部长，但有名无权。其他人根本不听这个副部长的。吴遥压着罗群的“右派”问题不给平反。宋薇趁吴遥不在，整理了申诉材料推动罗群的平反。吴遥在全体干部会上点名批评宋薇处理申诉材料时有错误，给她戴上了用“庸俗的家庭关系代替严肃的组织关系”的政治帽子，让她写出检查。他一番话就取消了副部长宋薇的政治身份，她发不出一点声音，气愤退场还被他奚落为“女同志”的弱点。他在办公室大骂妻子在前，借组织手段整治妻子在后，完全是专制凶暴的男权执行者，妻子在他眼里根本不是一个独立的个人，更谈不上独立的女性。宋薇在单位是他的马前小卒，在家里是他的手中玩物。吴遥在家里是皇上，牢牢地控制着妻子的思想、意志、行为，专横地行使夫权，把妻子看成附属品。他一到家，就叫正在工作的妻子回家陪伴他。他在组织会议上整治了妻子，回来还继续打官腔教训她说是在帮助她。宋薇是个知识女性，她深深为失去独立的人格感到痛苦，痛恨吴遥的专制、官僚、假仁假义。宋薇和周瑜贞要去看望病危的冯晴岚，吴遥不让去。二人的冲突爆发了。吴遥一巴掌把宋薇打跌在地，歇斯底里地吼叫：“原来你一直是和右派心连心的!”之后又低贱地跪地求饶，暴露了专制男人色厉内荏的恐惧内心。宋薇彻底清醒了，她忍耐到极限，柔弱却决然地反抗了。她坚决地离开了这个囚禁她20年的铁屋子。这对夫权加政权统治下的不平等的夫妻终于破裂了。吴遥暴露出的专制、庸俗还原了他夫权统治者的性别角色，使革命干部身份本应具有的光环黯然失色，他利用干部的身份和地位延续了家庭中的夫权统治。吴遥以统治者/被统治者的传统性别规则对待知识女性宋薇，在主导/辅助的新时期性别规则面前已经失效了。

《月食》是一篇有怀旧情调的回忆录，回顾了伊汝与妞妞的革命爱情，更是一个知识男性与人民二元关系的当代寓言。有研究者将妞妞与马缨花、黄香九、刘巧珍、索米娅并称为“地母”，“这些年轻美丽的地母般底层劳动妇女的形象，被批量生产出来，作为人民、底层民众的新能指，承担历史性的救赎、抚慰功能。叙事通过强化她们博大、宽容、仁爱、献身等母性品格来吻合讲述话语的年代关于人民的新释义，通过想象知识分子与她们之间的密切关系来确认知识分子作为民族国家共同体一员的身份——一个讲述话语的年代刚刚被允诺的合法身份。这样的一种语义在《月食》中表现得非常突出。”① 事实上，妞妞与马缨花、黄香九、刘巧珍、索米娅不同，她表现出的对伊汝的爱已经超越了地母情怀，叙事突出了她是伊汝的救命恩人这个身份，使她获得了“人民”的地位。于是，妞妞与伊汝的关系就变成了知识男性/人民、救命—报恩的关系，伊汝选择救命恩人、乡村少女妞妞还是城市知识女性凌淞，就具有了是否选择人民、回报人民的内涵。如何对待革命母亲郭大娘也具有相同的内涵。叙事将人物设置为对立的两组，一组是伊汝选择妞妞、郭大娘，放弃凌淞；另一组是老领导毕竟选择何茹，放弃郭大娘。不过叙事者的态度有些模糊，肯定伊汝的选择，并用“月食”暗示知识男性与人民分离的暂时性和回归人民怀抱的必然性，然而行文间总是流露出暧昧的无奈感，同时也未谴责毕竟的选择。

八路军战士伊汝不仅是人民的儿子，还是知识分子个体。知识分子与人民的关系这个20世纪中国文学的民族国家情结在《月食》中通过两性关系表现出来了。叙事者采用了一男二女的爱情结构，在城市知识女性和农村少女之间，伊汝更倾心于前者，但后者于他有救命之恩，救命之恩和人民对知识分子—子弟兵的养育之恩，伊汝回报双重的恩情需要采用民间

① 王宇：《性别表述与现代认同》，上海三联书店2006年版，第160页。

的方式：娶妞妞，否则他就背弃了人民。国家意识形态和个人道德都不允许他拒绝妞妞。蓝色的勿忘我时刻提醒伊汝不能忘了妞妞。“22 年的流放如月食，一会儿就过去啦。”知识分子—子弟兵还是要回到人民的怀抱中。伊汝平反，重回党的怀抱，也必然要重新回到人民的女性化身妞妞的怀抱。只有这样，才能重建人民与知识分子—子弟兵的联系。伊汝才得以重返秩序，获得明确的主体身份。因此，不论伊汝是否爱妞妞，他娶妞妞、22 年后回到妞妞身边都是他确立主体身份的必要行为。

在文本中，伊汝对妞妞没有真正流露过爱情，有限的对妞妞的表白“你是怕我把你忘了”“你不会以为我在骗你吧”都是伊汝在猜测妞妞对他的感情有怀疑。伊汝在妞妞面前非常被动，竭力镇静地掩饰自己，实际上表达了他对选择妞妞的无奈和必然。相比伊汝的犹疑摇摆，妞妞却笃定镇静，只是提醒伊汝“勿忘我”。伊汝回来结婚，妞妞淡定自信，相信伊汝“不会不回来”。伊汝对妞妞的感情充其量只是兄妹情谊。“那是伊汝一生中的爱情，唯一的爱情。”这句第三人称的爱情表达，是叙述者加给伊汝的，与引号内伊汝对妞妞的表达不是一个语调。伊汝离开妞妞时，不知道自己是不是在欺骗妞妞；分别 22 年后，伊汝还是不知道应不应该寻访故地。伊汝并没有像秦书田（古华《芙蓉镇》）那样，无罪释放后连封信也来不及写给胡玉音，星夜赶路马不停蹄奔袭千里，迫不及待地回到胡玉音身边，夫妻团圆，而是在犹豫中出发，中途又后悔。他也想拍电报，可是他首先想到郭大娘可能已经去世了，而没有想到妞妞还会等他，更没有表达对妞妞刻骨的思念。结婚三天伊汝就成了“右派”被流放到柴达木盆地，他给妞妞写了封诀别信了事。诀别是人生大事，在文本中仅仅在讲述老领导毕竟时简单提到这封诀别信。叙事者处理得轻描淡写。既然已经同妞妞诀别了，他自然以为妞妞早已另嫁他人，是儿女成行的妈妈了。没想到妞妞不仅生下了女儿，还每年给他做一双鞋等他。

从结婚、分离、22 年的等待，到重逢，妞妞笃定得不同寻常。有一种力量给了她信念和主宰命运的镇定，这就是人民对子弟兵的养育之情。在这对施惠—受惠的二元结构中，妞妞是施惠者，伊汝是受惠者。所以妞妞笃定淡然，伊汝犹疑掩饰。对阔别 22 年的丈夫，妞妞只给他留了张字条，没有称呼没有落款没有日期：“饭在锅里，我和心心去给妈上坟了，你也来吧。”22 年，对于人民的女性化身的妞妞来说，时间几乎没有流动，心态依旧笃定淡然，因为她相信伊汝必须回家。伊汝们失去主体地位是历史的考验，重归秩序，重做主体也是历史的必然。伊汝没有选择的权利。他依然是人民的知识分子—子弟兵。

老领导毕竟、何茹夫妻两个与革命母亲郭大娘的关系在文本中被叙事者设计成伊汝与妞妞的对立面。叙事者保持了老领导毕竟的正面男性形象，把他塑造为一个想报答革命母亲而不得的子弟兵形象。让他的妻子何茹——女性来承担背弃革命母亲的不义。叙事者通过婆媳关系的家庭伦理形式来体现子弟兵与革命母亲的关系。毕竟对郭大娘怀有子弟兵对革命母亲的感激和亲近。何茹不欠革命母亲的情，但她是儿媳的角色。有革命背景的农村婆婆城里儿媳之间上演了一幕家庭伦理剧。郭大娘和何茹在思想观念和生活方式上格格不入。郭大娘第一次到毕竟的家，就不客气地批评何茹不该雇"老妈子"，说这不是八路军行得出来的事，惹恼了何茹。第二次到毕竟的家，带了一大堆土特产看望刚生小孩的何茹。进门就亲孩子，吓得何茹赶紧让保姆给孩子冲牛奶。喂牛奶的复杂又让郭大娘一头雾水，她还说何茹不给孩子喂奶，奶牛就成了孩子的干妈，把何茹气了个眼发黑。郭大娘第三次也是最后一次到毕竟的家，何茹用指头拈着两张五元钞票打发她。这次伤了革命母亲的心。何茹不仅直接与郭大娘较劲，而且也影响丈夫毕竟的观念。阻拦他像伊汝那样完全回归人民。郭大娘第三次来毕竟家，何茹不愿意让她住家里，毕竟只好给伊汝一把钱，让伊汝把郭大娘接到他那儿。何茹规定丈夫不许随便喝酒，毕竟就乖乖遵守。一个使敌人闻风丧胆的游击队长，对夫人只有臣服和叹气。

叙事者对毕竟、何茹和郭大娘的关系完全按家庭伦理形式来处理的，而对伊汝和妞妞是按革命叙事来处理的。两相对照，家庭伦理故事比革命爱情婚姻真实动人得多。尽管整个文本还是按革命叙事来结构，但家庭伦理叙事形式的采用打破了革命叙事的统一性。在"子弟兵回归人民"的表意外另辟了一个回归日常生活的流向，显示了80年代小说由革命回归家庭的情感要求。

《蝴蝶》讲述了张思远与海云、美兰、秋文三个女性的故事，三个女性分别代表革命时期的爱情、官太太、独立的女性。连她们的名字也有象征意味。海云浪漫自由，美兰美貌世俗，秋文理性独立。文本将张思远男性主体身份的确立表述为他与三个女性的婚恋史。1949年，张思远是进城的解放军干部，担任城市的军管会副主任，同时也是共产党的化身，革命的化身，无限威信和权力的化身。他像上帝一样按照革命的目标重新创造这个城市，大刀阔斧，所向披靡。这个带有鲜明符号性的知识分子/革命干部男性主体不仅通过改造城市的政治、管理行为来确立，而且要靠女性的仰慕和爱情来最终确认。张思远和海云的恋爱是"改造+恋爱"模式的变种，张思远爱上海云包含了革命者/男性的双重意蕴。张思远在"民主政府爱人民”的歌声中爱上了学生自治会的主席，十六岁的少女海云。而海云对张思远的爱慕不仅仅对男性的爱慕，而且是对党的爱慕和崇拜，可以说海云爱上的是作为党的男性化身而存在的张思远，而对作为男性的张思远视而不见。海云第一次见他，两只热情的大眼睛紧盯着他，他们的约会是政治启蒙。海云提问，张思远解答。张思远以新政权创造的神圣魅力赢得了少女海云的爱情。

“美兰是一条鱼。美兰是一只雪白的天鹅。美兰是一朵云。美兰是一把老虎钳子。”王蒙特有的意识流语句传神地描摹出了美兰的特点。美兰是张思远的第二任妻子。张思远的革命干部的身份、地位、权势赢得了美兰的人。她送给张思远迷人的微笑，给他做新的发光的温柔的夫人。发光的新夫人给他换了柔软的闪闪发光的新沙发。张思远软瘫在上面，舒适而又疲乏，从此他的生活要听从美兰的安排。张思远忙着革命，需要新沙发休息，同样需要新夫人放松。叙事者把新沙发和新夫人并论，道出了美兰在丈夫张思远那里只是一种物质性的存在，张思远在美兰这里也并非一个男人，而是一个物质和权力提供者。张思远从来没有像爱海云那样爱过美兰，美兰只是他的欲望对象和生活服务员。张思远成了“走资派”后，失去了他的身份地位连同物质条件，也失去了对美兰的吸引力，美兰与他彻底划清界限。他官复原职后，美兰又来要求复合。张思远拒绝了她。

张思远到儿子冬冬插队的云霞山下放生活了 5 年。他在这里认识了乡村医生、大学毕业生秋文。秋文是照耀他的无限好的夕阳。秋文站在人民的角度，对张思远的知识分子/革命干部建设主体的身份进行了确认。“而你们这些大干部呢，更成了打着灯笼也讨唤不着的宝贝！反正说下大天来，你既不能把国家装在兜里带走，也不能把国家摸摸脑袋随便交给哪个只会摸锄把子的农民！中国还是要靠你们来治理的。”他需要秋文，希望秋文给他当参谋。秋文严厉地回答：“为什么我要放弃我的工作，我的岗位，我的生活，我的邻居和乡亲，去跟着您做部长夫人呢?”秋文显示出了独立的个人、女性的双重意识，理智、清醒，知道哪里是属于她自己的位置。她要留下继续做乡村医生，给山里人解除一点痛苦。秋文更多是作为人民的一员，用“我”的身份发出“我们”的声音，重建知识分子/革命干部与人民的联系。“您们是国家的精华和希望。”“我只希望您多为人民做好事，不做坏事……您们做了好事，老百姓是不会不记下的。”①

作为新时期的男性主体，张思远既有明确的政治身份意识，又有明确

① 王蒙:《蝴蝶》,《十月》1980 年第 4 期。

的性别意识（他作为一个男人爱上了纯洁热情的少女海云，下放时在乡村女性的注视与笑谑中发现了自己的男性魅力），有趣的是，他身边先后出现的三个女性都没有确认他的性别身份，只确认了他的政治主体身份。海云把他当作党的化身来爱慕，美兰把他当作权势和物质的提供者来依附，秋文把他当作肩负社会责任的国家管理者来期待，三个人中没有一个女性把他当作一个男人来爱。张思远的性别意识与三个女性的性别意识是错位的。张思远以向海云忏悔的方式获得了他的性别身份。他爱海云的结果，使海云中学都没上完就嫁给了他，到一个机关做打字员去了。结婚后，张思远忙着革命，海云给他生孩子照顾孩子。孩子高烧，他忙着革命回不了家，孩子死了，他仍然用“我们是共产党员”这样的话语教训她，从此海云和张思远陌生了。后来，海云被打成“右派”后自缢身亡了，化作张思远心中一朵被碾碎的小白花。张思远作为一个男性/革命者对爱人的反省非常动人。这节的题目就叫《审判》：

> 我们都有一死。我希望在我离开这个世界的前一刹那再说一句：海云，我爱你！但如果我真的爱她，我就不应该在五〇年和她结婚，我就不应该在四九年和她相爱。我们不相信魂灵，但我假设我们还有一千个一万个来世，我愿意一千次一万次地匍伏在海云的脚下，请她审判我，请她处罚我。
>
> 你是人，你的地位并没有剥夺你的爱的权利，更不能剥夺你回答一个少女的爱的召唤的权利。[①]

张思远作为一个男性反思这份爱情，要求男性的性别身份。这是红色经典中的英雄们所不具有的。“在红色爱情叙事中标示着男性性别个体亲在的肉身，只能缺席。面对美丽的革命女性的满腔爱情，具有更高革命姿态的男英雄们总是一再延宕，抑或干脆拒绝。这事实上也从一个侧面说明了革命男性也不过是一个历史主体的镜像。”[②] 男性性别主体地位的获得是80年代小说以前小说的超越之处。

《天云山传奇》《月食》《蝴蝶》三篇讲述苦难记忆的小说标示出80年代初期知识分子/革命干部男性主体受难—归来的历史，罗群、伊汝、张思远分别代表了知识分子受难—归来、回归人民怀抱、承担建设祖国的

① 王蒙：《蝴蝶》，《十月》1980年第4期。

② 王宇：《性别表述与现代认同》，上海三联书店2006年版，第138页。

大任三个阶段，他们身边的女性作为追随者、人民能指和忏悔的对象为他们的归来提供支持、归宿和救赎，从而确认知识男性的主体身份。知识分子/革命干部的身份设置到改革小说里就分开了，革命干部转换为改革者，不过以男性身边的女性确认男性的主体身份这一叙事逻辑并没有改变。

三　启蒙者的性别身份

80 年代，知识男性由于掌握了知识和文明的生活方式而得以成为乡村的现代文明启蒙者，启蒙对象是年轻女性。有趣的是，知识男性的反对者通常是年轻男性，而且经常是启蒙者的情敌。80 年代的小说中，知识男性被打成“右派”或插队来到乡村，落难创造了启蒙的契机，知识男性因此获得了启蒙的空间和对象。主要包括“右派”、知青，如章永麟（张贤亮《男人的一半是女人》）、许灵均（张贤亮《灵与肉》），发配到绿毛坑守林的知青李幸福（古华《爬满青藤的木屋》）、到山寨插队的知青（张新奇《那绿色的山寨》），改革开放后出现了外出读书或闯荡后回乡的青年人，如高中毕业回乡的高加林（路遥《人生》），到旗里学习现代畜牧技术归来的白音宝力格（张承志《黑骏马》）、到外面闯荡回乡的门门（贾平凹《小月前本》）。80 年代小说文本中的启蒙者与“五四”时期的启蒙者相比，随着时代变化社会身份有所变化，不再是经受西方现代文明洗礼的知识分子，也不再是革命者，而转换为“右派”、知青和外出归来的农村青年。但启蒙者对“知识”和观念的掌握没有变，他们在知识、思想、生活方式等方面比被启蒙者优越；“革命 + 恋爱”式的启蒙者、被启蒙者、反对者的性别结构和秩序也没有变，知识男性居于启蒙者位置，年轻女性是被启蒙者，年轻男性是反对者。需要指出的是，如果启蒙者是女性，启蒙的行为往往无法继续，启蒙的结果通常无效。香雨（田中禾《五月》）和高加林一样是外出的读书人，而且她考上了大学并留在城市工作，然而她回乡后对妹妹小改启蒙无效。小改已是壮劳力，不可能再读书，她自己却成了被启蒙者，所写的关于农民的论文与生活中的农民毫无关系，她对农活已不太胜任，只有回到城市去。到外面闯荡后回乡的赵巧英（郑义《老井》）被村民当作动摇孙旺泉扎根老井村的异样存在，她帮助孙旺泉打出井之后独自离开。这从反面证明了 80 年代小说中的启蒙者是有性别的，只能是男性，而女性充其量能做到自我启蒙，香雪（铁凝《哦，香雪》）、香雨、赵巧英都是如此。

80 年代小说中知识男性对农村青年女性的启蒙首先体现在现代文明的物质形态和生活方式上。“右派”李幸福给与世隔绝的绿毛坑带来了山外的文明气息，他听广播、立山林防火守则的木牌、给盘青青带小镜子，这些新鲜事物打开了一个文明的新世界，立刻吸引了盘青青和她的两个孩子，她们每天到李幸福的小屋里听广播。盘青青的丈夫、绿毛坑的家长王木通则感到了危险，他视李幸福为入侵者，千方百计阻断李幸福对女人和孩子的启蒙。知识男性启蒙还体现在精神生活和情感方式上。章永麟给马缨花讲安徒生童话、聊斋故事，马缨花认不得几个字，心灵却能够和外国的与古代的幻想相呼应，竟然能凭她的想象补充出细节，往往与安徒生和蒲松龄相合。海喜喜视章永麟为闯入者，他以现实的逻辑解构童话，戳穿童话的虚幻性，以此来防御：（听完《丑小鸭》）“熊！野鸭子给你孵天鹅蛋哩!”，（听完《灰姑娘》）“球！用金子打马车哩!”，（听完《海的女儿》）“人能长鱼尾巴哩！……熊！尽他妈胡卷舌头!”改革开放之后，男性的启蒙表现为现代文明的物质细节。刘巧珍学着高加林刷牙，往井里加漂白粉。门门给小月买回漂亮的毛衣，带她去逛县城，还要给她买高跟鞋。

知识男性身份的启蒙者尽管得到了农村青年女性的支持，但他们仍然面临困境。女性接受他们的启蒙一方面在于其精神气质的浪漫性，向往现实之外的世界，一方面出于对“知识”本身的崇拜，马缨花认为男人就该念书，或是女性对于启蒙者的爱情，如刘巧珍，因为爱高加林而坚定地追随他的文明生活方式。但进入思想观念层面后，启蒙就变得困难重重，男性启蒙—女性被启蒙的结构关系由单向变为双向。章永麟叫马缨花“亲爱的”，她觉得不好听，她要他叫她“肉肉”，她叫他“狗狗”，这同样使章永麟觉得可笑。优雅的爱情与贴心贴肉的民间爱情进行了温柔的交锋。马缨花不会用章永麟的爱情表达方式，章永麟也不可能用“肉肉”来称呼马缨花。章永麟受马缨花庇护，觉得失去了“男人的自尊”，而马缨花认为其他男人把粮食自愿送上门来不要白不要，她自己自律就可以了，与“男人的自尊”无关。对于“爱情”“自尊”这种观念层面的问题，章永麟的启蒙显得很无力，白音宝力格也无法让索米娅接受“男人的耻辱”等观念。而“吃饱了不饿”“要吃就吃粮食”，男性要靠体格与精神的强悍战胜对手等生存道理是马缨花教会章永麟的。知识男性的启蒙困境还与其自身的身份困境有关。“右派”下放到农村是为了接受改造，知青下乡是为了接受“贫下中农再教育”，“劳改释放犯”低人一等，闯世界的农村青年被村里人当作二流子、不务正业的人，启蒙者本身是主流话语改造、排斥的对象，需要接受被启蒙者的启蒙。劳改的饥饿和农场劳作的艰辛及情场的较量使章永麟接受了“吃饱了不饿”和体魄强悍的生存真理。

此外，知识男性在农村这样一个空间里是一个异质存在，他们并不能帮助农村女性过上农村的幸福生活。章永麟无法给马缨花提供粮食，高加林不太会帮刘巧珍干农活。因此知识男性只是农村青年女性幻想的承载者，他们为对方打开了现代文明的一扇窗子，提供了将知识、文明等想象世界变成现实的机会，正因为如此，章永麟、高加林才成为马缨花、刘巧珍的“宝”。

启蒙的结果有两种。一种是启蒙者离开被启蒙者，如章永麟、白音宝力格，严格来讲高加林也属于这类启蒙者，他们留给农村青年女性的是失望和伤心；一种是启蒙者带领被启蒙者离开农村，到城市去，如李幸福、水生（蔡测海《远处的伐木声》），门门也属于这类启蒙者。离开的启蒙者一般是“右派”、知青等“外来者”，他们有自己的文明世界，最终离开农村和农村青年女性，回到自己的空间，水生和门门是“走出者”，他们走出蒙昧封闭的世界去探寻文明宽广的天地，他们会带着倾心的农村青年女性一起奔赴希望和梦想的所在。可见，“外来者”对农村青年女性的启蒙具有“启蒙而不救赎”的特点，“走出者”具有“启蒙并救赎”的特点，无论是否救赎，启蒙者对被启蒙者都具有主动性，觉醒、实现梦想的农村青年女性对知识男性启蒙者身份的认同确立了新时期知识男性的主体地位，而女性的“他者”身份并没有改变。

这些在农村启蒙女性的知识男性在城市失去了启蒙者的身份。他们面对的女性不一样了。城市知识女性自身通过学校教育获得了现代文明的启蒙，不再需要知识男性对她们的启蒙。失去启蒙者身份的知识男性在与城市知识女性的关系就变成人与人之间的平等。尽管男性失去了知识优势，但他还有性别优势，因此，男性与女性在性别关系上仍然不平等。男性希望女性做个好妻子，在他来看这是天经地义的事。女性希望男性做个好丈夫，理解和支持自己的想法和事业，在男人看来这样的女人就不是个好老婆。从妻子的角度看，好丈夫远比男子汉更重要。这种两性之间的交锋和性别主体的探寻在张洁、张辛欣、谌容等作家的小说里表现得很充分。

四 “男子汉”与民族精神

曹文轩曾指出“阳刚之美成为80年代主要的美学倾向”。80年代中国社会将阳刚之气奉为上品，男性公民以豁达、坚韧、强劲的气质为荣耀，而有教养的女性公民在对男性做出选择或评判男性质量高下时，也常常以此为标准。当时他对此颇为不解，“令人不可思议，整个社会都在崇尚这种性格”。[①] 寻找男子汉是新时期民族国家话语建构的需要，实现拨乱反正、繁荣富强的历史任务需要敢于拼搏、坚忍顽强的男子汉精神，男尊女卑的性别传统以及改革和建设的现实需要使新时期的个人主体被想象为男性。叙述方式是女性“寻找男子汉”。“对光芒四射的男子汉形象的模塑、对以进攻性、竞争性为表征的男子汉气概的张扬，实际上成了新时期文学的一个隐秘的叙事动力。”[②] 80 年代小说对男子汉的塑造借助了红色经典女性崇拜男性革命英雄的性别叙事传统，将叙事内容由革命更换为建设，由民族国家主体的镜像更换为个人主体的性别符号，将女性设置为男子汉的爱慕者、崇拜者和追寻者，以确立男性作为个体主体的地位、尊严和价值。但吊诡的是，借助女性呼唤出来的男子汉所确立的理想都是外在于女性的，只能用来欣赏和崇拜。

80 年代初的男子汉形象诞生于对极“左”思潮的反思之中，与以前小说中的革命英雄有着精神血缘，他们的政治身份通常是革命干部，曾经蒙冤，勇敢地与极“左”思潮抗争，捍卫真理、保护人民群众，文本将他们塑造为九死不悔的“苦难英雄”，如葛翎（丛维熙《大墙外的红玉兰》）、李铜钟（张一弓《犯人李铜钟的故事》）。到改革文学里的“开拓者家族”仍由这些有着 50 年代理想主义、革命英雄主义价值底色的革命干部来担当，在解决改革—反改革的主要社会矛盾中成为“改革英雄”。他们叱咤风云、大刀阔斧，用铁腕硬汉的作风排除阻力，推动改革，如乔光朴（蒋子龙《乔厂长上任记》）、车篷宽（蒋子龙《开拓者》）、李向南（柯云路《新星》、陈抱帖（张贤亮《男人的风格》）。“苦难英雄”抵抗了历史暴力，“改革英雄”确立了改革的合法性，文本赋予了前者结束历史错误的正义英雄形象，赋予了后者民族国家“现代化”的推动者和领路人的形象，二者都是思想解放主流话语的代言人。

改革者的男子汉气质来源于政治身份和铁腕作风，平民身份的男子汉在雄浑、苍凉的大自然中凸显他们的硬汉气质，与民族性相通。梁晓声、邓刚、张承志都塑造出了响当当的男子汉形象。荒凉严酷的“满盖荒原”上一柄大斧砍死三只狼的“摩尔人”（梁晓声《这是一片神奇的土地》）、暴风雪中“具有钢一样的弹性和硬度”的曹铁强（梁晓声《今夜有暴风雪》），有着“岩石般坚硬的骨架，牛筋般扭紧的肌肉，黑胶板一样富有弹性的皮肤”的老海碰子（邓刚《迷人的海》）。张承志笔下的男子汉更具

① 曹文轩：《中国八十年代文学现象研究》，作家出版社 2003 年版，第 270—271 页。

② 王宇：《性别表述与现代认同》，上海三联书店 2006 年版，第 138 页。

硬汉精神和魅力。《大坂》中的“他”战胜了耸立的寒光闪闪的冰大坂，胸中油然“升起男子汉的气概”。《北方的河》中，自然因素与民族因素融合在一起造就了黄河之子。“他”有两个目标，一个是考上人文地理专业的研究生，另一个是寻找象征之父。为了实现第一个目标，他以广博的人文地理知识和强悍的男子汉力量征服了北方的大河；为了实现第二个目标，他将黄河当作民族传统的象征之父，以纵身跃入黄河的仪式性行为完成了对父亲的精神认同从而确立了成熟的个人主体。

从“苦难英雄”“改革英雄”到黄河之子，80 年代前期的小说文本在政治、自然、民族三个层面制造了“男子汉”神话，他们分别实现了反思历史、推动改革、寻找民族精神以确立自我的目标。在目标实现过程中，男子汉身边的女性支持、崇拜、陪伴他们，李铜钟的妻子在丈夫被抓走后替他撑起一个家，童贞用爱情和工程师的工作支持乔光朴的改革大业，“她”追随“他”走过北方的大河，见证“他”跃入黄河的成人礼。然而男子汉们的目标都是属于民族国家层面的，与他们身边的女性所希望的个人和女性的目标并不一致，有时甚至彼此矛盾。李铜钟为救群众去借公粮进了监狱，全部家庭重负压在妻子一个人身上；童贞希望和乔光朴离开电机厂，到谁也不认识他们的新单位去安度晚年，但乔光朴改革的雄心绑架了她的爱情和意愿。显然，男子汉所追求的民族国家理想并不是女性真正想追求的，因此，80 年代前期小说文本借女性来“寻找男子汉”是新时期民族国家话语的一种叙事策略。男性民族国家理想与女性个人理想的错位包含了男性形象由“男子汉”向“好丈夫”转换的可能性。

从男性与家庭的关系来看，作为“父”和“夫”的家长，主要靠家庭内部的传统性别秩序和规范来保持地位，男性自身并没有为家庭付出什么，他们只是家庭内部空洞的性别权力符号。更多精彩的男性形象大都不属于家庭，而是在“反思”“改革”“启蒙”的广阔社会文化和历史时空里迸发生命和精神的伟力。直到 80 年代后期的新写实小说里，才看到男人对家庭负起责任来，刘震云《一地鸡毛》里的小林说过一句话：“你不弄老婆孩子弄什么？你把老婆孩子热炕头弄好是容易的？”小林的话表达了民族国家话语从私人领域后撤之后对家庭价值的承认。小林、印家厚、庄建非、赵胜天都是经营家庭的好丈夫、好父亲。这样正面塑造的男性形象在“改造—借用”的家庭叙事里和用“现代化”整合家庭叙事的 80 年代前期小说里都不可能出现。男性对家庭价值的关注和承认，得力于民族国家话语的容纳、市场经济的兴起和女性话语的觉醒。

第二节 女性的突围

建立在家庭基础上的性别话语，在80年代表现为主流话语在家庭、个人主体、民族国家层面对“男主女从”传统性别规范的延续，女作家在80年代前期以“同路人”的身份加入主流话语，和男作家一起反思历史，张扬人性，建构宏大叙事。启蒙语境和“男女平等”的社会主义传统实现了女性对民族国家、历史正义、社会责任的承担，同时强化了女性作为客体的性别秩序。但80年代的女性在参与民族国家主流话语的同时，从未停止性别的突围，特别是从家庭中走出去，在家庭之外的空间寻找女性的主体性，对家庭表现出认同与批判的双重选择，有别于茅盾笔下拒绝家庭的“五四”新女性和80年代之前小说中简单否定家庭的社会主义女英雄。而且家庭本身就是一个不同于民族、国家、社会的视角，民族、国家、社会的视点是向外的、男性的，家庭视角是向内的、女性的，从家庭“看”男性、“看”社会人生，提供了宏大叙事和民族寓言的另一种讲法。80年代的女作家从男权社会的性别秩序和文化象征的“铁屋子”突围，以文学创作的方式为争取“自己的房间”做出了不懈的探索。

一 家庭角色与社会角色的两难

家庭是女性的传统空间，在中国古代社会，女性的一生都受家庭规定。孟悦和戴锦华把历史上家庭与女性的关系比作囚牢与囚徒，“她在人身、名分及心灵上，都是家庭——父、夫、子世代同盟的万劫不复的囚徒”。并指出了家庭束缚和规范女性的两个功能，一是父系社会通过家庭的“人墙”系统将女性强行排除于社会主体生活之外，二是通过家庭将女性转化为传宗接代的工具或妻、母、妇等职能，从而纳入秩序①。80年代的女性，有着从“父”的家、“夫”的家“出走”的“五四”传统和“男女平等”的社会主义传统，在启蒙语境对“人”的呼唤中重新审视女性与家庭的关系。女作家从家庭角色与社会角色这一现实层面的主要矛盾入手开启女性的突围之路，表现为知识女性对自身双重角色的突破，选择了民族、事业，但无力承受家庭之重负，陷入家庭角色与社会角色两难境地的痛苦和挣扎，反思家庭对于女性的意义。

① 孟悦、戴锦华：《浮出历史地表》，中国人民大学出版社2010年版，第7页。

正如男作家热衷塑造“男子汉”形象，女作家则倾心描摹知识女性的形象，谌容、张洁、张辛欣都对夹在事业与家庭之间的知识女性有过出色的体察和叙述。陆文婷（谌容《人到中年》）、“她”（张辛欣《在同一地平线上》）就是我们非常熟悉的知识女性形象，需要指出的是事业与家庭的矛盾在女性身上尤其成为一个“问题”，她们既想追求职业目标，又因无暇照顾家庭而感到愧疚。而在塑造男性主体时，家庭则不是一个“问题”而是一个支持者的形象。这些知识女性兼具“女性”“知识”与“民族”三个因素，女性对事业的追求常与民族的富强之梦紧密联系在一起，在女性追逐事业与民族梦想的过程中，家庭又一次遭到了质疑。陆文婷（谌容《人到中年》）与蒋筑英同为“社会主义新人”，蒋筑英的身体被事业的重担压垮，陆文婷的身体则在事业与家庭的双重负担之下崩溃。80 年代的女作家在塑造知识女性形象时，也将家庭角色与社会角色的两难作为重要的叙事策略。

陆文婷是优秀的眼科大夫，怀着为祖国的眼科事业献身的梦想，不想恋爱结婚。傅家杰的出现使她感受到了爱情的甜蜜。组建家庭的陆文婷深深感受到身为妻子、母亲与作为医生两种角色的冲突和痛苦。作为职业女性，医院、手术台、眼科病人需要陆文婷，作为妻子和母亲，孩子、丈夫、家务都需要她。每天中午，她必须从医院奔回家中，放下手术刀拿起菜刀，脱下白大褂系上蓝围裙，在五十分钟之内捅开炉子，让饭菜上桌，才能保证孩子上学，丈夫回单位上班。她体验到了职业女性的价值感又痛感家庭负担的沉重，她的价值重心向手术台倾斜，但这并没有改变她对传统的家庭角色的认同，她竭尽全力做好妻子和母亲。民族国家对建设者的需要与家庭对女性的需要构成矛盾。即使有个体贴的好丈夫也无法减轻这种不能承受之重，陆文婷累倒了。家庭对于职业女性，究竟是幸福的港湾还是沉重的负担。我们来对比一下冯德英的《苦菜花》（1958 年出版）中的娟子和陆文婷对家庭的反思。娟子战地产子，但她发现做母亲耽误她的革命工作，要把孩子送人，甚至诅咒孩子：“都是你这小东西，害得人守在家里，你不如早死了好!”陆文婷常常自责：“我最自私了。我把丈夫打入厨房，我把孩子变成了‘拉兹’，全家都跟着我遭殃。说实话，我是个不称职的妻子，也是个不称职的妈妈。”她反思婚姻家庭：“如果当时就慎重考虑一下，我们究竟有没有结婚的权力，我们的肩膀能不能承担起组成一个家庭的重担，也许就不会背起这沉重的十字架，在生活的道路上走得这么艰难。”正如陈顺馨指出的，女英雄作为女性如何面对家庭角色与革命事业之间的冲突是一个仍然存在的问题，社会主义大家庭所提供的仍是一套神话而已[1]。“女英雄”未曾解决的两难问题，“社会主义新人”陆文婷仍然难以解决，所不同的是，娟子以极端的方式对待家庭，陆文婷怀着愧疚的心情质疑建构家庭的权力。

家庭在80年代前期的小说中均被视为女性职业化的负担，是个问题，主流话语对待家庭的观念没有发生根本变化。但对人性和女性经验的关注，特别是女性的性别促使女作家选取家庭场景和视角，尊重女性的家庭角色（而这通常是男作家的盲区），把叙述重点放在女性兼顾家庭与社会双重角色而不得的痛苦之上。张洁的《祖母绿》里，曾令儿把自己的数学才能献给了社会，却付出了儿子陶陶的生命。曾令儿爱陶陶胜过一切，陶陶是她的太阳，她的爱的寄托和希望。在陶陶和工作之间，她还是选择了工作。她多次拒绝了陶陶“和妈妈玩一小会儿”的要求，低头继续做演算题。一次陶陶一个人出去玩，溺死在水坑里。曾令儿含泪思索：“假如有一天，她能对这社会有所贡献，她想，这贡献里，必也包含着陶陶的一份努力和牺牲……”曾令儿和陆文婷一样，爱孩子，但把工作排在孩子前面，她们的事业有所成就，被社会、国家、他人所肯定，但只有她们自己承受一个母亲对孩子深深的歉疚。家庭角色与社会角色的两难是个社会问题，两难的痛苦不应该只由女性来承担，也不应该只由女性来解决。“病房”的真空只能让陆文婷得到暂时的解脱，但走出病房，她将面对的仍然是无法摆脱的家庭角色和社会角色。80年代前期的女作家通过小说从社会现实层面提出了知识女性的家庭问题，但无力解决，只能期待女性话语的转向。

反思家庭中男女两性的关系，突破男性对女性家庭角色的规定与期待，也是女性突围的重要面向。张辛欣的《在同一地平线上》以女性—家庭视角揭示了男性和女性对于家庭的不同认知和期待。“他”希望得到家庭的快乐和幸福，“她”却觉得组织家庭“像自己织了一个小小的网”，只要为事业稍稍移动一下，就会挣个七零八落。家庭之中，男性和女性对对方家庭角色的期待也不相同。男性希望女性做个安分守己的好妻子或美丽温柔的漂亮太太，不希望女性为自己的事业打拼。下面是两个家庭场景中丈夫对妻子的性别角色期待。

场景一：

她也许真能干出点什么，可做一个老婆，却是太糟了！

---

① 陈顺馨：《中国当代文学的叙事与性别》，北京大学出版社2007年版，第45—47页。

也许生个孩子她就安分了。[1]

场景二:

她可以安心在家当个太太，养得再胖一点。

白复山看不出梁倩有什么惊人之才，她不过死用功罢了。就算她能折腾出来一点什么，后来的人也会很快地超过她。[2]

“他”是“她”心目中的男子汉，白复山是梁倩看透的知识分子市侩，但两个人对妻子的期待和想象一个腔调，仿佛出自一个男人之口。他们认同传统的家庭角色，将妻子定位于家庭主妇的客体位置上，或做妻子、母亲，或做花瓶，生育后代、装扮自己是她们应该做的事，对妻子事业心的轻视表露无遗。

再来看两个家庭场景中的性别之争，暴露出男性对女性追求事业所怀有的否定、压制和恐惧。

场景一:

她呢，却趴在桌子上，守着一大堆纸，哨哨吃吃地写着她自己的什么东西。我不知道为什么要讥笑她，也许就是因为看到她这样背对着我。

“你能不能安静点?”

她弄纸的声小了。她并没有明白我的意思。

“你能不能睡了? 这里只有一个空间。”

她又用报纸去遮灯。

“我再说一遍，我希望你别只顾自己!”

“我究竟干出什么了?”她气恼地把纸一推。委屈十足又要开战。

“我跑了一天，累了。”

她慢慢站起来，默然脱衣服躺下。我睡不着，开始想下一步该怎么进行新的努力。一会儿，听见身边轻微的哭声。[3]

场景二:

一次，他睁开双眼，在湿冷的冬天的黎明看到他的伴侣身穿睡袍，跪在壁炉前，蜡烛在她身边闪烁。她的头上围着红色的粗布，正

---

① 张辛欣:《在同一地平线上》,《收获》1981 年第 6 期。

② 张洁:《方舟》,《收获》1982 年第 2 期。

③ 张辛欣:《在同一地平线上》,《收获》1981 年第 6 期。

> 在用自己的双手无畏地拨弄着炉火，这将使她能准时坐下来满足她如饥似渴的写作欲望。看到这一情景，他感到沮丧，审美得到一次检验；她的外表在他看来很不幸，她所做的不合逻辑，她的能力是一种谴责——这一切的结果是满腔怒火和二人关系的破裂。[①]

第一个场景是《在同一地平线上》“他”和“她”共同生活时发生的一幕。第二个场景是亨利·詹姆斯提到的梅里美和乔治·桑在一起时发生的一件事情。两个场景惊人的相似。波伏娃在一篇演讲中探讨女性在政治、艺术、哲学等各个领域中不及男性成就大的原因时，用弗吉尼亚·伍尔夫的著名观点“自己的房间”做出了解答。“要想能够写作，首先必须有一个自己的房间，在一个自己可以独自待几个小时的地方；在这个房间里，你可以思考，你可以写作，你可以把自己写好的东西再读一遍，也可以批评自己的所作所为，你可以随心所欲而不必冒被人打搅之危险。换言之，这个房间是一种现实同时也是一种象征。要想能够写作，要想能够取得一点什么成就，你必须首先属于你自己，而不属于任何别人。”而从传统上讲，妇女没有独立性，而是她们的丈夫和儿女的财产。妇女属于家庭或某个群体，不属于她自己[②]。第一个场景中的“她”和“他”距离梅里美与乔治·桑之后近200年，在《一间自己的房间》出版之后80多年，“她”依然要为自己的房间付出爱情和婚姻的代价。男人对想干成点事业的妻子依然妒火中烧。这只能是一种内心深处的恐惧。恐惧女人成了主体，成了自主的人，男性就多了个对手，少了个红袖添香的佳人。因此，知识女性成就事业，就面临着失去男性、失去家庭的代价。

女性奋力冲出家庭的罗网和男性对女性的家庭角色定位，走向事业，开始女性主体的建构和求索。“她”以渴望“他”的爱开始，为保有“他”的爱而追求事业，最终以与“他”分手而结束这段爱。她的方式与她的初衷背道而驰。她希望以争取女性的独立，与他一样做一个独立自强的人而保有他的爱，而这恰恰是他最怨她的“太要强”，正是女性的独立导致了女性与男性的分手。要么独立，要么爱。爱与独立竟然不可并存。男性爱的世界里容不下独立的女性。女性越独立，离男人的爱越远。也就

---

① ［法］西蒙·波伏娃：《妇女与创造力》，转引自张京媛编《当代女性主义文学批评》，北京大学出版社1992年版，第126页。

② 同上书，第144页。

是说，与男人分手，放弃家庭，是80年代性别话语中女性独立的唯一看得清楚的途径。

二　“铁屋子”的突围与女性主体的探寻

80年代女性话语的突围酝酿于家庭之内，开始于家庭之外。女性走出家庭的“铁屋子”，为一间“自己的房间”而奋斗。张洁的《方舟》、王安忆的《弟兄们》两篇小说的题目是80年代女性在家庭之外探寻女性空间的隐喻。“方舟”意味着救赎和自由，三个婚姻失败的职业女性梁倩、荆华、柳泉离开各自的家庭，住在同一套房子里，搭建起一个女性的“方舟”，互相扶助，彼此抚慰，联手对抗形形色色的男性对她们的倾轧和规范，以不涉欲望的同性之爱努力在男权社会里求得一个栖身之所，救赎伤痕累累的身心，获得自由的人生。“弟兄们”用男性话语作标题，为姐妹情谊在男权社会里争取到话语权。三个女性暂时离开了家庭和丈夫，聚集在同一间学生宿舍之中，自称老大、老二、老三，这种“方舟”状态促进了她们之间的精神交流，结下了最深厚的友谊。两个女性三人组的设立都运用了“离家”的叙事策略。“方舟”三女性都离了婚，不再像陆文婷那样纠结于事业与家庭，也不再背负对丈夫孩子的愧疚，这意味着此次“离家”义无反顾，回头无路。“弟兄”三人因上学暂时离开了家庭和家庭角色，学生时代的短暂出逃和宿舍真空般的女性空间意味着日后“回家”的必然。

女性联盟的理想面对强大顽固深厚的男权社会现实，尽管结果是“方舟”颠簸，“弟兄们”溃散，但建立了女性话语和女性空间的象征符号，向男权社会宣告了女性对自由、独立、社会价值、尊严的要求，也明确了女性对于“家”的情感需求并不是女性的脆弱和对男性秩序的归顺，而是人类个体生存对集体依存的需要。《方舟》里的三个女性共同抵御男权社会从各个方向投来的明枪暗箭，处处遭受性别歧视和压制，这叶女性意识的扁舟驶入男权社会的汪洋大海后被打得千疮百孔。周围的男人们和被男性秩序驯服的女人们视三个女性的“方舟”为异类，进而窥探、破坏、诋毁。梁倩是电影导演，梦想拍一部自己的电影，每天疲惫不堪，电影审查时影片竟因为女主角的乳房高耸而被枪毙，还要面对虚伪而无耻的丈夫的暗中使坏和利用。曹荆华从事理论批评，在黑龙江插队时落下的病痛折磨得她劳累后连爬上床的力气都没有了。柳泉因为人长得漂亮，经常受到男上司的骚扰和威胁，她的市侩前夫常以孩子为理由搜刮她可怜的工资，想调动工作又遇到另一个不愿接收她的男领导。“弟兄”三个则分别被妻性和母性打败，代表妻性的老三最先退出，代表母性的老大因为孩子与老二几乎反目，只留下代表女性的老二退无可退，一个人永远漂泊在孤独的精神世界里。

80 年代初，张洁执着于向现实索取理想，在现实生活层面发掘女性走出家庭寻找自我和女性空间的可能性，1985 年之后，王安忆和铁凝一个在生命和情欲中，一个在历史深处寻找女性主体的另一种可能。王安忆的“三恋”和铁凝的“两垛一门”比《方舟》和《弟兄们》走得更远，家庭空间和女性的家庭角色对于女性主体的意义更为复杂。“三恋”放下了生活中家庭角色与社会角色对女性的双向分割，把女性探寻自我的触角伸展到生命、性爱的层面，但寻找的空间仍然在家庭之外，可见，家庭作为传统的规定和束缚女性的封闭空间，在女性主体建立的道路上是一个主要障碍，必得跨越家庭的门槛方能实现女性解放和女性话语的建构，可以说“离家”是 80 年代女性寻找自我的主要途径。女性的“寻找”总是在家庭之外进行的，王安忆给她的女主人公设置了“宿舍”“荒山”“锦绣谷”这样暂时脱离家庭和既定角色规范的空间。《荒山之恋》里，金谷巷的女孩是个“自我”感很强烈的女人，现有的婚姻、孩子无法覆盖她内心深处的女性自我。她与那个有着阴柔之美的男人以“婚外情”的方式发现了彼此，她发现并引导着他一起去尝试那埋藏在灵魂和欲望深处的性爱烈火。《锦绣谷之恋》里，女主人公也面临着寻找与更新的问题。她觉得自己在丈夫面前已经表现尽了，再无自我更新的可能。出差时遇到的陌生男子给了她重新唤醒生命的机会，陌生男女之间的爱不可避免地发生了。孟悦、戴锦华在《浮出历史地表》中曾提到凌淑华《酒后》《花之寺》等小说中的新女性，提出了“有了幸福家庭之后，女性还能干什么”的问题。王安忆的“三恋”与其说是情爱故事，不如说是女性在家庭之外寻找自我、自我更新的故事。金谷巷女孩和女编辑，一个世俗女性一个知识女性，都代表了女性的“自我”，现有的婚姻家庭将女性定位为妻子和母亲，固化了女性的家庭角色，掩盖和压抑了女性的自我。除了是妻子和母亲，女性还是她自己，因此她要寻找，寻找的空间必然是在家庭之外，寻找的结果是一个以死亡证明不为世俗所容的性爱自我，另一个以回归家庭、重返秩序消弭了因情爱而焕然一新的女性生命。

必须看到家庭对于女性自我的双重性，一方面家庭是规定和束缚女性的“铁屋子”，是必须跨越的“铁门槛”，另一方面家庭以及妻与母的家庭角色对于女性具有安放身心、救赎生命的家园功能。尽管从家庭中“出走”，但“家”的组织方式和情感支持的价值仍然在女性联盟中起作用。

关怀需要是任何一个人的心理和精神需求。人类选择婚姻与家庭这种社会形式解决个体存在与类存在的难题，是由于婚姻与家庭具有其他组织所不可替代的基本功能和社会意义。关怀是婚姻与家庭的四大功能之一。关怀作为婚姻与家庭的一个重要内容，既是婚姻与家庭能够存续、抵御各种导致它们解体的诱惑与危险，又是家庭成员体味人间温暖、战胜各种困难的情感基础①。“方舟”里三女性组成的女性联盟象征着一个女性之家，但正如家庭成员之间的关怀是其他社会组织无法替代的，同性朋友的扶助和扮演男人的安慰都无法替代夫妻间的关怀，反而凸显了她们对家庭关怀的需要。荆华卸完煤，累得躺倒在地板上，此刻她非常渴望一双男人的手把她抱到床上去，但只能是柳泉扶她起来。梁倩刚强外向，有些男人性格，在三人中扮演着男性角色。柳泉伤心时，梁倩像个男人一样拍着她的背。无论是离开“夫”的家，还是建构女性的家，女性对家庭关怀和情感支持的需要从未放弃过。80 年代小说中的离家女性，不同于以前小说中的社会主义女英雄，她们并非将家庭作为革命—职业的负担而简单否定，她们面对的也不仅仅是陆文婷式的事业与家庭的矛盾，而是女性与男性、自由与禁锢的矛盾，为了摆脱男性压迫获得自由，她们无畏地选择了“离家”。“方舟”中三女性对“家”的模仿和“弟兄们”的溃散从正反两个方向证明了“家”所具有的情感关怀和家园的归属感是女性，也是人类个体永远的守望。家庭对于女性的救赎力量和家园功能在王安忆的《小城之恋》和铁凝的《麦秸垛》里也有所体现。《小城之恋》中的女孩在性爱中实现生命的本能，在母爱中完成了自我的实现。这对跳舞的男孩和女孩把本来正常的恋爱变成了性爱的较量，彼此被欲望的火焰和性道德的禁忌折磨得几乎要以死亡来结束这段非正常的情爱。最后，女孩在母爱中救赎了自己，她做了一对双胞胎的母亲，“妈妈”的呼喊使激情和痛苦都平息下来，使女孩超越了本能，找到自我。《麦秸垛》里丰乳肥臀的大芝娘是大地母亲的象征，被军官丈夫抛弃后，她坚持和丈夫要了一个孩子，但命运使她连母亲也做不成，女儿辫子年纪轻轻就死了。她渴望生育和哺育的母性影响了女知青沈小凤和杨青，尤其是杨青感到城市女性薄薄的衬衫下面仿佛是大芝娘那对丰腴的乳房。母性沟通了城市与乡村、传统与现代的女性。

80 年代的女作家并没有停止于对家庭与女性双重意义的探索，正如有研究者指出：“‘女’与‘色’有关，‘母’与‘家’相连。‘母亲’的达

---

① 晏辉：《守望家园——家庭伦理的当代境遇》，《北京师范大学学报》（社会科学版）2006 年第 2 期。

成与‘女性’的实现仿佛是矛盾的……每个现代女性都已意识到‘原始母亲’的真相……开始了对‘母亲’的质疑。”① 无论是家庭之中的角色两难与质疑，还是家庭之外的女性自我探寻，家庭既是女性为解放自身而离开的地方，也是女性寻找自我的归宿之一。

三 象征符号的认同与逃离

80 年代初期，男作家和女作家共同赋予了男性主导者的角色，“他”是家长、个人主体、民族主体，是历史的反思者、文明的启蒙者、国家的建设者、事业的开拓者，“她”则是“他”身边地母般的奉献者、忠贞的追随者、温情的抚慰者或纤弱的依附者，以仰望、陪伴、奉献的姿态进入主流，获得叙事的合法性。但女性作为受难者、奉献者、追随者和依附者的符号象征意义不是本质化的，相反包含着丰富的多义性，蕴含着女性对客体、物体的符号象征意义的逃离。

知识女性在新时期民族国家主体和个人主体的生成过程中被赋予了追随者的角色，但表现出了逃离的姿态。《天云山传奇》《月食》《蝴蝶》三部小说的作者都是男性，在男性叙事者的视点中，知识女性大都以男性追随者、辅助者的身份出现，《天云山传奇》里，宋薇、冯晴岚、周瑜贞都是知识女性，又都是知识男性罗群的恋人或妻子，她们与罗群一样拥有知识的资源，但性别不同，叙事者给她们安排的角色就不同。知识男性成为引导者，知识女性成为追随者。罗群不仅是知识分子，同时是革命干部。这种人物设置与以前的小说有着一致的内在逻辑和相同的角色定位，沿用了“男人追随革命，女人追随男人”的“革命 + 恋爱”叙事模式，把追随革命转换为追随知识和祖国，保留了女性对男性的仰望姿态、坚贞等对女性的规约。作为追随者的知识女性首先要敬佩和热爱知识男性。宋薇崇拜罗群，爱他敢于支持知识分子的勇气；冯晴岚爱罗群坚持真理的独立精神和对祖国的忠诚；周瑜贞爱罗群深刻的思想和独特的见解，“我读着他火一般的热烈语言，具体而又深刻的思想，独特而又容易理解的见解和豪放的纵横古今的议论，我简直不能想象，这是一个顶着反革命帽子，要用赶马车挣来的钱补助生活的人写出来的”。知识女性崇拜男性，支持男性，通过做追随者获得进入新中国历史秩序的身份。这与知识女性林道静崇拜共产党员卢嘉川、随他走上革命道路、完成由小资产阶级知识分子到共产主义战士的改造所遵循的性别叙事逻辑是一致的。男性叙事者赋予了宋

① 马春花：《被缚与反抗——中国当代女性文学思潮论》，齐鲁书社 2008 年版，第 10 页。

薇、冯晴岚、周瑜贞很强的符号意义。新的历史主体是男性，他们承担着建设新中国的光辉使命，女性要分享新秩序的价值和光荣，一个重要的方式就是要以仰望、崇拜的追随者姿态来爱上男性，通过对男性的爱和奉献来实现女性自身在新中国历史中的价值。

《蝴蝶》中的海云和秋文表现出了追随者的逃离。海云最初对张思远非常敬仰和崇拜，近于教徒般的痴迷，两人引导者与追随者的角色位置非常鲜明。但结婚后的日常生活中，海云逐渐由痴迷回归理性。她发现张思远重视革命远远超过妻儿。理性发展起来的海云重新找回了自己的主体性，她要上大学，要生孩子，甚至要有自己的爱情。她早已超越了女性追随者“崇拜”“坚贞”的角色界限，与张思远分开是必然的选择。海云最终被迫害致死。秋文这个人物很特别，理性明快，她以知识女性的身份下乡做赤脚医生，赢得了乡村社会的认同。她清醒地处理与张思远的关系，以知识分子的位置确立了张思远作为民族国家领导者的主体身份，但拒绝作“部长夫人”，她明确要求有自己的事业和天地。罗群、伊汝、张思远身边的三组八位女性中，有六位知识女性，其中四位（宋薇、冯晴岚、周瑜贞、海云）是追随者的角色，宋薇、冯晴岚、周瑜贞的追随者特征明显，海云由追随者成长为人格独立的个体、女性，秋文表达了人格独立的明确主张，拒绝做追随者。追随者形象的变化昭示出女性由被动到主动，个人主体的追求逐渐明确，但作为女性的性别意识仍未完全浮出历史地表。

80 年代前期小说中有一群“太太”，小说将她们塑造为男性的依附者，男性身边的另一类女性，她们呈现出了依附者自身的力量。如张思远的太太美兰（王蒙《蝴蝶》）、王辉凡的太太贾漪（韦君宜《洗礼》）、奚流的太太陈玉立（戴厚英《人啊，人》）、郑子云的太太夏竹筠（张洁《沉重的翅膀》）。有趣的是，叙事者不论男性女性，对“太太”们都持否定态度，原因在于都以男性的视点看待这类女性。她们或长得漂亮，妩媚妖娆，或善于利用官员丈夫的权势过上优越的生活。太太们是 80 年代小说里最具女性特征的形象，同时也最遭受叙事者压制的形象。小说通常把太太们的身份设置成后妻，比发妻的身份低一等。美兰是张思远的第二个妻子，陈玉立是奚流的第二个妻子，贾漪是王辉凡的第二个妻子。叙事者还将太太们塑造为道德不高尚甚至品质败坏的形象。美兰抛弃了张思远，张思远复出后她又来找他复合。贾漪在王辉凡被隔离后抛弃了他和孩子，攀上造反派头头陈射洪，后来陈射洪也被下放到干校，贾漪为了洗清自己，揭发前后两任丈夫。夏竹筠爱慕虚荣，奢华享受，对丈夫冷漠无情，而且婚前与别人有了孩子，就是大女儿方方。读者按照贤妻良母的传统性别规则接受这类形象时，会产生厌恶的心理，否定她们。太太们在家庭身份和道德上已经处于劣势，干部丈夫们又不把太太当作一个独立的人来看待和尊重。他们享受着太太们的美貌，物质生活上的照顾，同时鄙夷妻子的人格。张思远从来没有把美兰当作真正的妻子。他只享用她的笑容，她提供的柔软的沙发，即使美兰抛弃了他，他也一点不在乎，因为美兰只是张思远的生活用品，而不是妻子。叙事者天才地把美兰比作沙发，表明了美兰物质女性的存在意义。《洗礼》中妻子刘丽文离开后，王辉凡很痛苦，说失去的是妻子，再娶就是老婆了，表明了贾漪在他心目中的地位。陈玉立希望帮助丈夫奚流教育儿子奚望，奚流对她说："你以为他能听你的话吗？"丈夫对她继妻与后母的身份定位十分明确。"太太"们受到了叙事者、男主人公、读者三方面的否定。

但"太太"们在男性世界里保持着生存的可能，知识分子/革命干部身份的丈夫们对太太没有表现出"改造"的欲望，而是无奈地接受。张思远畏惧美兰的眼神、贾漪第三次做了高官太太。"太太"们有着独特的性别能力。她们不同于凌叔华笔下毫无个性的旧式"太太"，不同于进入家庭、埋没于日常生活的新女性，也不同于拒绝家庭、放浪人间的新女性，她们以性资源博取婚姻、取得家庭名分，分有身边男性的权力来保存自己，与男性的关系不是爱与被爱，而是需要与被需要。如果说"追随者"以爱情和知识获得了男性主体和民族国家话语的认可，那么"依附者"以性和女性对男性的控制力获得了女性的生存空间。"太太"们不像知识女性那样追求进入主流话语，而是通过攀附有地位的男性主体寄生于现存体制，她们有独立的能力却没有女性独立的要求，带有顽固的寄生特点，昭示了女性的惰性和性吸引力的强大。男性在性与爱、革命与日常生活之间的双重选择使女性解放道路更加漫长而遥远。

与知识女性和"太太"们相比，处于依附地位的底层妇女受"父法"规训更严格更深重，被牢牢固定在妻子和母亲的家庭角色上不得脱身，处在想做理想的妻与母而不得的苦难境地。80 年代前期的小说塑造了受难者的妻子和母亲形象，作为愚昧、苦难的载体，承担着反思历史、拷问生活的叙事功能。这些妻子和母亲们，生活在男权统治的暗夜里，但已告别祥林嫂式的苦难和麻木，开始了扭曲的抗争，从苦难的"夫"家逃向理想的"夫"家。

刘恒的《伏羲伏羲》里，传统的农民妻子菊豆完全处在丈夫杨金山的统治之下。杨金山将妻子菊豆视作个人财产，为他生儿育女，洗衣做饭兼养生容器，随意虐待她。她在杨金山那里的地位还不如他家的大黑骡子。古华的《爬满青藤的木屋》里，愚昧偏执、野蛮顽固的丈夫王木通把美丽纯真的盘青青限制在绿毛坑的封闭空间里，不让她与外界接触，以保持对她从精神到肉体的完全占有。还妄想让盘青青重复她母亲的路，一辈子生活在大山里，一辈子归他所有。这两个被丈夫控制的妻子，都以跟随另一个男人的方式表达了对丈夫的不满和背叛，尽管这种逃离仍然是秩序内的转移，但毕竟是从苦难逃向了理想。铁凝《麦秸垛》里的花儿，《蛾眉》里的蛾眉，李锐《厚土》里的女子，《麦客》里的水香都是买来的媳妇，她们想按照自己的心愿做妻子而不得。买来的媳妇大多为兄弟姐妹牺牲了自己。蛾眉家乡连年灾荒，父亲被打成现行反革命枪毙了，母亲撞了火车头。她为养活弟弟卖了自己。奇怪的是买来的媳妇都对男人或家庭产生了感情。花儿爱上了小池，蛾眉成为唐老汉父子二人的当家人。水香不爱她那没有炕沿高的瘤拐男人，却成了婆婆的精神支柱和这个家的当家人。这些成为"当家人"的买来媳妇，与王安忆90年代的小说《姊妹行》里那个扔下婴儿就逃走的水显然还有很远的距离。郑义的《远村》里，为哥哥娶妻无奈接受换亲的叶叶与丈夫成亲后，在情人杨万牛的帮助下，以"一女二夫"的畸形结构支撑贫穷的家庭，牺牲自己的爱情和尊严来保全家庭伦理秩序。贾平凹的《高老庄》里的菊娃、《麦秸垛》里的大芝娘都是离婚不离家的媳妇。她们固执地坚守妻子和母亲的家庭角色。大芝娘的丈夫结婚三天就回部队了，提干后和一个女护士产生了感情。她通情达理地和丈夫离了婚，但坚持和丈夫要了一个孩子，就是后来的辫子。辫子十九岁时死了。留下大芝娘，把一腔母爱给了花儿留下的孩子。这个苦命的女人伴着"一个又大又满当的枕头"度过了孤凄的一生。

戴厚英的《锁链，是柔软的》、张弦的《未亡人》、祝兴义的《母亲》、问彬的《心祭》等小说探讨了母亲再嫁的问题。文瑞霞（戴厚英《锁链，是柔软的》）的丈夫受冤屈自杀了。她带着一双儿女艰难生活，终于丈夫冤案得雪，生活迎来转机。她成了全家的功臣，在家庭内外受到人们的敬重。但这一切是她割断自己的感情，以终生的幸福为代价换来的。她自己无力打破贞节牌坊，又用男权思想干涉女儿的婚姻，借婚姻攀附权贵，几乎耽误女儿的爱情幸福。封建伦理在这代母亲身上化作柔软的锁链，锁住了自己，又几乎锁住女儿。《未亡人》里的周良惠与丈夫生活了二十多年，丈夫死后才发现他们之间的感情不是爱情。她想与现在的恋人结婚，但顶着领导夫人的身份，周围的人不允许她再嫁。《母亲》里，不仅伯父对母亲的改嫁耿耿于怀，长在新中国的孙子们也因此与奶奶疏远。

《心祭》里五个知识女性女儿忽视甚至嘲笑母亲再嫁的想法，母亲黯然走向生命的尽头。母亲们自己，还有处在“看”的位置上的儿女、亲戚、同事、朋友们，都被父权思想对妻子、母亲的性别规约同化了。顽固的父权思想沉淀到女人的血液里，不会因为新时期的到来一扫而空，而是无形而强大地控制着女人们的精神、心理、思想，影响着她们的命运。

但认同家庭角色的女性并不鸦雀无声，同样会发出声音。悍妇是一种古已有之的特别的妻子形象。80 年代小说里有名的悍妇，是柯云路的《衰与荣》里羊士奇的妻子于粉莲。羊士奇是个工人，因外语出色调到出版社当了编辑。妻子于粉莲像看犯人一样看着他，甚至形成了一整套严格的管理规则。规定丈夫几点上班几点下班，上班前和下班后都由做家务和看孩子填满，让他一点儿也没有自由时间。还时常扇丈夫耳光，盯他的梢。羊士奇在英语角与李静说话时，于粉莲当场扇了羊士奇两耳光，骂李静是第三者。羊士奇去人生咨询所咨询，于粉莲大闹咨询所，骂医生破坏她的婚姻。她觉得自己越来越没有安全感，甚至到出版社大闹，把羊士奇赶回了工厂。还觉得不够，又烧了羊士奇 30 万字的翻译手稿。丈夫彻底绝望了，以自杀结束了这段恐怖的婚姻。

还有一种妻子形象，内当家，如《内当家》里锁成的妻子、周克勤的《许茂和他的女儿们》里的许三姐、刘恒的《狗日的粮食》里的瘿袋。她们比悍妇的口碑好一些，一般泼辣能干，代行夫权。家庭中受管制的是丈夫，代替了传统家庭中受委屈的妻子。家庭不仅有伦理功能，更承担着抚育后代功能、生产功能。对家庭成员来说，生存是第一位的。特别对于孩子，没有独立生活能力，要靠父母的供给才能活下来。家庭要生产出食品，要养育孩子和自己。在饥饿的日子里，喂饱家里的几张嘴就是家庭的首要和全部功能。是否能够养家糊口、保障家庭成员生存决定了丈夫或妻子在家庭中的主导地位。瘿袋就是在如此艰难的日子里成为当家的女人。她想尽一切办法填饱家里这几张嘴。她给几个孩子起的名字都是粮食，红豆、绿豆、小豆。她的凶悍也多在吃的上面表现出来。要求丈夫和孩子喝完粥都舔碗，谁不舔就是一耳光。摘了邻居伸到她家院子里的瓜，还指瓜骂人。最绝也最辛酸的是她接回过路军队骡子的粪便，想淘里面的粮食。丈夫不知情，把粪倒进猪圈了。她一顿大骂，“你能像骡子那样拉出带粮食的粪吗?”她把骡子屙出来又被丈夫倒进猪圈的粪便收起来，拿到河里淘洗干净。当晚，家里的菜粥里就有了几星粮食。《内当家》里的锁成老婆李秋兰里里外外一把手，把家里外面的事务打理得井井有条。锁成打心眼里佩服，说是内当家，其实内外都当家。

《许茂和他的女儿们》里三女儿许三姐性格泼辣，处事明理，她不在时丈夫就拿不定主意。周大新的《汉家女》比这两个内当家都更有眼光有魄力。她看准了女兵有前途，能离开农村成为公家人。凭借农家少女的大胆手段，当上了女兵，并嫁给了招她当兵的人。尽管丈夫是军人，但汉家女在家还是说一不二。

80 年代小说中的被侮辱被损害的底层女性，她们认同妻子与母亲的家庭角色，一生都在为求得更为理想的妻子与母亲的角色而挣扎。离那个闪亮的女性自我还有很远的距离。女性意识更是沉在地表之下，尚未萌芽。悍妇与内当家的妻子形象之所以在男权社会能够出现，主要是由于她们具备保障家庭成员生存的能力，丈夫无法支撑起家庭，妻子泼辣能干，性格上强过丈夫，能力上超过丈夫，自然成了当家人。实际上她们充当了丈夫的角色，作为丈夫治理这个家，相反，丈夫充当了妻子的角色，一切听妻子指挥。这样的家庭里，女性对妻子、母亲的性别角色认同并没有改变，只是当家人的性别调换了，主导—从属的性别秩序依然如故。这些强悍的妻子在家庭角色中毕竟显出了异质。她们主内又主外，不是被统治、屈从、弱势的一方，也不同于知识女性追随者的角色，超越了既定的性别角色规定，为女性走出家庭、走向社会提供了经验。

四　“好丈夫”对“男子汉”的解构

刚毅果敢、勇往直前的“男子汉”展现了民族精神的阳刚之美和生命活力，温柔贤淑、宽容智慧的“东方女性”蕴含了民族精神的阴柔之美，然而“男子汉”与“东方女性”的性别组合话语却是对男性的夸大和对女性的再次规定。“男子汉”是新时期个人主体的性别想象，是拥有权力话语的知识男性，是国家由革命进入建设时期的领导者，是生活的强者和民族国家寓言的体现者。“男子汉”力的美存在于民族、审美层面，为的是让女性欣赏、敬佩、崇拜，一旦进入家庭之中，“男子汉”对女性的盲视便暴露无遗。女性在叙事中承担了伍尔夫所说的“镜子”功能，映照出家庭场景中的男性，截然不同于高大伟岸的“男子汉”镜像。伍尔芙智慧地说过：“如果（妇女）开始讲真话，镜子里的形象就缩小；那么，男性的合理性就成问题。”① 女性不必断然拒绝男性推荐的这面镜子，只需把镜子的视点对准家庭，男性的“镜像”就真实起来，将民族、国家的男性精

① ［英］伍尔芙：《镜与妖女：对女性主义批评的反思》，转引自张京媛编《当代女性主义文学批评》，北京大学出版社 1992 年版，第 289 页。

英、生活的勇者还原为自私的丈夫。

王安忆从女性的角度谈到自己心中男性观念的变化，透露了男子汉神话的建构性和虚幻性。

> 以往，我是很崇拜高仓健这样的男性的，高大、坚毅、从来不笑，似乎承担着一切世界上的苦难与责任。可是渐渐地，我对男性的理想越来越平凡了，我希望他能够体谅女人，为女人负担哪怕是洗一只碗的渺小劳动。……男人的责任如将只扮演成一个雄壮的男子汉，让负重的女人欣赏爱戴，那么，男人则是正式的堕落了①。

张辛欣的《在同一地平线上》中的“她”曾是“寻找男子汉”的女性，“她”与“他”结婚以后，学会了用家庭之镜映照男子汉，为王安忆这段话作了极佳的注解，同时发出了“寻找好丈夫”的呼唤：

> 也许，有些想法从一开头就是错的，像很多姑娘一样，我也曾是深深地暗暗叹息：这个时代的男子汉太少了！每个姑娘的追求不一样，但悄悄在心里勾勒出的、理想的男子汉的形象却几乎是同一个模样。有些人还羡慕过我的选择呢！然而，我现在却知道了，一个男子汉并不一定能做好丈夫，像他，能把旁人的话都当耳旁风，不动声色、不动摇地夺他要争到手的东西。如果还像当初远远地、朦胧地想着他，望着他，也许他是一个精神力量。在一起生活，他却什么也不能给我！他只想让我爱他，却没有想到爱我、关心我。我觉得，他只要得到家庭的快乐和幸福，而我却要为此付出一切！②

“寻找男子汉”是民族国家话语借助性别话语确立民族精神的一种叙事策略，“寻找好丈夫”则是女性自身发出的对男性的呼唤，家庭之中，需要尊重女性、平实体贴的“好丈夫”而不是永远冲锋陷阵的“男子汉”。“男子汉”是经过女性这面“镜子”放大后的民族“镜像”，女性—家庭视角的建立照见了男子汉神话的虚幻性。典型的80年代男性话语文本蒋子龙的《乔厂长上任记》里的铁腕改革者乔光朴，同时也是女性爱情

---

① 转引自李杨《50—70年代中国文学经典再解读》，山东教育出版社2006年版，第113—114页。

② 张辛欣：《在同一地平线上》，《收获》1981年第6期。

婚姻的主宰者，童贞只能接受乔光朴的爱情，却不能发出自己的声音。张洁在《沉重的翅膀》里采用男性话语将郑子云塑造为一个坚定有力的改革英雄，寄托着80年代初中国政治和经济的发展宏大理想，但家庭中的郑子云是一个不喜欢妻子却隐忍不发、不敢追求幸福的懦弱、虚伪的丈夫，暗中拆解了改革英雄的男子汉形象。张辛欣《在同一地平线上》这一小说文本具有由“男子汉”向“好丈夫”的过渡性。表面上建构“男子汉”，压抑“好丈夫”，实际上解构“男子汉”，认同“好丈夫”。“她”没结婚时浪漫幻想，渴望有魅力的男子汉，爱上了自信、骄傲、野性、力量的“孟加拉虎”——“他”。听一些女人夸耀，在家里都是丈夫做饭、洗衣服，“她”一点也不知道羡慕。做了妻子后，“他”整日为自己奔忙，一点爱抚都成了奢侈，“她”要给他倒好洗脚水等他回来，“他”却连她在灯下写稿也反对，只想让她生孩子做家庭主妇，“她”才明白“男子汉”和“好丈夫”根本是两个概念。男子汉是用来看，用来欣赏、喜欢和敬佩的，但不是用来生活的。

小说中的“男子汉”形象是属于民族国家或他自己的，而“好丈夫”才属于家庭和女性。以往的研究将“他”与“她”的朋友亚光作为一组男性来对比，认为“他”比亚光有男子汉魅力，因此“她”没爱上亚光，爱上了“他”。实际上，“他”与朋友大平也是一组男性——两个丈夫构成对比。大平给女儿喂饭，“他”为自己的画册奔忙，失去了和“她”唯一的孩子。大平虽然没有男子汉的魅力，没有那股拼劲，但显然是个好丈夫；“他”虽然为事业拼搏奋斗，但显然不是个好丈夫。“他”甚至羡慕大平的平淡生活，但他知道他不想过那样的生活。男子汉是现代民族国家用来建设个人主体、建设国家的，而不是用来为女性做好丈夫的。而妻子需要好丈夫。妻子对男性的需要与国家对男性需要并不一致，小说中“她”对“好丈夫”的期待既受到“他”的指责又面临女性自我的质疑。

80年代小说中的知识男性里有个出名的好丈夫，傅家杰。他是谌容的《人到中年》里眼科大夫陆文婷的丈夫。傅家杰是学冶金的，在冶金研究所里专攻金属力学，而且是研制新型航天材料。他爱陆文婷，给她念裴多菲的《致我的爱人》，愿意为她牺牲一切。心疼她，放弃了事业，锻炼成了家庭妇男。傅家杰和陆文婷都是知识分子，他之所以能为妻子牺牲自己的事业做“好丈夫”，是因为他心里有个“民族”。妻子处在建设者的位置时，丈夫就要充当支持者和关爱者。陆文婷在性格、角色上没有像以前小说里的女英雄那样“雄化”，也没有像《方舟》里的梁倩那样“雄化”，但她承担了新时期建设主体的角色。这个角色的性别本来是男性，由女性来承担，就要具备基本的男性因素。她热爱祖国，热爱眼科事业，为了祖国的眼科事业能追赶上西方，她奉献了一切，顾不上家庭、爱人和孩子。当陆文婷成了建设主体时，本应也是建设主体的丈夫傅家杰就必须扮演家庭主妇的角色，他们在家庭中互换了性别角色。这是主流叙事的需要，所遵循的叙事规则与“女性追随男性，男性追随革命”的逻辑一致，只是性别互换了。傅家杰成为好丈夫，就很难同时成为好的航天材料专家。他有才能写论文，但他没时间。他的时间得照顾妻儿。成就一个，牺牲一个。傅家杰承受了失去自我、难成事业的命运。

谌容的《错，错，错!》里的汝青也是个好丈夫。他爱惠莲，为她买菜、做饭、洗衣、带孩子，为她开解怀才不遇的坏情绪。但惠莲并不像陆文婷那样承担建设主体的角色，她希望干好事业实现自己的价值，也没有表现出为事业无法兼顾家庭的矛盾和痛苦，连对女儿的爱也是出于母亲的本能，只享受，不奉献。因此小说对于既不建设国家又不顾及家庭的惠莲给予了指责。可见，“寻找好丈夫”是女性的个人行为，如果得不到民族国家话语的支持，这个愿望很难实现。到新写实小说里，这种对是否当个好丈夫的怀疑与紧张没有了，小林、印家厚、庄建非们毫不怀疑地认同好丈夫的家庭角色。这缘于民族国家话语国家性的减弱，日常性的提升。

民族国家和个人对家庭的建构在性别话语层面呈现为由民族国家对个人连同家庭的整合到个人与家庭再度结合的转向。正如陈晓明所指出的，“新时期文学”具有强大的创造（重建）历史的愿望，它显示了男权话语那种“目的论”和“决定论”的特点①。80年代前期，以“现代化”为目标的民族国家话语显然是父权制的，理所当然地整合个人连同家庭。在家庭内部，表现为对传统性别秩序与性别角色的维护，在外部社会，表现为将个人主体想象为男性，将追随、依附主体的客体想象为女性。认可两性对家庭的情感是为了将个人连同他的家庭一起组织到“现代化”的民族国家想象和建设中去。80年代中后期，民族国家话语逐渐从私人领域退出，个人获得了与家庭再度结合的契机。日常生活价值的上升使男性对理想家庭的建构成为可能。女性在80年代努力从家庭“突围”寻找女性自我，伴随着对女性象征符号意义的逃离，最终以女性视角和眼光拆解了“男子汉”神话，发出了“寻找好丈夫”的询唤，使日常生活和核心家庭图景浮出地表，也表达了对自我与家庭这个永恒的乐土或困境的思索。

---

① 陈晓明：《勉强的解放：后新时期女性小说概论》，《中国女性小说精选》，甘肃人民出版社1994年版，“序言”第4页。

第四章　父子秩序

在中国传统社会中，家庭伦理的核心是父子这一“社会的血缘性纵贯轴”，父子不同于母子（女）、父女，后者只是“自然的血缘性纵贯轴”。费孝通曾指出，乡土社会在横暴权力（政治）和同意权力（文化）之外还有一个权力，即教化性的权力，或者说爸爸式的，英文里是 Paternalism。它既不是横暴性质，也不是同意性质，而是介于其间的文化性的强制。教化性的权力在亲子关系里表现得最明显。在父权社会中，代表社会来执行权力的是父亲，站在孩子的立场给予私情慰藉的是母亲①。父子也超越了作为“人伦之始”的横轴——夫妇。在原初意义上，作为横轴的夫妇与作为血缘性纵轴的父子应该是并列的，然而父子相继的财产继承、祭祀制度和男公外、女私内的社会分工，尤其是父对子的伦理差序与君对臣、尊对卑的等级制度内外呼应，将父子提升为家庭关系的主轴，而夫妇下降为配轴。以“父子”这一社会的血缘性纵贯轴为核心的家庭，扩展开来便是“天下”。修齐治平的君子修身之道与君臣、父子、夫妇、兄弟、朋友五伦的“差序”格局都遵循同一个扩展模式，即从己到家，从家到国，由国到天下。“父子”是由己到家、由家到国的伦理出发点。因此父子秩序既是家庭伦理的核心，又是政治、文化、社会制度的基础，被文化赋予了权力和符号的意义。正如戴锦华所说：“父子秩序是社会结构基本形态的微缩本，它不仅是一切既有秩序的基础，其本身便是基础的秩序。”②

家庭内部的父子关系是社会关系的投射，父与子的冲突反映出社会转型时期思想文化和价值观念的冲突。20 世纪 80 年代中国社会的改革是一个大转折，一场剧烈的社会变迁，政治、经济、文化、伦理秩序都发生了翻天覆地的变化。80 年代小说中的父子秩序是新时期社会秩序的隐喻，父

---

① 费孝通：《乡土中国》，上海人民出版社 2007 年版，第 60 页。

② 戴锦华：《〈红旗谱〉——一座意识形态的浮桥》，唐小兵编《再解读——大众文艺与意识形态》，北京大学出版社 2007 年版，第 222—223 页。

子关系映射着社会秩序和思想文化的更迭。20世纪中国社会的重大变革在文学文本中经常以父子秩序为载体加以表现。“五四”语境中，家族制度被当作封建礼教的集中地遭到摧毁，“父子”自然地被作为传统秩序的代码受到时代精神的质疑、讨伐，事实上也成为启蒙伦理挑战传统的切入口。胡适的新诗《我的儿子》和鲁迅的杂文《我们现在怎样做父亲》探讨了一种不同于传统父子关系的新型父子伦理。父子秩序逐渐由长者本位向幼者本位转换。当代中国革命史借助父子秩序建立起阶级伦理叙事。朱老忠父子、梁三老汉和梁生宝父子红色经典中具有阶级伦理的内涵。

在传统中国，家庭是个人认同得以建立的最初场域；在现代中国，家庭是个人觉醒后逃离的第一个空间。认同父亲是个人认同自我、进入秩序的最初环节，而反抗现实父亲，寻找理想的“象征之父”是儿子成长的必经阶段。本章主要探寻80年代小说文本中的父子关系，揭示子辈在社会和自我两个层面的成长，并对父子秩序更迭与社会秩序变化之间的关系进行隐喻分析，主要从子辈的挑战和子辈的寻父两个方面进行。

第一节　子辈的挑战

20世纪80年代的小说文本以父子关系的表述来参与新时期的新秩序建构。80年代的作家延续“五四”新文学和社会主义文学传统，正如陈少华所说的，选择“子型文化”的立场以实现对“父型文化”的颠覆[①]。80年代小说中的父亲形象都是儿子眼中的父亲，叙事者以儿子的视角“看”父亲。父子关系中儿子的成长在两个层面上展开，一方面是社会层面，处理个人与社会的关系；另一方面是自我层面，处理身心关系，即儿子作为个体的成长。“子辈的挑战”指子辈在社会层面向父亲代表的既有秩序发出挑战，目的是“弑父自代”，从父亲手中夺取权力，建立子辈认同的新秩序。获得“现代化”主流话语支持的子辈从政治权力、经济伦理、价值观念等方面挑战父辈。

一　政治权力的斗争

60年代，胡万春有一篇小说《家庭问题》。父子三人在同一家工厂工

---

① 陈少华：《阉割、篡弑与理想化——论中国现代文学中的父子关系》，广东人民出版社2005年版，第214页。

作。父亲是老工人，有两个儿子，大儿子朴实、以集体利益为先，小儿子有个性、有技术、爱打扮。在父亲眼里，小儿子有小资产阶级倾向，是个需要帮助的问题青年。父子斗法的结果，是小儿子服从了血缘和集体、阶级的“父法”。小说结尾的细节颇有意味：小儿子戴上了父亲买给他、他曾嫌土气不肯戴的棉帽，感觉很暖和。这种阶级话语支持下父亲教育儿子，儿子向父亲说“是”的场景，在80年代小说里再也看不到了。80年代小说中，获得“现代化”主流话语支持的子辈不肯再向父辈说“是”，父辈在家庭中和社会上面临失去“父法”威严与权力的窘境。

80年代初，蒋子龙的《乔厂长上任记》、柯云路的《新星》《夜与昼》、张洁的《沉重的翅膀》、张贤亮的《男人的风格》、李国文的《花园街五号》等表现改革的小说将李向南、郑子云等改革者和顾荣、田守诚等反改革者构成的政治秩序更替的历史场景置于父子场景中，子辈以改革者的身份向代表陈旧的经济体制、陈腐的思想观念和既得利益者的父辈——反改革者发出了强有力的挑战。《新星》直接以父子关系来设置改革者与反改革者的人物关系，以晚辈与长辈的伦理关系来处理改革者与反改革者的政治较量。李向南与顾荣的政治较量是《新星》的叙事重心，年轻沉稳的县委书记李向南初来乍到，县长顾荣盘踞古陵几十年，“阴沉沉地蹲在古陵政治中心，让人想到古代大殿里一个铁黑色的大鼎”，无疑是板结凝滞的历史积淀的象征。李向南与顾荣的第一次见面非常精彩。

李向南到古陵第一天，刚下吉普车，顾荣来迎接他，“满脸的笑容中有着长辈的亲热”，“说话时充分显示出他对李向南长辈式的亲切”，李向南却在这亲亲热热中隐隐感到一点相反的东西：对方似乎并不真正欢迎自己。顾荣与李向南单独谈话时，长辈似地给他提建议：“当领导的不要事事出主意，越少出越好，少说错话，少表错态，少下不符合实际的决心……”顾荣的话让李向南感到了官僚的压制与长辈的教诲，与他的改革理想很不相符，让他感到不快、压力和约束。李向南果断地调整了一下彼此关系，含蓄地反驳顾荣，既有晚辈的谦虚，又有县委书记的持重。“少说错话很对，可现在还是要尽量多做事啊。”对于顾荣来说，如果上级派给他一个老上级的儿子，一个会事事听从自己意见的年轻人来任县委书记，他还是能够宽容的，但李向南对他的委婉反驳使他意识到了年轻一辈是他的对手，他的权力与地位受到了威胁。改革者与反改革者在父子场景的序幕中展开了政治权力的争夺。

改革者与反改革者的人物设置不仅有顾荣与李向南这样的拟父子，还有李海山与李向南这样的真父子。李向南的父亲李海山是高干，他无论作为上级还是父亲，都不赞成李向南的改革，对改革者的阻碍有力又直接，超出了政治程序，以父亲的名义起到了关键作用。《新星》结尾，父亲一封信就把李向南调离了古陵。《新星》《夜与昼》呈现了身居高位的父辈力保自己的政治地位、家庭地位的努力，是徒有声势的怅然的拦路者形象。《夜与昼》在家庭场景中表现父子对权力与地位的暗中争夺。李海山李向南父子见面的情节中，李向南以失败的改革者、归来的儿子双重身份面对李海山的审问。李海山以掌握大儿子政治命运来保持自己的政治地位和威严、高大的父亲形象。但他想以象棋对弈胜过小儿子来保持自己家庭地位和父权威严的打算落空了。小儿子向东早有预谋在象棋上胜过父亲，他的挑战者姿态非常鲜明。李海山不喜欢小儿子，最主要的原因在于他觉得小儿子威胁到了他在家庭中崇高的、不可动摇的家长地位。因此这次对弈具有了决定父子胜负的深意。小说对这局棋描写得很精彩，把小棋局当作大战场来写，父子二人就是在战场上领兵厮杀的对手，针锋相对。父亲老谋深算，不动声色地据守，小儿子气势正盛，欲击败父亲从而坐上胜利者的位子。最终小儿子用新战术战胜了走老棋路的父亲。有意味的是李海山非常在意这局棋的输赢，输棋后却耍起了无赖，说只是盘棋嘛，不承认他作为父亲的失败。李海山在政治上暂时赢了大儿子，在象棋上输给小儿子，表明他的政治地位和家长地位受到挑战，已经动摇了，父权总有一天要被儿子所接管。这是他无法改变的事实，他老了，小说描写了他输棋后瞬间苍老的面容，意味深长。顾荣和顾小鹰父子之间尽管没有敌意，但彼此心里的隔膜和憎恶，不亚于残雪用现代主义的手法表现的父子隔膜与冷漠。小说描写了顾小鹰对父亲身体的厌恶，父子二人心灵的疏远令人震惊。《夜与昼》的艺术水准并不高，但它对父子关系的描写是出色的。

在传统中国，君臣之道与父子之道遵循着家国一致的忠孝伦理和尊卑等级。改革题材的小说将人物的政治地位设置为正副搭配，以下级战胜上级对改革大业的阻碍来表现子辈对父辈政治权力的挑战。改革者虽然位居领导层，但常常是副职，上面有正职构成更为强大的权力拥有者，如副部长郑子云上面有正部长田守诚（张洁《沉重的翅膀》），市委书记人选刘钊上面有市委第一书记韩潮，韩潮上面有省委书记高峰（李国文《花园街五号》），副市长徐枫上面有市委书记魏振国，省委副书记车篷宽上面有省委书记潘景川（蒋子龙《改革者》），乔厂长上面有经委主任铁健和市委王书记（蒋子龙《乔厂长上任记》），等等。上述几组人物中，后者是改革的阻碍力量或对改革持观望态度，他们掌握着权力，却不是真理的拥有者，真理握在带“副”字头的相对弱势的改革者手中，在这种以“副”抗

“正”的人物结构中，包含着改革者战胜反改革者，掌握和建立政治新秩序的意味。

再者，小说用否定血缘父亲、背离落伍的精神父亲或追随支持改革的精神父亲的模式来表现对僵化政治思想的否定和改革主流的确立。《花园街五号》中的刘钊是一个非常复杂的人物，曾有过真正的“弑父”经历。为营救革命同志，他与韩潮一起杀死了徒匪出身、作恶多端的伪警长——他的生父刘大巴掌。当他在冰封的江上接受党组织交给他的“弑父”任务时，他看到了江面上白俄为婴儿洗礼的场面，他觉得那受洗的婴儿就是自己，似乎自己获得了新生。领他走上革命道路的韩潮成为给予他政治生命的精神父亲，他杀死了血缘父亲，追随精神父亲进入革命秩序。然而，在改革开放的新形势下，刘钊的改革闯劲，却使临江市头号人物韩潮既赞赏又担忧。刘钊在会上揭露竞争对手丁晓挪用经费的不法行为，韩潮觉得他太冲动、没有领导风度，很失望。刘钊的一意孤行无疑是一种对精神父亲的“弑父”行为。省委书记高峰批评韩潮失去了勇于坚持真理的果敢，子辈刘钊在“祖辈”的支持下战胜了父辈，开始执掌临江市的改革大业。蒋子龙《赤橙黄绿青蓝紫》中的解静也是一个背离精神父亲的形象。解静是党委书记祝同康一手提拔的政工干部，过去“在她眼里党委书记就是党，就是她政治生命的父亲。她把政治生命看得比自己的肉体更重要”。但随着时代的发展，她觉醒了，变化了，她意识到祝同康的保守与僵化，她要用自己的政治选择、业务能力和人格力量来赢得子辈的尊严和地位。此时她与祝同康“表面上的上下级关系还没有变，可双方的精神力量发生了根本变化，他在她的眼里不再是党的化身，也不是父亲式的人物了”。在蒋子龙的《改革者》中，魏寰否定了血缘之父，他给省委副书记陈国柱写匿名信，状告父亲、市委书记魏振国是C市改革的阻力，是用无形的网困住改革者徐枫的人，他追随父亲最大的政敌徐枫，投身改革事业。他对父亲说：“我是多么希望真理能掌握在自己亲人的手里啊！可是我终于发现我错了！”在上述三部小说中，刘钊、解静和魏寰以背离血缘或精神父亲的行为确立了子辈挑战者/改革者的身份。子辈与改革者身份的合一，赋予了子辈挑战父辈的合法性。他们“弑父自代”，建立了以“现代化”为目标的改革时代政治秩序和“改革者”的象征秩序。

二 经济·伦理·城乡的较量

改革开放触动了中国的经济基础，不仅计划经济松动了，而且动摇了几千年的小农经济，建立在传统经济方式基础之上的乡土道德、社会习俗随之变动。改革对农村社会影响深广，相沿已久的生活方式、观念、习俗都发生了变化。老一辈农民的心灵在迅疾的社会变动中迷惑、慌乱、痛苦，不想抛掉原有的观念，又无法适应新生活。新一代农民得改革风气之先，想富起来，美起来，灵动起来，却遇到老一辈的阻碍。80年代的中国乡土社会面临子辈与父辈在经济方式、思想观念、伦理关系上的较量和权力更迭。

贾平凹的《小月前本》《腊月·正月》等小说立足于古老的陕西商洛地区的时代生活，以静察默观的审美态度体察乡土中国的人情世态，以父子关系的变化传达出时代变革在农耕文明传统代代相沿的农村发生的振荡。在《小月前本》里，女儿小月挑选女婿的眼光与父亲不一样了。小说以人物强烈的性格反差来体现传统的伦理道德和社会标准逐渐变迁、崩溃瓦解的事实。父亲看重才才农活干得好，勤劳本分，憨厚老实，有老一辈农民的传统，女儿喜欢机灵的门门，看重他用新方法种田，又会跑生意，还会讨她欢心。父亲对门门灵活的思路、时髦的做派反感又怀疑，但有时不得不接受他的用抽水机浇麦等方法，他对代表农村新一代的门门痛恨又无奈。“那种美与丑的观念的易位，确实是每一个从传统文化氛围中生活过来的人所不能容忍和接受的。然而这种易位绝不是以传统意志为转移的。”[①] 小月父亲和两个女婿人选也构成了两对父子关系。才才是他相好的女人的儿子，他把才才当自己的儿子看待，门门是女儿看中的对象。才才和门门分别具有“孝子”和“逆子”的身份，才才和小月父亲一样是传统农民，会种地又听他的话；门门则是敢于向父辈挑战的年轻人。父子间的较量背后有改革时代农业经济方式、乡村伦理的转换等深层因素在起作用，正如陈少华分析蒋光慈的《咆哮的土地》时所说的：“在底层的生存中，王贵才对父亲攻击的例子在广大的农村中具有更广泛深远的意义，只有子辈对父辈的反叛，穷困潦倒的生活才有改变的可能。”[②] 因此在这场父子较量中，“逆子”胜出是农村改革的必要条件和必然结果。小月的父亲是父辈中的小人物，他体会到父辈个体无奈承认子辈地位那种不得不放手的失败，他的内心是有悲凉感的。《腊月·正月》中的韩玄子作为村里的核心人物，其地位失落与精神衰败更具父子秩序更迭的象征意义。韩玄子是村里德高望重的人物，文化与道德的核心，父辈的象征。村里的年轻人

① 季红真：《文明与愚昧的冲突——论新时期小说的基本主题》，《中国社会科学》1985年第3—4期。

② 陈少华：《阉割、篡弑与理想化——论中国现代文学中的父子关系》，广东人民出版社2005年版，第64页。

王才在商品经济观念的启蒙下，有力地撼动了他的崇高地位。韩玄子作为父辈经历了地位不保、精神衰败的内心挣扎。他没想到一向不放在眼里的王才能建成食品加工厂，更没想到“堡垒是从内部攻破的”，他的儿子媳妇都背着他跑到王才的厂里干活。他在家里对儿媳妇的装扮、做派横竖看不顺眼，指责她好打扮、不爱劳作，总之不像他理想中的传统农家儿媳勤劳朴素能干的样子。他对经济、审美上的新事物盲目排斥的态度已显出地位不保的慌乱和浮躁。除了佯装的骄傲和家长威严，他没有转换观念以适应变革的行动，失去父辈的权力和地位已是时代的必然趋势。

王润滋的《鲁班的子孙》表现了在新的经济方式的冲击下，父子两代木匠由于不同的价值观念所引发的伦理震动。追求金钱、只顾个人的做法打破相沿已久的乡村社会秩序，小说对此流露出担忧和感伤情绪。小说采用了父亲收养儿子、长大了把女儿嫁给他的民间故事形式。青梅竹马的故事在商品经济来袭之时讲不下去了，因为养大的儿子变了。小木匠离家打工，在20世纪80年代初的农村还很新鲜。他打工赚了钱回村后，这个家庭就不平静了。小木匠向老木匠的价值观念发起了冲击。小木匠开了个木匠铺，明码标价，连用边角废料打个木楔都要钱，老木匠觉得乡里乡亲的，这样太伤人，以后没法在村里做人。两件事引发了老木匠和小木匠的冲突，一是老木匠要小木匠让他没学成的徒弟进木匠铺干活养家，小木匠没同意；二是老木匠拆了小木匠的牌匾。老木匠觉得小木匠斩断了他与乡亲、徒弟们的情义，更让他无法忍受的是小木匠夺取了他的家长话语权，自己当家作主。随后，村书记来找小木匠问话，小木匠不慌不忙，摆出政策允许、干部支持两个理由，击退了村支书，保住了木匠铺。父与子、义与利的伦理道德冲突背后的深层力量是政治权力、经济体制的更迭，老一辈的权力将要由能富起来、能掌握新话语的年轻一辈来掌握了。

路遥的《人生》通过农村青年高加林的形象呈现了农村子辈向父辈的挑战由家庭之中向家庭之外、由农村向城市的空间转移。高加林已经成为80年代文学中的一个符号——中国农村的“拉斯蒂涅”。他是农村读书人，与父亲之间不存在坚守与转变经济方式的矛盾，他对父亲的“挑战”表现为离开家庭、离开农村进入城市，从此成为“城里人”，与农村“父法”日益分离。城市的繁华、文明，现代女性的浪漫多情和只要努力就有可能留在城市的美妙前景瞬间启蒙了高加林，他要留在城市，获得更大的发展，实现人生的梦想。但问题在于他是有根的农村青年，农村有他美丽温柔深爱他的恋人，有笼罩着恩义温情的乡村伦理和道德。高加林像一只风筝，被清风送上蓝天，当他刚刚看到迷人的城市美景，正沉浸于空中的美梦时又被那根农村的线拽回了土地。农村年轻一代"到城市去"的梦想在高加林这里失败了，但他不甘心回归黄土，他与父辈和乡土之间的精神隔膜不可能去除，他身上所拥有的现代文明因素和城市生活的印记使他与古老的农业文明格格不入。高加林的城市梦后来在孙少平（路遥《平凡的世界》）、刘高兴（贾平凹《高兴》）身上曲折、变形地实现了。尹昌龙十分关注《人生》"题记"中的"岔口"意象，将其解读为一个含有城乡交叉空间与文明路向选择意味的文化符号，并引申到80年代初中国社会的路向选择。他说："对于高加林而言，'岔口'正是在城乡'交叉地带'的个人抉择，而对于80年代初的中国社会来说，'岔口'正是在城乡过渡地带的历史选择。……而《人生》之所以引起社会的关注，就不仅在于阐释了高加林人生的'岔口'处境，也在于阐释了像高加林这样的一群人的'岔口'处境，更在于阐释了80年代初整个中国社会的'岔口'处境。'人生'无疑就是80年代之初中国社会的历史象征。"① 高加林作为80年代中国改革开放的现代化进程中农村子辈的代表人物，不仅承载了生产、生活方式上的父子冲突，而且承载了城市与乡村、文明与愚昧、青春与衰老等多重文化意蕴。

铁凝笔下的香雪是个清纯的山村少女形象。她在现代文明与传统文明、城市与乡村相接触的时空里经历了成长的欢欣和期盼。小说用两条铁轨、一列火车、一分钟的停车时间把台儿沟和外界的现代文明构筑在同一时空里，十七岁的香雪在这个有意味的时空出场了。她的眼睛纯洁如水晶，也只有刚刚打开外面世界的台儿沟的美丽少女才会有这样纯净的眼睛。她成长之后，这个眼睛里就不会再如此纯净，会增加许多新的复杂的内容和含义。养育香雪的台儿沟在香雪成长过程中充当了象征之父的角色。闪闪发亮的自动铅笔盒使香雪第一次获得了都市视角，由偏僻乡村跃入了现代文明的一角。公社所在地的初中同桌肆无忌惮地问这个山村少女上学怎么不带铅笔盒，这使香雪第一次开始反观自己，拥有了"旧我"之外的"新我"，可以在他人位置上看到自己，混沌中的"旧我"无法做到这一点。在"新我"的观照下，香雪发现自己的台儿沟是那么贫穷，木匠父亲给她做的木头铅笔盒那样笨拙、陈旧，她感到了不光彩。她要成长，就必须离开父亲，离开农村的家，用知识作为涉渡之舟进入城市和现代文明。她成长的第一个目标就是拥有一个同桌那样的自动铅笔盒。只在台儿沟停留一分钟的火车扩大了乡村少女香雪的都市视野，火车车厢的空间俨

① 尹昌龙：《1985：延伸与转折》，山东教育出版社2001年版，第10页。

然是莅临偏僻乡村的都市缩影。香雪做出了勇敢的“壮举”，跳上火车用一篮子鸡蛋换回了一个绿色自动铅笔盒，结果被关在火车上跑了三十里。这次惊恐而兴奋的意外经历促成了香雪的第二次成长，她发现了台儿沟的大山、月亮和核桃树，仿佛第一次认出养育她长大成人的山谷。香雪在同桌的讥笑盘问中发现了自己的乡土气和台儿沟的穷，经历了火车历险后回家的夜路上，发现了台儿沟的美和自己的愿望。自动铅笔盒打开了山村少女向往现代文明和城市的通道，香雪成长了。她将通过读书由闭塞落后的山村通往文明繁华的城市，由贫穷落后的传统文明通往先进的现代文明。

三　观念冲突和话语“弑父”

80 年代对个人的呼唤使人的独立、个性、尊严等观念浮出地表，良好的人文环境使青少年这个以前有所忽视的群体得到关注。不过受关注的是他们的身体和学习，心理、情感、个性独立的要求并没有得到与成年人平等的重视。向往“独立自由”的叛逆少年开始挑战父辈的价值观念。叛逆少年的年龄比和父辈争夺政治权力的“李向南”们小很多，比挑战父辈经济方式和伦理道德的农村青年也要小，还无法在社会层面动摇父辈的权力，更做不到“弑父自代”，只是在价值层面冲击和动摇父辈的规约和束缚，以“离家”的方式挑战父辈，在社会的开放空间里体验真正的成长。

陈建功的《鬈毛》里的森森、陈村的《少男少女，一共七个》里的三菱是叛逆少年形象的代表人物。森森是个想离家独立而不得的延宕者形象。森森生长于改革之初，也是单放机、邓丽君歌曲开始流行的年代。他的理想主义与父亲的世俗哲学势同水火，他面临着自我独立与依赖父母的成长矛盾，有强烈的独立愿望却缺乏行动能力。他在家里批判父亲保守、官僚、世俗的观念和作风，看不起父亲的权力、官样文章和行为，拒绝父亲对他的说教连同供养。他以和父亲顶牛儿这种情绪化的方式来挑战父亲的权威和居高临下的施舍者角色，以还父亲钱这种孩子气的行为来宣布自己的独立自主。他拒绝父亲给他安排的工作，他摔坏了朋友的单放机，不想向父亲要钱，就自己去打工赚钱赔人家。他去一家小饭店应聘，又给老同学“盖儿爷”打短工。为八十块钱打工的短暂社会经历使森森认识到了自己缺乏摆脱父亲自己独立的实力，事实上离不开父亲的支持。他纠结在挑战父亲还是归顺父亲、自我批判还是自我发展之中，经历了成长的第一个环节。《鬈毛》通过儿子的视角把父亲塑造为一个伪善的文化官僚，靠着编辑部主编的权势经营自己的小家庭，养尊处优，嘴上马列主义，以道德楷模和年轻人导师自居，实则居高临下抨击小人物，占女下属的便宜。

这位改革背景下的知识分子父亲在家庭中还保持着家长的地位，但在小儿子森森眼中已经褪去父亲的尊严、道德的光辉和知识分子的操守，还原为一个世俗的虚伪的有七情六欲的人。父亲想保持家长的权威和道德，但小儿子已经把他看透；他想替小儿子安排好工作，供养他的生活，但小儿子想自己独立，不买他的账。父子关系紧张。儿子是父亲的解构者和还原者，小说用儿子的视角揭去父亲身上的伪装。父亲在家庭之中的形象也只有在儿子的位置才能看到，家庭之外的人是无从知晓的。儿子在家庭之中的位置和视角使其成为无人可取代的叙事者和父亲的解构者、还原者。小说通过大儿子和小儿子兄弟二人对父亲的不同态度来表现父亲这个形象的两面性。大儿子靠父亲的权势经营自己的前途，因此对父亲恭敬、吹捧，小儿子森森是个独立清醒但无行动能力的叛逆青年，父亲作为普通人的一面在他这里暴露无遗，因此对父亲不敬，敢于揭露父亲，与父亲对立。知识分子官员父亲形象的两面性表明这个形象具有过渡性，一方面因其权势而保有在家庭中的家长地位，另一方面因其表现出普通人的思想和行为而失去其在家庭中的地位和威严。

陈村《两代人》里的“我”的父亲和《鬈毛》里森森的父亲形象很接近。这是个知识分子父亲形象，小说中的身份是编辑部主编。父亲被批判，后来复职。在政治打击之下，父亲明哲保身，不敢坚持正义和事实。他想让儿子也按这套为人处世的哲学来生活，但儿子有独立的见解和少年人的凌厉、勇气、正义、侠气，很看不上父亲这套处世哲学，觉得他太怯懦和圆滑。父子俩话不投机，儿子总是用嘲讽和挖苦的叛逆语调与他说话，甚至离家搬到单位去住。他无法在儿子身上推行他的处世哲学。但他心里很爱儿子，儿子也在情感上很爱他。这个知识分子父亲形象能在情感上传递给儿子父亲的爱，但已无法在思想、精神和行为上引导儿子，在儿子心里已经失去了父亲在家庭中的权威地位和精神感召力量，但还未被儿子丑化，保留着父亲起码的尊严和地位。在政治秩序上，这样的父亲包含了被子辈取代的因素，并且具有传统父亲向现代父亲过渡的色彩。在情感上，父亲爱儿子，儿子在内心深处也爱着父亲，这是陈村处理父子关系最温情的地方，也是有着传统与现代过渡色彩的父亲与儿子之间联结最紧密的地方——情感而不是血缘。李准的《不能走那条路》中，农民父亲与村支书儿子平时没事是不怎么说话的，儿子不了解父亲的想法。费孝通先生在《乡土中国》中指出，乡村夫妇平时很少说话，用来解释父子间的感情也说得通。传统父子之间靠血缘、权威而不是靠情感来维系。处于传统与现代之间的知识分子父亲形象一方面靠权威、一方面靠情感来保持父子关系和在子辈心目中的形象。

《少男少女，一共七个》中的落榜生兼高考复习生三菱和森森一样渴望摆脱父母的供养与管束，飞向独立自由的天堂，与森森不同的是他具备为独立自由而奋斗的精神和能力。向父亲争取到了离家住校的许可后，三菱和同学在学校附近租了间农房，建立了自己的“寨子”。他自己当美术模特儿、卖西瓜帮同学哈里凑饭钱，谈恋爱，和哥们儿混，胡思乱想。“寨子”具有象征性，象征着在自己建立起来的世界里按照自己的意志独立自由地生活，表达了离家独立的强烈渴望。三菱和父亲的冲突主要在于儿子对于父亲的身份、权威、统治的不满。父亲以父亲的角色对待儿子，供养他的生活管束他的意志和行为，而这一切在儿子眼里，是父亲无视自己的公民权。儿子要求和父亲平等的公民权，这在中国家庭里，在父亲那里是幼稚可笑的，难以实现的。要求儿子按照父亲的设想和规划生活的父法与儿子“个人”“自我”“独立”的观念产生了严重的冲突。三菱和父亲的冲突是传统价值观与现代价值观的冲突。传统文化里，作为家庭成员，父亲和儿子的身份是首要甚至唯一的，没有一个“个人”；现代文化里，民主、自由、“个人”是现代性的核心和出发点。儿子受时代环境影响，强烈要求做“个人”，不做儿子，也不做父亲，不去重复父亲祖父的道路。父亲很无辜，他似乎不知道儿子奋力挣脱父亲、想去拥抱的这个“个人”是什么东西。而对于离家后的道路，三菱的愿望“一是上南极，二是找野人”，连乌托邦都算不上，完全是个少年的白日梦。三菱离家的意愿既是现代价值观对传统观念的挑战，也是少年成长的叛逆表现。挑战父亲、离开家庭、闯荡社会、建立自己的空间是少年成长的想象之路。

80 年代中后期，先锋小说中的少年们对“现实父亲”进行了更加无所顾忌因而也更具震撼力的话语“弑父”。在子辈作家的叙述中，父亲的形象完全失去了严父的威严和慈父的慈爱，只剩下对子的阉割和自身的颓败。洪峰在先锋的“弑父”行动中有着特殊意义。1986 年，洪峰在《奔丧》中以儿子对父亲去世的冷漠和不满褪去了父亲的神圣性，“父亲”丧失了悲剧性意义和他的权威性，儿子解除了对父亲的恐惧，这是令人绝望又大快人心的。正如陈晓明所说的：“《奔丧》的‘渎神’意义表明‘大写的人’无可挽回地颓然倒地，它怂恿着叛逆的子们无所顾忌越过任何理想的障碍。”① 接下来洪峰在《瀚海》里揭开父辈的隐私便顺理成章，没有任何悬念了。余华善于把他笔下的少年送上未知的旅途，用荒诞的叙事

① 陈晓明：《最后的仪式——“先锋派”的历史及其评估》，《文学评论》1991 年第 5 期。

呈现他们丰富而奇异的内心以及对成人世界的陌生和惊诧。出门远行是少年的成人仪式，父亲在儿子的成人仪式中或者是个推手，或者是个使命。1987 年，余华发表了《十八岁出门远行》，父亲将十八岁的少年抛到旅途之中，只给了他一个红色的书包，远行的少年在路上见识了成人世界的暴力与麻木。《四月三日事件》里，一个反复提到十八岁生日的少年往返于梦幻与现实之间，感觉到周围的人都在跟踪他、谋害他，包括他的父母。在《在细雨中呼喊》里，余华终于将“弑父”的使命交给了少年孙光林。小说以儿子孙光林的内心视角写一个堕落的父亲。父亲孙广才给他的教育是酗酒，睡寡妇的雕花大床，摸大儿媳妇的红裤衩被儿子拎着铁锹满村子追，靠小儿子英勇救人享受做父亲的实惠。七哥（方方《风景》）的父亲还能给他旺盛暴躁的生命力和男人的爱憎，孙广才只能给儿子浪荡的生活、破败的身体和萎靡的灵魂。苏童的枫杨树街少年们的世界里则从未出现过“父亲”的形象，他们承受着青春期的迷惘和冲动，游荡在江南狭窄阴暗的小巷里，陷落于复仇和暴力，血腥和死亡，焦虑和不安，却没有“父亲”来管束和引导。与枫杨树街的游荡少年相比，陈村和陈建功的叛逆少年太幸福也太幼稚了。苏童的小说有一个“逃亡”的方向，远离家庭，远离祖辈，向着没有父亲的方向逃亡。《1934 年的逃亡》写出了儿子的内心世界里，父亲像影子一样追踪着儿子，儿子一路拼命逃亡。《把你的脚捆起来》中，父亲是控制儿子身心的强权化身。父亲希望把儿子留在身边供自己驱使，儿子渴望逃离父亲获得自由，父亲死后的亡灵还拿着一根绳子要把儿子的脚捆起来。先锋小说中，儿子视角中的强权父亲显示出“父法”的荒谬和不合理，儿子眼中的颓败父亲，表明“父亲”权威的丧失和子们对“父亲”的蔑视和背叛[①]。“弑父”的痛快与“逃亡”的冷漠表明了先锋小说对父辈更为冷静和彻底的放弃和背离。

四 “现代化”与挑战的合法性

80 年代初的小说中，子辈对父辈的政治权力、经济伦理、价值观念发出了强有力的挑战，既是社会层面的“弑父”，又是象征界的“弑父”，计划经济、小农经济基础上的父法摇摇欲坠，父亲们的形象变得落后、保守，是改革、现代化和张扬个性的阻碍，面对子辈的冲击，竭尽全力保持着权力和威严，却已露出大势已去的败象。80 年代初小说中父亲几乎都是失败的父亲，既失去了一言九鼎、掌握家庭和子女命运、耕读传家父子相

① 陈晓明:《胜过父法：绝望的心理自传》,《当代作家评论》1992 年第 4 期。

继的传统父权，又失去了有政治支撑的红色父亲身份，父亲们很窝囊很脆弱，苍白无力（即使以暴力立威的父亲内心也有不安），充满了变革时代的末世感和无力感，父子之间处处显出错位、无法对话的紧张和尴尬，在子辈视角的聚焦中猝然委顿。

根据弗洛伊德的俄狄浦斯情结理论，“弑父”的冲动是儿子成长的驱动力。80 年代，子辈“弑父”能够成功主要由于子辈获得了“现代化”主流话语的支持。现代化使 80 年代的子辈挑战父辈成为可能。现代化的神话是 80 年代中国社会从上至下的意识形态，子辈以现代化这一 80 年代主流话语战胜了尊卑有序的传统父子秩序。子辈不仅仅依靠利必多的冲动，还要依靠代表社会发展先进力量的“象征父亲”的支持，才具备战胜“现实父亲”的力量，现代化正是 80 年代的子辈找到的最强有力的象征父亲。因为在代表法律、秩序与权力的“象征之父”面前，肉身的现实父亲总是要服从。正如 40 年代，小二黑得到了区长的支持，击败了二诸葛，与小芹自由结婚；50 年代，梁生宝获得了王佐民的支持，说服了梁三老汉加入合作社。80 年代，李向南和农村青年一代在改革背景下得到了现代化目标的话语支持，使其具备了在思想观念、经济基础和政治权力各个方面战胜父辈的合法性和可能性。80 年代一度被冠以“新时期”的称谓，这一概念将 80 年代界定为告别过去、面向未来的新的时代，它将要创造一个与以往历史和观念决裂的新世界，高扬着一种新与旧、过去与未来、衰朽与新生的历史意识。决定这种新时期意识的，正是现代化的想象。“现代化”作为 80 年代的核心范畴，是影响广泛的新主流意识形态。1978 年之后，“四个现代化”被确定为中国发展的基本目标，即经济落后国家的经济技术发展政策和“工业化”，此外，它还包含着社会制度和文明形式的内涵。而且它被官方、知识分子和普通民众共同当作价值判断的依据：与“现代化”相关的即是“好”的，与“现代化”相悖的则是“恶”的[①]。近代以来，“少年胜于老年”的强国梦想决定了现代化的承担者必是青年人，反现代化的角色则分配给老年人。套用鲁迅那句批判父权的话“儿子还未开口已经错了”，失去现代化主流话语支持的 80 年代“父亲”“还未开口已经错了”。李向南、刘钊、郑子云强势推行改革，小木匠开办木匠铺，门门使用抽水机浇地、贩卖山货分别得到了政治和经济政策的支持，因此得以胜过父辈，建立自己的面向未来的“现代化”“父法”。

改革者、新一代农村青年的形象具有鲜明的意识形态性，他们并不追

① 贺桂梅：《新启蒙知识档案》，北京大学出版社 2006 年版，第 241 页。

求自身的成长，只谋求“弑父自代”，将代表旧的经济方式和旧思想旧体制的落伍的父亲从权力的宝座上驱赶下来，自己建立一套新的“父法”：用“以经济建设为中心”的等级秩序代替“官僚主义”的等级秩序，用铁腕的清官去代替利己的官僚，用“农村经济体制改革”去代替传统的小农经济，用利己的道德取向代替温情的父老之谊。80 年代初子辈设立的新“父法”只是一种想象性的新旧话语更替，社会转型初期的政治斗争、改革方案图解。子辈的成长只有“弑父自代”而缺少对自我的追求和反思，意识形态的符号性十足，预示了 80 年代中后期小说“寻父”和寻找自我的必然性。

“叛逆少年”有勇气挑战父亲、离开家庭、实现成长的话语支持源自“五四”新文化运动所建构的、80 年代新启蒙主义思潮所继承的个人与社会的紧张。正如贺桂梅所指出的，这种对立结构被放置在传统现代的框架之内，这里的“社会”指涉特定内涵，即前现代的传统社会结构方式，而“个人”从这种传统结构中摆脱出来，正是为了获得自身作为“人”的现代性，以成为合格的现代民族国家的“国民”①。李泽厚在 80 年代提出了“主体性”的概念，刘再复将其运用于文学研究领域并与“国魂反省”联系起来，把“个人”直接而明确对应于现代民族国家的“国民”观念，在 80 年代文学界产生了很大的影响。人是具有改造和认识历史、具有自我创造能力的主体，建构个人的目标是为了实现“人的现代化”，而人的现代化是国家现代化总体目标的必要条件。“个人”获得了“现代化”主流话语的支持，追求“个人”便是追求“现代化”。在 80 年代以青少年为主人公的小说中，“个人”被赋予了青少年，父亲则承担了“社会”的角色，个人与社会的对立隐喻为儿子与父亲的冲突。儿子拥有与生俱来的合法性，他为了个性、自由、尊严、理想冲出父亲的家，获得了广泛的认同，而父亲则貌似强大实则虚伪，坚定地守卫着家庭，看守着儿子按照父亲/社会的轨道运行自己的人生，从而在价值观上受到叙事者与读者的一致反对。“家庭”也在“五四”之后再次成为个人需要逃脱的“牢笼”。但“叛逆少年”的年龄比“五四”“逆子”要小得多，恋爱自由、婚姻自主也不再是他们挑战父亲、追求个性解放的主要方式，个人的自我实现、现代的价值观念和独立空间的要求是 80 年代“叛逆少年”的主要诉求。因此，家庭也并不是“五四”启蒙话语中的“万恶之源”，更多指保守、世

① 贺桂梅：《人文学的想象力：当代中国思想文化与文学问题》，河南大学出版社 2005 年版，第 88 页。

俗、社会化的价值观念集中的空间。个人与家庭的关系并不是简单的逃脱而后快，儿子与父亲之间涌动着血缘的温情和爱。父亲只要放手让儿子自由发展，自我实现，便可保有儿子的爱。

先锋作家的话语“弑父”得益于80年代后期“现代化”意识形态整合退出后的真空，“大写的人”的理想已经失效，启蒙主义的“个人”开始“从群众中回家”，个人性的境遇与价值开始代替启蒙主义的“社会正义”与“公众真理”成为人们思考问题的新的基点。用个人性的价值和私人性的叙事实现对原有公众准则和宏伟叙事的背离和超越，成为先锋小说话语“弑父”的内驱力，以父亲的丑陋或缺席、儿子的“游荡”“远行”“逃亡”表达对父法的反抗和胜利。而对于文学来说，已经不可能有权威性的话语来维系文学创作的统一规式，这使得先锋作家得以运用个人化的叙事方法和语言风格讲述那些“父与子”的故事。

第二节　子辈的寻父

根据拉康的想象界、象征界和真实界“三境界”理论[①]，“弑父”只是儿子成长的最初环节，儿子的真正成长恰恰需要克服“弑父”冲动，寻找代表法规、制度和权力的“象征之父”，从而进入父权秩序，为社会和文化所接纳，获得父权秩序中的位置和角色，并在延续“父法”的过程中确认自我的存在。拉康引入“父亲的名字”“父亲的隐喻”，代指父亲的法规，实际上是一种象征性的说法，指家庭和社会的法规、制度以及文化的规约。一个儿子要长大成人，就必须向父亲学习、模仿、认同，通过与父亲的认同，确立其自我，从社会的自然状态进入到文化的象征秩序之中[②]。80年代小说在父子秩序的表述上，主要是儿子的立场，在挑战父亲的同时，也表达了对理想化父亲的认同和需要。挑战父亲主要是在政治、经济、观念等现实经验层面进行的，寻父与认父更多是在个人主体的心理、文化层面进行的。事实上，弑父和寻父不是个时间性的问题，而是空间性的问题。在红色经典中，那些声名显赫的历史主体身旁的血缘父亲或者缺席，如高大泉的父亲早早去世（浩然《金光大

---

① ［法］拉康：《精神分析学中的言语和语言的作用和领域》，《拉康选集》，褚孝良译，上海三联书店2001年版，第245页。

② 陈少华：《阉割、篡弑与理想化——论中国现代文学中的父子关系》，广东人民出版社2005年版，第188页。

道》)，或者是儿子革命事业的坚定支持者，如萧长春的父亲萧老汉（浩然《艳阳天》)，梁生宝的父亲梁三老汉最终也放弃了做“三合头瓦房院的长者”的愿望加入了儿子领导的合作社（柳青《创业史》)，不能构成儿子成长的领路人，对“象征之父”的寻找和认同才是那个年代小说的叙事动力。朱老忠背后有地下党贾湘农，梁生宝背后有区委书记王佐民，萧长春背后有书记王国忠。张承志的小说和寻根小说以及后期的先锋小说都开始了80年代改革开放、“现代化”背景之下子辈“弑父”之后新一轮的“寻父”冲动。

一 象征之父的寻找

张承志80年代初的小说提供了青年男性成长的优秀文本。他在《北方的河》中塑造的“研究生”定格为80年代小说中的“男子汉”形象。他将小说主人公的成长环境设置为父亲缺席。《黑骏马》中，父亲把白音宝力格送到草原请额吉代为抚养，也相当于缺席。他对父亲缺席的设置并非偶然，阿城的《棋王》、王安忆的《本次列车终点》里父亲也是缺席的，这代人有过太多关于父亲的创伤性记忆。父亲的缺席无疑会造成男性主体成长的一个结构性空白，产生寻父的内在要求。“父子血缘的关系不只是自然的养育与信赖的关系，而是进到一更高层次的文化与符号的关系，是一‘根源’与‘生长’的关系。”① 张承志笔下的主人公要寻找的正是文化与符号态的父亲，即“象征之父”。逃离、憎恨父亲只是个体的一种青春冲动，“弑父”的冲动终归要被压抑，真正的男性主体的成长恰恰有赖于对“象征之父”的认同。陈少华对儿子成长过程中需要寻找理想父亲的原因作了分析：“在父亲这个镜像中，还应该像儿童想象万能的父亲一样具备一些非凡的、理想性的特质，才能满足儿子的自恋，才能满足儿子在成长中更高层次的审美的体认，更具理想性的善的体认。”②

父亲缺席使男性主体在少年时期与母亲相依为命，与母亲感情深厚，产生完满的统一，同时自己代替父亲撑起一个家庭，身体与精神都早熟。《黑骏马》里，白音宝力格的父亲把少年的他送到草原，交给蒙古族额吉抚养。几年后他看着探望他的父亲离开的背影，心里充满了叛逆少年超越父亲的自豪感。“一个骑铁青马的人正从我们家离开。不知怎么，我心里

① 林安悟：《儒学与中国传统社会之哲学省察》，学林出版社1998年版，第32页。

② 陈少华：《阉割、篡弑与理想化——论中国现代文学中的父子关系》，广东人民出版社2005年版，第201页。

升起一种战胜父亲尊严的自豪感。我已经用不着他来对我发号施令了。在这片青青的、可爱的原野上，我已经是个独当一面的男子汉。”[①]《北方的河》里，研究生自白：“我从小没有父亲。我多少年把什么父亲忘得一干二净。那人把我妈甩啦——这个狗杂种。”[②] 他憎恨缺席的父亲，自己撑起这个家，修补漏雨的屋顶，撑起母亲的精神世界，许诺给她找个满意的儿媳妇。《阿勒克足球》里，父亲虽然没有缺席，但任性胡闹，令儿子蒙羞。王安忆的《本次列车终点》里，陈信的父亲早亡，他回城后面临房子、工作等现实生活问题，母亲的为难、伤心、气愤、哭泣使他必须自己成长为顶天立地的男子汉。

过早代替父亲在家庭中扮演顶梁柱的角色使青年男性主体精神强悍、身体强大，但内心有一处柔软的地方，他需要一个强大的理想父亲代替血缘父亲来引导自己的成长。青年男性在寻父的过程中成长为自己。《阿勒克足球》里的老师是个“代父”形象，同时也是个“外来者”——知青，理想父亲代替懦弱的血缘父亲给予成长中的少年强大的精神引领。老师是一个“铁塔般”立在人面前的“黑衣大个子”，他有很好的臂力，揪住一个人的肩膀，“就像捉住一只瘦羊”。他精神强悍，无法回城却不对生活示弱。“想骑在我头上吗？试试吧！……告诉你们，我可不是好惹的！……别以为我走不了就可以随便让你们欺负！今后，谁敢动我一指头，我就还他两拳！”[③] 他心怀未来，希望做一个现代文明的知识传播者。他创办了一所草原小学，一家一家动员孩子们上学，以惊人的毅力战胜了重重困难。他勇毅果敢，在草原的荒火里把生命献给了草原的孩子们。“我”从老师身上实现了对力量、强悍、知识、坚毅的理想父亲的认同。在《黑骏马》里，白音宝力格外出学习现代畜牧科学知识，现代“象征之父”的律法使他拥有了反观自身的视角，科学、文明使他无法接受草原古老的习俗和自然法律，他看到了草原母亲般温暖的胸怀之外野蛮、愚昧、落后的一面，现代父法最终将白音宝力格带出了草原、额吉、索米娅构成的成长母体，成为现代文明之子。《北方的河》里的“研究生”一直有“寻父”情结，他在黄河块状的浪头里找到了民族精神之父的认同和皈依，成长为一个坚毅壮美的民族之子。他心中的黄河，不是一条自然流淌的“北方的河”，而是一条充满了雄强之美的民族精神之河。他要跃入黄河，完成一个认

① 张承志：《黑骏马》，《十月》1982 年第 6 期。

② 张承志：《北方的河》，《十月》1984 年第 1 期。

③ 张承志：《阿勒克足球》，《十月》1980 年第 5 期。

父/成人仪式。那个年轻漂亮的女记者做了他的见证人。“她看见一幅动人的画面：一条落满红霞的喧嚣大河正汹涌着棱角鲜明的大浪。在构图的中央，一个半裸着的宽肩膀男人正张开双臂朝着茫茫的巨川奔去。”电影镜头般的画面，既是父子相认的场景也是儿子征服/臣服精神之父的场景。这个画面仪式感很强，他游过黄河，仪式结束，有资格高喊：“我就要成熟了”“我就要成人了”。他完成了认父暨成人仪式之后，正式踏入社会，以一个男人的身份向这个社会挑战，要这个社会给他一个位置。

二 传统之父的认同

郑义的《老井》中，农村的年轻一代孙旺泉对民族传统之父重新认同，以“打井”作为“认父”仪式，以父子相继的古老法则进入了民族传统文化的象征秩序。孙旺泉在离开与据守、城市与农村、现代文明与传统文化之间痛苦然而壮烈地接受并接替了父辈传承的重担，在老井村打出井来！为此他放弃了代表现代文明的恋人巧英，把个体融入群体里，融入儒家宗法血缘伦理中。“打井”具有“承袭祖业”的伦理意义与家庭荣耀，儿子的出生使他确认了自己在血缘链条中既为子又为父的不可逃脱的伦理身份，他认同了父子相继的血缘伦理，将祖辈的目标和儿子的未来内化为自身的梦想：打出井来！

> 儿子的出生，使他的奋斗有了更为深沉的含义。儿子！现在他不单单是继承先人的事业，更是在为子孙后代开拓，……儿子，新儿子！儿子长大，寻上个女人就会养下孙子。再寻上个女人就养重孙子……不行，走！今天就开始野外勘察！井，有井就有一切，有井就有儿孙万世！一种从未体验过的责任感从他心底起，他依恋地看了一眼自己的村庄，院落，拔腿向深山走去……①

孙旺泉在孙子、儿子、父亲身份之外，还有一份民族国家的承担，表明了父子血缘性的纵贯轴在民族国家之中的根底意义。孙旺泉认同血缘伦理和民族传统之后的豪情与高加林的城市梦同样激越热烈，向着城乡两个方向前行的两个农村子辈展现了转换为“现代化”的民族国家话语的内部多元景观。

王安忆的《小鲍庄》、韩少功的《爸爸爸》与王蒙的《坚硬的稀粥》

---

① 郑义：《老井》，《当代》1985 年第 2 期。

揭示了子辈对民族传统之父认同的隐忧。捞渣和丙崽都不是一般意义上的人物形象，二者都担负着数千年传统文化和民族心理的沉重内涵。两个孩子都很怪异，一个是小大人，一个是长不大、死不了的傻孩子。他们分别代表着古老民族的两个走向，捞渣象征着只有他人没有自我的仁义精神在现代社会里化为一块墓碑；丙崽象征着诡异丑陋的文化因子在现代社会里不可能长大，却长久地笼罩人们的精神生活。捞渣和丙崽无论死去还是活着，都象征着沉滞的传统父亲占据着现代人的心灵和精神，他们无法迅速建立起崭新的自我。捞渣是子辈，但他完全继承了父辈的传统——仁义，对父母对邻居对家里的童养媳小翠、对五保户鲍五爷投以一视同仁的微笑，做游戏把快乐让给别人，一上学就领回三好奖状，最后又以舍己救人的大仁大义结束了短暂的一生。他是个父辈眼里的完人，然而这个父辈仁义的继承人为仁义而献出了自己的生命，庄里人把他的坟墓安放在小鲍庄中央，给他立的墓碑是全村最高建筑物，死后的捞渣成为君临人世的精神象征，庄里人对他顶礼膜拜，意味着仁义的父法继续牢固地统治着后代的精神世界。小鲍庄里子辈的生存状态使人们对仁义的父法产生了疑问。首先，孩子过早被仁义道德束缚成型，没有童年；只有他人没有自我，捞渣就是典型的父法牺牲品。其次，只有他人没有自我又有其虚伪性，服从更高一级的“孝”“礼”等概念。鲍秉德对不生育的疯妻子使用家庭暴力，庄人阻止拾来和寡妇二婶、小翠和文化子的爱情。最后，嘲笑知识，奚落文人。现代儒生鲍仁文为功名所苦，想要摆脱贫困而不得，想到反抗传统却总是落入传统的圈套。仁义的父法阻碍着小鲍庄子辈的现代性追求。丙崽以其不死被村里人供奉为“丙神”，与捞渣的墓碑一样，两个凝聚着传统精魂的怪异子辈笼罩着封闭的乡村传统空间，后来的子辈很难冲破这传统的旧障壁而进入现代文明。

王蒙《坚硬的稀粥》写了这样一个故事：一个四世同堂的家庭，在爷爷的主持下，几十年来，饭食千篇一律，没有任何变化。后来，在新风新潮涌来的形势下，家政进行改革，每日的饭食也开始改进，却造成了意想不到的后果，于是一切又回到原来的样子。小说对改革中的父辈子辈各有褒贬。这个家庭维持着论资排辈的伦理秩序，爷爷居于秩序顶端，他同意了子辈要求改革早餐稀粥馒头的要求，他并不是李海山那种外强中干、打击子辈以自保的顽固父亲，而表现为宽厚开明的父辈形象。改革家儿子用西餐代替稀粥馒头，使全家消化不良，显然小说批评他食洋不化、全盘西化、盲目幼稚。一番改革之后，全家的早餐回到了稀粥馒头，而且赢得了比改革前更长久更确定的认同。《坚硬的稀粥》表明子辈挑战父辈文化传统的艰难。

追寻黄河的“男子汉”找到了自然伟力、威严雄壮的象征之父，打井的孙旺泉找到了民族传统之父，完成了子辈的成人仪式，甚至余华小说中的主人公也做出了寻父的尝试，尽管只能是毫无结果的尝试。《鲜血梅花》中的阮海阔在错综迷乱的历史深处试图以“为父报仇”的方式建立与父亲的联系。先锋小说中的叛逆之子似乎于叛乱的快感之后感到了无父的恐慌，开始讲述先锋式的历史故事，于历史深入寻找父亲的踪迹，以确认自我的存在。正如陈晓明所指出的：《鲜血梅花》的“为父报仇”是“寻找父亲”主题的变种①，余华的寻父尝试象征性地预示了弑父仪式的终结。尝试的结果是寻找父亲而不得，无法进入父亲的历史。阮海阔像鲁迅《故事新编·铸剑》中眉间尺一样肩负着为父复仇的使命，亦如眉间尺一样怯懦而被动。眉间尺克服了弱点，背着青色的剑踏上了复仇之路，用父亲的剑割下自己的头颅换来义士的相助，最终和仇人的头颅同归于尽。鲁迅的眉间尺成功地为父报仇，延续并进入了父亲的历史。但余华的阮海阔却找不到杀父仇人，不断在寻找与错过之间延宕，无法为父报仇。寻找父亲变成了彻底失去与父亲的历史联系，儿子在父亲的秩序里找不到自己的位置。

三　现实父亲的反思与成长

梁晓声的《父亲》塑造了一位严父，是 80 年代为数不多的血肉丰满的现实父亲形象之一。既有对父亲的认同，也有对父亲的批判，认同父亲的责任感和辛劳付出，晚年的父亲脾气褪尽，慈爱无比，同时也批判他的偏狭、愚昧和严酷给儿女带来的伤害。间接回答了鲁迅在 20 世纪初提出的“我们怎样做父亲”的问题。对父亲来说，他作为男人在家庭中的角色与责任与生俱来，先验地存在，他毫不怀疑地接受这种先验的社会和文化角色，并竭尽所能去完成这个被赋予的角色，他看取人生也是从家长这个角度出发，而没有“做父亲”的意识。城市平民的家庭、建筑工人的身份和计划经济之下困窘的环境以及使他被抛入其中的文化传统共同作用之下，他的“自我”无从产生。在 80 年代小说的父亲形象谱系中，这位父亲是“无我的父亲”的代表形象。父亲在家庭中的主要职能是赚钱养家，让他的儿子们能喝饱玉米面糊糊。父亲是位传统的家长形象，尽责、严厉、独断，内心仁厚又有些愚昧固执。父亲是一家之主，为这个家庭立

---

① 陈晓明：《无边的挑战》，广西师范大学出版社 2006 年版，第 319 页。

法，要求妻子不借债，儿子不犯错。他所立的父法勤俭愚昧，建立在城市平民家庭勉强糊口的经济基础之上。儿子的新衣被伙伴划破，他不问缘由一巴掌把儿子打得结巴到中年，女儿生病不让看西医以致唯一的女儿夭折，给上大学的大儿子去了封信骂他只为自己着想不和父亲一起分担养家重任，致使大儿子心理负担过重得了精神病，一辈子在精神病院度过。这些不近人情甚至有些残酷的行为似乎违背了"父慈"的伦理要求，用鲁迅"我们现在怎样做父亲"的标准来衡量，他充其量为子女掮起了生命延续的闸门。他的愚昧偏狭源于生活贫困而封闭、缺少新思想的注入。小说以限制的视角聚焦于父亲对家庭和子女的抚育职责，没有父亲的"自我"与家庭的紧张关系，父亲与母亲的夫妻关系、父亲的爱好也都不在视野之内，这表明父亲是个"无我的父亲"。叙事者对父亲的形象肯定多于否定，他用第一人称的语调和视角叙述了父亲为抚育儿女所受的辛劳和加在子女身上的无心伤害，对乡亲的仁厚，用他与文学女青年的对话来实现对传统父亲的批判与肯定，肯定他恪尽父职过程中所表现出的坚忍顽强对子辈精神的影响以及晚年的慈爱。

父亲为了养家糊口制定家规，母亲为了孩子们的发展破坏家规。父亲是一家物质资料的主要提供者，母亲除了担任这一角色，更是孩子们的庇护者和精神核心。她帮助孩子们摆脱父亲偏狭的家长意志，给孩子们撑起发展的空间和心灵的归宿，自己承受丈夫的愚昧专断带给孩子的伤痛。她坚持抱女儿看西医被丈夫阻止，叙事者没有过多渲染女儿的夭折给她的打击，但我们可以想象到一个丧女的母亲该有多么痛苦。她背着丈夫偷偷支持大儿子考上大学，不想儿子被丈夫的一封谴责信送进了精神病院。小说所塑造的母亲形象是个站在作为家长的父亲身后，和丈夫一起为子女提供物质来源和情感支持的，隐忍勤劳的温暖的形象。小说所塑造的父亲和母亲形象非常传统，用形象和情感诠释了费孝通关于"在父权社会中，代表社会来执行权力的是父亲，站在孩子的立场给予私情慰藉的是母亲"的论断。

韩少功的《西望茅草地》用同样的子辈视角塑造了一个落伍的传统父亲形象，有批判也有认同，批判的是农场场长张种田专制、愚昧的家长作风，认同的是他对儿女、对年轻一辈的慈爱。张种田自己没有子女，收养了战友的女儿和两个孤儿，没有血缘关系不要紧，小说意在将这位父亲塑造为与年轻一辈观念不同的父辈的象征符号，没有血缘的父亲加深了人物的符号性也意味着父法的断裂。张种田这个形象杂糅了传统父亲与红色父亲两种父法，他用传统父亲的专制来推行红色父亲的信念。小说运用移植即改变空间的方法成功地塑造了一个失去土壤的无根的父亲。作为一个传统父亲，他失去了与子辈最重要的血缘联系，使他做一个传统父亲先天不足。作为一个红色父亲，他失去了革命战争的环境，被移植到农场场长的建设环境里的管理岗位上，英雄无用武之地。典型的无血缘的革命家庭，而且缺少一位能凝聚家庭的妻子/母亲，张种田对养子女只能给予基本的温饱，谈不上家庭环境和教育。他做农场场长，空有理想没有经营和管理能力，只能为知青描绘一个美好虚幻的乌托邦，却无法在现实中为他们提供一个活跃的经济环境和基本温饱的生活条件；他单手劈砖的英武蜕变为博知青们一笑的把戏，在没有年夜饭而倍显冷清的食堂里更加落寞和苍白，他对待敌人的作战经验被农场的知青认为是瞎胡闹。他的悲剧在于子辈需要的，他不能给，他能给予的，子辈都不需要，因此他疲倦而痛苦，纠结而无奈。他努力地做一个尽职的父亲而不得，不得其门，南辕北辙。究其原因，他缺少做一个新时期父亲的素质，知识、观念、建设的能力。他没什么文化，眼界狭小，看不到读书上学对子女一生的长远意义，武断地阻止了女儿的求学路，他的家长专制做法阻止了女儿的爱情，最终断送了女儿的性命。他不会经营，最终落得农场解散的结局。小说结尾，知青们嬉笑着坐上回家的车，他一个人在黄昏的夕阳下，孤独而苍老。这个被时代淘汰的父亲形象在80年代文学研究中没有得到足够的重视。

梁晓声的《父亲》也含有落伍的父亲的意味，小说设计了一个“我”与青年女来访者的对话，父亲无意中在门外听见的场景。父亲听到自己在青年女来访者眼中是个“抱着拖鼻涕的孩子盯着老外看”的有损中国人形象的老头儿，儿子尽管维护父亲尽心尽力的正面形象，却也承认他害得女儿夭折、大儿子精神失常、二儿子结巴多年的事实。他以一个偷听者的身份反观了自己作为父亲的一生，猛醒之后，黯然离开。这个醒悟后黯然离开的身影与张种田黄昏中孤独苍老的身影宣告了传统父亲的失败和退场。他们努力做父亲，但眼界经验所限没有能力做一个新时期的好父亲。

值得一提的是池莉的《太阳出世》。这篇小说在描写现实父亲的作品里有些特殊。小说以父亲的视角从妻子怀孕写起，写怎样抚养刚出生的宝贝，表现了怎样成为一个父亲的主题。小说塑造了赵胜天这样一位80年代的年轻父亲。儿子的出生使他由一个男孩成长为一个男人，一个父亲。这个形象表达了怎样成为父亲的心理、体验和过程。以前的小说写初为人父的场景一般是抱着婴儿不知高兴得怎么办才好，高喊“我做爸爸了”，之后就不再描写怎样做父亲，把父亲当作自然而然的角色，把做父亲当作一件不学就会的事。描写“如何成长为父亲”是池莉小说的一个艺术功绩，无论在父亲形象谱系中还是在子辈成长的主题中，都别有意味。

根据成长小说的理论，要求主人公经历“一场精神上的危机”（艾布拉姆斯语）或“某种切肤之痛的事件”（马科斯语）之后产生了某种本质性的变化，而且“必须有证据显示这种变化对主人公会产生永久的影响。”一个新家庭的组成，一个新生命的孕育降生，使赵胜天和李小兰经历了“精神上的危机”，使他们看取人生的角度和对待人生的态度发生了根本变化，使他们的人生角色发生了转换，由孩子变成了要抚养孩子的父母。赵胜天和李小兰称不上对人生有着理性认识的青年，他们以斗勇逞强、任性自我的自然本性在有规则的世俗社会里横冲直撞。赵胜天原本是个吊儿郎当、打架斗殴、时尚享乐的小青年，李小兰是个学习不好、心直口快、以强词夺理为潇洒的娇气蛮横的娇小姐。婚礼、怀孕、生子把二人送进了成人世界，由此他们不得不成长成熟。孩子的孕育和出生、独立抚养孩子的经历对这对年轻父母的成长具有关键性的作用，使他们由以自我为中心的独白者成长为顾及他人的对话者。面对新生命，他们获得了反观自身的契机，开启了反观自身、认识并修正自我的曲折历程。在妻子准备做流产手术的妇产科里，赵胜天产生了婚后第一次性格的巨大转变。“为了孩子，为了生命，他要开始生活，放弃一切享受。”这一刻他领悟了人生至关重要的一课，许多人直到死也没弄清楚。“混混沌沌的生理发育，按部就班的结婚生子，顺理成章的相夫教子……是他们千篇一律的成长模式。每个人都会长大，但并非每个人都有‘成长’。”①

赵胜天和李小兰成长为父母的过程，也即个体自我认同社会规则的过程。赵胜天的成长一方面表现为领悟人生，另一方面表现为修正自我。他的成长得益于离开原生家庭，自己独立经营核心家庭，从而获得了曼海姆所谓“都市化了的农民的儿子”的成长视角，重新发现了以前他“不见”的各种人生况味。以前他在长大，独立生活后他真正开始了“成长”。在妇产科门口他懂得了感动和感谢，从妻子孕育生命的过程中深深理解了人类生命诞生的痛苦过程和女人所付出的代价。他见到出生三个小时的女儿时热泪盈眶，懂得了这个生命和他血肉相连，他成为一个父亲了；照料月子中的妻子，他学会了洗衣做饭整理衣物接待客人，照顾孩子，体会到了丈夫和父亲的艰辛。他的性格在此发生了质变，对人生的领悟使他开始修正自我。为了给女儿一个合法的身份和健康的身体及光明的未来，他与街道、医院等社会各部门接触，收起了打架斗狠、吊儿郎当的做派，学会了

① 徐秀明：《20世纪中国成长小说研究》，博士学位论文，上海大学，2007年，第67页。

理性、平和、包容；学会了在婆媳、母女之间调和关系，觉悟到了文化、知识和发展的重要，他进了成人大学，他要当工程师；他离开了往日的哥们儿和悠闲享乐的生活，也是与以往的自己告别，从此作为一个成熟的男人、一个丈夫、一个年轻的父亲生存于这个社会上。池莉描写赵胜天的文字饱蘸情感，新写实小说“情感零度”的评价不攻自破。孕育、抚育女儿使李小兰由少女成长为母亲，不再任性，学会了包容，包容顶替她位置的年轻女孩，包容重男轻女的婆婆；由虚荣转为简朴，她和丈夫变卖了华而不实的家具换成一张两千元的存折养孩子养家；认识到了知识与发展对于个人的重要。妇产科的疼痛和羞涩使她产生了朦胧的女性意识，女性与男性这两种不同的性别意味着不同的生活体验。李小兰在抚育女儿的过程中接触并认识到了生命、女性、婚姻、个人、知识、社区等社会学、人类学以及女性主义的基本问题，她的成长比赵胜天更为丰富和艰难，描写起来也更困难。小说对赵胜天的塑造比李小兰要成功。成长同时意味着失落，赵胜天和李小兰从自然人成长为社会人，失落了浮华的享乐和任性自在的潇洒，收获了成熟理性、丰富内敛、积极进取的人生。而且他们的教育观念比父辈科学，眼界更开阔、更有责任感和教育意识，在对子辈抚养和教育的重视程度上远远超过了父辈的无为而治，体现了 80 年代的新一代父辈的特点。赵胜天李小兰在《育儿大全》的指导下学会照顾孕妇、抚育幼儿的工作，给一岁的孩子听《天鹅湖》，开生日派对，做父亲的考大学，做母亲的决定做腹有诗书气自华的优雅母亲。这让父辈的形象焕然一新。

就青年人成长的主题而言，赵胜天李小兰在思想深度上要超过小林夫妇（刘震云《一地鸡毛》）。小林夫妇由骄傲的大学生迅速为社会规则驯服，小林变成上班打水扫地、下班卖板鸭，为老婆坐班车、孩子入托头疼或开心的平庸男人，小林妻子由文静的淑女变成爱唠叨的偷水的女人。赵胜天和李小兰尽管也服膺了社会规则，但服膺的结果使他们懂得了他人、爱和自我选择，因此超越了原来的幼稚和虚无，实现了心理、文化层面的自我认同与成长。小林夫妻尽管也有反思但更多是机械地应对生活，为生活所俘虏，个人没有真正的成长。现实生活中的问题需要他们解决时，他们很容易就归顺了社会规则，家庭生活起到了打破幻想的作用，而家庭生活、女儿出世促成了赵胜天李小兰成长为合格的父母，独立的个体，在回归家庭、“堕入庸常”的新写实小说中展现出独有的超拔的美和超越现实的力量。

四 成长的仪式：离家/弑父、回家/认父

从个体成长的角度来说，离家/弑父和回家/认父都是成长的仪式。德

国社会学家卡尔·曼海姆曾用一个“都市化了的农民的儿子”的故事提出“视角”的概念从知识社会学层面证明了“离家”对于子辈成长的意义：“一个农民的儿子，如果一直在他村庄的狭小的范围内长大成人，并在故土度过其整个一生，那么，那个村庄的思维方式和言谈方式在他看来便是天经地义的。但对一个迁居到城市而且逐渐适应了城市生活的乡村少年来说，乡村的生活和思维方式对于他来说便不再是理所当然的事情了。他已经与那种方式有了距离，而且，此时也许能有意识地区分乡村的和都市的思想和观念方式。”① 正如曼海姆所说的“农民的儿子”都市化不可能在故土内部完成，年轻人的成长不可能在家庭之中完成，只有跨出家庭的门槛，来到社会之中，获得“家庭外部视角”，才有可能获得对自我的反思，对家庭的反思，对父亲的反思，从而实现成长。有研究者概括了成长小说的叙述结构：“天真—诱惑—出走—迷惘—考验—失去天真—顿悟—认识人生和自我。这个过程也就是所谓人物成长的心路历程。这个基本模式，或在此基础上的变异，出现在所有成长小说中。”② 根据这一概括，“离家”是个体成长的必经环节，在父子关系中，儿子“离家”与“弑父”行为的结合则使“离家/弑父”成为子辈个体成长的仪式。那么，“回家/认父”就成为子辈个体成长的最后一个仪式。雯雯、王晓华、马儿、森森和三菱在离家之后最终选择了“回家”，甚至阮海阔也踏上了“寻父”的旅途。离家、回家与弑父、认父是不可分割的，离开原生家庭即否定血缘父亲，到家庭之外的广阔天地去寻找象征之父，对象征之父的认同使个人主体完成了自我的成长，进入到象征秩序之中，建立自己的家庭，如“研究生”，或者在一番闯荡之后认同父亲所代表的传统文化和秩序，回到父亲的家，如孙旺泉，或者建立了自己的家庭之后，在解决家庭生存问题中学习如何做一个父亲，如赵胜天。美国学者艾布拉姆斯精彩地阐释了成长小说的主人公对“内在自我”的执着探究：“这类小说的主题是主人公思想和性格的发展，叙述主人公从幼年开始经历的各种遭遇。主人公通常要经历一场精神上的危机，然后长大成人并认识到自己在人世间的位置和作用。”③ 莫迪凯·马科斯认为成长小说展示的是主人公“社会自我”的获得：“年轻主人公经历了某种切肤之痛的事件之后，或改变了原有的世界

① ［德］卡尔·曼海姆：《意识形态与乌托邦》，黎鸣、李书崇译，商务印书馆 2000 年版，第 287 页。

② 芮渝萍：《美国成长小说研究》，中国社会科学出版社 2004 年版，第 8 页。

③ ［美］艾布拉姆斯：《欧美文学术语词典》，朱金鹏、朱荔译，北京大学出版社 1990 年版，第 218—219 页。

观，或改变了自己的性格，或两者兼有；这种改变使他摆脱了童年的天真，并最终把他引向了一个真实而复杂的成人世界……必须有证据显示这种变化对主人公会产生永久的影响。”① 80 年代小说中儿子对父亲的挑战和寻找显示了子辈个体在“内心自我”（儿子）与“社会自我”（父亲）的激烈较量中最终形成“现实自我”（个人主体）。

父子关系与社会秩序的隐喻分析揭示了家庭的代际关系与社会秩序的复杂关联，子辈作为个体的成长揭示了自我与社会、制度、文化的多元关系。80 年代中后期建构的家庭表象是子辈主导的核心家庭。

① ［美］莫迪凯·马科斯：《什么是成长小说》，转引自徐秀明《20 世纪中国成长小说研究》，博士学位论文，上海大学，2007 年，第 20 页。

第五章　叙事模式

80 年代小说的主要时代背景是改革。考察小说如何通过家庭表象叙述这个当代历史上重要的时代是有意味的事。俄国民间文艺学家普洛普的《民间故事形态学》，从 100 个俄国民间故事中概括出了 31 种顺序不变的功能和 7 种角色，他找出了一个由角色和功能构成的基本故事。借鉴普洛普的方法①，根据 80 年代小说主人公对家庭的价值判断，可概括出“离家—回家”的叙事模式，以改革之前的特殊历史时期为内容的家庭故事基本都符合这一模式，改革时期的家庭故事“离家”倾向有所增强。“离家—回家”可以概括整个 20 世纪中国文学的家庭叙事。根据主人公对梦想的追寻过程，可概括出“寻梦—梦醒”的叙事模式，有着理想主义情结的主人公大都符合这一模式。此外，站在时代岔路口的主人公普遍存在歧路彷徨的心态，选择是主人公的普遍行为，由此可概括出“彷徨—选择”的叙事模式。

第一节　“离家—回家”模式

80 年代前期小说的家庭叙事大都可以用“离家—回家”的叙事模式来概括。按离家的主人公来区分，可以分为知识青年、知识分子/干部、农村青年、叛逆少年、知识女性等几类人物。人物不同，离家原因不同，但主人公“离家—回家”的情节模式很相近。

知识青年/叛逆少年：

中学生王晓华离家下乡插队，要求进步遇阻，思母后悔，母亲平

① 许子东在《为了忘却的集体记忆》中用普洛普的方法对 50 部小说进行了研究，本章也参考了这种分析方法。

反后回家。(卢新华《伤痕》)

高中生马儿离家下乡插队，农场经营不善，反思理想，农场破产后回家。(韩少功《西望茅草地》)

初中生雯雯离家下乡插队，不适应农村生活，反思理想，招工回家。(王安忆《69届初中生》)

森森离家打工还债，体味到独立之艰难，情感上回家。(陈建功《鬈毛》)

三菱离家复读，自己经营复读生活，被父亲领回家。(陈村《少男少女，一共七个》)

知识分子/干部：

干部张思远下乡改造，找回个体感觉和生活本真，平反后回家。(王蒙《蝴蝶》)

八路军战士、编辑伊汝被打成反革命发配新疆，平反后回家。(李国文《月食》)

右派章永麟到农场安家，获马缨花救助，落实政策后回城。(张贤亮《绿化树》)

右派许灵均下乡改造，与民间女子秀芝结合，没有随资本家父亲到国外，留在了农村的家。(张贤亮《灵与肉》)

知识女性：

“她”离家读书，感觉到社会对女性的压力，挣扎着争取自己的位置。(张辛欣《在同一地平线上》)

三个知识女性离家谋求自己的生活，感觉到社会对女性的压力，飘荡在女性联盟的方舟里。(张洁《方舟》)

“弟兄们”离家读书，组成弟兄之家，后分崩离析，回到各自的家。(王安忆《弟兄们》)

农村青年：

农村青年高加林离家进城工作，被人发现曾“走后门”，除名回家。(路遥《人生》)

农村少女香雪离家看火车，看到了城市文明的窗口，决心进城。（铁凝《哦，香雪》）

农村少女香雨离家读书、工作，假期回家，后返回城市。（田中禾《五月》）

小木匠离家打工，看到城市的富有和希望，回家后再次离家进城。（王润滋《鲁班的子孙》）

门门离家贩运，看到城市的富有和文明，与小月恋爱后返回农村。（贾平凹《小月前本》）

主人公的身份不同，离家原因各异，但基本的情节模式接近，都含有离家之后的遭遇，对家庭产生新的认知，然后决定是否回家。80 年代小说主人公离家的情节，可以归纳为离家的人、离家之后、回家的路三个叙事阶段。当然，主人公的结局并不都是回家，但回家是大多数主人公的选择。

一 离家的人

知识青年离家都是为了上山下乡，但原因各有不同。韩少功的《西望茅草地》里，马儿高中毕业时，国家动员青年支农支边。他热血沸腾，不顾父母的反对离开家庭，去追逐茅草地的光荣梦想，去实现青春的时代使命。王安忆《69 届初中生》里的雯雯与马儿的离家相似，也是为“理想”所召唤。《伤痕》中的王晓华也是主动离家，但与《西望茅草地》中的主人公处境完全不同。对马儿来说，离家不但是主动的，甚至是迫不及待的，千方百计摆脱了父母的工作安排和家庭的日常生活，奔赴前线一样奔向茅草地。王晓华初中还没毕业，就主动提出上山下乡。但这只是行为上的主动，内在的原因并不是受理想召唤，而是受到“叛徒”妈妈事件的打击逼走的。王安忆的《流逝》里，端丽的小叔小姑下乡没这么“理想主义”。他们谁也不愿意下乡，但没办法，都得去，于是硬着头皮离家。对于困境中当家的嫂嫂来说，打发小叔小姑下乡就是对原本窘迫的家庭又一次洗劫，要翻出家里的老底才能送他们启程。两次送走下乡插队的小叔小姑后，这个家已经捉襟见肘了。作家通过她的上海主人公把革命话语日常化了。革命只是生活的一部分。王安忆的《本次列车终点》里，陈信下乡插队是为代替老实懦弱的哥哥，替妈妈分忧。革命进入了日常生活，成为普通家庭需要面对的生活问题。陈信为了亲情离家下乡，显示了亲情对革命话语的包容。80 年代叛逆少年离家与 60—70 年代的知识青年尽管隔着动荡的10年，但他们离家的动机和精神状态颇为相似，都受一种内在的青春激情和外在的社会理想吸引。“广阔天地，大有作为”的宣传口号鼓动着知识青年，“个人独立”的观念激励着《鬈毛》里的森森和《少男少女，一共七个》里的三菱离家，觉得快二十岁的人还靠父母养，非常难为情，想自己独立生活以赢得自尊。先锋小说里也有离家的少年：阮海阔离家为父报仇，十八岁少年出门远行，离家的目的明确，但不再为“理想”或“独立”激动，显得无奈而茫然。

知识女性与叛逆少年离家寻求个性和独立。知识女性为了一间“自己的房间”和一个女性的自我而离家探寻。《在同一地平线上》，“她”离开和“他”组成的小家庭，去电影学院读书；《方舟》里，三位中年知识女性舍弃了无爱的婚姻，艰难地在社会上寻找女性自我的立足之地；《弟兄们》里，三个已婚知识女性离开家庭到同一所学校读书，在同一个宿舍里建立了一个女性之家。舒榛和蓉蓉（陆星儿《哦，青鸟》）、莫愁的丈夫（王安忆《金灿灿的落叶》）都离家读书，但他们遇到的是婚外情感。“三恋”里的三个女主人公离家，从性、母爱、自我几方面探寻女性主体。铁凝的《麦秸垛》在现代与传统、城市与乡村、母性与女性之中追问女性自我，《棉花垛》在民族与女性的关系中追问女性主体。

《人生》和《五月》（田中禾）的背景是农村，小说的年轻主人公走的是传统的读书求仕、离家经商的路。《五月》里，姐姐香雨和妹妹小改代表着读书求仕与外出谋生两条离家之路。《哦，香雪》里的香雪也将走上与香雨一样离家读书的路。《人生》里，高加林进城上班。与读书求仕成功的香雨相比，高加林的离家进城之路坎坷多了。他高中毕业没考上大学，在村上当了三年民办教师，后来被同村的三星顶了下来，由民办教师这个不稳定的身份一下变回了农民。在外为官的叔叔带给他离开农村的机会，他进城当上了通讯干事，并且崭露头角，赢得了城里女性的爱情。《鲁班的子孙》中的小木匠、《小月前本》中的门门也都是离家谋求发展的农村青年。农村青年这个群体里，离家还意味着离开农村。

各类主人公离家的原因各异。少年、女性离家受“启蒙”思想感召，追求个体的独立和个性，将家庭视为阻碍个性发展的“牢笼”或“围城”。外面的世界很精彩，家里的世界很困顿，因此他们的离家姿态是“冲出去”。离开父亲的家、丈夫的家，去寻求自我。这两类主人公离家的小说，将家庭环境与个体成长的思想进行对比，将家庭内部场景与主人公离家后的社会现实进行对比，预设了离家的人如何重新认识家庭、认识自己，并最终决定是否回家。农村青年离家的小说，并没有把家描写得多么不堪忍受，突出的是主人公的发展，他们离家为了改变个人命运，有更好的前途，比少年、女性离家的初衷现实得多。干部身份的男性离家不像女性、少年那样为理想所激荡，而是被判定犯了错误，伊汝因一句“冰冻三尺”被流放边疆22年（李国文《月食》）。与女性、少年相比，他们显然是在特殊的政治环境里被迫离家。小说描写他们心中的家是干革命、建设祖国的单位，他们是家里的主人、家长。他们也挂念家人，但对家庭没有那么多情感上的矛盾。前三类主人公离家无论为了什么原因，离家都是他们的主动行为，他们主动选择了“离家”的命运。干部身份的主人公尽管被迫离家，但原因很清楚，由于社会动乱造成离家。

二　离家之后

“离家”是情节的起点和第一个冲突，节奏紧凑，主人公内心矛盾、自我斗争、与环境的关系也很紧张，进入“离家之后”的阶段后，叙述平缓下来，持续到主人公要面对的“离家之后”的问题。

主人公离家之后有以下几种情形，一是离家后的现实与离家时的理想反差巨大，由此反思理想的真实性、可信度；二是获得了更好的个人发展和新的视角，对原生家庭和自己有了新的认知和评价；三是离家后遇到新的困境。知识青年、叛逆少年属于第一种情形，知识分子/革命干部身份的男性、农村青年属于第二种情形，知识女性属于第三种情形。根据曼海姆“都市化了的农民儿子”的视角理论，主人公离家之后获得了家庭内部视角之外的外部视角，即家庭外部的主体位置。主人公原来的位置在家庭之内，离家之后，在家庭之外获得了“看”家庭的新视角和足够的空间—心理距离。这样他就可以重新审视他离开的家庭和“旧我”。曼海姆所说的那个“都市化了的农民儿子”在进入都市之后将其早期生活的乡村指认为“乡村的”，正是在离家之后的主体位置和环境中，原来的家庭和自我才成为被反思、审视的对象，成为“我的”家，成为“我”。当然这并不是说原来主人公没有意识到他所属的家庭成员身份和自我，而是由于他的主体位置和生活经验的变化，使原来被指认为家庭内部的现象和判断，在新的外部主体位置视野中，需要同时从家庭的内部和外部加以观察。

这与主人公离家后遇到的人或事有关，这个人或这件事往往影响到主人公对家庭和自我的再认识。《伤痕》里，王晓华下乡后，感受到了集体的温暖。大家都很同情她，老乡也很爱护她。她在集体的家里找到了母爱的补偿。这个经历使她更加坚信抛弃血缘、选择阶级及抛弃妈妈、选择大众母亲是正确的。因此她进一步向革命一端靠拢，积极劳动，写入团申请书，希望取得政治上的承认。但这时她遇到了新的问题：还是因为妈妈的叛徒身份，她的入团申请迟迟不能批复，妈妈的身份甚至影响了恋人的前途。身份认证的失败使她在政治上成熟起来，她认识到，抛弃了叛徒妈妈并不能从此就可以使自己成为革命者，就可以由黑转红。对血缘有了清楚的认识，血缘不是说断就能断的，它是跟随人一生的。但这个认识并没有使她接受血缘伦理，反而更加远离妈妈，幻想用行动获得革命者身份的认可，撕掉妈妈所有的来信，主动地克服着对妈妈的想念，离家九年，没有回过一次家。《西望茅草地》里，马儿满腔热情地来到茅草地，想为祖国建立青春和时代的功勋。看到真实的茅草地之后，革命理想一下回到坚硬的现实。

> 茅草地一点也不诗意，而是没完没了的地雷阵。那些大大小小的顽石，盘根错节的树蔸，就能把耙钉和锄口每天磨熔好几分，震得我们这些少男少女的手心血肉模糊。
>
> 玉米，木薯，黄豆，甘蔗……我们的脑子里从此只有草本和木本，再加一点大粪和农药的气味。出工两头不见天，一个个都晒得像黑人。晚上回家还要剥麻，剥花生壳，修补簸箕和箩筐。这样还是忙不过来。刚锄完这里的草，那边的草又比苗还高了。累得两眼翻白喘大气了，豆苗还是稀稀拉拉。但我们还要播种，开荒，播种，开荒，朝无边无际的前方抛洒汗水。场长说过，全国大干快上，我们这里也要一年自给，三年大变，建成一个“共产主义的铁营盘”。[1]

这样一个荒凉贫瘠的茅草地上，单靠知识青年的革命热情、落后的生产方式、少得可怜的生活资料显然是无法建立起“共产主义的铁营盘”来的。单纯幼稚的革命热情遇到布满“地雷”的茅草地，年轻的身体遇到高强度的农场劳作，热切的希望遇到渺茫的未来。马儿经受着理想与现实的巨大落差，但正如许子东得出的结论：“红卫兵—知青”视角的叙事模式其基本主题却始终是：我或许错了，但决不忏悔![2] 知青主人公尽管获得了反思家庭的外部视角，但主要用来判断知青生活是否理性、是否正确，

① 韩少功：《西望茅草地》，《人民文学》1980 年第 10 期。

② 许子东：《为了忘却的集体记忆》，生活·读书·新知三联书店 2000 年版，第 206—207 页。

并没有由此认同家庭，他们回家也出于客观原因。

黄子平将知识分子下乡改造后遇到民间女性的情节概括为“同是天涯沦落人”，许子东“民女救书生”的概括更具原型意义。章永麟遇到了马缨花，许灵均遇到了李秀芝（张贤亮《灵与肉》）。马缨花能拯救章永麟的身体饥饿，但无法给予他精神救赎。她给章永麟蒸白面馒头和温热的身体，给孤身一人的他家的温暖、“红袖添香夜读书”的安适与情调，但她“肉肉”的滚烫的情话与章永麟“亲爱的”的亲密称呼显然属于两种话语，章永麟无法在马缨花身上得到精神的救赎，也无法找到自我。这是他最终离开马缨花，回到城市的深层原因。美丽灵动的农村少女刘巧珍也在高加林落难时给予了他美好的爱情和心灵的抚慰，但同样，她无法给予“到城里去”的高加林知识、文明的启迪和陪伴，因此在叙事中，她承担的是救赎落难书生的民女功能，一旦高加林脱离苦难，离开乡村，她的救赎功能就失去了，接替她的是城市女性黄亚萍。尽管黄亚萍是高加林的新欢，刘巧珍是高加林的旧爱，但黄亚萍在叙事中的功能与刘巧珍是相同的，都是性别规则的客体。她们的区别在于是否掌握知识，刘巧珍没有知识，只能作为高加林启蒙的对象和身心的抚慰者，黄亚萍有知识，可以作为高加林的陪伴者。许灵均在农村与李秀芝结婚了，秀芝之所以没有同马缨花、刘巧珍一样在救赎之后失去功能而被抛弃，是因为秀芝给许灵均的家比资本家父亲的家具有政治功能。秀芝使这个孤独的下放知识分子有了实在的家，稳定、踏实、温暖，能安放疲惫的身体和惶恐的灵魂；秀芝能给他的，是他从国外回来想接他继承事业和财产的资本家父亲身上无法得到的，与父亲在一起，他感到陌生、错位。在秀芝的家与资本家父亲的家对比之下，他选择了秀芝的家，因此他离开父亲，回到了秀芝身边，也没有像章永麟离开马缨花那样最终抛弃秀芝回城。

下放改造的知识分子型干部到农村后对自我和家庭的再认识较知识青年、下乡改造的知识分子更为清晰。张思远在乡下劳动中重新发现了自我的价值。

> 在登山的时候，他发现了自己的腿，多年来，他从来没有注意过自己的腿。在帮助农民扬场的时候，他发现了自己的双臂。在挑水的时候他发现了肩。在背背篓子的时候他发现了自己的背和腰，在劳动间隙，扶着锄把，伸长了脖子看着公路上扬起大片尘土的小汽车的时候，他发现了自己的眼睛。过去，是他坐在扬尘迅跑的小车的软座上，隔着透明塑料板看地头劳动的农民的。

他甚至发现了自己仍然是一个不坏的、有点魅力的男人。①

个体的重新发现还不能完全拯救张思远，他还需要知识女性相救。他在公社医院住院时，结识了上海医科大学毕业的乡村医生秋文。秋文有知识，有独立的政治见解，认为张思远不可能一直留在农村，对他说："好好了解了解我们的生活吧，官复原职后，可别忘了山里人！"她不仅为张思远解除了身体上的病痛，更重要的是给他的精神世界带来了信心和光明。不久，秋文的话应验了，组织上把张思远接回了北京，安排在重要的岗位上。秋文在张思远患难时相助，却拒绝他的求婚，使张思远彻底回到城市。

农村有知识的青年高加林（《人生》）、香雨（《五月》）离开农村之后，都为现代城市文明所倾倒，反思他们从小长大的农村，看出了家乡的"乡村"性质。高加林进城工作之前就曾在县城读书，获得了"都市化了的农民儿子"的视角，看村人不刷牙、直接喝井水就不再觉得是"理应如此"的，有了"落后""不文明"的意味，因此巧珍才会响应他的启蒙，满嘴冒血沫地刷牙、往井里撒漂白粉。自己也不再适应流汗耕作的农民生活。进城做了记者后，他的知识和才华有了用武之地，所见到的"城市"景观更宽广更繁荣。高加林对城市产生了温和的、抒情的痴迷②：当灯火在城里亮起来的时候，高加林忍不住狂热地张开双臂，面对灯光闪烁的县城，嘴里喃喃地说："我再也不离开了……"高加林离开农村进入城市之后，产生了对城市、对现代文明的认同，他所生长的农村在城市视角中成为落后的、需要进步的对象，不再是他皈依的乡土。因此高加林无论在文化上还是心理上都不可能再产生回到农村的想法。小说让高加林被迫回到了农村就显得很牵强、生硬。香雨与高加林的身份相近，都是农村读书的年轻人，但高加林的形象在文学批评界赢得了比香雨多得多的关注。实际上，在"城乡交叉地带"的文化意蕴上来研究农村读书人，田中禾塑造的香雨应该得到与高加林同样高的重视。高加林高考落榜了，香雨考上了大学；高加林回到了农村，香雨留在城市工作了。在城市与乡村的文化意蕴上，香雨是留在城市的高加林，是向往读书进入城市的香雪的姐妹。从香雨身上，能看到进城之后的农村读书人的心态与思想。她也属于鲁迅"离去—归来—再离去"的情节模式中的知识分子，只是性别换成了女性，这

① 王蒙：《蝴蝶》，《十月》1980年第4期。

② 尹昌龙：《1985：延伸与转折》，山东教育出版社2001年版，第8页。

颇有意味。香雨在城市读书，同样获得了“都市化了的农民儿子”的视角，对农村的家和自我产生了再认识。她考研究生失利，麦收时节回到了农村的家。首先，吃不惯了。最疼她的奶奶拿出她小时候最爱吃的腊菜，她觉得不如从前好吃了，“粗，嚼不烂，满嘴都是渣滓。从前的腊菜是酸溜溜的，很香，一边吃一边流涎水”。睡也不习惯了。“睡得很不好，虼蚤在向下蹦跶，浑身痒痒。老鼠扑扑腾腾在身边打架，唧唧地呻唤，听起来瘆人。”农活她干不惯了，家人，也陌生了。妹妹小改泼辣能干，倔强得她难以接近。在城市读书、工作的香雨回家后有了异乡之感，她陷入了对家、对城市感情上的矛盾之中。她爱家人，觉得工作后只想着自己，没有为家人着想内心自责，但她已经不适应农村家庭的生活了；同时她回家之后，对城市的核心家庭想象改变了看法，由原来的不屑一顾变为认同，对广播站小编辑由不屑到向往，“突然觉得他才是她在世界上的亲人”。香雨的回乡使她认识了农村，认识了对家人的感情，但她更明白，城市将是她的落脚之处，是她未来的家。

三　回家之路

《伤痕》中的王晓华的回家之路无比艰难和漫长。她对革命话语和革命伦理的认同、对血缘伦理的误解同样深刻。妈妈写给她的家书里，告诉她组织上认定自己是叛徒的事弄错了，王晓华半信半疑，直到收到组织上的公函她才相信这是真的。公函的可信度远远超过家书。她对血缘伦理的不信任延误了她回家的日程，以致天人永隔，没有见到妈妈最后一面，她再也没有机会弥补对妈妈造成的伤害，她永远要承受失去妈妈的痛苦。阶级话语的极端使用造成了王晓华母女血缘关系的中断，当社会由激昂的姿态恢复到日常的姿态，它又接续了王晓华母女的血缘关系。《西望茅草地》里，马儿结束知青生活，踏上回家的车黯然神伤。农场经营不善，革命理想失落，知识青年遣散回家也是必然的。农场解散了，要回家了，他的心情与其他人很不一样。他在这个知识青年回家的故事里承担着叙述者、参与者和反思者的角色。要离开茅草地了，知青们像过狂欢节一样高兴，用狂欢的仪式来庆贺即将到来的离开。“我们杀鸡，打狗，吃掉种籽，劈掉板凳和箱架烧火，连门板有时也难幸免。”“菜地上吃不完的菜，我们就把猪和牛赶去吃。”看着同行的知青伙伴笑着离开茅草地，马儿的心情却是复杂而沉重的。

车身晃荡，车内一片笑声。猴子与大炮在抢夺香烟，你一掌我一拳的，笑声特别响。他们在笑什么呢？笑手里的香烟？笑今后各自的前景？笑总算离开了茅草地？笑兄弟们终于摆脱了一个不堪回首的地狱？可能，是该笑笑了，但过去的一切都该笑吗？茅草地只配用几声轻薄的哄笑来埋葬？——你们到底笑什么？

我笑不出来，双手抵住膝，手掌从额头往下遮住眼睛，在任何人不知道的情况下，偷偷流出一滴泪。①

《本次列车终点》里的陈信与被革命话语或革命激情感染的王晓华、马儿都不同。十年前，他上山下乡，既不是受叛徒妈妈牵连，也不是为革命理想激荡，而是代替老实的哥哥离家，替寡母分忧；十年后，他放弃工作挣扎着回到上海，既不是因为妈妈平反可以回家，也不是因为理想破灭被迫回家，只是因为他要回到上海。上海人的地域身份使知青上山下乡这个有着革命色彩的事件变得日常化。

为了归来，他什么都可以牺牲，都可以放弃。于是，一听说妈妈要退休，他立即行动起来，首先是要恢复知识青年的身份，至于上学、工作这一段历史，不要了，抹去吧，只要争得几只公章……反正，他打了一仗，紧张而激烈，却是胜利了。②

上海在陈信这里既熟悉又陌生，对于回上海，他既有回家的感动，又有异乡的感觉。他回家的心情、回家后的角色和生活都处于熟悉的陌生人的矛盾之中。

十年中，他回过上海，探亲，休假，出差。可每次来上海，却只感到同上海的疏远，越来越远了。他是个外地人，陌生人。上海，多么瞧不起外地人，他受不了上海人那种占绝对优势的神气，受不了那种傲视。而在熟人朋友面前，他也同样地受不了那种怜悯和惋惜。因为在怜悯和惋惜后面，仍然是傲视。他又不得不折服，上海是好，是先进，是优越。百货公司里有最充裕、最丰富的商品；人们穿的是最时髦、最摩登的服饰；饭店的饮食是最清洁、最讲究的；电影院里上映的是最新的片子。上海，似乎是代表着中国文化生活的时代新潮

① 韩少功：《西望茅草地》，《人民文学》1980年第10期。
② 王安忆：《本次列车终点》，《上海文学》1981年第10期。

流。更何况，在这里有着他的家，他的家，妈妈、哥哥、弟弟、爸爸的亡灵……他噙着眼泪微笑了。[①]

下放改造的干部回乡是必然的。张思远择着韭菜就被组织上接回去了。他立刻找回了干部的感觉。“他回到了自己的城市。他回到了市委小楼。他被任命为新生的红色的市委的第二把手了。”如同离家一样，回家也是组织行为，张思远自己是被动的。但他非常适应“回家”的感觉，为此兴奋不已。下放改造的知识分子章永麟也回城了，放下了给过他温暖的马缨花。下放的知识分子干部和知识青年这两个离家群体都含有“历史反省”的因素，知识分子干部再次回到民族国家秩序里，恢复主体地位，而且获得高升：张思远升任省委副书记，后又调到国务院某部当副部长，王辉凡升任省委副书记。章永麟神采飞扬地踏上了人民大会堂的红地毯。反省历史灾难的成因，知识分子干部“感谢苦难”。

“灾难”过后，离家逃难的民女们也回家了。花儿被原来的丈夫索要回去，尽管她不情愿，却不得不跟随丈夫回家；蛾眉想四川，公公唐二古怪担心她一去不回，藏起了她的户口本，已经与她产生感情的小唐偷出了户口本助她回家；邢老汉捡来的媳妇惦记着家里的孩子，离开邢老汉偷偷回家了。腊月与张铁匠尽释前嫌，破镜重圆。离家逃难的民女中，与收留/买卖她的男人正式结婚的，无法再回到她的原生家庭；没有正式结婚的，才能“回家”，如蛾眉、邢老汉的媳妇。民女回家意味着“灾难”故事的结束，生活转了个弯回到原处，没有获得命运的转机，她们离家后在异乡互相救赎的男性空欢喜一场。

农村读书人香雨已成为回不了家的农村读书人。她的家注定要安在城市。“已经回不了家”是不愿，也是不能。在没有离乡之前，好像有一种力量在推他们出来，他们的父兄也为他们想尽方法实现离乡的梦，有的甚至为此卖了产业，借了债。大学毕业了，他们却发现这几年的离乡生活已把他们和乡土的联系割断了。费孝通先生在《乡土中国》里解释过这个特殊的群体。乡间也是容不下大学生的。在学校里，即使什么学问和技术都没有学得，可是生活方式、价值观念却必然会起重要的变化，足够使他自己觉得已异于乡下人，而无法再和充满着土气的人为伍了。言语无味，面目可憎。即使肯屈就乡里，在别人看来也已非昔比，刮目相视，结果不免到家里都成了个客人，无法住下去了——这是个人的感觉上所发生的隔

① 王安忆：《本次列车终点》，《上海文学》1981 年第 10 期。

膜。城乡之别在中国已经大异其趣，做人对事种种方面已经可以互相不能了解，文化的差异造下了城乡的解纽。[1]

知识分子回归家庭，是在新写实小说中。庄建非和吉玲、小林夫妇（刘震云《一地鸡毛》）、印家厚夫妇、赵胜天夫妇不再像《在同一地平线上》里的“她”和“他”那样为了爱情和自我纠结挣扎痛苦烦恼。庄建非为结婚而恋爱，为提职而紧张。庄建非在选择恋人时，放弃了知识分子王珞，而选择了花楼街的姑娘吉玲，表明他的“爱情”全然褪尽了精神幻想，是一次理想主义降落到现实之后的选择。庄建非选择了吉玲，就等于选择了日常生活。大学毕业生小林夫妇结婚之后迅速陷入妻子坐班车、孩子入托、偷水怕被抓的生活烦恼，而且很容易在吃烤鸡喝啤酒中得到满足。池莉在生活流的展示中流露着她的价值判断。她让主人公由理想回归现实，由离家回归家庭。对日常生活的反复强调，意味着池莉对日常生活价值观的认同，小市民家庭生活、生活智慧使读者感到踏实、温暖、安慰，与此相对，小说中知识分子的家庭客气而冷漠、疏远，相比之下，读者会靠近温暖的市民家庭生活理念。不论赞同与否，她的判断本身表明这个时代的理想主义话语已经式微，知识分子已然回归家庭，理想让位给生活本身，家庭琐事，到小林夫妇那里变成一种琐碎的忙碌、平庸的挣扎和幸福。

从个人与家庭的角度来看，80 年代小说讲述了从离家革命、追求理想到回归家庭的故事。支撑这个离家—回家叙事的是现代民族国家话语对个人与家庭的建构。从时段上来看，“离家—回家”的叙事模式包括被动离家和主动离家，特殊历史时期离家多属于国家主体的行为，将离家作为一种政治惩罚和考验施之于个人主体，经受住这种惩罚和考验的，获准回家，并且获得比离家前更好的政治地位和个人幸福。民女的离家行为属于民间“灾难”故事，离家是逃避灾难的方式，灾难过后，主人公返回家庭，社会地位、命运往往没有转机或不如从前。改革离家以农村青年和知识女性为主体。农村青年“离家”是詹明信意义上的“民族寓言”，象征着中国开始由“乡村”进入“城市”，由封闭进入开放，加入全球化的进程。知识女性为了求得女性自我再度“离家”，使女性意识从父权制的民族国家话语整合和家庭内部的性别规范中浮出地表，并在市场主义与消费主义的层面确立了个人与家庭相结合的日常生活价值。

---

① 费孝通：《乡土中国》，上海人民出版社 2007 年版，第 299—300 页。

第二节 “寻梦—梦醒”模式

“离家—回家”模式涵盖了80年代小说家庭叙事的主要内容。除此之外，还有一种“寻梦—梦醒”模式。80年代初，小说对理想话语的追求表述为“寻梦”，主人公的“梦”承载着民族国家富强的理想、个人解放的启蒙主义理想，并且把民族国家与个人理想统一为“爱情梦”，用爱情来承载国家和个人的双重理想，其实这里的“个人”也是国家化了的个人，这使爱情过于沉重和严肃、崇高。“梦”的内容太过华丽和宏大，而难以美梦成真，“梦醒”便成为“寻梦”的一般结局。“梦醒”后所显示出来的，是理想主义成为明日黄花，原来所不屑的寻常日子、庸常之辈、家庭生活成为消费主义的“梦想”。梦醒后，日常生活归还给普通个体。“寻梦—梦醒”的叙事模式呈现了“理想主义朝向现实的降落过程”[①]。这个“梦”通常由少女形象来承载，如素素（王蒙《风筝飘带》）、“她”（张辛欣《我们这个年纪的梦》），包括少女梦和童话梦。

一 少女梦

张抗抗的《北极光》《淡淡的晨雾》《隐形伴侣》里有三个“少女”型的女性。尽管梅玫、肖潇都是已婚女性，芩芩订婚，但婚姻并没有使她们成熟起来。她们仍然是典型的、规范的少女形象：纯洁、真诚，有几分忧郁，但都充满梦想，执着于颇为缥缈却非常美好的追求。其中芩芩是最为典型的一个。“北极光”是芩芩瑰丽的理想主义之梦。小时候，舅舅告诉芩芩北极光是一种很美很美的光，“像闪电，像火焰，像巨大的彗星，像银色的波涛、像虹、像霞”，没有画笔画得出在寒冷的北极天空中变幻无穷的那种色彩。舅舅给芩芩幼小心灵上送去的那道奇异的光束，是她以后许多年一直憧憬的梦境。与素素橙色的梦相比，芩芩的北极光的梦更神奇甚至神秘，更具象征意义，象征着超越日常的、遥远但美好的生活。北极光在芩芩心灵中占有重要的位置，一直吸引着她追寻着一种理想的生活。这种理想的生活是通过爱情来实现的。北极光的梦想使芩芩与现实产生了矛盾和分离，芩芩产生了一种理想生活的追求，它像北极光一样炫丽

① 戴锦华：《涉渡之舟：新时期中国女性写作与女性文化》，北京大学出版社2007年版，第190页。

而不可捉摸，在它面前，现实生活的准则黯淡无光。她在理想图景与现实准则之间苦苦挣扎，不知道是不是该继续追寻北极光的梦想。芩芩不甘心接受近在咫尺唾手可得的幸福小家庭，甚至一想到要结婚就仿佛要下地狱，因为她越来越认定眼前的傅云祥不是她的北极光，如果与傅云祥结婚，她就再也无法追寻北极光了。她走向婚礼，走向傅云祥的过程，内心非常挣扎，在理想与现实中挣扎。在她心中，与傅云祥结婚就等于告别北极光的梦想。在她与傅云祥拍结婚照的情节中，理想与现实的纠结和挣扎达到了顶点。芩芩与傅云祥去拍结婚照的路上的一段文字非常动人，丝毫感觉不到喜庆，相反，笼罩着芩芩与梦想作别的绝望与无奈："童年、少年、青春的梦，统统都要消失了，不会再回来。"[①] 为了追寻心中的北极光，她在即将结婚的前夕拒绝了傅云祥。作为张抗抗的同时代人，李书磊从芩芩那多处长长的内心独白中读到了张抗抗心灵的震颤，指出了"寻梦"是80年代浪漫躁动的时代情绪的表现。"从七十年代带着它对人心的禁锢与封锁消失之后，我们的作家由于一种新的觉醒而开始进行了浪漫时代。一种激动不宁的情绪在心底涌动，一束梦一样的光在眼前跳跃。寻梦！《北极光》传神地写出了这种浪漫追求。"[②] 同时指出北极光在《北极光》时代只能是虚幻的。芩芩找到的"质朴的光芒"曾储苍白而笨拙，"宁可撞死在自己的理想上，也决不回头"，实际上无法令芩芩实现北极光的瑰丽梦想。张抗抗善于运用童话与现实参差对照的叙述手法来使梦想映照现实。北极光始终召引着芩芩，每当她想接受生活的安排，屈服于现实时，北极光就会在她心中出现，提醒她、吸引她去追求。《隐形伴侣》里，《渔夫和金鱼的故事》《丑小鸭》中的语句不带引号，直接镶嵌在肖潇的内心独白中，使她看到了自己的无助。

王安忆笔下的雯雯也是个"寻梦"的少女。《雨，沙沙沙》表达了一个"滞留的少女""寻梦"的情绪，比芩芩的"北极光"更加缥缈。和芩芩一样，雯雯也有一个"红船、白帆、王子"的童话梦。她在一个春天的雨夜等车，遇到一位骑自行车的男青年，唤起了她对生活的梦想，使她相信在沉闷、枯燥、乏味、功利的生活之外，还有一种诗意的生活。王安忆对雯雯的艺术处理比张抗抗对芩芩冷静，没有让这个男青年进入到雯雯的现实生活中，雯雯平静地期待她的梦想，不像芩芩那样焦灼与烦恼。

---

① 张抗抗：《北极光》，《收获》1981年第3期。

② 李书磊：《从"寻梦"到"寻根"——关于近代文学变动的札记之一》，孔范今、施战军编《中国新时期文学思潮研究资料》（中），山东文艺出版社2006年版，第249—261页。

芩芩的梦超拔、瑰丽、民族国家内涵和理想主义色彩浓重，雯雯的梦缥缈氤氲，素素的梦离现实近一些，处于“理想主义向现实”徐徐降落过程中的状态。素素（王蒙《风筝飘带》）拥有五彩斑斓的少女梦。红色的、白色的、蓝色的、橙色的梦构成了素素的少女世界。红旗、红书、红袖标、红心、红海洋，要建立一个红彤彤的世界。白色的梦，是水兵服和浪花；是医学博士和装配工；是白雪公主。蓝色的梦，关于天空，关于海底，关于星光，关于钢，关于击剑冠军和定点跳伞，关于化学实验室、烧瓶和酒精灯。还有橙色的梦，爱情。素素不断在寻找各种颜色的梦，也不断在丢失、放弃各种颜色的梦。红色的梦醒了，白色和蓝色的梦也失去了，只换得一副受损的身躯和破碎的心灵。她放弃了所有的梦，回城做了一个清真食堂的服务员。素素难以面对给毛主席献花的小姑娘与三两一盘的炒疙瘩之间的落差，她一度陷入梦想与现实的怀疑与迷惑之中。她几乎不再做梦的时候，橙色的爱情梦拯救了她，她遇到了佳原①。

无数五颜六色的少女梦之中，放风筝的梦居于统领地位。素素从小到大的成长与风筝梦紧紧相连。小时候她就梦想有一个双铃大风筝，十年动乱，她没有做过风筝的梦，直到遇见佳原，她才又一次做了一个放风筝的梦，这就是那个著名的“风筝飘带”梦。放风筝的是一位一顿吃了六两炒疙瘩的小伙子。风筝很简陋，寒碜得叫人掉泪！长方形的一片，俗名叫作“屁股帘儿”。但是风筝毕竟飞起来了，她也跟着屁股帘儿飞起来了，原来她变成了风筝上面的一根长长的飘带。风筝飘带的橙色爱情梦带来自由和光明，把素素从疑惑、失落、忧郁中拯救出来。为了实现这个风筝飘带的梦想，素素和佳原联手冲破了来自父母、单位、义务维持风纪的群众的怀疑和阻碍。素素经历了寻梦—梦想成真的历练和考验。风筝飘带的橙色爱情梦拯救了素素，使她进入了人生的自由和希望的新境界。梦想在此表现为一种拯救的力量。

看上去素素和芩芩都实现了她们的“少女梦”，这个梦包裹着民族国家的理想主义话语，芩芩高悬在理想主义里缺乏自省，素素由理想主义向现实降落，降落在“爱情”上，还没有像新写实小说那样降落到日常生活中，于是爱情成为她的拯救力量。她与芩芩一样，整个人物的精神是向上的，昂扬的，她和佳原要学外语、上大学，继续做着“当外交官”的梦。

---

① 王蒙：《风筝飘带》，《北京文艺》1980 年第 5 期。

二 童话梦

80年代小说中的“爱情”书写着理想主义的话语和民族国家的新秩序。少女的“爱情梦”由于承载着80年代主流话语和民族国家的力量，通常都能实现。“童话梦”是个人化、现实化的梦想，一般都无法实现，如已婚男女的“爱情梦”、知青的“青春梦”“人生梦”，由理想主义继续向现实降落，多数是破碎的结局，但主人公心里仍保留着那个梦。对于无法实现的美好梦想，这里称为“童话梦”。小说叙事对于破碎的“童话梦”，有的采用顺叙的手法，如张辛欣的《我们这个年纪的梦》，有的采用倒叙或插叙的方法，如王安忆的《本次列车终点》、池莉的《烦恼人生》。

张辛欣《我们这个年纪的梦》里的“她”有个“青梅竹马”的童话梦。琐碎烦恼毫无生气和希望的日常家庭生活让“她”不断想起那个“青梅竹马”的梦。生活的芜杂使“她”赋予了那个梦瑰丽的色彩、纯洁的品质和飞扬的希望。现实生活越狭窄气闷，那个梦越有光彩。其实那个梦很平凡。小学夏令营时，男孩女孩们去一个深深的黑黑的山洞探险，她掉队了，一个不知道姓名的男孩救了她。他们在漆黑的山洞里手拉手地向外走，共同经历了黑暗，走向光明。多年以后她还记得男孩温暖的手和写在她手上的“我爱你”三个字。这段朦胧清纯的少男少女的故事，在与灰色的现实生活的对比之中获得了梦想的超越性。小说的情节有点黑色幽默的意味。“她”寄寓无限美好和希望的“青梅竹马”原来是与她合住的讨厌的邻居。她的梦破灭了，降落到现实的生活中，她能把握住的，只有平凡但可靠的丈夫和爱听童话的儿子。

张辛欣用女主人公给儿子讲童话故事的方式建立了童话梦与现实参差对照的叙事结构，寄寓着作家对梦想的怀疑：梦想与现实相比美好而虚无，无法实现。“她”每天给儿子讲童话故事，红帆船、拇指姑娘、小白兔、匹诺曹，但丈夫大为说：“你少给孩子讲些个爱呀、娶呀、嫁呀的破故事。”[①] 电视里的“姿三四郎”也轻而易举地把儿子从童话中拉走。童话在现实面前不堪一击，但童话带给孩子梦想，也令她反思梦想与现实。童话带给她超越现实的希望，她一直也没有放弃对梦想的思索与追求。她曾找到小时候也喜欢童话的朱晓，但他不是“青梅竹马”那个“他”。小说结尾，“她”的梦破灭了，那个拉着她的手走出山洞的男孩就是她那个粗俗的邻居，于是她接受了现实生活中的丈夫和孩子；但孩子在童话的陪

---

① 张辛欣：《我们这个年纪的梦》，《收获》1982年第4期。

伴中产生了“月亮喜欢我”的梦想。

谌容的《错，错，错!》里的惠莲有一个帆船梦。在惠莲的童话梦里，她是个等待的小姑娘的形象。小姑娘天天在小河边等待，等待着小哥哥给她送来一只小船。她要坐上这小船，驶向那远方的乐园。[①] 同张辛欣一样，谌容设置了丈夫现实—妻子梦幻的人物结构。丈夫汝青也曾把心中的爱情描绘成一首优美的诗，一幅迷人的画，一曲醉人的歌。所不同的是汝青能清醒地区分爱情梦和婚姻的现实，惠莲则始终生活在童话梦里，表现出二人现实与梦幻的个性差异，最终导致了惠莲的死和汝青的痛。汝青和惠莲也都有追求和寻找梦想的行为。汝青用滚烫的心和行动实践丈夫对妻子的关爱，惠莲追求童话梦的方式却是埋怨、哭泣、委屈，埋怨丈夫不像原来那样爱她了。惠莲让汝青实现了他的爱情梦，他因此热烈地爱着惠莲。结婚后，汝青为他的爱付出了他能付出的一切。他和惠莲都上班，但他一个人包揽了所有的家务，买菜做饭带孩子，还要负责解决惠莲的情感和情绪问题。但这些辛苦和付出并非惠莲想要的，正如汝青所说，她所需要的，是一个配合默契、能够跟随你感情的脉搏一起跳动的舞伴和王子，而他只是地上的常人。现实与梦想完全错位，汝青和惠莲击碎了彼此的梦。汝青希望妻子由不食人间烟火的梦幻仙女成长为理解丈夫理解生活的妻子，汝莲希望丈夫做她童年梦中的小哥哥，永远像恋爱时那样爱她。他们都只得到了隔膜、争吵、沉默，衰老、死亡和痛悔。汝青的爱情梦降落到现实中，惠莲的童话梦摔碎在现实上。谌容比张辛欣更加清醒和冷静，她拆解了“爱的拯救”的神话。

“寻梦”发生在70年代末80年代初，表达了一种灾难过后向往新生活的浓烈的时代情绪，也是理想主义主流话语的叙事方式。“寻梦—梦醒”叙事模式的主人公都是戴锦华称为“滞留的少女”的年轻女性，她们不论结婚与否，都怀有少女的浪漫心灵和梦想，不肯轻易地屈服于现实生活的模塑。上述作家中，除了王蒙其余都是女作家。正如李书磊所说，“寻梦”基本上是一种女性情感，即便是男作家（孔捷生、肖复兴）的寻梦作品，也充溢着一种美好的、女性般的温柔、细腻与缱绻[②]。由女作家创造女主人公来表现“寻梦”情结使“寻梦”的人有了性别，女性。这从侧面证明了新时期个人主体的性别是男性这个论断，男性主体带着“受难—归来”

---

① 谌容：《错，错，错!》，《收获》1984年第2期。

② 李书磊：《从“寻梦”到“寻根”——关于近代文学变动的札记之一》，孔范今、施战军编《中国新时期文学思潮研究资料》（中），山东文艺出版社2006年版，第249—261页。

的英雄光环担当起建设“现代化”祖国的时代重任，而女性还在寻找属于她的位置，表现为寻找美好但虚无缥缈的梦。作家将爱情作为梦想的载体，把梦想实现或梦醒的方式叙述为女主人公遇到一个男青年，男青年如果符合她的梦想，梦想就实现了，反之则梦醒。女性通过寻找男性来寻找梦想，与“革命+恋爱”小说“男性追随革命，女性追随男性”的叙事逻辑相一致。到80年代后期，梦想逐渐显出虚幻性，因此即使上述小说中有的主人公实现了梦想，也仍然属于“寻梦—梦醒”模式。梦想的内容是个童话或童话色彩的事物如北极光，采用童话与现实参差对照的结构来表现梦想的美好与现实的苦闷单调。“寻梦—梦醒”叙事模式体现了80年代小说的家庭叙事从理想主义主流话语向日常生活话语的转换。

第三节 “彷徨—选择”模式

80年代小说的家庭叙事的第三个叙事模式是“彷徨—选择”模式，包括婚恋选择和时代选择两个主要内容。

一 婚恋选择

婚恋选择模式的小说经常采用“一与多”的人物设置结构。一个主人公同时或先后有几个恋人（通常是两个或三个），每个恋人代表一种思想观念或人生道路，通过选择恋人来选择一种人生道路。《北极光》在女主人公芩芩周围设置了三个男青年：傅云祥、费渊和曾储，分别代表着三种不同的人生观，也是芩芩的三种可选择的人生道路。芩芩在世俗主义者傅云祥、个人主义者费渊、理想主义者曾储之间选择了曾储，表明她选择了理想主义的人生观和生活道路。《北极光》延续了杨沫《青春之歌》的人物设置与选择模式。林道静周围设置了三个男性：余永泽、卢嘉川、江华，余永泽代表小资产阶级个人主义道路，卢嘉川代表共产主义的理论宣传者，江华代表共产主义的革命实践者。林道静离开余永泽，选择了卢嘉川（江华），象征着她离开个人主义道路选择了共产主义的革命道路。“革命+恋爱”的叙事模式在80年代初的“理想爱情”里仍然起作用，如真真（礼平《晚霞消失的时候》）的第一个男朋友石田是个余永泽式的人物，一个利己主义者、世俗主义者，善良、软弱、自私；老久是个理想主义者，热烈地爱祖国、爱真理、爱科学，真真在两人之间选择了代表理想主义、国家理想的老久。80年代后期，主人公的爱情选择体现了理想向现实降落的话语转换。《烦恼人生》中的印家厚妻子、雅丽、聂玲、肖晓芬在印家厚情感历程中各有其象征意义。聂玲是他的知青伙伴，初恋情人，“只有她才能真正激动他”，她留在印家厚的心灵深处，是他的青春记忆，而那位热爱幼儿园工作的肖晓芬是印家厚的一个欲望符号，雅丽是印家厚聪明、年轻、活泼、漂亮的女徒弟，一位比他的老婆要“高出一个层次的女性”。印家厚对比了几个女性之后，放弃了爱情梦想，压抑了欲望，拒绝了曾令他怦然心动的女徒弟，最终选择与妻子共度烦恼人生，因为他认识到了妻子在他生命中的重要性，“这世上就只有她一个人在送你和等你回来”。池莉的《不谈爱情》里，庄建非身边的三个女性王珞、梅婷、吉玲分别象征着爱情、性和婚姻。池莉没有让“爱情”在庄建非这里成为问题，而成为他否定与拒绝的事物。梅婷和吉玲的形象都比王珞有魄力，意味着爱情在性与婚姻面前，毫无招架之力，只好缴械投降。农村青年小月在代表传统农民生活方式的才才和代表现代农民生活方式的门门之间选择了后者（贾平凹《小月前本》），阳春（蔡测海《远处的伐木声》）在保守僵化的桥桥和会盖大楼的小木匠之间选择了后者。农村青年的爱情选择不仅意味着人生道路的选择，而且代表着对乡村/城市、传统/现代的文明形式的选择。

在婚恋选择模式中，主人公的选择并不总是主动的。王安忆的“三恋”有两篇（《荒山之恋》《锦绣谷之恋》）采用了“一与多”的结构。有评论指出小说以爱情与性的故事揭示关于人的生存方式、人的命运、人的本质的哲学思考：“‘三恋’从总体上展示了婚姻、性、爱情的‘三元分裂’的悲剧现实，并且通过‘三恋’以及‘三元分裂’的悲剧建构了一个理想人——社会的人、文化的人和有生命有生有死的人——的三维结构。”①《荒山之恋》中那个有着纤细修长的手指、会拉大提琴的文弱男子与他优雅温暖的妻子经营着一个美满幸福的小家庭。如果金谷巷的女孩没有出现，夫妻两个将继续幸福下去。妻子是母爱的化身，金谷巷女孩是自我和性爱的化身，妻子平静淡定，金谷巷女孩躁动不安。男人在金谷巷女孩这里获得了与妻子完全不同的情爱体验。表面看来是男人在妻子与情人之间选择，实际上男人自始至终都是被动的，他想留在家庭中而不能，想从情欲中拔出脚而不能，包括与情人双双赴死以完成“荒山之恋”，也是被动地顺从接受的。金谷巷女孩与他上学时期的饥饿一样，都是他人生道

---

① 段崇轩：《生命的河流——对王安忆“三恋”的一种理解》，《文学自由谈》1988年第1期。

路上的原始欲望，一为食一为性，食破坏了他通向艺术家的光明前途，性破坏了他幸福美满的家庭，他无力克制食欲也无力克制性欲，只有通向死亡。因此男人的悲剧是被动人生无力选择的悲剧，他无法在婚姻与婚外恋情中主动有力地选择。《锦绣谷之恋》中，女主人公对婚姻与婚外情感的选择是理性与感情、规范与逾越、必然与偶然的选择。她感到自己与丈夫之间熟悉得不能再熟悉了，一次偶然的出差机会，她暂时脱离了既定的角色规范和生活秩序，与一个陌生的男子在雾气迷离的锦绣谷经历了一场重获新生般的爱情。她离开锦绣谷后，重新回到了家，回到了原来的理性规范之中。王安忆回避了女主人公在自我与家庭、自由与束缚、陈旧与更新之间进行选择的矛盾与艰难。

需要说明的一点是，"一与多"的人物设置结构并非都是婚恋选择模式。罗群（鲁彦周《天云山传奇》）身边先后出现了宋薇、冯晴岚、周瑜贞三位女性，张思远（王蒙《蝴蝶》）身边先后出现了海云、美兰和秋文三位女性，贾漪（韦君宜《洗礼》）先后嫁了王辉凡、陈射洪和老苗三个丈夫，但这几部小说都不是"彷徨—选择"模式。从顺序上看，主人公身边的三位女性/男性先后出现而且具有接替性，所承担的叙事功能一致，主人公无须"选择"：宋薇、冯晴岚、周瑜贞都是罗群的追随者，王辉凡、陈射洪和老苗都是贾漪的丈夫/靠山；而婚恋选择模式中，主人公身边的男性/女性尽管也是先后出现，但彼此之间的关系是并列的，每个人代表一种观念和人生道路，主人公要选择一个恋人，以选择一种人生。

二 时代选择

夫妻伦理在社会不安定、家庭遭变故之时最易受到考验。80 年代初的小说有许多以刚刚过去的特殊历史时期为内容，社会动乱，对中国社会有笼罩性和席卷性的影响，几乎每个家庭都未能逃脱。按夫妻在社会动荡中对婚姻的不同选择可分为临难分飞和患难真情两种选择模式。

灾难来临，临难分飞的夫妻里，有的丈夫离弃妻子、有的妻子抛弃丈夫。宗璞《三生石》中崔珍在丈夫蒙冤落难后，为摆脱干系马上提出了离婚。她出于自己的真实感情，而不是迫于形势分手，甚至还在丈夫骨灰的批斗会上，把他们二十年的夫妻情分批得一无是处，引起了女儿崔力的厌恶。崔珍抛弃丈夫的行为一方面是受极"左"思潮的影响过深，另一方面也是她的自私、愚昧所致。孟伟哉的《夫妇》中，石萍在丈夫宋愚遇到灾难时，不但不援手相救，反而反戈一击，致使丈夫死在她的"家庭专政"之下。这种因时代荒谬而灵魂被扭曲，从而对丈夫落井下石的女性，成为

80 年代小说表现夫妻临难分飞的常用手法。韦君宜的《洗礼》塑造了一个弃夫另嫁的女性形象贾漪。贾漪在丈夫王辉凡被隔离审查后抛弃了他，丈夫的前妻刘丽文却在他患难之时出手相助，对比之下，贾漪的形象更加自私丑陋。贾漪在丈夫落难后不承担妻子的责任撑起风雨飘摇的家，只会坐在乱成一团的家中反复哭喊“我是顾不上他了，这可怎么办啊”。连自己的儿子也不管了，在刘丽文的帮助下才安排好孩子。不久贾漪与丈夫王辉凡签订了离婚字据，没过多久就攀上造反派头头陈射洪。为了洗清自己，贾漪不惜贴出大字报诬陷揭发自己先后两任丈夫，致使王辉凡为保护同志遭毒打。贾漪听闻王辉凡将回城的消息，又想与他破镜重圆，为此骗走与王辉凡共患难的前妻刘丽文，但被二人识破。1979 年，贾漪又成为省委第一把手老苗的夫人。贾漪的形象塑造受到了男性叙事的影响，她在文本中只是一个符号性的存在。王辉凡、老苗、陈射洪彼此熟识而且都曾被发配到干校，老苗对贾漪先抛弃王辉凡又攀附陈射洪后揭发两任丈夫的事应该有所了解，最后竟然娶了贾漪，只为表明有贾漪这样的女人在，国家和社会的前途并不平坦，小说戏剧性太强，人为安排的痕迹太明显。究其原因，与女人祸水、水性杨花这种男性对女性的负面认识有关。

孔捷生的《在小河那边》塑造了危难中抛弃妻子的丈夫形象。严凉的妈妈被查出是“假党员”，关进“牛棚”，爸爸在最短的时间内办好了离婚手续，与妈妈划清了界限，并很快娶了一个年轻漂亮的女护士。之后，爸爸步步高升，成为革委会的要人。严凉的爸爸不仅抛弃了他的妈妈和姐姐，也间接导致了妈妈含冤而死和一对儿女几乎乱伦的血缘悲剧。严凉爸爸在收养女儿这件事上就与妈妈有分歧，社会动荡为他离弃妻子提供了契机。小说对严凉爸爸的塑造政治性、道德化的痕迹比较明显。妈妈经常与他争论“党性”和“政治品质”等原则性问题，后来他在政治上堕落了；妈妈临死前留给姐弟俩一封信，揭开了他们的身世之谜，使他们摆脱了乱伦的罪恶感，拯救了一双儿女；爸爸却害得姐弟俩几乎陷入乱伦的耻辱，失去了做父亲的资格。严凉爸爸这个形象灾难背景下临难分飞的夫妻中内涵比较丰富，但政治性、道德性过强，概念化的味道也很浓。此类男性形象还有戴厚英《人啊，人》里的赵振环，他抛下了妻子孙悦和女儿环环，后来生活在悔恨之中无法原谅自己。

在灾难面前选择临难分飞的妻子或丈夫显示了人性自私、脆弱、多变、丑陋的一面，患难真情的夫妻则显示出人性坚贞、忠诚、温暖的一面。冯骥才的《高女人和他的矮丈夫》以一个窥探者的视角来叙述这对夫妻的患难真情。先是矮丈夫被关进监狱，窥探者想看到高女人在丈夫离开后私会男人的情景，但她失望了，女人去接孩子了；她又盼着女人改嫁，她又失望了，女人平静地买菜带孩子。后来矮丈夫回来了，高女人却病倒了，窥探者看到矮丈夫挎着高女人的买菜包去买菜；高女人死了，她忍不住去给矮丈夫做媒，但被他对妻子的怀念吓退了。窥探者充当了这对外表不般配的夫妻患难真情的见证者。

社会动荡中表现出患难真情的还有《人啊，人》里的何荆夫对孙悦、《三生石》里的医生对梅菩提。何荆夫独自承担了大字报事件的罪名，流浪归来之后，在精神上支持孙悦，帮她重建了生活的信念，陪她走出灰色的心境，用爱情和信念重燃起孙悦的希望。《三生石》写得很美很动人。大学教师梅菩提和父亲梅理庵先后遭遇了不幸，父亲被打成“反动学术权威”，她成了黑五类子女，又不幸患了重病。她一家遭难之际，好朋友陶慧和医生给她带来了友情和爱情的温暖与力量。医生不顾梅菩提的政治身份和癌症患者的病人身份，向她表达了爱情，并与她结婚，使人感到在风雨如磐的晦暗年代里人性的光芒与温暖。正是这种力量使危难中的人战胜痛苦和磨难，迎来新生。

张一弓的《张铁匠的罗曼史》采用“破镜重圆”的结构讲述了特殊历史时期夫妻患难见真情的故事。张铁匠和王爱月有一段美妙浪漫的乡村爱情，月光河水，青春激情。但风云突变，“大跃进”开始了。张铁匠耿直、倔强的性格和坚持常识的观点不为现实所容，打歪了造反派头头的鼻梁，被判劳教三年。突来的灾难把张铁匠送进了监狱，拆散了恩爱夫妻。出狱后，张铁匠挑担寻妻儿。有“坏人”舅哥从中耍阴谋，使夫妻二人在重逢之时产生矛盾，妻子被暗中强迫嫁给害丈夫入狱的仇人。张铁匠由此对妻子怨恨、误会更深。灾难过后，他们的儿子长大了，儿子寻父，最终父母冰释前嫌，破镜重圆。在这个民间色彩很浓的故事里，灾难、坏人、寻亲、误会、落难—被救、误会消除、团圆等叙事元素都出现了。反思历史放在民间故事的形式里讲述，反思的意识就冲淡了很多，误会、性格、灾难等偶然性、个人性、感性在起作用。把“文革”当作故事来讲，特殊历史时期因此有了民间传奇意味而偏离了正史的反思秩序，因此呈现出不一样的面貌。

张贤亮的《绿化树》《男人的一半是女人》用“同是天涯沦落人”的模式表现了知识分子与民间女性共度时艰的患难真情。知识分子章永麟被打成“右派”发配到农村，民间女子马缨花用自己的饭食、身体、温暖的小屋抚慰了落难的章永麟，使他于落魄中在民间享有“红袖添香夜读书”的士大夫风雅情趣，马缨花也满足了“有个男人在旁边读书”的浪漫心愿。马缨花小屋中男人读书女人在旁边做针线的图景把暴力、狂乱挡在门外，描绘出温暖明亮的一隅。《灵与肉》中的许灵均比章永麟朴素可信些，他与秀芝结了婚有了女儿，他的家因为有了秀芝而有了家的气氛和温馨，抚慰了他落难民间时痛苦、惊恐的心灵。他在秀芝的陪伴下获得了安宁和稳定。他与资本家父亲相见后决定放弃出国继承父亲家业的机会，回到秀芝和女儿的家。许灵均的这一举动被许多批评文章解读为爱国行为，实际上父亲的经历与生活方式，包括金钱、优雅的生活、漂亮的女人让许灵均再次看到混乱与危险，与秀芝虽然不能在精神上对话，但能得到心灵的宁静，因此他选择了宁静。与强调人性光彩的宗璞不同，张贤亮编织了一个个知识分子受难、民间女子相救的传奇故事，为知识分子在 80 年代获得“文化英雄”的身份建立了叙事依据，却难以如《三生石》那样让人感动，毕竟含有权宜和怯懦的味道。

在人生顺境与困境面前，夫妻临难分飞或患难真情更多包含了道德和情感因素，子辈在改革时代的人生选择意味着与父辈不同的价值观念和生活方式。80 年代初，农村青年面临着一个时代选择：留在农村，继续过父辈的传统农民生活，还是走向城市，寻找一种新的文明的生活方式。高加林和孙旺泉两个农村青年形象代表了 80 年代初农村青年的两种选择。高加林对自己人生的设计非常清晰，“十几年拼命读书，就是为了不像他父亲一样一辈子当土地的主人（或者按他的另一种说法是奴隶）”，他发出了“你们有你们的活法，我有我的活法”的呐喊。他离开农村，走向城市的选择不是他一个人的选择，而是一代人的选择。他离开农村，不再做农民，意味着离开多少代农民封闭的生活空间、乡村道德和一成不变的生活方式，到现代的文明的城市空间寻找一种远离土地和耕作的生活。城市生活吸引着他，他选择了城市，不论付出多少代价。农村少女香雪的选择与高加林一样，意味着对知识、文明、城市的选择。这个形象的特殊意义在于将知识作为农村少女的启蒙和拯救力量，指出了走向城市的途径。香雪（铁凝《哦，香雪》）以鸡蛋换铅笔盒的火车历险体验了城市空间和现代文明的生活片段，激发了一个少女走向城市的梦想，香雨（田中禾《五月》）走了一条香雪想象的读书进城的路，这个农村少女形象可以看作是香雪的延伸。孙旺泉（郑义《老井》）与高加林的选择恰好相反，他外出读书后回到了老井村，最后认同了有井就有子孙万世的血缘之根，誓死要打出井来。门门与才才，小木匠与桥桥也是两对做出相反选择的农村青年（贾平凹《小月前本》、蔡测海《远处的伐木声》）。门门心思敏锐头脑灵活，是个敢闯世界的新时代青年农民，才才憨厚老实，农活做得地道，但头脑僵化只认同父辈的耕作和生活方式。桥桥保守固执，等着接师父的“五尺墨”，小木匠心思灵巧，被师父赶走后成为会盖楼的掌墨师。选择了“变”的门门和小木匠尽管被父辈激烈或无奈地指责，但得到了姑娘的爱，表达了对农村青年时代选择的价值判断。

“离家—回家”“寻梦—梦醒”“彷徨—选择”三个叙事模式概括了80年代小说中个人与家庭之间的联系与矛盾、个人与家庭成员之间的伦理和情感关联，以及时代对家庭命运的影响。“离家—回家”模式显示出80年代民族国家话语对个人与家庭的建构轨迹。个人经历了离家革命、追求理想、回归家庭的过程，生活回到正常轨道，人们回到原来的位置。主人公的“回家”意味着对世俗伦理价值的肯定，即对血缘亲情的伦理价值和日常生活价值的肯定。“离家—回家”“寻梦—梦醒”“彷徨—选择”的叙事模式与80年代的社会转型、文化变迁及作家创作的潮流相一致，反映出理想主义向现实人生、革命建设向日常生活、集体话语向个人话语的价值转换。

第六章　理想主义者的爱情救赎

——张洁小说的家庭叙事

张洁是怀有马克思主义信仰的理想主义者，她在《我为什么写〈沉重的翅膀〉》里庄严地写道："我信仰马克思主义。"她怀着少年般的激情，直到中年仍然认为《国际歌》是最壮丽的歌曲。"每当'十一'，站在天安门广场，军乐团的铜管乐奏出《国际歌》，那种撼动我整个身心的激扬感。我从头上的天空，从我脚下的大地，从周围猎猎作响的红旗，从每一个人的心上发出强烈的回声，我热血沸腾，意识到一个信仰马克思主义的人的全部庄严和神圣，理解到人们为什么可以唱着这支歌去战斗、去赴汤蹈火。"[①] 她对她所处的时代充满热望，希望这个时代变得如天堂般美好，俯身社会，却发现缺憾和荆棘同样刺目。她用一个个美好而沉重的爱情故事，一个个不完美又有期待的家庭景观发出时代的呐喊，用文学作品去记录和表达扑面而来、日新月异的 80 年代。

1921 年，《莎菲女士日记》被茅盾称为女性的战叫，历史惊人地相似，60 年后，张洁的《爱，是不能忘记的》也被李新宇称作抗争的呼喊。中国的女性解放，用 60 年走了一个轮回，再一次为爱情呐喊，爱情再一次成为人的独立的旗帜。张洁，就是举起这面旗帜的第一人。1979 年，她发表了《爱，是不能忘记的》；1982 年，她发表了《方舟》；1984 年，她发表了《祖母绿》，迅速突破了不能写家务事、儿女情的题材禁锢，思想解放的潮流猛烈地冲击着过去的惯性思维，《爱，是不能忘记的》《方舟》《祖母绿》迅速使她站在女性文学的潮头，引领新时期女性解放的思潮，这三部作品也成为张洁的标志，有张洁就有这三部作品，已经构成张洁的一部分。

---

① 张洁：《我为什么写〈沉重的翅膀〉》，《读书》1982 年第 3 期。

第一节 以爱情救赎人性

张洁小说中明显地存在着一个对理想爱情的期待。80 年代初，小说中出现了一批婚姻的理想主义者，她们是钟雨（张洁《爱，是不能忘记的》）、刘丽文（韦君宜《洗礼》）和舒榛（陆星儿、陈可雄《哦，青鸟》）。她们对爱情和婚姻有很深的理想主义情结，但并不通向“爱祖国”，而指向个人和核心家庭，与“五四”启蒙主义的个人话语相连接。把爱情与婚姻看作一体的，“没有爱情的婚姻是不道德的”是她们共同的口号。她们还有一个共同特点，就是坚信那个“理想的爱情”是存在的，只要真心地去寻找，就会找到，如陆星儿的小说即以《哦，青鸟》命名，因此表现出可贵的勇气和执着的精神，表现在对“错误的爱人”的识别与分手的果决和对理想爱人的追求与奉献，一旦她们认为找到了理想的爱情，便会奉献甚至牺牲自己。以女性形象居多，钟雨最有代表性。

一 痛苦的理想主义者

张洁的《爱，是不能忘记的》，振聋发聩，张洁在小说里塑造了一个“痛苦的理想主义者”钟雨的形象。钟雨结婚后，发现并不爱自己的丈夫，因此与他离了婚，独自带着女儿过着单身生活。后来，她找到了理想的爱人，但他早已结婚。30 年代他在上海做地下工作时，一位老工人为掩护他而牺牲了，撇下了无依无靠的妻子和女儿。出于道义、责任、阶级情谊和对死者的感念，他毫不犹豫地娶那位工人的女儿为妻。他们不可能离婚。钟雨和他也就不可能结婚。爱上了一个不该爱的人，爱他却不能和他结婚，只能终生彼此守望。小说以这种方式把爱情和婚姻的理想主义者放置在爱情、婚姻与法律和道义的矛盾中来考察。钟雨和他相爱符合爱情这个人的本性，却不符合法律和道义，老干部和妻子不符合理想的爱情，却符合法律和道义。作为一个婚姻和爱情的“痛苦的理想主义者”，钟雨对什么是合理的婚姻进行了追问：“我们仅仅是遵从着法律和道义来承担彼此的责任和义务，那又是多么悲哀啊！那么有没有比法律和道义更巩固更坚实的东西把我们联系在一起呢?”双方不辞辛苦地等待，仅仅是为了看对方一眼，他们相互思念了大半生，在一起的时间还不到二十四小时，甚至连手也没有握过一次。但他们相恋着，这种爱超越婚姻、法律的制约，也超越道德文化的束缚，甚至不受时间的局限，作为一种精神直到永恒，

“不管他们变成什么，他们仍然相爱”，这是张洁的永恒的爱情理想。张洁所塑造的女性形象在经济上已获得独立，她们对于爱情需要的是精神的契合和美好的心灵，她们从旧时的婚姻中摆脱了出来，在婚恋问题上有了崭新的价值观念，这是女性在追求自我历程中的一个进步。张洁大胆突破了传统观念的束缚，敢于“冒天下之大不韪”为女性喊出了“爱”的心声。作者反思这种爱的悲剧成因时，提出我们自己和旧的社会意识都应负责任。小说结尾呼唤真正的爱情，而不要稀里糊涂地结婚。

钟雨这一形象同“五四”时期的女性形象有着鲜明的区别。“五四”女性为追求身心的自由结合，往往把肉体结合的自由和精神个性自由看成一回事，在她们看来，只要能够同情人相会就感到幸福，而钟雨则是“痛苦的理想主义者”，她所追求的是超越世俗的精神之爱，她认为爱情是心灵的呼唤，精神的感应。

这种柏拉图式的爱情观是张洁倡导并推向极致的，她所代表的爱情的理想主义表征了 80 年代初期的爱情观念，她赋予了爱情纯洁、美好、坚定、神圣的品质，把理想爱情当作理想人性来追求。张洁的爱情文本是 80 年代重理想、轻现实，重道德、轻物质的理想主义爱情观的代表性文本。理想主义爱情在 20 世纪 80 年代初昙花一现，恢复了“爱情的位置”。钟雨在精神上得到了爱情，但她的一生是痛苦的，在与心爱之人面对面时要保持精神和行动的不协调，在现实生活中找不到属于自己的位置，最终也只是违心地说：“是一个朋友。”钟雨这一人物形象从表面上看虽然摆脱了传统的属性，但她直到死都宁愿把婚姻和爱情分离的枷锁套到自己的脖子上，这种坚韧顺受的精神正是沿袭了几千年的传统文化的积淀。张洁讲述的理想主义爱情只在婚姻之前、精神层面存在，她后来的《无字》等爱情文本证明了这种讲法是讲不下去的。

二 爱情理想的转换

《祖母绿》中卢北河的叙事从现在开始，以现在结束。她在生活中是个成功者，在爱情上也是个成功者。说她爱情成功，是因为她用 25 年的婚姻实现了她不能不爱左葳的愿望。然而这个爱情的成功者看上去更像爱情的失败者，因为她不能自已地爱着一个不行的人：还在大学读书的时候，卢北河就看出左葳不行，可没想到他是这样地不行。她不后悔，因为她爱左葳。她不露声色，用全部智慧甚至是狡猾和世故来支撑左葳，她爱得非常沉重、非常疲惫、非常惨淡。25 年后，当卢北河需要最后一次为左葳争取一个成功的机会时，她想到了曾令儿。当年，卢北河和左葳一起利用曾令儿对左葳的痴情和慷慨，让曾令儿替左葳承担了写大字报的罪名，被打成“右派”。当她跨越了25年的时空再次与这个当年和左葳一起劫掠过的女生吃饭时，她竟在慷慨宽容美丽沉静的曾令儿面前卸下了睡觉时都不肯摘掉的面具，变得那么软弱和疲倦，从而成为曾令儿眼中的可怜人。25年前，卢北河眼里的曾令儿是个失败者，她自己是个心怀愧疚的观察者、被看对象悲剧命运的参与者。卢北河在爱情上由成功者蜕变为爱情的负重者。曾令儿踏上火车，故地重游，她的叙事视角和时间鲜明地带有回溯的性质，充满了现在与过去的激烈对话，其中最主要的是25年前与25年后对左葳的爱情巨大的变化。大学三年级时，曾令儿爱上了左葳，当她用回忆的视角回溯这段爱情时，我们看到，左葳的儒雅和潇洒只是曾令儿爱情的表象，她更爱用生命爱着一个人时殉道般的热切和圣洁。她替左葳站在台上受批判时，眼里全没有群众和他们的批评，她眼里只有那个低头坐在角落里的左葳。这时的曾令儿简直是个爱情的圣徒，散发着爱的光辉。因这光辉太灿烂，群众不同意她不在乎批评的态度，把她发配到新疆。当曾令儿用生命、尊严和自由去爱她的恋人时，就在阶级之爱的语境中成了异类，她被逐出主流，发配边缘是必然的。如此深刻的爱情，此后25年里，曾令儿所做的却是连皮带肉地从身体里、头脑中彻底驱除左葳的工作。这绝不是左葳的薄情所致，时间背后起作用的是国家对个人的询唤。曾令儿爱左葳时，遍体鳞伤而无怨无悔，不爱左葳后，她获得了升华，热情而美丽，重新获得了对国家、对人类的爱。曾令儿由爱情的失败者升华为人类之爱的拥有者。25年的时间里，曾令儿走了一条由个人之爱向国家之爱、人类之爱升华的宏大之路。

第二节　由个人之爱走向人类之爱

1979年，张洁在《北京文艺》第11期发表了她的短篇小说《爱，是不能忘记的》，立即引起文坛震动。1984年，《花城》第3期发表了张洁的中篇小说《祖母绿》，获得了全国第三届优秀中篇小说奖。这两部小说是张洁婚姻家庭题材小说的代表作，在张洁的创作和当代文学史中都占有重要地位，但它们命运不尽相同。前者因为引起了巨大的争议而未获奖，《祖母绿》没惹争议顺利获奖。这样看来，《祖母绿》的命运好于《爱，是不能忘记的》。但研究者对《祖母绿》的关注远远不及《爱，是不能忘记的》。《祖母绿》虽然获奖，在文学批评史上却没有《爱，是不能忘记的》风光，其中原因颇值得玩味。这里由叙事时间开始，尝试寻找答案。《祖母绿》中，主人公卢北河的叙事时间由现在—回忆—现在构成，从她的视角看左葳、看曾令儿，看自己。曾令儿是通过卢北河的叙事出现的，她的叙事时间也由现在—回忆—现在构成，从她的视角看左葳、看陶陶、看卢北河，看火车上那对新郎新娘。这对新郎新娘在小说里起着重要的结构作用，以前的研究没太注意他们。

一 爱情与婚姻的成败转换

卢北河之所以成为生活的成功者是因为她深谙并严守政治正确的生活法则，她深深地知道国家之爱与个人之爱孰重孰轻，并且不露痕迹地用国家之爱保护了个人之爱。她爱了左葳 5 年，都不曾表露过这份个人的感情，更没有在左葳身陷大字报危险时挺身而出保护他，因为她知道这个时候作为党支部书记的她不但保护不了左葳，连她自己也得搭进去。她爱儿子向东，却不会像左葳那样给儿子买卧铺票，徒惹议论，而是想方设法让儿子入团，让儿子在政治上立于不败之地。她出身豪门，却把豪门的痕迹藏得一丝不露，25 年来稳稳地坐在书记的位置上，任何风浪也不曾撼动她。争取政治资本、洗清豪门出身、依靠公公的特殊地位，卢北河完全掌握了国家之爱与个人之爱的秘密，运用起来得心应手，生活得无比正确，无比滋润。因此她能爱她想爱的一切：能在政治风浪中保护好自己，能实现不能不爱左葳的夙愿，能为儿子考虑工作和出国的前途。

与卢北河相反，曾令儿在生活中是个失败者，在爱情上也是个失败者。曾令儿在各个方面都与卢北河相反。她完全不了解国家之爱与个人之爱的奥秘，天真又无私地沉浸在个人之爱里，她一个一个失去了她最爱的人。她是个渔民的女儿，根红苗正，本不会与“右派”沾边，但她爱左葳，带着一种超凡入圣的快乐，替左葳承担了大字报的后果，分配到新疆，失去了爱人。尽管失去这个徒有其表、无情无义的公子哥是曾令儿最正确的安排，是命运对曾令儿的怜爱，让她被迫离开了左葳，但离开爱人的疼痛仍旧让曾令儿彻夜难眠，魂牵梦绕。如果不是卢北河和左葳想再次合伙劫掠她，她的数学天分也就永远埋没在边陲小城里了，失去了个人的前途。她爱与左葳的儿子陶陶，人们轮番拷问她孩子的来历时，她用双手护着自己的肚子，一个劲儿地摇头；大师傅打她时她还是拼命护着肚子，不肯求饶，也不肯逃跑；陶陶饿得哭，她穷得只能给他买一块点心；她一腔母爱倾注在儿子身上，陶陶 15 岁时，在池塘里溺水淹死了，她失去了儿子，只能像祥林嫂一样一遍又一遍地念叨着：我只知道海可以淹死人，谁知道那么小的池塘也能淹死人啊。要知道，曾令儿是游泳高手，当年曾在大海的旋涡里冒死救出过左葳，如今却救不了儿子，可以想见她的痛苦。她爱父亲，但父亲临终时因她双料阶级敌人的身份，连假都请不下来，没能见上老父亲最后一面，她失去了父亲。由此可见，卢北河的成功和曾令儿的失败与是否洞悉对国家之爱与个人之爱不无关系。卢北河主动接受国家对个人的规训，所以她的爱情和生活一帆风顺；曾令儿对国家与个人的关系茫然无知，遭遇爱情与生活的失败后，出于一个知识分子对国家对社会对专业的满腔热情，背着儿子演算，要把才华献给国家和社会，实现人生的意义，从而改变了她失败者的角色。

二　无穷思爱：由个人之爱到国家之爱、人类之爱

表面看，曾令儿是个彻头彻尾的失败者，但在《祖母绿》即将结尾时，我们发现这个爱情和生活的失败者历尽坎坷，饱经磨难，实际上在走一条由个人之爱通向国家之爱、人类之爱的路，也就是知识分子的自我改造之路。经由自我改造，曾令儿完成了由失败者到成功者的角色转换。曾令儿通过以知识分子的身份建设现代民族国家的途径，自然地接受了国家对个人的规训，从而改变了她失败者的角色。

曾令儿与钟雨两个人物，《爱，是不能忘记的》与《祖母绿》两个文本的命运并不相同。1979 年发表的《爱，是不能忘记的》引发了巨大的争议，有研究者 30 年后重读《爱，是不能忘记的》，发现当时反对《爱，是不能忘记的》的批评者感兴趣的地方是张洁通过爱情生活改写了革命者的形象。在“十七年”文学的成长文本中，革命者是无所谓个人的生死爱恨的，在他们所秉持的“道义、责任，阶级情谊和对死者的感念”里，爱情是不在场的，而现在的叙述中，作为革命者的老干部居然在心底还潜藏着极具个人化的“私人生活”，这种对革命者形象的重塑显然是不能接受的，于是通过批评行动来校正文本的改写①。在国家之爱与个人之爱中，《爱，是不能忘记的》选择了对个人之爱的追述和补偿，这种改写的革命叙事显然无法完全与现代民族国家的宏大叙事相吻合，因此备受争议，更没有获奖。

曾令儿走了一条与钟雨相反的路，《祖母绿》的命运因此与《爱，是不能忘记的》也有所不同，顺畅许多。钟雨爱老干部至死不渝，《契诃夫

---

① 李建立：《再成长：读〈爱，是不能忘记的〉及周边文本》，转引自程光炜《文学史的多重面孔：八十年代文学事件再讨论》，北京大学出版社 2009 年版，第 99—117 页。

小说选》成了她爱情的寄托，她在笔记里用全部情感和灵魂发出了“爱，是不能忘记的”的呼唤，从而实现了个人之爱。曾令儿爱左葳爱到了可以为他献出自由、尊严和生命，但与左葳分开后，她用了 20 多年的时间把左葳从身体上、头脑里连根拔除，完成了对个人之爱的驱除。张洁在《爱，是不能忘记的》里呈现出为个人之爱呐喊和反抗的姿态，5 年后的《祖母绿》表现出个人之爱向国家之爱的回归，向人类之爱的升华。符合现代民族国家构建的历史和叙事逻辑，进入现代民族国家的宏大叙事，自然不会引起批评的风波，获奖也是题中之意了。

曾令儿是如何完成由个人之爱走向国家之爱、人类之爱这个漫长而艰难的过程呢？她首先放弃了爱人左葳。表面看来，是时代干预了曾令儿的爱情，然而时间让她成熟和博大，最终她主动放弃了左葳，彻底地放弃了他。左葳是什么？就算她曾将他的名字文在自己的皮肤上，她也会连皮带肉、带血地把它抠掉。就算他印进过她的脑子，她也会敲开脑壳，把脑子取出来，烫平那一道记忆的皱褶。她经过 20 多年的奋战，完成了这个工作。连皮带肉、带血地抠掉，敲开脑壳把脑子取出来烫平那一道记忆的皱褶，用这种极端的方式忘记舍命爱过的人，这是什么行为？这是知识分子的自我改造，是彻底去掉知识分子的个人印记，成为主流意识形态能够接受的一名建设者。她把儿子陶陶看作和她一样的建设者。只有陶陶，才是溶进她血液中，渗进她灵魂里的一种哀痛。曾令儿爱陶陶胜过一切，陶陶是她的太阳，她的爱的寄托和希望。在陶陶和工作之间，她是怎样选择的呢？（曾令儿）想起为了把自己含辛茹苦，奋斗、积蓄了 20 多年的能量和才智献给社会，她多次拒绝了陶陶“和妈妈玩一小会儿”的要求。“我恨你的演算题。”……现在她已永远无法补偿陶陶。假如有一天，她能对这个社会有所贡献，她想，这贡献里，必也包含着陶陶的一份努力和牺牲……曾令儿的眼睛湿了。

曾令儿为了把能量和才智献给社会夜夜苦读，一次又一次忍心拒绝了她最爱的儿子对母爱的要求，直到儿子死去。这是一种什么力量？这是国家之爱，这份博大忘我的爱使她忍心拒绝儿子，回到演算题里。陶陶死了，曾经冷嘲热讽的男人和女人沉默了，曾令儿也有了钱，一个月一百多块钱的工资，能给陶陶买很多饼，可是陶陶已经不在了，这一切都失去了意义。陶陶在曾令儿为国家为社会的贡献里获得了存在的意义。曾令儿以放弃爱人和拒绝儿子为代价，坚决地痛苦地艰难地完成了知识分子自我改造的过程，脱胎换骨，由个人之爱走向了国家之爱，获得了有尊严有价值的身份，赢得了国家和社会的认可。在这个意义上，曾令儿的爱有了变化，由小而大。而没有变的却是卢北河，她与左葳结婚 25 年，她的爱没有变化，她仍旧是不能不爱左葳。这真是最有戏剧性的一幕。曾令儿与卢北河，究竟谁最爱左葳？究竟谁坚守了自己的爱情？但张洁是聪明智慧的，她爱曾令儿，她的笔在曾令儿身上写满了爱和光明，因此她给曾令儿安排了越走越宽的生活之路。正如有论者所说：张洁爱人类。正是与主流意识形态的一致，《祖母绿》没有像《爱，是不能忘记的》那样备受争议，而是在发表的当年就获得了全国中篇小说奖。

当曾令儿和卢北河再次见面时，曾令儿这份国家之爱进一步升华到了人类之爱。

小说深刻地描写了曾令儿的心理变化："然而我终于弄清楚了，在我心中恢复的，不过是爱的感觉罢了。爱一切……却偏偏不是爱左葳。真奇怪，我好像孙悟空一样，某个早上，一觉醒来，突然发现头上的箍儿，不知什么时候脱去了。有很多很多年，我不会爱，也不能爱……你没有尝过不能爱的滋味，那感觉可怕极了。我真高兴，我重又变成一个可以充分感知的人。"① 曾令儿能够重新爱时，这爱的内涵已经由个人之爱升华为人类之爱。当她把爱左葳的心扩大到爱一切人时，她才重新找回了爱的能力。此时，爱的对象已由个体转换为人类。

曾令儿视角中的新郎新娘就是曾令儿人类之爱的实现，曾令儿与新郎新娘处在看与被看的模式中。他们同乘火车到 E 城，新郎新娘坐在曾令儿对面。他们交往的时间共两个晚上一个白天。看到这对新婚夫妇，曾令儿就回想和反思她与左葳的爱情。因此，新郎新娘的故事是曾令儿与左葳故事的闪回，而曾令儿与左葳的故事就是新郎新娘故事的闪前。第一晚上他们在火车上度过，曾令儿带着一种哀伤的向往，看着新郎新娘动人的游戏。第二天他们住同一家宾馆。上午，曾令儿去逛街看到一对龙凤花烛，与当年左葳看到的那对一模一样，她买下了这对红烛送给那对新婚夫妇。下午，曾令儿听新郎说要去老虎头游泳，立刻说"那绝对不行"，"四千米外，有一处涡流"。老虎头的涡流，就是当年曾令儿舍命救左葳的地方。接下来曾令儿回忆救左葳的情节就有了预叙的功能。曾令儿爱左葳爱到了连和他一起葬身海底都快乐的地步，她凭着非人的意志把左葳救出了涡流。20 多年后的老虎头涡流，吞没了新郎。晚上，不听曾令儿劝阻的新郎葬身老虎头涡流，留下新娘在岸边凄厉号哭。这一幕如同曾令儿救左葳一幕的闪回，只是一样事件两种结果，悲喜两重天。这新娘能否如曾令儿那

---

① 张洁：《祖母绿》，《花城》1984 年第 3 期。

样渡尽劫波，脱胎换骨，历尽磨难，拨云见日？

曾令儿一把抱住那几乎癫狂的新娘，怜爱地把她搂在自己的怀里。这时，曾令儿与新娘不过是相处两天一夜的旅伴，为什么她对新娘表达出如此强烈的怜爱？一方面固然是由于这对新婚夫妇让曾令儿想起了她和左葳的往事，更主要的是，曾令儿的个人之爱升华为人类之爱。“她一面轻摇着靠在她身上的新娘，一面想着生和死，这个自有人类以来，便已然存在的老题目。”“这珍惜意味着，应使这生命在更阔大的背景上，获得更大的意义。”[①] 还有一个细节值得注意，曾令儿呼喊新娘时，自称为“老曾”，这是小说中唯一一次这样称呼曾令儿，显得非常别扭和陌生。曾令儿与左葳、卢北河的叙事里，从来都称曾令儿。这时，老曾对于新娘，就具有了启蒙者和被启蒙者的关系。她要给她讲什么是爱情。“她要等，等那新娘醒来，她将告诉她，她的爱情已经得到过呼应，这种可以呼应的爱情，哪怕只有一天，已经足够。”要给她讲国家之爱，人活着，不是为了个人的爱恨，而要“为了这个社会，做一些有意义的事情”。[②] 更要告诉她“无穷思爱”。这时，以爱情为起点的“无穷思爱”已经具有了爱人类的博大和宽广，“祖母绿”成为人类之爱的象征。至此，曾令儿已经实现了爱的超越，她超越了对左葳的爱情，超越了对儿子的母爱，超越了对父亲的敬爱，超越了对卢北河的怜悯和对新娘的怜爱，超越了她自己，越过了人生的另一个高度，这就是人类之爱。

从《爱，是不能忘记的》到《方舟》再到《祖母绿》，80 年代的张洁如她作品中的主人公一般，走出了一条由个人之爱、性别之思到国家之爱、人类之爱的升华之路。

---

① 张洁：《祖母绿》，《花城》1984 年第 3 期。

② 同上。

第七章　家庭叙事的个人化

——王安忆小说的家庭叙事

王安忆是书写日常生活的圣手。她对鲜活的个体生命的关注，绵密细致的笔触，都是为日常生活书写而准备的。她以日常生活为对象，以家庭生活为主要场景，为普通人立传。平凡无奇的普通人生经她的眼睛发现，经她的工笔描绘，深刻议论，立刻变得光彩照人，意义非凡，从模糊的灰色背景中凸显出来，从或稀薄或黏稠的生活巨流里涌现出来，成为有个性有质感的存在。王安忆从一街一景，一门一户切入平凡无奇又神秘复杂的生活流。她是20世纪80年代一位令人瞩目的作家，她的“三恋一庄”在女性文学、寻根文学的潮流里大放异彩，引发热议。她有才华有个性，创作题材多样，价值体系多元，但总体来看，日常生活是其取材的主要范围，日常叙事是其采用的主要叙事风格。她看取生活的眼光与80年代物质生产日益繁荣、日常生活回归的潮流相吻合。

80年代，日常生活开始从宏大叙事里解放出来，回到了日常的位置，重新成为人们生活的主要内容。对日常生活的书写反映了现代民族国家叙事的转向。“从大门里涌出一对对穿得漂漂亮亮的男女青年，拎着大包小包，不是置办嫁妆，就是买送人的结婚礼品。累得半死不活，挤在那人的洪流里。高喊：‘我要！我要！’当然是最新式的，最时髦的，眉头也不皱，扔出去两个月工资，有什么可大惊小怪？人们被关在‘笼子’里那么多年，今天这些向往不是都很自然吗?”这是张抗抗《北极光》里芩芩眼中年轻人到商场采购的场景，也可以看作80年代小说日常场景的精彩描绘。一个豁然洞开的生活空间扑面而来，热闹非凡又酣畅淋漓。日常生活的叙述开始重新活跃起来。张抗抗的《北极光》、谌容的《人到中年》等小说都有生活场景，特别是家庭场景的描绘。以家庭叙事为主要场景的日常生活叙事开始蓬勃发展，既是日常生活的回归，也包含了对日常生活的超越。

20世纪哲学领域发生了日常生活转向，哲学研究开始以日常生活为研究对象。法国哲学家列斐伏尔重视日常生活，他把日常生活看作是政治、经济之外的第三个平台。认为经济基础、上层建筑是通过日常生活小事实现的，社会的本质依存于人的日常生活小事，社会关系只有在日常生活中才会产生出来，人也是在日常生活小事中被真正塑造和实现出来的。列斐伏尔从马克思的异化理论和全面发展的人的概念出发，提出人必须变成“日常的人”，然后才是完全的人。因为日常的人也是实践的人，唯实践的人，可望从异化中解放出来，成为“完人”。他从日常生活的角度看待人和事，方法上，他倡导“从一包砂糖里窥见整个社会”。从一个女人购买一磅砂糖这一简单的事实，通过逻辑的和历史的分析，最后就能抓住资本主义，抓住国家和历史。平凡的日常生活事件在他眼里都有两个方面：一个小小的、个别的、偶然事件，同时，一个无限复杂的社会事件，比它本身所包含的“本质”要丰富得多。只有通过日常生活批判才能揭示简单事实的丰富社会内容。[①] 匈牙利哲学家赫勒也同样重视日常生活。她认为日常生活是社会生活的基础，人在日常生活之中被塑造。人首先要适应日常生活。她提倡有意义的生活，认为不断的挑战才能带给这个世界和我们自身更新[②]。王安忆从对生活、人生、社会的认知出发，用她的头脑和眼睛来思考和观察，正是抓住了日常生活这个根基。

王安忆最初以雯雯系列加入理想主义的合唱，使理想主义的余韵更为丰盈。《雨，沙沙沙》中，雯雯那个雨夜里充满憧憬的橙色的梦；比“天上飞下一片白云，海上飘来一片红帆”还美好的爱情梦，和芩芩奇幻绚丽、朦胧缥缈的北极光梦想很相似，雯雯和芩芩都是有理想主义、浪漫主义色彩的姑娘，带有鲜明的时代感——80 年代的理想主义特征——不满足于当下的生活，对未来的生活充满幻想。长篇小说《69 届初中生》以雯雯为主人公，讲述了一个特殊时代里一个纯真女青年的成长。《墙基》意味着王安忆开始从理想主义走向现实人生。理想主义渐渐褪去，日常生活浮现出来。1981 年、1982 年，她几篇有影响力的小说如《小院琐记》《庸常之辈》《归去来兮》《流逝》都以家庭生活为主要题材，1985 年、1986 年令她声名鹊起的“三恋”以及 1988 年的《逐鹿中街》、1989 年的《岗上的世纪》也都是婚姻家庭题材，《好婆和李同志》《好姆妈、谢伯伯、小妹阿姨和妮妮》以及长篇小说《流水三十章》是以上海市民生活为内容

---

① ［法］亨利·列斐伏尔：《日常生活批判》，叶齐茂、倪晓晖译，社会科学文献出版社 2018 年版，第 52 页。

② ［匈］赫勒：《日常生活》，衣俊卿译，重庆出版社 1990 年版，第 289 页。

的“上海故事”。王安忆的目光聚焦于日常生活，她一出手就是在坚实的日常生活根基之上创造她的文学世界，塑造她的人物，呈现她的心灵世界，表达她对生活和人生的理解。本章主要从家庭叙事的视角对王安忆80年代的小说创作进行解读。

第一节　日常生活视域中的个人与家庭

家庭是日常生活的根基。王安忆对家庭的发现是从窗口实现的，是从门豁然开朗的。家是研究王安忆的一个入口。她很看重家庭，在她看来，家庭可以安放人的心灵。她在《关于幸福婚姻的真相》中写道：“虽有着无穷无尽的家务，可还是有个家好啊，还是在一地的好啊。房间里有把男人用的剃须刀，阳台上有几件男人的衣服晾着，便有了安全感似的心定了；逢到出差回家，想到房间有人等着，即使这人将房间糟蹋得不成样子，心里也是高兴。”家庭可以帮助人抵御变幻无常的社会风云对芸芸众生的席卷和扫荡。在三四十年代十里洋场的上海，在动荡混乱的十年里，家庭如同一只方舟，载着家人度过波涛汹涌的时代风潮。尽管这个方舟也因时代环境所迫倾覆过，但最终显示了血缘伦理的“疗救”功能。王安忆深知个人终将在家庭里找到安全感和力量感。

一　由“办公室式的家”到寻常百姓家

在新时期初期的女性文学创作中，“家庭”作为叙述话语，承载的并非个人经验的言说，而是更近于一个政治思想的启蒙地，一个意识形态话语最普遍的寓所。[①] 下面这段话里描写了一个“办公室式的家”：

> 墙壁没有任何装饰，比如风景画、照片、条幅之类的东西。家具全是从机关里借来的，既谈不上色彩的谐调，也谈不上款式的新颖。就连浅蓝色细布的窗帘，大概也是从公家借来的。从这房子里的陈设，绝对猜不到主人的爱好、兴趣。[②]

---

① 乔以纲：《新时期女性文学与现代国家意识》，转引自程光炜主编《女性文学研究资料》，百花洲文艺出版社2018年版，第220页。

② 张洁：《沉重的翅膀》，人民文学出版社1984年版，第52—53页。

这是张洁《沉重的翅膀》里郑子云的家，有研究者认为，郑子云的家庭具有“寓意”性质，“这是一个相当程度上具有现代化表征的家庭：不仅是它整体布局的大众化与一般化，包括房间里仅有的几件家具是从办公室‘借’来的这一细节，也已经在暗示现代化的民族国家对大众生活的调节力度。家庭空间正是由于与集体空间的衔接才有意义，但也可以说真正属于家庭的私人空间在当时女作家的现代性叙事中还不存在”。① 王安忆在民族国家的主流话语边缘建立了个人化的家庭话语，使家庭空间由“客厅政治”的寓所，变成寻常百姓的家。

> 一进门，我的脚步不由得停住了，我认不出这就是原来的办公室了。浅蓝色的顶棚中央，垂着乳白色的枝形吊灯：木纹本色的全套家具显得朴素而又雅致；弹簧床上蒙着墨绿和黑色图案的菱形的床罩，床头墙上安着乳白色的壁灯；一对小巧的沙发边是一盏湖绿色灯罩的立灯，淡绿的灯光柔和地照亮了一圈。啊，这个破破烂烂的小院里，居然会有这样一个淡绿的世界，简直是奇迹了。②

这是王安忆《小院琐记》里李秀文的家，由办公室式的家变成了漂亮的居室，日常生活的美感和氛围扑面而来。家变美了，家里的人也变美了。“李秀文脚上穿着大红厚底拖鞋，轻盈地在湖绿色的房间里走来走去。她拧开了十六寸电视机，又端来了一杯麦乳精和一碟点心，她长得更美了，简直有点迷人。”③ 王安忆由家到人，写出了家庭空间个人化的转变过程。《好婆与李同志》里李同志的家以前也像办公室。“用的还是机关里租借的白木家具，每一件家具上都钉着编号的铁牌。用的被褥也都是部队发的那一套草绿的，和结婚时买的那一条红绸被面。”④ 李同志的家逐渐城市化，变美了。买了钢琴，请朋友聚会，吃饭饮食讲究起来。人也变得漂亮了，刚来时穿列宁装，梳辫子，后来“她的头发已经烫了，做成齐肩的长波浪”“穿了一身浅色轧别丁的西装，西装裙下，穿了透明的丝袜的双腿，

---

① 乔以纲：《新时期女性文学与现代国家意识》，转引自程光炜主编《女性文学研究资料》，百花洲文艺出版社 2018 年版，第 220 页。

② 王安忆：《小院琐记》，《王安忆短篇小说编年卷一：墙基（1978—1981）》，人民文学出版社 2009 年版，第 92—93 页。

③ 同上。

④ 王安忆：《好婆和李同志》，《香港的情与爱：王安忆自选集之三》，作家出版社 1996 年版，第 166 页。

蹬着一双高跟鞋。”[①]《逐鹿中街》里古子铭原来的家里“家具几乎全是从单位租借来的，钉着铁皮的标记”，陈传青进来就重新装修，买了家具，房间里有了“华丽的灯罩”“红木的五斗橱”和“床前的梳妆镜”。古子铭开始穿睡衣，穿牛仔裤，由只会吃红烧蹄膀到吃精致的早餐，人也变得朝气蓬勃，充满活力。家庭空间越来越显示出主人的物质条件、兴趣爱好、审美品位，越来越具有个人化的特点。李秀文的家现代时尚、条件优越，李同志的家有艺术气息、交游广泛，古子铭的家富足殷实、吃穿考究。80 年代初，中国人的日常生活已经步入正轨，人们富裕起来，积累已久对物质生活的热望开始表达，布置一个漂亮的家，打扮一个漂亮的人满足了这种热望。美的人和美好丰饶的物质结合在一起，会让人产生丰盈感和美感，新式的家具、新潮的衣饰和饮食表达着对过去匮乏生活的补偿，也在宣告日常生活的回归。王安忆通过描绘家庭空间和家庭空间中个人的观念和审美变化，敏锐地用小说表达了 80 年代初期人们萌动兴发的物质欲望和审美感受，实现了家庭空间由“办公室式的家”到寻常百姓家的叙事转换。如果说张洁的《拾麦穗》开启了文学创作的个人化，那么可以说王安忆的《小院琐记》开启了文学创作里家庭叙事的个人化。走出集体叙事，不用“我们”，而用“我”来叙述家庭故事，向日常生活经验还原。她力图通过对家庭的描写来表现个人情感和思想观念，而不是当时通行的通过对家庭的描写来达到社会批判的目的。

在家庭描写的个人化方面，王安忆比张抗抗、张洁都更早，更清晰。当张抗抗还在《北极光》里描绘一个梦幻的理想主义的芩芩时，张洁还在描绘郑子云办公室式的家时，王安忆已经走出梦幻，走进日常，建立了她的个人化的家庭叙事。一直到 90 年代的《长恨歌》达到了日常叙事的一个艺术高峰。理想主义自有理想主义的崇高和伟大，光辉灿烂的理想主义照耀了新中国的崭新时代。但对于平庸生活的反抗和对崇高生活的追求走到极致，英雄人物光芒四射，普通人就缺乏存在感；政治生活占据生活的主要内容，日常生活就遭到挤压和质疑。《沉重的翅膀》里郑子云的妻子夏竹筠烫发、戴金表的形象是被讽刺和受指责的。在这种思想背景下，王安忆肯定家庭、美感对于普通人的意义就显得可贵。她在尊重个人化的意义上肯定张洁《拾麦穗》对 80 年代文学创作的重要意义。“我以为它对于中国文学是具有重要的推动作用。从一九四九年到一九七六年，我们对文

① 王安忆：《好婆和李同志》，《香港的情与爱：王安忆自选集之三》，作家出版社 1996 年版，第 170—172 页。

学的要求是非常意识形态化的，文学问题担负着重大的社会责任，几乎是一种集体意识的产物，作为创作者的个人则被压抑着。因此张洁这篇小小的《拾麦穗》，便以它鲜明的个人化而开创了变革的风气。我以为《拾麦穗》在新时期文学里的作用要超过打头炮的《班主任》《伤痕》，因为它开辟的是文学本身的道路，而不仅仅是提示了新的社会问题。"[①] 王安忆最初的文学创作与个人经验联系密切，怀有个人情感和集体表达的焦虑，她用了很多心思把"小我"和"大我"联系起来，可是劳心费神自己又不满意，她对想象力的消耗和陷于矛盾之中的挣扎深有体会。"之前，我对文学充满了畏难情绪。在我心里蓄满了许多情感，我就努力将这些情感与社会的、使命的共同意识去打通关节，结果事事难成。"[②]《拾麦穗》对王安忆最重要的意义是提供了文学创作个人化的可能，搬去了横在她创作道路上的障碍，扫清了她前进道路上的迷雾，让她意识到，小说可以表达个人的东西，从而使她豁然开朗，如释重负，从此轻装前进。"那一篇小小的《拾麦穗》，则是更加彻底地属于个人的东西了。""我是在读了《拾麦穗》之后，才觉得作一名作家对我来说是有可能的。"

王安忆的创作焦虑有历史原因，她的母亲茹志鹃的文学创作 60 年代就被贴上了"家务事，儿女情"的标签，80 年代初的王安忆了解也继承了母亲的焦虑，她早早就懂得了个人叙事和集体话语的关系，她非常重视茅盾先生对母亲的成名作《百合花》的肯定。"茅盾先生对《百合花》的表扬，对我母亲极其重要，意义不仅在于这一篇小说脱颖而出，更是为母亲的写作正名，因而得以跻身宏大历史题材的边角地带，让她笔下的小人小事在社会进步的革命中占有一席之地。个人情感体验和主流意识形态如何协同并进，始终是他们这一代写作人最严重的焦虑，关系到安身立命。这在很大程度上消耗了想象力和创作才能，但也使他们对庸俗化保持警惕。"[③] 正是在个人化的文学表达这个意义上，她认为张洁《拾麦穗》对 80 年代的文学创作起了开路先锋的作用，对她个人的文学创作有着醍醐灌顶般的启示。茅盾先生的评价和张洁的小说都起到了指明道路和方向的作用。王安忆对母亲创作焦虑的了解如同夫子自道，用于描述她自己当时的焦虑也很合适，理解这种焦虑有助于理解个人化的文学表达对于王安忆 80

---

① 张新颖、金理编：《王安忆研究资料》，天津人民出版社 2009 年版，第 110 页。

② 王安忆：《女作家的自我》，《漂泊的语言：王安忆自选集之四》，作家出版社 1996 年版，第 415 页。

③ 刘盟赟：《专访王安忆：当年企图摆脱母亲，抵销文学继承压力》，《新京报》2018 年 11 月 27 日。

年代文学创作道路方向性的重大意义。可以看到，对 80 年代的王安忆来说，个人化是她的思想和创作实践的一种必然选择。她选择了日常生活作为个人化的题材，聚焦于家庭场景，在这一方天地里表达她的自我。因此家庭场景对王安忆的创作来说无疑有着实现个人化表达的重要意义，她于 80 年代初期创作了《小院琐记》《庸常之辈》，从题目就可看出她的个人化表达选择了日常生活，从家庭场景切入，以此肯定家庭生活根基性的意义，确立建立家庭、经营日常生活的普通人的价值。同时，由于自身家庭环境的影响，她在选择日常生活题材进行文学创作的时候，保持了对庸俗化的警惕，这避免了滞留在日常生活的千篇一律和鸡零狗碎里。

二 普通人的事业

王安忆在日常生活中，特别是在家庭生活中确立人的价值。她看中家庭生活，认为这是一切历史事件的基础。她在历史大事件和日常生活小事的对比之下来确认家庭生活的价值和认真经营生活的人的价值。无论是多么壮阔的社会风云，三四十年代上海的流光溢彩，还是特殊历史时期的动荡混乱，改革时期的风起云涌，在她笔下都具体为几家欢乐几家愁，一碗红烧肉烧蛋，一件精心缝制的衬衫，一份一点一滴置办起来的嫁妆。“人人都在生活，都在追求一份东西。”[①] 普通人自然地把建立家庭、经营生活作为追求，这是通过个人努力可以实现的目标。尽管渺小，但对追求着的普通人来说，是切实的事业，甚至带有庄严的意味。《庸常之辈》，这个标题在王安忆的小说创作中是一个象征，她通过小说确立普通人的价值，确立家庭对于普通人的意义。王安忆赞美认真生活的普通人。何芬是个普通得不能再普通的女工，她为自己的婚礼付出全部的心思、智慧和劳动，她对婚礼的态度体现了她朴实本分、认真生活的人生哲学，从而实现了人生的意义。何芬下乡回城，在街道作坊上班，本分地守着自己的小天地。她认清小户人家只能配小户人家，于是男朋友与她一样没地位，没房子；将自家厨房改作新房。她勤勤恳恳、默默无闻，但她又立志活得不让人瞧不起，她一点点积累自己的嫁妆，要让自己不差于别人，就要付出比别人更多的辛苦。王安忆写她在意自己的婚礼，因为“也许一辈子就只有这么一个机会，以她为中心，为主角”，而在别人的生活中，成为中心的可能就太多了。小说的结尾，王安忆写道，何芬在一个不起眼的角落，“打发走

① 王安忆：《庸常之辈》，《王安忆短篇小说编年卷一：墙基（1978—1981）》，人民文学出版社 2009 年版，第 272 页。

了疲劳的一天”，熟睡了。她“在这个世界上，只占了个很小很小的位置”，是“庸常之辈”。但认真占好这小小的位置，其实又闪烁着暖暖的光芒。“只有在爱她的人心里，这个位置才是很大的”。家人的爱，是像何芬这样的普通人把家庭当作事业的原因，家庭是普通人安身立命的所在，是抵御风浪的方舟，是安抚疲惫身躯和灵魂的港湾。刚起步时的王安忆就是这样，在城市的背景中，在家庭这个并不宽敞的空间里，以细腻的笔触，淡淡的情调，写出普通人身上的动人之处，在不大的格局中寻找一种充盈。

王安忆在与现代化建设者的对比中确立普通人的价值。在 20 世纪 80 年代初期，新启蒙的思想背景下，文学创作都聚焦于改革开放后社会主义的建设者，叙述中充满了现代化的焦虑，主人公谈论的是如何建设现代化的中国。叶知秋在郑子云的客厅里谈论的是“影响全国十亿人民生活的根本问题”，“就说我上班每天经过的那条马路，从去年到今年，路面翻了三次……好像人们都不知道，工人的开支，推土机、汽油、沥青、砂石全是重复的消耗！能不能不这么干呢？”① 知识分子真真夫妻也在讨论“中国的矛盾”这样的宏大话题，谈的是技术革新、就业问题，“中国的矛盾不是人少，而是人多”“人多怕什么？多出来的人再搞其他的工厂企业好了。”“办一个工厂需要多少投资，你知道吗？”② 当小说主要描写政治、经济中心的建设者、改革者时，讨论改革、经济建设、社会发展的大计是主流话语，日常生活的家庭是被忽略的，追求家庭日常生活的人会受到压抑和批评。郑子云的家像办公室，他的妻子夏竹筠烫发，爱时髦，讲究吃穿，她所追求的精致的日常生活与郑子云的现代化目标格格不入，郑子云为此苦闷，夏竹筠也被批评受冷落。《庸常之辈》里大学毕业生真真的家简单而凌乱，“二十多平方，很大，却很乱，一进去找不到个合适座位。家具不多，却有两张很大的写字台，一头放一个，两人正各自趴在一张桌子上用功呢”。③ 在这种话语背景下，王安忆在建设者和普通人的对比中肯定了普通人日常生活的价值，看到并且认可婚姻、家庭对于普通人的意义。“一个学工的，一个学经济的，因此他们有资格讨论‘中国的矛盾’，并为之担忧、生气、苦恼、发火。而和这偌大的矛盾比较，何芬他们的则是太渺小了。”王安忆承认普通人的价值，家庭生活对于个人的价值。真真的婚

① 张洁：《沉重的翅膀》，人民文学出版社 1984 年版，第 55 页。

② 王安忆：《庸常之辈》，《王安忆短篇小说编年卷一：墙基（1978—1981）》，人民文学出版社 2009 年版，第 277 页。

③ 同上书，第 276 页。

礼非常简单，丈夫也是大学生，还要考研究生，她带了支牙刷就过门了。“她的婚事如此简单，在何芬看来是理所当然的。而自己那样地铺张，也是理所当然。……婚礼是她一生中的大事，也许一辈子就只有这么个机会，是以她为中心、为主角。她希望搞得热闹、排场，希望这一天中自己漂亮、大方。”① 家庭就是普通人的事业，普通人通过营建家庭实现自己的价值。不甘平庸、积极进取的务实精神正是普通人的力量所在，构成了广阔生活的根基。在王安忆这里，家庭的寓意已经由与集体衔接的类公共空间变成日常生活的个人空间，普通人的日常生活，普通人的家庭生活得到了认可和展现。表明她的思想认识已经超越了新启蒙的框架，走进日常。她的小说也表达了对家庭生活的粗糙简陋以及日常生活经验缺失的遗憾。李同志没有换洗的床单，结婚时的陈旧被褥还在用；古子铭活到五十岁，也没有穿过一套睡衣裤。这是一种对美感和精致缺失的遗憾。

她欣赏优越的家庭条件带来的美感，也看重夫妻间精神交流的可贵。《小院琐记》里李秀文的家装修精美，有电视机，有麦乳精待客。人也因为富裕而宽容，大方地邀邻家小孩子看电视。老姜夫妇最困难，天天为五角钱吵架。两相对比，基本的物质条件还是必要的。相比物质的丰饶和优越，她更看中精神层面的交流和精神世界的丰富。木工计小中夫妇住在最小的房子里，他是个像何芬一样默默无闻、“泥土一样”的普通工人，房子没有李秀文的大，人也完全没有李秀文的风光。但二人自有他们的财富——十包十年的恋爱“两地书”，感情甚笃。相比之下，李秀文的风光只是外在的，她和丈夫关系平淡，常独守在大房子里。两相比较，计小中夫妇更幸福些，即使是买菜算账式吵架的老姜夫妇彼此也是爱着对方的。物质生活需要建设，精神生活也需要建设，那些为了建设幸福家庭而不断努力进取的人总是能赢得王安忆的关注和认可。

在王安忆看来，日常生活的基本意义，就蕴含在一砖一瓦、一家一室的辛劳和坚实当中。王安忆能让人触摸到日常生活的根基，时代是流淌不居的，婚姻、家庭、衣食、交往构成了生活的根基。认真生活的人创造了价值。王安忆把人的价值与家庭结合起来考量，确认了普通人经营婚姻、守护家庭的价值，这在80年代前期集体叙事的文学创作中有着突破性的意义。在王安忆这里，有两个世界，轰轰烈烈、如火如荼、风起云涌的外面世界和平凡琐屑、有质有感、洪波暗涌的日常生活世界，而日常生活世

① 王安忆：《庸常之辈》，《王安忆短篇小说编年卷一：墙基（1978—1981）》，人民文学出版社2009年版，第276页。

界是基础，更是普通人在大时代里应对外面世界的港湾。家庭则是这个港湾的核心泊位。这取决于她对生活的理解：“我个人认为，历史的面目不是由若干重大事件构成的，历史是日复一日，点点滴滴的生活的演变。”①

第二节　生命的更新与婚姻的围城

虽然王安忆选择了日常生活特别是家庭场景来铸造她的心灵世界，但她创作之初就警惕庸俗化，而且深知日常生活平淡如水的特性，她体察到平淡重复的家庭生活与追求新意的个体生命之间抚慰又束缚的矛盾关系。她在 80 年代初期的小说创作带有一种探索的走向，她在思考，在探寻人生的意义，探寻人的生活世界，发掘人的精神世界。这一阶段的创作与真实世界和个人经验密切相关，以城市为背景，以年轻人为主要人物，首先从最切近的爱情幻想、经营婚姻、组建家庭开启她的探寻之路。诚如她在《关于幸福婚姻的真相》开头就引用“钱锺书先生在《围城》里那一个有关婚姻的绝妙的比喻：有如围城，城里的想冲出来，城外的则想冲进去。……婚姻与家庭犹如上帝创世时便设下的一个圈套，几乎无人可逃脱得了”。“如何建设一个幸福的由婚姻联系的家庭，几乎是一个最深刻的哲学问题，同时又是一个最浅显的常识问题，顶古老，又顶新鲜。”《庸常之辈》《小院琐记》从正面确立了普通人经营婚姻、建立家庭的价值，“三恋”里的《锦绣谷之恋》和《荒山之恋》以及《逐鹿中街》则含有从婚姻家庭中突围，去寻找和更新生命的意味，从生命求新的角度来追问个人与婚姻家庭的关系。

一　婚姻与家庭对个人生命体验的更新

婚姻与家庭组建之初，人会经历全新的生命体验。人都是求新的，刚刚走进婚姻，组建家庭的人都倍感新鲜，像节日一样体验着以前不曾体验过的生活。《逐鹿中街》中古子铭和陈传青刚结婚时，陈传青营造的新家使他有脱胎换骨般的全新感受，和以前相比，他简直像换了一个人，从外表到内心都在震颤中显露着崭新的气象。“穿了睡衣裤、躺在席梦思床垫上的古子铭，心里充满了新生的感觉。他不曾想到，人到了五十岁还可再重新做人。往昔里，穿了背心和龙头细布的短裤，冷嗖嗖在被窝里钻进钻

① 王安忆：《我眼中的历史是日常的》，《文学报》2000 年 10 月 26 日。

出的古子铭，已经变成一件隔世的旧话，遥远极了。”一套睡衣就可以让他找到新生的感觉，精巧细致、花样翻新、层出不穷的家常美食训练了他的舌头，他不再惦记原来最爱的红烧蹄膀。“那个坐在油气升腾的饭馆的圆桌面前，兴致勃勃而耐心地等待着上菜的古子铭，也变成了一桩过时的旧话。”古子铭对生命的重新发现由外而内，物质的享受激发了他对自我的重新认识。“望了黑暗里垂得低低的华丽的灯罩，床前的梳妆镜反出亮光，他好像不是睡在自己家里，而是睡在宾馆的客房里。他心头一热，好像有一股力量从心底里潺潺地涌起。”“他发现自己一点不老，五十岁其实是有年轻的年纪。他几乎可以感受到一股新鲜的活力在血管里激昂地流淌。”[①] 沉睡的生命唤醒了，他很快不满足于衣食带来的味觉和视觉的审美体验，开始追逐年轻的女孩，在婚外恋情中挥洒着他刚刚开发出来的源源不断的活力，体验着谈恋爱的细腻微妙的情感，品尝着谈恋爱带给他的新鲜感和年轻感。陈传青把家庭当事业，把古子铭当作她豢养的一只猫咪，她要养得古子铭漂亮，又要他听话。但古子铭是人，不是猫。他鲜明地体会陈传青对他的控制，他必要逃脱这控制，嘲弄这控制，即使没有那个年轻的女孩，已经觉醒的古子铭也必努力地挣脱婚姻的控制。陈传青和年轻女孩分别从生活审美和情感方面带给他新鲜的生命体验。生命的更新感让人振奋，也让人满足，但满足是暂时的，因为求新是生命的动力。

二　平淡停滞的围城

王安忆善于观察描摹婚姻进入平淡停滞阶段的夫妻，探究他们的内心世界。婚姻和家庭带给人安全感，但如果婚姻里的人不更新，婚姻本身不更新，婚姻和家庭将变成围城，围困城中的男人和女人。生命是需要不断创新的，家庭生活重复、规律的日常性质抑制了人的活力，压抑了人的蓬勃生命力。围城将突破、倒塌或维持。该如何面对婚姻的围城状态这个带有普遍性的困境，王安忆在 80 年代中后期对这个问题有深入的思考和表达。

《锦绣谷之恋》与其说是实有的婚外情故事，不如说是女主人公自我反省、自我更新的体验流和意识流，或者说神游。王安忆采用跟随女主人公的视角和手法，把她对迅速消耗掉新鲜感的婚姻的愤怒、失望和迷茫清晰地展现出来。她是个注重内心生活的女人，她对单位对家庭都在用心体

---

① 王安忆：《逐鹿中街》，《香港的情与爱：王安忆自选集之三》，作家出版社 1996 年版，第 78—123 页。

验和经历。她和丈夫婚后过于迅速地探索对方，以至于在短时间内将对方摸清看透了，熟得不能再熟，失去了距离、陌生带来的美感和激情。“他们的眼睛茫茫地走过半个幽暗的房间，茫茫地相对着，什么也没有看见地看着，犹如路两边的两座对峙了百年的老屋。他们过于性急的探究，早已将对方拆得瓦无全瓦，砖无整砖，他们互相拆除得太过彻底又太过迅速，早已成了两处废墟断垣。”[①]“他们早已彼此习惯了，同在一个屋顶下厮磨了近十个年头，稔熟得犹如两座敞了门的空空洞洞的房间，再无一点神秘可言，互相都平息了好奇与冲动。”[②] 这两段话都在描写熟悉的失去新鲜感的夫妻，用的比喻都很接近：“犹如路两边的两座对峙了百年的老屋”“犹如两座敞了门的空空洞洞的房间”，不标明出处认不出是哪部小说里哪个人物。（前一段出自《锦绣谷之恋》，后一段出自《爱情的故事》（三题），都发表于 1987 年）。“可是他对她是熟到底了，她还有什么瞒得过他的！”“她与他共同的岁月被磨损了，她与他同样的残存和陈旧了。”这两句话也如出一辙。（前一段出自《锦绣谷之恋》，发表于 1987 年，后一段出自《爱情的故事》，发表于 1986 年）。这一阶段王安忆有两篇题为《爱情的故事》的短篇，探索婚姻中男人和女人的封闭世界里绵密疲惫的心灵世界，以及他们的精神出路。这两篇《爱情的故事》和《锦绣谷之恋》放在一起读，便可知晓王安忆对婚姻围城的看法。

王安忆写一对新婚一年的夫妻间平常又奇崛，相爱又相杀，仿佛较力一般胶着的、封闭的两个人的世界，非常出色。由新鲜到探寻，由嫌隙到弥合，由厮磨到逃避，由自由到压制，直到铸成爱的牢狱，互相折磨。他们被囚禁在二人世界里，不停歇地探究对方，厌倦而疲惫。整个爱情的生长到停滞的过程写得很精彩。

> 他们是新婚已过一年的新郎和新娘，爱情还很新鲜，于是便牢牢地护守着，不许对方疏离半步。他们几乎没有一个夜晚是各自独处的，他们又几乎没有一个夜晚是与第三个人共处的，他们总是一对一地相守着。夜夜面面相对，互相考究，却考究出许多嫌隙，然后再努力弥合，弥合过后再生出新的嫌隙，生出之后再做新的弥合。他们热情而专心的致力于这项爱的劳作，已经过了三百多个夜晚。他们其实

---

① 王安忆：《锦绣谷之恋》，《三恋》，浙江文艺出版社 2001 年版，第 254 页。

② 王安忆：《爱情的故事（三题）》，《王安忆短篇小说编年卷二：舞台小世界（1978—1981）》，人民文学出版社 2009 年版，第 393 页。

> 已经渐渐的有些疲乏，可这三百多个工作日早已生出了惯性，他们无法停止下来了。他们无法走开去，也无法接纳第三个人进来，他们以三百多个夜晚的苦作为自己织成了茧，他们如蚕蛹一般被千丝万缕细丝缚住了。他们不会与人相处，又不会独处，他们只有面对面的在一起了。他们只有自己厮磨到底了，即使已经厮磨得腻烦。他们真是都有些腻烦，他们却找不出这腻烦的原因，他们只得彼此责备，他们除了彼此责备没有别的办法。因他们的世界里只有她与他，除了他与她再找不出第三个肇事者，他俩便相互责怪，生出新的嫌隙，再做新的弥合。他们已经弥合得很累了，也生隙得累了，他们竟都有些想逃避了。可这逃避的念头，又使他们害怕，深觉受了威胁，他们想要压制。而他们看不见自己心里逃避的念头，只看见对方的，于是他们便极力压制着对方逃避的念头，却任着自己的滋生滋长。他们互相压制着逃离的念头，互相拖着后腿，最终是谁也离不开谁去。因无法离去，而深感极不自由，他们彼此都掠夺了自由，他们彼此都失去了自由，囚禁在同一个牢狱里，那是爱的牢狱。他们对整个世界与人的期望都寄托在了小小的对方身上，而小小的对方均无法给予满意的回应，他们就失望。他们还是找不出失望的理由，还是拼命地互相责怪。他们被爱的牢狱囚住了，互相折磨，他们越来越无法了解除对方以外，除他们二人以外的世界与生活。①

熟悉的夫妻之间好奇心和激情都已消退，如何面对停滞的爱情和婚姻，如何面对熟悉得漠然或厌烦的眼前人便成为一个问题。这几部小说都描写了夫妻间爱情停滞而产生的淡漠和宿命感，流露出无事的悲剧感，文字间有着淡淡的惆怅。“他们既没有重建的勇气与精神，也没有弃下它走出去的决断，便只有空漠漠地相对着，或者就是更甚的相互糟蹋。”② “而他们都是认命的父亲与母亲，即使生活荒凉如沙漠，他们也无意挣脱，他们只是一日一日地捱着，彼此早已滋生不出新鲜的爱的源泉，爱的泉眼早已干涸。”③ 王安忆更偏爱《锦绣谷之恋》里的她，对她的情绪描写得细腻而有质感，仿佛能够感受到她如溪水般奔流变化、蜿蜒曲折的情绪流。

---

① 王安忆：《爱情的故事（三题）》，《王安忆短篇小说编年卷二：舞台小世界（1978—1981）》，人民文学出版社 2009 年版，第 402 页。

② 王安忆：《锦绣谷之恋》，《三恋》，浙江文艺出版社 2001 年版，第 190 页。

③ 王安忆：《爱情的故事（三题）》，《王安忆短篇小说编年卷二：舞台小世界（1978—1981）》，人民文学出版社 2009 年版，第 396 页。

她对熟悉透顶的婚姻厌烦透顶，苦恼透顶，她怨丈夫，也怨自己，强烈地想重新做人却更新无门，于是深陷苦恼无聊厌烦之中。“这个家是熟到熟透，再没什么能够激起好奇和兴趣的了”。“她对这一切厌烦得透不过气来，熟惯到了极点的生活，犹如一片种老了的熟地，新鲜的养料与水分已被吸尽，再也生长不出茁壮的青苗，然后便撂荒了。”“她懊悔自己又失控了，她是再没指望重新做人了。”她在家庭和单位两个世界里往来穿梭。在家里熟悉得没有了新鲜感，“只有走出家门，她的生活才开始，在家里，则只不过是生活的准备罢了，犹如演出的后台”。“一个白昼即将过完，她有些倦，显出了憔悴，又蒙了一层看不见的灰尘，衣裙也揉搓得熟透了似的有点皱，整个人都黯淡了。这时候，她很想回家。”对家熟透了，去单位更新；在单位工作了一天，自我也像熟透了，旧了，又疲劳地赶回家。哪个世界也无法让她找到更新自我的按钮。两个世界里让她烦恼的其实是她变旧又苦于无法更新的自我。在单位，她是刚复刊就进来的编辑，最年轻的“元老”。在家里，她和丈夫“早已将对方拆得瓦无全瓦，砖无整砖”。在单位，她已经不是最年轻的编辑了，“可她牢牢记着她是复刊之际最年轻的编辑，有了时代作为前提，她便能永远不老了。”她在单位无心在业务上精进，每天神游，观看街景和狭弄里的人。在家里，做情绪的奴隶随时冲着丈夫爆发，又因失控而懊恼不已。哪种状态她都不满意，又无法创新，因此她平静的外表下满是一触即发的情绪炸弹，年轻的外表下是一颗苍老又不甘的心灵，无法创新的焦虑怨恨，各种激烈的情绪在她心里奔突跳跃。王安忆的文字让我们看到了“一半灵魂与另一半灵魂的角逐，一半心灵与另一半心灵的撕咬”。[①] 她还是那么年轻，穿着白衣蓝裙，像个未出阁的女儿家，年轻得令人嫉妒。她的生命需要更新。王安忆懂得婚姻里二人世界的情感较量，批评对待婚姻不作为、自甘平庸的态度。

王安忆的小说都是心灵史，尤其是所谓的“三恋”。每一部都逼近人物的内心，走近他们的灵魂深处一探究竟，让人恍然忆起每个人的内心世界如大海般深沉神秘，表面平静如水，内里波浪滔天。《荒山之恋》里拉大琴的男人和他的妻子进入了婚姻的成熟稳定状态。女人像母亲一样爱护男人，了解他的才情，也知道他的弱点，不露形迹地引导他的人生。男人的生活安稳又温馨。但对一个懦弱的无法抵御诱惑的男人来说，这种安稳并不长久。男人懦弱内向，是个有音乐天赋的文艺青年，到中年了便长成

① 程德培：《面对自己的“角逐”——评王安忆的“三恋”》，《当代作家评论》1987 年第 2 期。

个文艺中年。他缺少理智，也缺少勇气。他没有力量为自己负责，少年时外出求学抵不住饥饿的诱惑而偷窃，也没有力量从祖父的龙头拐杖下解救妈妈，结婚后抵抗不了金谷巷女孩的魅力和爱情，挽救不了婚姻，也挽救不了自己。婚姻的围城终于倒塌。倒塌于人性的脆弱和贪婪。王安忆的批评和遗憾显而易见。

三 求新与回归

生命容易停滞在家庭之中，不断有不安于现状、不肯辜负生命、突破围城寻找生命更新的男男女女。他们天生具有旺盛的生命力和丰富的情感，不甘心在婚姻的围城里消耗掉鲜活的生命，决绝地追寻生命的更新。尽管背负着道德的拷问，却不肯辜负生命本身赋予的活力和情感，构成了求新求变的一股潜流。王安忆在她的小说里说过："生命却需要更新，何况爱情那样的一种生命。"① 赫勒从人自身的更新角度阐释了著名的"有意义的生活"。"有意义的生活是一个以通过持续的新挑战和冲突的发展前景为特征的开放世界中日常生活的'为我们存在'。如果我们能把我们的世界建成'为我们存在'，以便这一世界和我们自身都能持续地得到更新，我们是在过着有意义的生活。过有意义生活的个体，并非是一个封闭实体，而是一个在新挑战面前不畏缩，在迎接挑战中展示自己的个性发展的实体。"② 从"有意义的生活"来说，这些在婚姻围城之中求新求变的人主体性更强，更关注自身的更新，对自己的情绪、情感、感觉、想法有细致的体验，对求新的要求更强烈更勇敢。《锦绣谷之恋》的她就是试图从婚姻的围城里突围的人。一次庐山的邂逅，短暂的恋情刷新了她麻木的感觉："她以她崭新的陌生的自己"，"又体验到许多的崭新的陌生的情感""重新发现了男人，也重新意识到了，自己是个女人"。她在这段短暂的恋情里重新发现了自己，重新找到了感觉。"他的目光与她同在，她时刻感觉到这目光的照耀，她便愉快地加倍努力着，努力使自己做得好一些。生命呈现出新的意义，她如再生了一般，感到世界很新鲜，充满了好奇和活力。""旧的自己是太旧了，叫她腻味了，叫她不愿珍惜了。她以她的陌生的自己，竟能体验到许多的陌生的情感，或是说以她崭新的陌生的情感，而发现创造了崭新的陌生的自己。她从她新的自己里发现了无穷的想象力

① 王安忆：《金灿灿的落叶》，《王安忆短篇小说编年卷一：墙基（1978—1981）》，人民文学出版社 2009 年版，第 334 页。

② ［匈］赫勒：《日常生活》，衣俊卿译，重庆出版社 1990 年版，第 289 页。

和创造力”“她运用着新的自己，新的自己指导着她，她像是脱胎换骨了，她多么幸福啊。”[①] 李银河在她的新作《我们都是宇宙中的微尘》里对爱的理解可以为她的感受做脚注。“爱情是平庸生活中最有趣的事情。所以可以说，爱情首先是一场游戏，然后才是其他。在爱的时候，人的神经比平时敏感十倍，人的感受比平时强烈十倍，人的眼泪比平时多了十倍，人的情感比平时充沛十倍。”[②] 新的体验使她陶醉在生命的更新里，她塑造了一个新的自我。这个新我可以约束情绪，克制陋习，保持美好的形象，容纳了她无限的期待和寄托。这个新的自我使她感到满意。与其说她经历了一段实际的婚外恋情，不如说她经历了一次完美的自我更新的精神游历。

王安忆煞费苦心地给处于爱情停滞状态的男人和女人找到出路。回家之后，她将他封存在记忆里，作为家庭生活的安全岛。“他们将互相怀着一个灿灿烂烂的印象，埋葬在雾障后面，埋葬在山的褶皱里，埋葬在锦绣谷的深谷里，让白云将它们美丽地覆盖。”[③] 王安忆在《爱情的故事》的第一个故事《梦中的小屋》里也使用了这种不算出路的出路，开头第一句话就是“她将他囚禁在梦中的小屋里”。整个故事就是梦的呓语，她将他的“清新模样”幽禁起来了，疲乏时在梦中重游，以重获生机。“这是神圣而神秘的占领，以至她独自的保守了这一个隐秘的阵地，却毫不以为是对丈夫的不忠，因为甚至是她丈夫，也不知觉地从这阵地中得了好处。这小小的憩息，可让她培养出清晨六点钟般的新鲜精神，面对早已失了理想光辉的丈夫。”[④] 对此，对王安忆八九十年代的小说做过跟踪研究的程德培不无忧虑，“但这到底又算什么呢？这样的家庭有其可怕的一面呀”[⑤]。《爱情的故事（三题）》里的第一个故事《爱的串连》则让孩子串连起一对夫妻。《两地恋》那对新婚一年的夫妻，她被要好的姐妹约去逛街，他要独自看一场武打录像，偶然的分离拯救了陷在二人世界里无助的他们。“今晚，他们分在了两地，互相缠缠绵绵的想念，没有料到一切间隙在这分离之中无形地弥合，他们再也想不出彼此有什么错处，他们真是天下地上最最无隙，最最亲爱的一对。被离间了的他们却获得了一个最最温柔，

① 王安忆：《锦绣谷之恋》，《三恋》，浙江文艺出版社 2001 年版，第 218 页。

② 李银河：《我们都是宇宙中的微尘》，北京十月文艺出版社 2018 年版，第 6 页。

③ 王安忆：《锦绣谷之恋》，《三恋》，浙江文艺出版社 2001 年版，第 254 页。

④ 王安忆：《爱情的故事》，《王安忆短篇小说编年卷二：舞台小世界（1978—1981）》，人民文学出版社 2009 年版，第 353 页。

⑤ 程德培：《面对自己的“角逐”——评王安忆的“三恋”》，《当代作家评论》1987 年第 2 期。

最最缱绻的夜晚。”[①] 记忆、梦、短暂分离、孩子都是婚姻围城之外的时空，起到了缓冲、休息、滋养、更新生命的作用，从而维持婚姻稳定。到了1989年《岗上的世纪》，婚姻里生命更新的主题走到了物质化的阶段。和李小琴的性爱改变了杨绪国，更新了他的生命，由一次男人占女人的便宜升级为一场惊天动地的情爱，这惊天动地发生在杨绪国的内心世界和身体里，让他凝固僵化的身体灵活生动起来，也将他平板固化的内心世界搅动得天翻地覆。强烈的情爱驱动着他鬼使神差般离开家庭生活的既定轨道长途跋涉去寻找李小琴，二人在李小琴的小屋前相见，此时他已经是戴罪之身，而她正是告发他的原告。经历了一场战争，原来的一切都变得不重要了。二人重聚，如在梦中。结尾，王安忆仍旧安排他们回到了各自原来的轨道。

王安忆的几部涉及婚姻停滞与生命更新主题的小说结局仍是回到那个秩序中的家庭，或是走向灭亡。《岗上的世纪》里杨绪国和李小琴的最高境界就是在与世隔绝的小屋里七天七夜的生活，白天生活，夜里相爱，之后还是要回归到日常生活固有的秩序里，做回父亲、丈夫、儿子。《逐鹿中街》里的古子铭没有那么深邃丰富的精神世界，他的想法比较简单，觉得自己五十岁了找到了新生的感觉，想和年轻女孩谈恋爱，抓住年轻的尾巴，不想被婚姻控制住。遭遇妻子陈传青的跟踪盯梢后，求新演变成了夫妻间可笑的追逐游戏。《荒山之恋》里拉大提琴的男人和金谷巷女孩同赴荒山，以死亡凝固了感情。“人的历史就是人被压抑的历史。文明不仅压抑人的社会存在，还压抑了人的生物存在；不仅压抑人的一般方面，还压抑了人的本能结构。但这样的压抑恰恰又是进步的前提。”[②] 王安忆通过男人与女人在婚姻家庭中抚慰、更新、厌倦、求新的过程揭示了人的精神世界、生命更新的欲望，这种需要一方面不合社会规范、道德伦理而被压抑，一方面又充满生机和活力，蓬蓬勃勃，潜滋暗长，从未停歇。

同样是回到家庭，日常生活的秩序中，《岗上的世纪》包含的社会和文化内涵更丰富。这部小说发表以来，在评论界被当作“性爱”小说来热议，王安忆自己也认为这是一部纯粹描写性爱的小说，不像张贤亮的《男人的一半是女人》那样有社会内容作保护壳，她为此感到骄傲，一是为冲破禁区的勇气，更多是为小说摆脱了社会内容的外壳，实现了描写的纯粹

---

① 王安忆：《爱情的故事（三题）》，《王安忆短篇小说编年卷二：舞台小世界（1978—1981）》，人民文学出版社2009年版，第405页。

② ［美］赫伯特·马尔库塞：《爱欲与文明》，上海文艺出版社1987年版，第3页。

化。性爱在小说中的确有它的功能，实现了杨绪国生命的更新，但同时，小说有着明显的文化叙事结构。知青李小琴为返城求助于队长杨绪国。求人办事，是传统中国日常生活情感性的特征之一。她没有社会资源，只有自己年轻的身体，只好动身体的脑筋，来交换回城的指标。送上门的年轻女人杨绪国没有理由拒绝。但本来带有交易性、诱惑性的性爱却唤醒了他僵化刻板的生命，演变为一场惊天动地的情爱。他开始面对情人和家人的两难。小说常见的冲突摆在杨绪国面前，他只想和她关在小屋里与世隔绝，过二人的神仙日子。但不问世事，远走高飞只是有情人的美好幻想。杨绪国是儿子，也是父亲，他摆脱不了他的家庭身份；杨绪国还是队长，他也摆脱不了他的社会身份。杨绪国无法逃脱，因此他的生命也无法彻底飞扬。他父亲以老队长的身份打压李小琴，不让她回城。父亲让媳妇领着两个孩子给李小琴跪下，用这种传统的方式逼李小琴放过杨绪国。小说还有一个结构，也在叙述情人对家人的失败。李小琴和另一个女知青争回城指标，李小琴选择了做杨绪国的情人，对杨绪国直呼其名，另一个女知青选择了做杨绪国的家人，认了一家子，叫杨绪国大哥。杨绪国夜里找李小琴逍遥的时候，妹妹在家给看孩子。这个场景很有意味，妹妹代替了嫂子的位置，带孩子受了一夜累，很可笑；情人却在逍遥。但最终的结果却是妹妹胜利，得到了回城的指标，情人却留在农村。因为妹妹得到了杨绪国父亲，老队长的支持，而情人李小琴遭到杨绪国父亲的厌弃。因此，《岗上的世纪》实际上并不新潮，王安忆讲述的情爱故事底下，还是传统故事的结构。小说胜在生命更新的主题，内里还是传统文化超强大的存在。“以中国人的人情化或情感化的自然本能的生存之网中，家庭的地位和作用至高无上。”“注重家庭关系的传统中国日常生活世界是一个血缘社会，一个亲情社会，一个熟悉的私人社会，一个复杂的人伦世界。”① 当个体生命遭遇传统家庭伦理，血缘、家庭、亲情显示了强大的力量。

属于情人的逍遥只有在夜里，在无法见天日的小屋里，无法融汇到日常生活中来。一旦汇入日常，情爱只有死亡。《流水三十章》里，王安忆用反讽的笔调印证了这一点。张达玲的父亲和母亲非常恩爱，“他们的楼梯拐角处的朝北的亭子间里那张小小的床，便是他们极乐的方舟。他们总是匆匆地度过一日里其他的时光，几乎是迫不及待地缩身其间。然后，人世间里所有的烦恼便都消失殆尽，惟有极乐与极乐。”② 他们只会相亲相

---

① 衣俊卿：《现代化与文化阻滞力》，人民出版社 2005 年版，第 236—237 页。

② 王安忆：《流水三十章》，上海文艺出版社 2002 年版，第 55 页。

爱，以至于无法培养各自的父爱和母爱，无暇关爱孩子。正是由于父母的忽视和疏远，张达玲长成了头脑成熟而心灵封闭的畸形早熟儿童，童年和少年都在坚强的头脑和混乱的白日梦里混乱地度过，父母失职的家庭环境使她成为一个离群的古怪的人，一个孤独的英雄。从反讽的语调可以看出，王安忆并不赞同男人和女人关在快乐岛上追求纯粹的情爱，从而忘记或敷衍家庭身份。“小屋”“亭子间”如同“记忆”“梦”，都是婚姻家庭生活的缓冲地带，“安全岛”“快乐岛”是隐喻的名称，男人和女人在其间忘我地更新身体和精神，然后离开，回到日常生活的秩序里。

王安忆80年代的婚姻家庭题材小说表达了对人生意义的探寻和追问，也有生命困境的洞察和揭示。面对个体生命求新的欲求和婚姻家庭重复封闭的矛盾，王安忆采取了尊重现实人生的态度，存在的就是合理的，同时表现出不甘平庸、积极进取的务实精神。她没有简单地否定个体生命求新的欲望，也没有无视日常生活的基本结构和传统习俗的惯性力量，从小说中的人物回归家庭的结局可以看出“她的这种创作态度蕴含着一种中庸主义的美学倾向：社会是不完美的，但我们必须存在于其中，并且，不完美是任何一个社会的天性。”①

第三节　女性的家庭

王安忆看中女性，她看取人生看到了女性的坚韧和审美。她笔下的城市是女性的城市，家庭是女性的家庭。她在生命的意义上看待女性。“生命是发生在女人身上，在女人的身体中成熟，与女人的血液交流，合着女人脉动的节拍，分享着女人的呼吸与养料。生命在女人的体内给她教育，她是要比男人更深刻地懂得，生命究竟是什么？”② 她还从审美角度看待女性，在她眼中，女性是生活化的，是美的。家庭有两个层面的意义，一个是社会、文化层面的，一个是自然层面的。王安忆在自然和文化整合的层面上体察女性。80年代初期王安忆正面描写女性与家庭的关系并表达出作者一些独到的性别和家庭观念的作品有《逐鹿中街》《流逝》《金灿灿的落叶》《弟兄们》等。

---

① 李淑霞：《王安忆创作论》，博士学位论文，浙江大学，2006年，第79页。

② 王安忆：《男人和女人，女人和城市》，《漂泊的语言：王安忆自选集之四》，作家出版社1996年版，第408页。

一 家庭的灵魂

王安忆的小说里，女性的生存空间虽然是传统的以家庭为中心的日常生活领域，重复封闭，千篇一律，但她在其中确立了女性对于家庭的价值，女性是家庭的灵魂，是家庭生活的组织者和家庭文化的创造者；女性坚忍顽强、优雅美好的生命特质使家庭空间成为日常生活的根基。她塑造的女性成为家庭生活的中心，保护着丈夫孩子，支撑整个家庭，显示出强大的主体力量。一个家庭中的妻子往往面目清晰，性格鲜明，直面生存，勇往直前，而丈夫面目模糊，或者性格懦弱，如那个拉大提琴的男人，或者生活能力弱，如端丽的丈夫文光。可以说，王安忆笔下的家庭是女性的家庭。《好婆和李同志》里，李同志的丈夫袁同志人很好，也很严肃，不爱和人搭讪，所以人们一般很少提到他。“提起他们家来，总说：‘李同志家’，说到他们的小孩，也是说‘李同志的小孩’。”① 李同志长相漂亮，笑容甜美，平日上班理家，在家庭遭遇变故后，迅速调整心态，被迫搬回老家时，她已经能平静地对待，展现出了经历考验后的超然和力量。搬家那天，她像往常一样大口地吃面，眼睛黑亮亮的，两腮红红的，面容姣好，声音清脆，搬行李时“一弯腰，抓起一个行李卷，轻轻巧巧地上了肩，腾腾地走了过去，脸不红气不喘，好像在舞台上演戏”。《流逝》写了端丽一家在特殊历史时期中的落难和挣扎。财产查封，原来养尊处优的家人手足无措，惴惴不安，更不知道如何过寻常百姓的生活。只有端丽显示出了女性的智慧和坚韧，支撑这个风雨飘摇的家度过了艰难岁月，顺利抵达彼岸。端丽成了这个大家庭的核心和保护神。只挣工资的甩手掌柜丈夫和三个未成年的孩子依赖她，方寸已乱的婆婆倚靠她，公公信任她，平日关系不好的小姑子文影亲近她，找不到人生意义的小叔子文光和她交流思想。她辞掉了保姆，一大早起来顶着寒风去市场买菜，放下身段去买鱼，把闲置的衣物拿去寄卖，给别人家带孩子，到街道的生产组去上班。女儿多多下乡备战回家后的夜晚，“端丽一手搂着一个女儿，心里充满了做母亲的幸福。端丽感动地想：我们再不分开了。一家人永远在一起，无论发生什么也不分开。她……这会儿比以往任何时候都更爱她的家庭，家庭里的每个成员：任性的多多，馋嘴的来来，老实厚道的咪咪，还有那个无能却可爱的丈夫。她觉得自

① 王安忆：《好婆和李同志》，《香港的情与爱：王安忆自选集之三》，作家出版社1996年版，第163页。

己是他们的保护人，很骄傲，很幸福”[1]。文光报名去黑龙江插队，捆上行李就算完成了全部的准备工作，端丽帮他申请补助，置办行装，送他出发；没过多久他就病假在家，每天“睡睡懒觉，闲逛闲逛，发发呆”，允许他过有闲而无聊，又找不到人生意义的生活。小姑子文影被迫去插队，端丽给她置办了一大堆东西带去，男朋友和她分了手，她得了精神病回到家里来。端丽安慰她，送她去精神病院，又只身去江西给她办了病退回城的手续，使她病好后能够在街道幼儿园当老师。端丽在思考着也在实践着家庭对人的意义。她给文影办完病退手续，回到家，大家都很欢喜。婆婆告诉她，文影的病情有了好转。端丽一阵轻松，腿却软了，不由瘫坐下来。一家人惊慌地围住她，问她怎么了。她疲倦而幸福地笑着，噙着眼泪喃喃地说：“总算一家人平平安安，团团圆圆。”

端丽式的女性出入厅堂，为家庭生计谋划奔忙，她的欣喜、苦恼、乐趣、盼望都是日常的、世俗的，她所生活的空间，她辛苦经营的目的，甚至她人生的意义就是建立一个美满的家庭，普通得不能再普通。但当她为了明确的目标去努力自我实现的时候，显示出了女性独特的意义和个人的主体性。王安忆把端丽对过去家庭生活的回忆和现实家庭生活的窘迫穿插对比来写，以美善的互换来进行今昔对比。她本来是资本家家庭的太太，家里请着保姆，不用做家务，到梅龙镇酒家吃饭、逛南京路、去新世界做衣服，梳好漂亮的头发，穿着漂亮的衣服去参加婚礼就是她的生活，精心定做的裙子肥了一寸因而无法在亲戚的婚礼上尽展风采就是她最大的苦恼，美就是她的事业，养儿育女就是她对家庭的职责。王安忆通过文影的眼睛描写婚礼上新娘端丽的美：“你穿一套银灰色的西装，领口上别一朵紫红玫瑰，头发这么长，波浪似地披在肩上，眼睛像星星一样，又黑又亮。那时我五岁，都看傻了。”“她的头发很厚，很黑，曾经很长很长，经过冷烫，就像黑色的天鹅绒。披在肩上也好，盘在脑后也好，都显得漂亮而华贵。”[2] 美是要经济做基础，稳定为背景的。动乱一来，美立刻变成不重要的事，人的生命安全、日常的衣食住行才是最重要的。端丽有那么美的头发，“可是红卫兵来抄家时勒令她在十二小时内把头发剪掉。她剪了，居然毫不感到心疼。当生命财产都受到威胁时，谁还有闲心为几根头发叹息呢?”“她只想着生活的实际：房租、水电、煤气、油盐柴米。”渐渐能够应对困窘的日子以后，端丽尽可能地找回美。她用漂亮的旧旗袍给上初

① 王安忆：《流逝》，《钟山》1982 年第 6 期。

② 同上。

中的女儿多多改了一件漂亮的衬衫，多多穿上就不肯脱下来了。

王安忆在小说中塑造了她心目中理想的女性形象。美丽优雅，直面生活，从容不迫，美善兼具，坚忍顽强，自带光芒。不排斥传统的家庭角色，在承担家庭角色的过程中绽放出生命的光彩，从而赋予女性角色以新的内涵，赋予家庭生活以根基性的意义。

二　女性的空间

家庭对一些女人来说，是她的事业。她在其中可以完成自己的理想，如《逐鹿中街》中的陈传青，但对男人来说过于安逸的家是牢笼，阻住了他的自由。职员家庭出身的陈传青是个有主见有理想的女性。她的理想很小康，找个家庭背景、家庭条件都好的男人，年龄要大点，要能过上优裕的生活，她可以像鸟儿营建巢穴一样营建她的家。家是她的理想，是她的事业，是她最能发挥创造力的舞台。为这个家，她一直等到三十八岁，等到了一个五十岁的、有些家底的古子铭。结婚后，她开始创造这个家，家是她的事业，她的作品，古子铭是她作品的一部分。她像一个画家一样来美化装饰她的家，像个指挥家一样安排古子铭的衣食住行。"三十八岁的陈传青直到今天，才表现出她的才干。她培养和积蓄多年的创造力全注入在这个家里。她感觉到了自己的创造力是那么丰富，每当早上太阳从窗幔后面的那个等角后面冉冉地升起，灵感便从她心里喷薄而出。她此时才体会到生命与生活的真正意义，在这之前的三十八年全像是准备，而生活从现在开始。当她从早晨睁开的第一分钟起，她便开始创作了。她起床，梳洗，做早餐，送他上班走，收拾房间，买菜，再做午饭，每件琐细的事务于她都是在描绘一幅生命的图画。"① 西蒙·波伏娃说："幸福的理想始终有形地表现在住宅上，无论茅屋还是城堡；它象征着一成不变和与世界的分离。"女性在家里做家务，"她的家就是她的世俗命运，就是她的社会价值和她最真实自我的表现"。② 把家庭作为唯一生存空间，唯一事业目标的女性，把有限的天地变成了她的王国，也成为束缚她的牢笼。

王安忆喜欢写女性置办嫁妆。她把这当作女性的一个兼具美和善的事业。陈传青一点一滴地积攒着嫁妆："几乎是从二十一岁开始工作的那一日起，她就不断地在她的箱子里添进一条被面，一条羊毛毯，一块面料，

---

① 王安忆：《逐鹿中街》，《香港的情与爱：王安忆自选集之三》，作家出版社 1996 年版，第 78—123 页。

② ［法］西蒙·波伏娃：《第二性》，陶铁柱译，中国书籍出版社 1998 年版，第 512 页。

一块窗帘布。一只箱子满了再添上一只。”① 家境一般，在生产组工作的何芬置办嫁妆更艰难，也更漫长，但她把婚礼看成是她人生的最亮点，因此最重视嫁妆。当她回答女同事的问话时，有掩饰不住的骄傲：“被子有几条？”“八条。”“软缎面的？”“全是软缎的。”② 还要到新世界去做婚礼穿的西服。这些钱都是她在生产组加班加点，积少成多积攒下来的。《雨，沙沙沙》里的雯雯怀着美好的婚姻的梦想一针一针地勾过一个大窗帘。陈传青从装修、家具、饮食、穿衣等生活的方方面面改造古子铭，实现她的理想。首先是实现她的审美理想。“垂得低低的华丽的灯罩，床前的梳妆镜反出亮光。”让古子铭住在装修过的家里像是住在宾馆里，接着抓住他的胃，训练他的舌头，让他品味出各种美食细致而微妙的差别。给他买新潮又得体的衣服。他的生活品味一下提高了一个档次，对生活和审美的知识日渐成熟。“晚上，他坐在沙发上看电视，她坐在另一张沙发上，在一盏壁灯下织着毛线，那一幅图景是多么宁静而美丽。”③ 这就是陈传青梦寐以求的家庭生活，富裕、宁静、美丽，像一幅图画。美好，但停滞，没有变化，因此潜伏着危机。她的家庭理想是她的全部理想，也是她理想的最高级。她无心工作，结婚后她请长假在家，一门心思兴冲冲美滋滋地过小日子；实现理想后，一味采取防守姿态，保卫她的美好图画，不允许丈夫离开她的小天地，脱离她的指挥。有主见的陈传青不肯创新，只想守成，她的主见害了她，最终造成了古子铭的出逃和她的追踪，上演着可笑又可怜的猫鼠游戏。王安忆否定了只把家庭当作理想的女性的想法。

王安忆在女性与家庭的关系中表现女性主体意识的觉醒。《金灿灿的落叶》里的莫愁，自己照顾家庭，支持丈夫上大学，丈夫在大学校园里遇到了心仪的女同学，莫愁因而面临爱情婚姻的失落，令她痛苦而警醒的是自身的停滞。莫愁的故事是“秦香莲”式的古老故事，从生命更新的角度看，莫愁放弃了自我的更新，而家庭是令她陷落的沼泽。为了丈夫，为了孩子，为了家庭，女性牺牲了自己，因而失去了自我。丈夫的移情使她认识到，女性首先要有自己的存在，才能去爱，去给予。《弟兄们》写的是女性自我的虚幻与家庭的实有之间的映照。三个同住一间宿舍的女性暂时

① 王安忆：《逐鹿中街》，《香港的情与爱：王安忆自选集之三》，作家出版社 1996 年版，第 78—123 页。

② 王安忆：《庸常之辈》，《王安忆短篇小说编年卷一：墙基（1978—1981）》，人民文学出版社 2009 年版，第 274 页。

③ 王安忆：《逐鹿中街》，《香港的情与爱：王安忆自选集之三》，作家出版社 1996 年版，第 78—123 页。

离开了各自的家，组成了女性自我的方舟，这个方舟与《锦绣谷之恋》里女编辑的庐山之行都起到了生命更新的作用。离开家庭，激发了为封闭的家庭环境和重复琐碎的日常生活所困的生命力，当暂时脱离妻子、母亲的角色，女性的自我才显露出来。然而在特定时空里实现的自我失去特定环境，便再次失去，只留一点痕迹，在以后的岁月里做了怀想。

王安忆重视日常生活，但并不是认为唯日常生活才有价值，她认为传奇的冒险的生活是高于日常生活的。和冒险的生活相比，日常生活简直平淡如水。"经过战争，之后的日常生活简直不堪一提，平淡到不堪忍受。"① 但王安忆做的事就是要在日常生活里制造传奇。她的人物都在日常生活的环境中活动，买小菜、做饭、做衣服、人情来往，置办嫁妆，结婚营生。在这种思想背景下，王安忆是在地上建立高楼的人，是把日常生活做成传奇的人，把平凡的家庭生活写成美好作品的人。王安忆 80 年代的小说创作是她不断追问人生意义的答案，隐含着她思想中的矛盾和调和之处，她实现了家庭叙事的个人化，确立了普通人的价值，确立了家庭对于普通人的意义，认可脚踏实地、积极生活的务实精神，又敏锐地揭示个体生命更新与重复封闭的家庭生活之间的矛盾；塑造营建家庭、直面人生、美丽智慧、顽强坚韧的理想女性，又提醒女性陷入家庭封闭空间的危险；书写日常生活的根基性的意义，又指出日常生活平淡的性质。这些倾向显示出王安忆直面现实的客观的人生态度和创作精神。

---

① 王安忆、张旭东：《理论与实践"文学如何再现历史"》，张新颖、金理编《王安忆研究资料》，天津人民出版社 2009 年版，第 309 页。

第八章　乡村青年与城市平民的家庭图景
——刘震云小说的家庭叙事

刘震云是知识分子，尽管不像张洁那样只追求纯粹的精神生活，怀有强烈的改变世界、至少不被世界改变的理想，但他同样是带着知识分子的思想和眼睛去看人、看生活、看世界的。在80年代小说创作潮流之中，刘震云是与池莉、方方等新写实作家一起出现的。当时他对新写实创作观念的理解就显示出了作为知识分子的理性思考。他认为《乔厂长上任记》中的乔光朴、《新星》中的李向南等改革者的形象都太理想化了，浪漫主义色彩太浓了，而真正写生活本身是很有意义的，他“写的就是生活本身”。新写实真正体现写实，它不要指导人们干什么，而是给读者以感受。作家代表了时代的自我表达能力，作家就是要写生活中人们说不清的东西，作家的思想反映在对生活的独特的体验上。正如有研究者分析的，“刘震云的叙事已经没有明确的集体想象背景，个人化的写作使刘震云保持了一种超然的眼光，笔力所济不过是尽可能给出一种生活状态或心态，直陈式叙事把生活的定义全部交付给人物本身”①。

80年代，中国对过去的计划经济体制进行了改革。国家对社会保障制度进行了改革，个人被赋予更多的自我责任。过去的实体性福利如住宅，也货币化了。福利的货币化改革，使消费者不再向单位等靠要，而是从市场上购买自己需要的产品和服务，从而促进了个人意识的形成。国家退出了对私人生活的干预，淡化了生活方式的意识形态色彩，认可了生活方式的多元化和个性化。正是由于上述这些转变，使得今天的大部分城市居民，可以以一个现代消费者的身份出现，并按照自己的意愿来选择生活方式。这种自由选择的权利，是消费者文化所必不可少的因素②。商品社会的繁荣带来了文化上的世俗化、平民化，80年代后期，关注普通人、书写

---

① 陈晓明：《反抗危机：论新写实》，《文学评论》1993年第2期。

② 王宁：《消费的欲望·前言》，南方日报出版社2005年版，第6—7页。

日常生活的“新写实小说”应运而生。“新写实主义”预示当代中国文学最显著的变化，就是开始形成个人化的话语。正是因为集体想象的失落，因为文学写作不再追逐意识形态实践，所谓“民族的”“社会化的”寓言已经趋向于改变为个人化的写作。文学的群体效应正在丧失，越来越具有个人化特征：个人化的经验，个人化的讲述以及个人化的阅读等。文学写作寻求启示而不是教诲，摆脱80年代后期文化困境的中国当代文学，有可能并且不得不走向一个从容启示的时代①。因此，对刘震云80年代小说的解读要在商品社会繁荣、世俗观念上升、个人化意识形成、个人化写作兴起的社会、文化背景下进行。他的《一地鸡毛》与池莉的《烦恼人生》都有着症候式的意义，反映了年轻一代作家在集体想象失落之后回到生活事实中去的一种现实选择，意味着个人化写作的开始。理想主义散落为一地鸡毛，生活真实扑面而来，他对此的感触、思考和表达有着鲜明的时代性。

刘震云80年代的小说主要包括乡村生活小说和城市生活小说两个系列，都有对改革开放时代背景下乡村和城市两个空间中家庭图景的观照和描写。他笔下的乡村青年身后总有一个贫困而沉重的家庭，常常因为要替亲人筹钱治病而放弃了读书、爱情的青春梦想，他写出了乡村青年的家庭重负以及重负之下青春梦想的破灭、离开乡土的城市梦，进城之后回望“老家”而产生的逃离又愧疚、拒斥又怀恋的“老家”情结。《单位》《一地鸡毛》所呈现的城市平民的家庭梦想对个人理想的侵蚀，显示出了刘震云对日常生活之无事悲剧的敏锐洞察。

第一节　乡村青年的家庭图景

刘震云在东南大学的演讲中谈到了故乡对他创作的影响。令他“翻然心动的乡情”使他回顾故乡，发现了故乡的美和善，也觉察到了改革之下美和善的变动，“这一段生活我特别想写”②。

一　破灭青春梦想的家庭重负

刘震云对家庭的态度是犹疑的。家庭在他80年代的作品里既是个人

---

① 陈晓明：《反抗危机：论新写实》，《文学评论》1993年第2期。

② 刘震云：《永恒的家园与我笔耕和领地——文学是什么及我所从事的文学》，陆挺、徐宏主编《人文通识讲演录：学术人生卷》，文化艺术出版社2007年版，第196页。

理想的负担，又是日常生活的动力。刘震云关于乡村生活的小说里家庭具有温情与现实的双重性。他的乡村生活小说展现了他对乡村生活的熟稔和思考，这些乡村故事同时就是乡村家庭故事。贫困和温情是刘震云深刻的生命记忆。刘震云出生时正赶上自然灾害，因为贫困，他八个月大就离开了父母的家，因为温情，外婆走了四十里路把他从县城背到村里，背回了自己家，千辛万苦把他养大。贫困和饥荒于他有着身体和心理的双重记忆，形成了他最初对世界和人生的看法，滋养了他的情感世界。

乡下的家庭里贫困往往如影随形，贫困是乡村人无法摆脱的牢笼和枷锁。家庭成为个人理想的沉重负担，破灭浪漫梦想的直接原因。《塔铺》里李爱莲家里穷，父亲经常生病，最终她为了给父亲凑手术费和恋人分手，嫁给了暴发户。王全已经成家并且有两个孩子，参加高考补习时老婆常来学校闹，要他回家干农活，最后只好退学，乡村青年的大学梦破灭了。《栽花的小楼》里红玉的母亲患胃癌，她为给母亲治病离开未婚夫投奔了创业成功的个体户，乡村少女的爱情梦破灭了。《被水卷去的酒帘》中郑四苦干了半年终于赚到了给所爱的寡妇买礼物的三百元钱，人家却已经嫁给了五十多岁的城里干部，她的新家富有气派，震撼了郑四，让他不禁自惭形秽，不自觉地向丰富的物质致敬，拥有这些物质的人便同时拥有了高人一等的地位。刘震云的乡村家庭故事几乎都有一个悲伤的结尾，这些悲伤的故事大都源于家庭的贫困。浪漫的梦想与贫困的家庭处在人生的两端，一端是飞翔的轻盈的梦想，另一端是沉重的破败的现实，因为家庭的负累，年轻人的读书梦、爱情梦不得不跌落尘埃，服从铁一般的严峻现实。

贫困也是改革开放后经济大潮涌入的背景下家庭伦理遭到破坏的直接原因。姐弟、兄弟、父子在贫困面前无法再守住来自血缘的家庭伦理。《罪人》是对贫困之下长兄幼弟的家庭排序以及个人欲望与兄弟情义的拷问。这篇作品里有两个家庭悲剧，起因皆是贫困。一个是牛秋牛春兄弟俩抓阄决定谁娶媳妇，另一个是这个等候选择的女子为了筹钱替父治病才答应牛家的婚姻；最终弟弟让哥哥娶了亲，但又在原始欲望的驱动下与嫂子有了私情，从此再也无法在兄弟之情的负罪感中解脱出来。《大庙上的风铃》是对改革开放后农村富裕起来背景下姐弟关系的思索。赵旺父母早逝，姐姐抚养他长大。他成年后在金钱、爱情和姐弟情义之间陷入了重重矛盾，最终拒绝了姐姐，奔向城里的金钱和爱情。《爹有病》则拆解了父子之间的伦理关系。爹是传统的家长，是家里的顶梁柱，也是家里的老太爷，物质上爹优先，有吃的先让爹吃饱，有衣服先让爹穿好，生活上随时听从爹的差遣为爹服务，精神上生活在爹的威压之下个性不得伸张。爹有病后便认为是“我”克了他，把“我”在荒地里的树上绑了三天。这个自我又专制的“爹”与先锋小说里猥琐可鄙的父亲形象一脉相承，不过，对刘震云来说，是“真实地反映生活”，“真正体现了现代派的精神”。[①]

乡村生活小说里家庭支持个人理想的作品只有《塔铺》。父亲为了给“我”找一本《世界地理》连走了两天两夜，脚都走成了血脚，“我”终于考上了大学，进了城。而进城是农村青年成长的标志性事件。在家庭的支持下，“我”才成为了城里人，成为全家甚至全村的荣耀。但刘震云在80年代的小说里明显偏爱叙事人“我”，以“我”的视点观察环境、观察环境中所有的人物，而且为“我”设计的命运都很光明，不必像作品中的其他人物那样遭受种种命运的折磨和人生的苦难。这一点在他的代表作品《塔铺》《新兵连》里表现非常典型，《塔铺》里只有“我”得到了家庭的支持，考上了大学，其他人都被沉重的家事所累，不是退学就是被折磨得疯狂；《新兵连》里，“我”不用像其他人那样为了入党提干苦心经营逢迎讨好，间或还可以拿这些为那一点可怜的利益而紧张得疯狂的战友开开玩笑，是个置身事外的观察者的角色。因此，刘震云80年代的乡村系列小说里，以个人理想支持者出现的家庭不具有普遍性。何况父亲支持“我”高考，也是为了实现全家的城市梦。

刘震云是个思考型的作家，他创作的独特之处在于他不是为了展示家庭的贫困而刻意描写人物的凄惨命运，甚至没有过多地追问贫困的根源，而是写出了家庭的贫困是将人物推向现实世界的一个重要推手，人物的命运从此拐弯了，从青春梦想的浪漫、血缘伦理的温情构成的象牙塔里走出来，走向丰富多彩，同时也幽暗复杂的现实社会和多样人性。刘震云的乡村家庭图景描写便深入了一个层次，也区别于那些将乡村人情美人性美作为审美飞地的作品。

二　逃离又愧疚的“老家”情结

乡村是城里人的“老家”，如同对家庭态度的犹疑，80年代的刘震云对于“老家”的态度是既逃离又愧疚，既拒斥又怀恋。土地是农业文明的根基。拥有自己的土地，是中国历代农民的梦想。改革开放启动了中国的城市化进程，农民可以承包土地时，也可以进城打工了，传统的土地观念随着城市化的加速发生了深刻的改变。土地不再被奉为生存之母，反而成

① 丁永强：《新写实作家、评论家谈新写实》，《小说评论》1991年第3期。

为贫穷落后、僵化保守的象征。乡村青年不再梦想拥有土地，而梦想进入城市，成为城里人。从而想方设法挣脱乡土。同样有过多年农村生活经历的阎连科就说过："我从小就崇拜三样东西：一、城市；二、权力；三、生命，即健康，或说力量。"① 这是这一代乡土作家共同的经历和观念。刘震云给乡村青年安排的出路都是逃离土地，没有一个是安心务农的，如《乡村变奏》里大梁弃农经商，倒卖衣裳布匹，李发开家庭小工厂；《大庙上的风铃》里赵旺做白菜生意；《栽花的小楼》里李明生经营运输公司，还要开办一个宾馆；《被水卷去的酒帘》里的郑四农活干得很好，但看到城市的富足生活后感觉自己"似乎还缺点什么，还需要点什么"。这样的人物设定其缘由与其说刘震云对改革开放后，中国城市化进程中乡下人进城的历史必然洞悉于心，不如说早年的农村生活经历形成了他对中国的乡村与城市制度、贫困重压之下产生的中国式乡村青年梦想的深刻认知。这些乡村认知、人物和话语形成了刘震云最初的文学世界。写得最成功的还是他 80 年代的两篇代表作《塔铺》和《新兵连》，一个写读书，一个写参军，读书、参军是农民最经典的两条进城之路。《塔铺》里父亲为"我"借高考用书走了 180 里路，为的就是实现这个进城梦。

然而真的把乡村青年都送了进了城市，刘震云又对这种离开表示出愧疚。尽管他说过："从目前来讲，我对故乡的感情是拒绝多于接受。我不理解那些歌颂故乡或把故乡当作温情和情感发源地的文章或歌曲。因为这种重温旧情的本身就是一种贵族式的回首当年和居高临下同情感的表露。"② 刘震云也不再如鲁迅那样为乡土所牵绊，乡土是维系着鲁迅的精神家园，对于乡村处在离开但不忍离弃，离开却无法释怀的矛盾纠结中。这也是鲁迅—周立波—高晓声一代又一代知识者对乡村的惯常情感。鲁迅关于故乡的作品遵循着"出走—回来—离开"的叙述模式，这也表征了鲁迅直到新时期的乡土作家对乡村的情感模式。有研究者把刘震云归为中国的"乡土现代派"作家，事实上，乡土现代派作家对乡村的情感往往趋于辩证而理性，甚至警惕一种精英贵族式的怀乡病③。然而，"文学改变了这些人的人生轨迹，他们却也从此无法再走出乡村的视线"。80 年代的刘震云离开"老家"心存愧疚仍然有迹可循。《塔铺》中的"我"估计自己考上

---

① 苏沙丽：《论乡土现代派——以莫言、阎连科、刘震云为考察中心》，《文艺评论》2015 年第 1 期。

② 刘震云：《整体的故乡与故乡的具体》，《文艺争鸣》1992 年第 3 期。

③ 苏沙丽：《论乡土现代派——以莫言、阎连科、刘震云为考察中心》，《文艺评论》2015 年第 1 期。

大学，即将离开故土时，心中却升起了沉重的愧疚感。同期作品中的其他人物也存在这种愧疚感，他们是城市梦的实现者，也是“老家”的离弃者，反映出作家与乡村欲割难舍、爱恨交织的情感矛盾。这种进城之后的愧疚感延伸到刘震云的城市生活小说。从乡村青年进城的角度来看，《单位》《一地鸡毛》是《塔铺》的续编，一个描写单位，一个描写家庭生活，尤其是《一地鸡毛》呈现出对“老家”爱恨交织的矛盾心理。在城市新组建的核心家庭之中，最易引发夫妻矛盾的就是“老家来人”。主人公小林产生的对“老家”的复杂情感，代表了进城后的乡村知识青年的普遍心理：老家就像一个大尾巴，时不时露出来让人看看羞处。这个意象也表征了刘震云对“老家”剪不断理还乱的复杂心理。当小林目睹身患癌症的老师上了公共汽车，眼泪止不住流下来。强烈的愧疚感弥漫在作品之中。这种愧疚感究其根源，是城市梦承载了太多的乡土、亲情、伦理、道德内容。进城不单单是乡村青年个人的梦想，也是全家人的梦想。乡村青年的城市梦是全家人甚至全村人的努力下实现的，实现之初便已背负全家人梦想，也是他要偿还的恩情，成为乡村青年生命中不能承受之重，进城之时便已在负重前行。乡村青年进城后却赫然发现自己几乎处在城市的最底层，养家糊口尚成问题，又要面临如何回报“老家”恩情的伦理问题。尽管这种愧疚感真实而鲜明，但如同小林读书进取的理想一样，迅速被城市的日常生活烦恼所取代。

第二节　城市平民的家庭梦想

80 年代中期以前，小说创作是理想主义的天下。张洁式的理想主义激发人们坚守信念，坚守爱情，期待理想的婚姻和家庭。理想主义者高昂着骄傲的头俯瞰着芸芸众生，批判“没有爱情的婚姻”，知识分子的立场和批判精神非常明显。刘震云早期的乡村生活作品《塔铺》《新兵连》同样贯穿着理想主义的价值观念和激情温暖的文字叙述。乡村少女李爱莲爱上了复习参加高考的“我”，最终“我”没有实现比翼双飞、红袖添香夜读书的传统士人的古典梦想，心爱的姑娘嫁给了暴发户。爱莲心心念念的是“你是带着咱俩上大学的”。这里面能看到《人生》里高加林和巧珍的影子。那时的“我”和高加林一样，还是为乡村少女所仰慕的读书人，是她们精神和人生的寄托，是在前途和感情上值得托付终身的人，是乡村世界里与众不同、能带她们提升阶层的人。但到了 80 年代后期 90 年代初期，刘震云创作的《单位》《一地鸡毛》里，大学毕业生小林已经变成了迅速挥发掉理想，被世俗生活碾轧、被权力体制塑造的灰色小人物。他的最大梦想是“生活就是弄老婆孩子，把老婆孩子弄好是容易的?”小林这句话表达了这一时期城市平民的家庭梦想。那个通过读书走出农村的青年人，在农村阶层当中作为“人尖尖”的后生，走进城市之后就成为底层的城市平民，在他的单位里处于等级阶梯的最底层，等待着他的是结婚、生子、车子、房子、票子、位子构成的生活洪流。城市生活的运行机制、科层制的单位体制收编了小林的浪漫，农村读书青年的温情和个人奋斗的理想不出几日就改换成了“弄老婆孩子”的城市平民的家庭梦想。新写实小说关于生活的理性阐释往往体现在广义的“生活”层面和狭义的爱情生活以及婚姻家庭生活等方面。①

一 侵蚀个人理想的家庭梦想

刘震云笔下的小人物或是官人们，尤其是小人物的生活与他的家庭紧紧联系在一起，他认可小人物的家庭梦想，将笔触深入家庭生活的内在肌理去描写人们的灰色人生，真实地写出他们为衣食、为提职、为老婆坐车、为孩子入托奔忙的日常悲喜。家庭是小林改变生存现状的推动力，他在单位的种种观察、努力、结交、讨好、挣扎都是让妻子孩子的境况变得好一些。小林和妻子都是大学毕业生，是当年的“天之骄子”，也曾怀抱事业理想，树立过远大志向，也曾挑灯夜读，还爬起来做笔记。但事业理想和读书的习惯很快被现实又琐碎的家庭梦想代替了。与人合住条件太差，想换个单元房；老婆离单位远，每天上下班花三四个小时，太辛苦，想调工作，换个离家近的单位；孩子想上个好点的幼儿园。这些家务事在社会的洪流里琐细得不值一提，但哪一件在小林和老婆面前都是山一样的困难。没有关系，没有靠山，找不到人，谁能帮他办这些事呢？大学毕业生小林在单位里，在生活的城市里是个孤零零的原子式的个人，没有嵌入到社会关系的网络里，因此他卑微的物质层面的家庭梦想并不比张洁笔下的主人公的精神理想容易实现。

单位就是现代人小林的森林，家庭就是他的山洞，他每天上班就是去打猎，一个人打猎养不了家，老婆也和他一起上班打猎，打回的猎物供养女儿。家庭和单位是紧紧相连、血脉互通的，家庭是单位的后院，单位是

① 王卫平、王平、徐立平：《中国当代文学价值评估体系的重建与文学价值论》，中国社会科学出版社2017年版，第319页。

家庭的前台。《单位》《一地鸡毛》里，科层制的等级关系在单位里支配人们扮演社会角色，并且向家庭延伸。那些家庭琐事是一个家庭得以生存和运转的基本需求，想要改善条件，过上好一点的生活，就必须到单位这个等级系统中去获取资源，而资源掌握在等级高的人手中，因此这种等级关系延伸到家庭之中。能否在单位里找上人，拥有一间自己的房子、解决老婆的工作问题，每天牵动着小林和老婆的神经，决定着这对小夫妻的喜怒。事情有眉目，俩人都开心，事情办砸了，两人都窝心，老婆还天然拥有抱怨小林没本事的资格。老婆坐上了班车，家里的愁云顿时一扫而光，喜气洋洋，空气都轻快起来。保姆辞职了，孩子入不了托，小两口又一筹莫展，家里气氛沉重阴郁。在陈晓明看来，单位和家庭之间的紧密相关是权力网络对家庭的延伸，权力关系对生活的渗透："权力关系对生活的渗透是如此严重，以至于俩人之间的矛盾、争吵、'欢乐'和'激情'最终都可归结到权力关系在起支配作用。"①

《官场》《官人》是刘震云的所谓"官场"小说，里面的主人公是基层干部，他们的家庭梦想与小林们没有本质的区别，都是围绕着家庭生活的主要命题：位子、孩子、房子、车子、票子，基本停留在物质层面，面子勉强可以算作精神层面的梦想。《官人》里，老领导吴老去世后，老伴来找吴老的下级金全礼，所要求的都是出门坐车、儿子调动工作、孙女入托的事。她的家庭琐事诉求和小林的家庭梦想本质上没有任何区别。《官场》里，局长老袁的爱好是一个月喝六瓶"五粮液"，《一地鸡毛》的结尾，小林的美梦是让老婆用微波炉烤半只鸡，再来瓶啤酒。两人的爱好梦想何其相似。副局长老赵有个待业三年的女儿，他受到同样是副局长的老王的压制，给女儿办不了工作，进不了单位，在家被妻子女儿一起挤兑，他在家里的角色同给老婆调不了工作的小林毫无二致，尽管小林一文不名，而他身居副局长，但他在体制里受到的控制更多，小林办不了的事他也无能为力，而且更为无奈。正如刘震云所说的"下级不易，领导也不易"，陈晓明这样分析权力与人性："没有权力固然要经受权力的制约，然而有了部分权力可能要承受权力更加全面的控制。"②

"官人"的家庭梦想除了小林那样的物质追求，还承载着为位子服务的寄托，家庭成为单位之外可以辅助他们升迁的载体，也是他们奋斗的目的之一，同时承载着抚慰心灵的港湾功能。他们的家庭同样和单位声气相

① 陈晓明：《漫评刘震云的小说》，《文艺争鸣》1992 年第 1 期。

② 同上。

通，而且关联更密切。《官人》里，副部长的儿媳妇是部里和她所在单位的消息中转站，部里的消息都由她最先传播到单位，单位的消息也由她最快传给部里，副局长老方特意把老婆和副部长的儿媳妇安排在一个图书室，为的就是及时掌握部里的动向。像单位的消息左右着小林夫妇的喜怒一样，来自副部长家里的消息也决定着基层领导的喜和忧。刘震云描写儿媳妇传播消息都用“传达精神”，反讽的效果立竿见影，令人哑然失笑。新部长到任，要对这个单位的领导层大调整，儿媳妇“传达”了“全窝端”的精神，老婆把这个精神“传达”给老方，老方马上犯了心脏病。家庭还是联结单位的一种轻松自然的方式。副局长老张采用了家庭聚会休闲的方法连接上级单位。他周末常约部里的小秘书一家去钓鱼、吃农家饭，在欣赏山水、放松心情时轻松地了解上级的人事安排。他怀里抱着已经睡着的小秘书的小女儿时，心里想的是如何整倒正局长老袁。单位的事同样直接影响着“官人”的家庭。小打字员揭发老张占她便宜，回家后老张老婆幸灾乐祸，他气极打了老婆一巴掌，老婆马上抓了他满脸花，第二天他只好贴着胶布去为官位活动。单位和家庭之间几乎没有界限。

二 磨灭理想与奋斗动力的双重性

在刘震云的城市生活小说里，家庭体现出温情与烦恼、动力与负担的双重性，家庭与个人的关系上，烦恼与抚慰杂糅在一起，不可分割，既是产生烦恼的直接原因，又给个人以进取的动力和情感的抚慰。《一地鸡毛》里家庭生活一方面是小林失落理想、接受权力体制改造的重要原因，另一方面也是小林适应社会、学会日常生活的重要动力。为了一块豆腐、为了给老婆调工作、给孩子入托，小林不得不低下高傲的头，放下手中的书，使出浑身解数求人办事，还放低身段卖板鸭增加收入，小日子日渐滋润，如同他吃完烤鸡的油嘴，弄老婆孩子这个家庭梦想彻底替换掉了宏图大志、事业理想，这对于大学毕业生小林显然是个悲剧；但家庭梦想同时也激发他向着这个社会进军的斗志，他必须学得文武艺，练成社会人。他学会了安抚老婆，安排孩子，接待老乡；逢迎拍马，经营关系，请客送礼，还学会了做小买卖赚外快。他学到了日常生活的生存本领，这对于一个城市平民来说，具有了正剧的色彩。如同池莉的《太阳出世》里的赵胜天一样，小林也实现了由青年到社会人的成长。这个意味不能不说是严肃的。《官场》里，夫人们既能给局长们通风报信，帮助他升迁，也能破坏副局长们高升的如意算盘，成为当上局长的自家阵营里的障碍；既是局长们当官的动力，也是安慰官人们的温情港湾。《官人》的结尾，金全礼回家去看媳妇孩子。

小林的家庭故事就是现实的家庭梦想收编、代替浪漫的个人理想的故事，也呈现了年轻知识分子社会化、世俗化的过程。看到小林一步步放下一个受过高等教育的大学毕业生所追求、所希望的有尊严的生活理想，汇入社会体系的洪流，泥沙俱下，随波逐流，既痛心又欣慰，痛心的是他放下了“应该”的逻辑，接受了本来如此的现实；欣慰的是他同时放下了理想的虚妄，开始了在社会大学里改造自己的历程。池莉的《太阳出世》也涉及了年轻人接受社会改造的主题。小说的主人公赵胜天和李小兰，和知识分子不沾一点边，一个是不学无术的小青年，一个是只会打扮的市井小姑娘，但当他们有了孩子，成为父母后，他们一点点学会了谋生，学会了负责，认同并承担起自己的社会角色，把家庭构建好，把孩子养育好，由幼稚的小青年成长为成熟的社会人。同样是接受社会的改造，赵胜天没有小林那么多精神痛苦，因为他所面对的困难大多是他自己顽劣游荡的少年习气，而不是复杂的社会运行机制及其衍生出来的多样人性。而小林的痛苦来自他面对整个系统而成熟的等级制社会关系网络，赵胜天懒惰游荡的问题他自己能克服，但小林换房子、给老婆调工作的问题他自己无法决定，而是受制于社会。因此小林的痛苦来自无能为力。

池莉择取的生活内容决定了主人公所需要的社会认知比较简单。她只给赵胜天设计了面对自己弱点的困难局面，他只要克服自身的弱点就可以成长。因此池莉信任她的主人公，这种信任单纯而透明。赵胜天出色地掌握了社会教给他的生存技能，完成了社会赋予他的角色和责任。刘震云跨越了克服自身弱点这个阶段，让小林直接面对庞大的官僚体制和形形色色的人物。由于给主人公设定了人与生存环境之间的冲突，小林们要在严酷的体制中生存下来，就必然激发出许多变形的求生本能，因此刘震云对主人公的求生反应和行为采取了宽容的态度。

第三节　平民知识分子对生存的悲悯

曹文轩认为，文学要有悲悯情怀，悲悯情怀是文学存在的理由。他说：“文学的职能在于为人类社会的存在提供和创造一个良好的人性基础。而这一基础中理所当然地应包含一个最重要的因素悲悯情怀。”[①] 在刘震云

① 曹文轩：《小说门》，作家出版社 2003 年版，第 217 页。

小说中，可以鲜明地感受到这种悲悯情怀。

一 悲悯生存

刘震云是平民知识分子，在80年代的作品中，他以鲜明的平民立场和视角，集中描写普通百姓的悲喜人生、关注权力框架内人性光芒的黯淡和变形，关注小人物的生活境况和人生态度，对家庭生活和官场生活及其背后的生存机制有着惊人的洞察力和杰出的表现力，用冷静客观的笔触讲述改革开放背景下贫困的乡村故事和城市平民的日常生活，平静的语调之下饱含着对于生存的苦难和无事的悲剧的悲悯。这种悲悯穿透日常生活的琐屑芜杂，抖落同情，直抵存在，成为刘震云小说里独特的情感基调和思想维度，也成为辨识刘震云小说的情感特色和思想光芒。他能从故乡的朋友带来的炒花生里看到善，能从女孩子在河边梳妆的情景看到美。他能从城市平民重复琐碎的日常生活里看到普通人生命的支撑点。菜市场上还价得胜的人“战胜的不是韭菜，也不是卖韭菜的贩子，而是整个世界。”“当我发现这一点的时候，我发现我们的生活充满了阳光。”[①] 更可贵的是他能看到普通人和“官人”作为人没有本质区别。这使他达到了哲学的高度，升华了悲悯情怀。

刘震云的悲悯情怀首先表现为对生存环境的悲悯。刘震云的小说中的生存环境主要是指人物生存的社会环境，他揭示了中国时空之下人与社会环境的冲突，揭示了生存环境强大的异己力量及在这种力量之下人物左冲右突、奋力突围的窘迫和困顿，为生存而屈从于环境的命运，在人与环境的冲突之中观照他的人物，表达他的悲悯情怀。生存环境一是贫困的物质生活，二是体制对个体的抑制和规训。刘震云笔下乡村家庭和城市平民贫困的生存状态显而易见。在资源贫乏的乡村家庭环境里，人物谈不上什么选择的空间，经常是一个意外就把一家人推向困境，没有什么缓冲地带，人必须直接面对生与死的选择，只能在非此即彼的二元选项里选择生的那一端，个人的梦想自动让位于亲人的生命。乡村家庭里，穷和病直接决定了人物的命运，一个手术就让乡村少女放下了读书梦和爱情梦，李爱莲们为凑钱给父亲做手术，只有退学、放弃爱情、嫁给暴发户，只有沿着家庭环境、社会环境设定的路走下去，无论前方是不是真正的出路。在刘震云那里，城市是乡村的延伸。他不表现城乡文明的差异，而是看到了中国式

---

① 刘震云：《永恒的家园与我笔耕和领地——文学是什么及我所从事的文学》，陆挺、徐宏主编《人文通识讲演录：学术人生卷》，文化艺术出版社2007年版，第200页。

的社会环境中人物共同的生存困境，这是刘震云视角的独特之处，也是他悲悯情怀生长之处。乡村与城市只是外部环境的不同，乡下人与城市人面临的具体问题不同，但都要接受来自环境的塑造。城市平民的家庭生活并不比乡村家庭富裕多少，吃饭、住房仅能温饱。小林的科员工资，加上老婆的科员工资，要养活一家三口人，不敢吃肉，不敢吃鱼，只敢买处理柿子椒和大白菜，为给孩子吃上虾，老婆要卖掉毛衣。老何更惨，连烂的梨都吃，剜都不剜。单位分梨，盛梨的草筐都被当宝贝占去，盛蜂窝煤，搬家用。小林与一个泼辣的女邻居家合住，有了孩子，请老母亲来带孙子，一家四口挤在一个房间里。同事老何老少四代九口人，挤在一间十五平方米的房子里，十八岁的女儿，还有老婆的爷爷奶奶，都和他们住在一起。房子还漏雨，连刷牙的杯子都得用来接雨水。

物质的贫困已经让人唏嘘，感叹生民之多艰。贫困的物质生活与严密的科层制组织形式紧密相连。刘震云悲悯他的人物，各级人员的位子直接关系到每个家庭的房子、票子、孩子。小林不想天天买处理菜，想给孩子喝上好牛奶，老婆想给孩子吃上虾，夫妻俩不想再和泼辣女邻居合住，想有一间自己的房子。这些都得靠小林在单位里提职。老何一大家子挤在一起的居住条件也只能靠他当上副处长才有希望解决。如此贫困的家庭窘况要求负责打猎的现代男人必须在社会丛林里获取资源，小科员小林和老科员老何都不得不为了房子和票子去谋求位子。乡村青年通过读书、当兵进入城市，事实上希望进入的是城市的科层制体制，从而解决当下的家庭生活难题，进城之后面临与小林同样的家庭生活窘境和森严的等级制度。

当刘震云一层层揭开普通人生活的帷幕，坚硬的制度环境和物质环境对人的设定和规范显露出来，无事的悲剧来源依稀可见，人物在日常生活中经历的苦难便毫不矫情，每个人的苦难都值得正视。正是这种不批判的批判彰显了作家宽广深厚的悲悯情怀，小人物在刘震云这里获得了存在感。

对精神贫困的悲悯。物质的贫困和权力体制及其衍生出的等级关系不单单制造了小人物的生存窘境和他们贫困的家庭生活，还造成了人物精神世界的狭隘和心理的变异。刘震云的悲悯主要表现为对笔下人物的理解与接纳，理解他们的处境和痛苦，接纳他们为了家庭在几乎没有什么可选择余地的境况中为生存不得已所选择的出路。他不去指责逼仄环境下人性滋生出的刻薄、恶毒，对拥挤在住房中的成人和吃不上虾的孩子不滥施同情，也不鄙薄人们为获得大一点的住房、高一点的位子而遵从体制要求、社会规则而衍生出的讨好、巴结、迎合，只是把环境对人性的侵蚀揭示给人看。

贫困的家庭和科层制的单位是刘震云80年代乡村生活小说和城市生活小说中主人公的两个主要生存环境，贫困的家庭是人物对物质贫困体验最尖锐的空间，同时也是他们向城市进军、向体制谋求级别的出发点和归宿，同时也引发精神挤压和心理变异。两家合住在狭小的房子里，很难生发出人性的美好，引发的都是丑陋的一面。小林一家和泼辣的女邻居合住，经常为卫生间谁打扫而争吵，赌气谁也不打扫，两家人都在屎尿横流、肮脏不堪的卫生间里如厕；女邻居不让小林母亲住公用客厅，晚上孩子一哭她就放音乐，孩子哭得更厉害。夫妻俩做梦都想有一间自己的房子："什么时候自家有一个独立的房子就好了，哪怕只一间!"与伍尔夫"一间自己的屋子"的句式何其相似，无论是女性还是家庭，都对独立有着最基本的需求。擅长反讽的刘震云此处却没有反讽的意味，读者更多感受到的是认同，希望小林有一间自己的房子，安放人的尊严。科层制把人分成了不同的等级，特别是同一起点的人处在不同的等级后内心不再平衡，产生渺小感、鄙视自我、仰望他人、嫉妒羡慕、既巴结又拒斥的复杂心理。曾和老何住一个宿舍的同事都当了处长、局长，只有他还是老科员，他叹息："娘的，不知怎么搞的，大家一块来的，搞来搞去，分成了爷爷、孙子和重孙子，这世界还真不是好弄的。"特别是级别与家庭生活水平密切相关时，级别低就等于家庭生活质量差，这让男人无法小觑。小林在同学聚会时看到别人已经都带了长，已经很郁闷，看到老何吃烂梨，九口人挤一间房，想到二十年后自己便是现在连房子都弄不来的老何，陡然惊悚。老何无力安顿家人的委琐和毫无光彩的人生直接促成了小林进入体制森林，为一家人谋衣食。著书都为稻粱谋，斯言诚哉。

促使人物服膺于外部环境规训的，往往是一个家庭最迫切的物质需要，物质也成为最压迫人的力量，在物质压迫之下，人物精神委顿，内心干瘪，失去了做人的尊严和光彩。摩罗认为刘震云小说的第二大主题是物质崇拜："人因为需要一些最起码的物质条件才能生存，可是人却常常因此而走到崇拜物质、附从物质的地步，这显然是对人性内部某些高贵的精神品性的残害和异化。大众不但感受不到这种残害和异化，而且几乎总是听不见更改与良知的启示与呼唤，甘愿沦为物质的附庸和奴隶。"他进一步认为"刘震云笔下的人物都是这种昧于理性和良知的奴隶"①。城市生活小说里的男主人公比女性活得更加沉重。他们在外要面对复杂的单位环

① 摩罗、杨帆：《刘震云：奴隶的痛苦与耻辱》，《当代作家评论》1998年第4期。

境，在家要面对琐屑嘈杂的家庭环境。他们不仅要责无旁贷地承担养家糊口的家庭责任，还要受到来自家人，主要是妻子的家庭内部压力，男性的生存压力和心理压力更大，在无比沉重的外部单位环境和内部家庭环境的双重挤压下，他们变得烦躁和迷惘，日常生活的灰暗沉闷极具杀伤力，世俗生活使城市男性无力抵抗压力，只能逐渐沉沦下去。老孙一句“想不想换房子”就拉拢了老何，当老何当了副处长，换了两居室，“瘦高的汉子，一下蹲在办公室哭了”。把刚买不久的新镜片也给弄湿了。小林夫妇的一根香肠，一只烤鸡，一块豆腐，都是日常生活对人的精神世界侵蚀的物质表征。他们可怜的快乐就由这香肠、烤鸡来表达。

刘震云对生存的悲悯包裹得很深，描写物质贫困与精神贫困不做“何不食肉糜”式的启蒙，也不进行居高临下的批判。他的立场是平民的，与笔下的人物站在一起，不做高高在上的指导，只是把他们的故事讲给人听，把他们的困窘和无奈揭示给人看。他没有慨叹贫困之下迫于生计而发生的恋人分手、女性择人另嫁、待价而沽，临考退学，更没有廉价地寄予同情，而是平静地叙述。然而这种平静之下隐藏的是作家的悲悯。这些驯服者无力反思，无力反抗体制化的日常生活对人精神的侵蚀。刘震云所做的正是在他笔下的人物无力反思之处穿透日常，直抵存在，对庸常生活的冷静关照、平静叙述之下埋藏着的是对普通人生命存在的关切与责任、忧愤与失望。刘震云 80 年代的乡村生活小说和城市生活小说包含着鲁迅式的“哀其不幸，怒其不争”，鲁迅写出了无事的悲剧，刘震云正是鲁迅式的作家，“他像鲁迅一样，在我们最习以为常、最迷妄不疑的地方，看出了生活的丑恶与悲惨，看出了我们灵魂的麻木与糜烂”。摩罗一针见血地指出了刘震云的冷漠之下“有作者的大痛苦大煎熬，只是隐匿太深，不易感到而已”。“无论他装扮得多么冷漠、多么洒脱、多么玩世不恭，实际上，他是如此迫不及待地、如此无可遏制地将他所发现的破解民族精神生活的密码毫无保留地奉献给读者，奉献给这个苦难深重的民族。”① 这种对普通人生命存在的悲悯在刘震云 80 年代的小说中已经初出端倪，到“故乡”系列和“说话系列”，悲悯之情更为深广，在历史文化和日常生活两个维度中将反思推向历史的深处，哲学的高度。

二 何以悲悯

因为理解所以悲悯，刘震云对他笔下的人物怀有深切的悲悯。无论对

① 摩罗、杨帆：《刘震云：奴隶的痛苦与耻辱》，《当代作家评论》1998 年第 4 期。

乡村生活小说里的人物还是城市生活小说里的人物，这份悲悯都在。对乡村青年，支持他们离开乡土追逐城市梦，又同情他们对“老家”愧疚与留恋的情感；对城市平民，理解他们为生活而认同社会运行机制所做的种种磨灭理想的行为，又同情他们理想销蚀之后的失落与痛苦。他以平民的眼睛谛视苦难的中国大地，以一种民间的人文关怀和悲天悯人的目光烛照日常生活和历史文化的苦难，超越偶然琐屑的生活、穿越历史文化的迷雾，直抵存在，探究人类在恶劣的生存环境和困窘状态中生存的意义和生命的存在价值，在对苦难的拷问中表现出了忧愤深广的悲悯情怀。

何以悲悯众生，在于刘震云的平民立场。刘震云是个平民知识分子。他的平民出身使他能以平等的身份，作为芸芸众生中的一个去看待他熟悉的人群。悲悯首先是人类一种崇高的情感体验，源自主体对于感受对象的一种源于心灵的深度关注。他特别强调了他是带着感情进行创作的，并且“打开了感情世界同艺术世界的通道，打开了这个通道才能有创新能力”①。悲悯意识源于感动。他关注乡村和城市的底层民众有着深厚的感情基础，在农村扎根二十年，他对农民群体是熟悉的，农民的劳作场景，以及他们为生活所经历的挣扎和希望曾在某一时刻击中过他的内心。而这种感动就是悲悯意识的来源。这是文化性的群体生命感动。据徐复观先生所言，这种感动要有两个条件，一是作者的现实生活系在群体中生根，二是作者的教养能有在群体中生根的自觉，并由此而发生“同命感”“连带感”。② 刘震云的乡村生活经历和成长后的城市生活态度满足了这两个条件。在乡村长大，考上大学回到城市，既有在群体中生根的现实生活，又具备了在群体中生根的自觉。他回城后爱和农民工打交道，爱逛菜市场，不觉得他们土气小气，而能在他们中间感到一种温暖。刘震云在接受访谈时自述，这种感情和态度同出身有关系。“从小形成的世界观和方法论，我对他们有认同感，充满了理解。在创作作品时同他们站在同一个台阶上，用同样的心理进行创作。这同站在知识分子立场上是不同的，创作视角不一样。”③ 他的小说带给读者亲近感、熟悉感，感受到作家对笔下人物有深刻的理解和理解之上的悲悯。

悲悯是人类自我意识的体现，建立在对群体命运的思考和感受之上。悲悯意识不在反抗和超越，而在于对恐惧、不幸、苦难等一切人类悲剧命

---

① 周罡：《在虚拟与真实间沉思——刘震云访谈录》，《小说评论》2002 年第 3 期。

② 转引自罗维《论中国文学之悲悯意识》，《求索》2007 年第 11 期。

③ 周罡：《在虚拟与真实间沉思——刘震云访谈录》，《小说评论》2002 年第 3 期。

运的承担和救赎。出于强烈的社会意识和人类关怀而具有的悲悯情怀更体现了承担者的人类关怀和社会良知。故具有悲悯意识的作家必能审视人类生存的困境，观照底层人的生活，以一种悲悯风格来建构他的文学世界。[①]刘震云对小人物的理解与同情没有走向鲁迅的悲观与冷峻，也没有滑落到日常生活的泥淖里津津乐道，这与他平民知识分子的出身有关。刘震云对城市平民的家庭梦想并不做直接的价值评价，但他不批判、写真实的态度已经表明他站在民间立场对普通人的生存本能给予充分的理解和深切的同情。他以丰厚的生活感受和写实的笔触描绘社会生活，以悲悯的情怀书写人生百态，描画芸芸众生的生存世相，建构起一个深广的艺术世界。

何以悲悯，还在于刘震云知识分子的责任感和思考力。尽管刘震云不承认自己的知识分子立场，但他身上鲜明地存在着中国传统知识分子心系天下的精神血脉。城乡生活的独特经历和文化背景，使他具有了洞悉城乡生活和人的天然优势。他对改革大潮席卷之下，汹涌而来的城市化浪潮有着清醒的认知，他看到了乡村青年城市梦的必然性，同时也看到了他们田园式青春梦想破灭的必然性。因此他没有慨叹贫困之下迫于生计而发生的恋人分手、女性择人另嫁、待价而沽，临考退学，更没有廉价地寄予同情。在乡村生活了近二十年，他在乡村的时间也正好是中国摸索着走在社会主义道路上的前二三十年，政治上的频繁运动，物质上的极度贫穷，作为支持国家及城市建设的社会底层，政治与物质上的境遇对人精神的重压是可想而知的。他们回忆年少经历的文章里大多是对于饥饿、贫穷，对于城乡分割的社会制度及无端压制下人的无力且无力反抗的困窘状态的讲述[②]。

刘震云追求写真实。他对真实的理解是感觉层面的真实，这种真实观是通向悲悯的桥梁。从 80 年代创作新写实小说开始就充分地表现出来。《单位》《一地鸡毛》《官场》《官人》等新写实小说描写的就是“生活本身”。“我们所处的社会就是一个真真假假的世界，真实地反映生活，才是真正体现了现代派的精神。”“真正写生活本身是很有意义的。我写的就是生活本身，新写实真正体现写实，它不要指导大众干什么，而是给读者以感受。新写实的存在就是价值。”[③] 正如曹书文所说：“刘震云这类作品的价值，首先在于作品所描写的平民生活境况在以往的创作中均未得到成功

① 罗维：《论中国文学之悲悯意识》，《求索》2007 年第 11 期。

② 苏沙丽：《论乡土现代派——以莫言、阎连科、刘震云为考察中心》，《文艺评论》2015 年第 1 期。

③ 丁永强：《新写实作家、评论家谈新写实》，《小说评论》1991 年第 3 期。

的表现，尽管不少作家也曾涉笔于下层社会那种猪狗不如的生存环境，并对此给予深切的同情，但因其笔下的生活经作家较大程度的加工、提炼、升华，于是又与生活本身距离甚远，而刘震云反映都市下层人物的生活独特之处体现在这些生活的原汁原味，以其自身的原生态展示在读者面前，让你再度体验这种生活时能有所发现，有所感悟。”[①] 故乡系列在三个虚拟的世界后面支撑着一个真实的世界，从语言的虚拟中呈现对世界的真实感受。

刘震云对普通人的关注点很独特，他在最易被忽略之处着眼、下笔。他把最易被忽略之处揭破给人看时，悲悯感油然而生。正如摩罗与杨帆所言：“刘震云的身上，和刘震云的小说中，凝聚着民族精神生活最重要也最痛苦的信息。”[②] 新写实写无事的悲剧，讲小人物琐屑的日常生活、进入体制对生存的支撑和对理想的埋没。平庸琐屑的生活流之中，平静冷峻反讽的笔调之后，隐藏的是作家对底层生命的关切，对人性被扭曲而无所感知充满忧愤，体现出作家深沉的社会责任感。刘震云很重视小说的结构方式，一个作家的结构方式表达了他对社会人生的哲学思考，包含了对人类的关切和悲悯。80 年代，新写实小说写的就是琐屑庸常的家务事，平凡夫妻的日常烦恼，小人物的社会化，基层官员的升迁，但他把日常生活与个人理想的失落联系起来，把个性的失落与社会的进步联系起来，把人的生存、自由与体制的资源与约束联系起来，就表达出个人为了生存向权力体制的靠拢及在这个过程中权力体制对个性的扭曲变形。到 90 年代的故乡系列刘震云进一步呈现出对结构的重视。三个巨大的故乡文本在三个虚拟世界后面都垫着一个真实的世界，这种结构方式可能触及了中国乡间文化的核心所在。他后期回到现实生活的《手机》《一句顶一万句》已经明显具有知识分子的清醒，将空虚的揭破给人看。但仍然秉承良知的写作者，对“作家”的身份与职业更为自觉，抑或可以这样理解，知识分子的角色只是内隐于作品当中，不再是像启蒙时期所赋予的高扬的主体那样俯瞰人世间。

---

① 曹书文：《刘震云小说创作论》，《河南师范大学学报》（哲学社会科学版）1996 年第 2 期。

② 摩罗、杨帆：《刘震云：奴隶的痛苦与耻辱》，《当代作家评论》1998 年第 4 期。

结　语

20 世纪 80 年代小说存在着一种“回家”的方向和情结。其中的原因，需要到近代以来中国现代民族国家的建构过程中去探寻。由西方殖民者入侵所引发的外源性现代化进程，造成了民族国家主体的优先性，摒除了传统社会“只知有家不知有国”的前现代观念，使“有国才有家”的家国关系深入人心，成为中国 100 多年来反抗、革命、建设的曲折漫长的历史中凝聚人心的主流话语。“有国才有家”的理念发生、传播、确立的过程同时也是家庭在中国现代性语境中确立位置的过程。这种以建构现代民族国家为诉求的家国逻辑主宰了 19 世纪末至整个 20 世纪的中国政治、经济、思想和文化。由于传统的中国家庭对个体无可替代的深层凝聚和认同作用，重要的思潮都与“家”的表象建立了叙事关联。“立人”的启蒙主义将封建专制标记为“非人”，“非人”集中表现为家族制度对个人的束缚和禁锢，“立人”就是要个人从大家庭里冲决出来，以取得自由、平等、独立的权利和地位。因此“五四”新文学，把家庭建构为一个“铁屋子”“牢笼”，一个安排着“人肉的筵宴”的厨房，一个“猪圈”，小说中存在着强烈的“离家”情结。子辈离开父亲的家，妻子离开丈夫的家，主人公们越过家庭的樊篱，投入国家的怀抱，家庭作为障碍被攻克了，它不再据守于个人奔向国家的道路上。

“离家”并非是个人的最终目的，个人的“离家”行为之所以得到支持和鼓励，原因在于个人的要求符合了民族国家主体建构的现代性目标。被动摇，遭离弃的家，在现代文学中是个历史性的悲剧表象，力图在汹涌的时代潮流中保持自身的存在而终为潮流所冲毁，只留下一个“牢笼”的象喻。现代民族国家建构红色经典中表现为革命、阶级、集体主义的话语主导家庭被编织进“舍小家顾大家”社会主义话语秩序，建构为奉献的表象。在“五四”新文学中，家庭表象是“牢笼”，家长呈现为阻拦个人冲出家门的狱卒形象，个人与家庭之间的关系是紧张对立的，个人、家庭、国家三者的关系呈现为个人冲破家庭获得自由，个人冲破家庭奔向国家。

新中国建设时期，三者的关系呈现为个人带领全家人为新中国的成立、为新中国的繁荣富强而奋斗。家庭不再是现代文学中离开的空间，而成为“立”的对象。家庭被建构为革命者的家庭、建设者的家庭。如朱老忠一家，江姐一家，李铁梅一家，梁生宝一家，高大泉一家，萧长春一家。民族国家话语将阶级伦理的内容填充进传统的家庭血缘伦理结构中，形成对革命大家庭的认同。在传统社会的家族制度被摧毁半个多世纪后，家庭又一次获得了认同，但认同的内容已经改变，由血缘伦理为基础的传统家庭转换为阶级伦理为基础革命大家庭。家庭再次得到认同，为民族国家的建设者提供一个可靠的停泊地。个人与家庭在红色经典中结合在一起，个人带着家庭为国家奉献光和热。个人与家庭遵循着一样的秩序，个人在集体中实现价值，家庭在服务于国家的过程中获得认同。至此我们知道，“五四”时期、新中国建设时期年代，这两个现代民族国家建构过程中重要的历史阶段中，家庭始终是个被建构的表象，这种建构一直延续到新时期。

第一，80 年代小说的家庭表象具有被建构的特征，在 20 世纪中国文学的家庭叙事中属于继“五四”新文学、红色经典文学之后的第三个环节。如同“五四”把封建社会标记为“非人”，同样运用了对过去的历史“非人”的指认，80 年代前期的人道主义思潮将“新时期”指认为“现代”。新时期将“非人”与家庭表象建立了表述关系，然而“五四”时期与 80 年代前期对“非人”的内涵阐释却是相反的。“五四”时期，家庭承担了传统社会“非人”的一切罪名，被认为是“万恶之源”，束缚个人的“牢笼”，家庭是个阻碍者的“恶”的形象，对家庭采取了离开的策略；80 年代前期，家庭是个“受害者”形象，“非人”在伤痕、反思小说中表述为历史暴力让人离家，伦理遭破坏，家园被离弃。家庭在“五四”与 80 年代前期的形象和功能是相反的，“五四”时期家庭主要发挥“阻拦者”的功能，80 年代前期家庭拥有了“拯救者”的功能，使个人从伤痕中恢复过来的方式就是让他“回家”。家庭形象与功能发生转换的原因在于家庭在社会结构中的位置发生了根本改变，“五四”之前，“中国的大家族制度，就是中国的农业经济组织，就是中国两千年来社会的基础构造。一切政治、法度、伦理、道德、学术、思想、风俗、习惯，都是筑在大家族制度上作它的表层构造。”① 当这套制度无法应对外来侵略和文明时，“变”成为不二法门。首当其冲的便是家庭自身，遭拆解便成为它的历史

① 刘海鸥：《从传统到启蒙：中国传统家庭伦理的嬗变》，中国社会科学出版社 2005 年版，第 207 页。

命运。拆解是为了重建。拆解封建的家庭是为了重建无产阶级的革命家庭。革命话语成为主流话语之后，家庭即成为重建的对象，只是它已经失去了基础构造的制度性地位，变成了民族国家的生命之源，不再阻碍个人解放而是支持个人革命和建设，个人与家庭结合在一起，共同接受民族国家话语的建构。当历史暴力摧残个人的时候，也就是在摧残家庭。因此，新时期人道主义话语对“人”表述建立在“回家”的行为之中。由此我们知道，在20世纪，家庭无论是破的对象还是立的对象，无论是“牢笼”还是“支持者”，都不是家庭作为社会组织结构本身的运行逻辑，而是现代民族国家话语运行的结果；个人无论在“五四”时期“离家”还是在80年代前期“回家”都并不是个人的行为，离开的是封建家庭，回到的是经过阶级伦理改造的血缘—革命家庭。家庭表象贯穿整个20世纪中国政治与文学之中，呈现为“被建构”的叙事特点，80年代前期，在新一轮“立人”的人道主义潮流中，家庭表象以血缘伦理、家庭亲情拯救了历经劫难的个人，同时，以自然的血缘伦理将“祖国”比喻为“母亲”，建立了祖国母亲同个人、家庭一样同为受难者的叙事逻辑，赢得了个人对经历苦难的祖国更坚定的忠诚和建设祖国的热忱。

第二，80年代小说中的民族国家话语对家庭采用了规范—借用的叙事策略。80年代初，人道主义、理想主义话语借助家庭概念重新建立了家国一致的家国秩序。爱情婚姻题材冲破了“禁区”，人道主义倡导者和为“人的解放”欢欣鼓舞的读者找到了“反封建”的感觉。实际上，这一时期的爱情、婚姻题材小说能够冲破意识形态的禁区，在于其符合思想解放的主流意识形态话语。爱情和婚姻只是种题材，关注对它的建构能够发现其所建立的话语秩序。青年男女将“理想爱情”理解为爱祖国、爱事业、爱知识，爱“人”与爱祖国同构，特别是在80年代初的小说中，这成为选择恋人的一条重要原则，不能违背。爱事业是爱祖国的实现方式，青年人不能为了小家庭的温馨安逸而奋斗，要做并肩奋斗的祖国建设者，爱情在爱事业之中得到实现。核心家庭在建设祖国的过程中获得认可，如《人到中年》里的陆文婷一家。可以认为，80年代前期小说中的家庭表象延续了红色经典中所建立的“舍小家顾大家”的家国秩序，只是加入了更迫切的落后和追赶的民族国家主体心态和“现代化”的许诺。而家庭也并不永远是温暖的有人情味的归宿，在改革开放语境的父子场景中，家庭因其束缚了个人“现代化”的脚步而再度成为离开的对象。

第三，家庭表象具有二重性和中介性特征。二重性体现在民族国家建构过程中，家庭被建构的同时，也在以自然的血缘伦理消解着被建构的命运，从而维持自身的存在。家庭一方面具有阿尔都塞所说的“意识形态国家机器”特征，另一方面具有自然的血缘伦理特征，即“生育功能”。在“有国才有家”“舍小家顾大家”的秩序中，家庭是奉献的角色，个人与家庭结合起来为民族国家而奋斗；在家庭内部，个人与个人结合起来为着小家庭的生存而奋斗。“理想爱情”的男女主人公旁边，总会有起对比作用的“反面人物”，当主人公追求家国一致的理想爱情时，他/她们在营造自己的小家庭，尽管与物质、个人联系在一起的核心家庭表象在文本中是树立的反面靶子，只具有被批评、被指责、遭否定、反衬“正面人物”的叙事功能。但不能不承认，时尚、物质、个人等因素建立起来的核心家庭给人以安妥的现世感受，个体营造自己的家庭，几乎是一种本能，无法为民族国家话语所完全消融。对于国家，家庭既有被动性，又有抚育后代的主动性；对于个人，家庭既有保护性，又有保守性。家庭处在国家与个人之间，既服从国家建构，又保护个人被过度规训，兼有二重性和中介性。

个人与核心家庭在 80 年代后期的结合同样体现出二重性特征。一方面，对于个人从革命和理想中回到日常生活具有进步意义。正如列斐弗尔在《日常生活批判》中指出的，革命从来只是暂时的历史性（直线性）的进步过程，而日常生活却是超历史的永恒的周期轮回的问题。任何政治与社会革命都解决不了或者代替不了个人的日常生活问题。现代性的生产力解放与发展、现代性社会制度对传统制度的变革与替代，并没有也不可能解决日常生活这个永恒轮回的问题。作为日常生活的重要组成部分，家庭生活价值的确立肯定了日常生活的永恒价值。列斐弗尔认为，人归根结底不是经济人、理性人、技术人、劳动人、政治人，而是日常生活中的凡夫俗子①。因此个人与家庭生活在王安忆小说和新写实小说中的结合表征了对日常生活世俗价值和个体价值的肯定。另一方面，家庭表象的重复卑微、平淡无奇显示了启蒙现代性之下日常生活的异化。日常生活既有压抑性、异化的一面，又潜藏着否定、变革的创造力和解放潜能，那么，个人寻求日常生活解救之道的途径之一就在于如何超越个体与家庭的结合。

第四，家庭表象具有历史化的特征。70 年代末 80 年代初，家庭因血缘伦理对个人的救赎功能而成为“人性”的载体，是主流话语竭力描绘的美好归宿，但到了贾平凹、王润滋的以改革开放为背景的农村父子场景中，家庭又成为个人发展的障碍，如同“五四”时期束缚个人解放和自由

---

① Henri Lefebvre, *Critique of Everyday Life*，转引自刘怀玉《列斐伏尔与 20 世纪西方的几种日常生活批判倾向》，《求是学刊》2003 年第 5 期。

的大家庭，再次成为个人离开的对象。在对待改革开放语境中的家庭的意义上，“新时期”接续了“五四”精神。家庭因其所起的历史作用不同而在小说中具有不同的表象，无论被标记为恶还是被褒扬为善，家庭始终是民族国家话语建构的资源。这一点在90年代大众文化对待家庭血缘伦理的态度中仍然有所体现。民族主义于全球化的语境中再度兴起时，民族化的形态呈现为广告中的中国几代同堂的大家庭和温暖的血缘亲情。以“分享艰难”为旗帜的“现实主义”冲击波启用了血缘家庭的亲情关系，以帮助国家、个人度过艰难时世。如果说，80年代对家庭再度重视，本身是对阶级论的一次反拨，那么，90年代对血缘家庭表象的再度拥抱，则在很大程度上出自社会急剧分化、重组所带来的失序、失落与茫然[①]。

80年代小说的家庭叙事是20世纪中国文学家庭叙事的一个环节，80年代前期的家庭表象维持着家国一致的整一性，80年代中后期，“舍小家顾大家”的家国秩序和整一性悄然松动，世俗化和个人化萌动兴起。核心家庭在王安忆小说和新写实小说中获得了叙事的价值肯定。无论家庭是民族国家建构的对象和资源，还是既养育个人又束缚个人的家园，家庭将永远值得文学和她的批评者去言说。

① 戴锦华：《隐形书写——90年代中国文化研究》，江苏人民出版社1999年版，第217页。

附录　论巴赫金思想的核心——“成长”*

中国学界对巴赫金思想的接受已经有30年了。巴赫金文论的一些关键词，诸如“复调”“对话”“狂欢化”不仅已成为当代中国学者进行文学研究乃至人文研究的基本话语①，而且也正成为我们这个时代的关键词：和谐、平等、对话是全世界共同关注和追求的人文精神。建立在对话精神上的人本主义是巴赫金思想的核心，而狂欢和复调则是这一精神在不同文化领域的具体体现②。这几乎是巴赫金研究界30年研究的定论，已经获得了普遍接受。正如有研究者所指出的，在巴赫金的几乎所有重要理论范畴中，都有对“未完成”的论述，但我国学界基本上将“未完成”当作一个低于其他范畴（如狂欢、复调、对话等）的命题，对其内涵的理解也较为狭隘③。几年来研读巴赫金的著作，笔者发现巴赫金的思想核心不是对话，而是这个不被重视的成长（即“未完成”，本文认为，“成长”比“未完成”更能准确地表达巴赫金的思想），对话、狂欢和历史都是成长这个核心的复调。本文尝试论证这个观点，有不当之处，请同仁指正。

一　巴赫金思想的核心——成长

巴赫金智慧的头脑和迷宫一样的思想令人着迷，其广博深邃、包罗万象的思想主要是通过与他的三位重要文学人物——陀思妥耶夫斯基、拉伯雷和歌德之间的对话展开的。对话的主题是成长。陀思妥耶夫斯基在地下

---

* 本文发表于《外语与外语教学》2011年第3期。本书写作受益于巴赫金的某些思想与方法，特附此文以供参考。

① 郝斌：《“跨文化视界中的巴赫金”全国学术研讨会圆满闭幕》，《俄罗斯文艺》2007年第4期。

② 周启超：《“复调”、“对话”、“狂欢化”之后与之外——当代中国学界巴赫金研究的新进展》，《北京第二外国语学院学报》2010年第4期。

③ 罗益民：《论巴赫金“完成”与“未完成”的多重价值内》，《漳州师范学院学报》（哲学社会科学版）2008年第3期。

室里展开了作者与主人公的对话式生长，拉伯雷在中世纪狂欢节上吟唱着狂欢式的生长，歌德在罗马时空体里看出时间，看出成长。

巴赫金的成长思想有着人类学的深厚土壤和历史学的深邃眼光。时间的流逝意味着变化，在巴赫金这里，静止、僵化有贬义色彩，变化则富含褒义。变化是成长的表象，成长是时间的本质，成长是巴赫金思想的关键词。他对成长情有独钟，始终以是否成长来判断他的对象的价值[①]，怎样成长则是他所倾心和为之迷醉的，就像歌德在空间里看出时间，他在陀思妥耶夫斯基、拉伯雷和歌德身上看出了不同的成长方式，拉伯雷狂欢地成长，陀思妥耶夫斯基对话地成长，歌德在时空体里成长。驰名世界的对话与狂欢都是成长的复调。

成长的思想是巴赫金思想的核心，他对成长的观照比比皆是。甚至一些看似对立的思想，最终也都指向成长。陀思妥耶夫斯基、拉伯雷和歌德所代表的关于成长的思想可以概括为“对话即成长”“狂欢即成长”“历史即成长”。

二　对话即成长

“陀思妥耶夫斯基艺术观察中的一个基本范畴，不是形成过程，而是同时共存和相互作用。他观察和思考自己的世界，主要是在空间的存在里，而不是在时间的流程中。”[②] 巴赫金最初写作《陀思妥耶夫斯基诗学问题》时，就是在观察、理解、艺术地表达世界的思维高度上展开的。

（一）“未完成性”通向成长

巴赫金对陀思妥耶夫斯基观察及艺术地表现世界的方式——同时共存与相互作用——大加赞赏。巴赫金说：“他是在创造出一种崭新的艺术观察形式——复调小说之后才死的。而这一艺术观察的形式，直到时代连同它的种种矛盾成为历史陈迹之后，也仍将保存自己的价值。”[③] 但他在援引什克洛夫斯基的《赞成和反对·陀思妥耶夫斯基研究札记》时肯定什

---

① 巴赫金对完成与未完成的价值态度非常复杂，前后有所变化，并与他的其他思想相矛盾。巴赫金最初对完成性存在着一种否定，而对未完成持认同与赞扬态度，后来肯定了完成在价值层面上的意义，并具有了神学内涵（罗益民《论巴赫金“完成”与“未完成”的多重价值内》）。但从巴赫金对时间的态度上来判断，他非常明显地突出了未来一维，由此看来，巴赫金对未完成更倾心，他对成长有一种热切的期待。

② ［苏］巴赫金：《诗学与访谈》，白春仁、顾亚铃译，河北教育出版社 1998 年版，第 37 页。

③ 同上书，第 53 页。

克洛夫斯基“涉及到了一个复杂的问题——复调小说具有根本上的不可完成性”①。

巴赫金多次提到了复调小说、主人公自我意识的未完成性，但并未深入阐述。“自我意识”为什么是“永远不能完成”的呢？巴赫金没有直接解答。但像陀思妥耶夫斯基抓住主人公的“自我意识”一样，巴赫金一刻也没有放松“未完成性”。他首先对比了拉辛和陀思妥耶夫斯基“拉辛的主人公，整个是稳固坚实的存在，就像一座优美的雕塑。陀思妥耶夫斯基的主人公，整个是自我意识。拉辛的主人公是固定而完整的实体，而陀思妥耶夫斯基的主人公是永无完结的功能”②。这样我们就知道，拉辛的主人公是有形的、可见的，而陀思妥耶夫斯基的主人公是无形的、可闻的。拉辛是法国古典主义戏剧的代表人物，“三一律”的典范，他体现了理性的原则并善于挖掘角色的内心世界，主人公作为我眼中的他，是可见的优美的。与此相对，陀思妥耶夫斯基的主人公不能用看来感受，而要去听，听他构想的别人对他的议论，他与作者的对话，因此形象、性格、典型就都不重要了，重要的是“自我意识”，自己与他人的对话。所谓“陀思妥耶夫斯基的主人公是永无完结的功能”应该就是指通过主人公与他人的对话而构建的“自我意识”是“未完成的”。

巴赫金接着对比了独白型小说的完成性与陀思妥耶夫斯基小说的未完成性。独白型的小说里，主人公被作者定了性，相当于早被人说死了，虽然活着仿佛已经成了死人，实际上他还活着，所以他觉得这样对待他是不对的③。从这里可以知道，“定了性”就是死了，由此可以推断，“未完成性”就是活着。死了意味着结束，活着意味着成长，“未完成性”就是成长。至此我们豁然开朗了，陀思妥耶夫斯基的主人公生长着，生活着，当然“永无完结的功能”。

（二）对话即成长

巴赫金这样来表述主人公“未完成性”的深刻意义：不能把活生生的人变成一个沉默无语的认识客体，一个虽不在场却完全可以完成定性的认识客体。一个人的身上总有某种东西，只有他本人在自由的自我意识和议

---

① ［苏］巴赫金：《诗学与访谈》，白春仁、顾亚铃译，河北教育出版社 1998 年版，第 55 页。“不可完成性”与“未完成性”都是指未完成之意，译者根据语境不同而选择了不同译法。

② ［苏］巴赫金：《诗学与访谈》，白春仁、顾亚铃译，河北教育出版社 1998 年版，第 66 页。

③ 同上书，第 76 页。

论中才能揭示，却无法对之背靠背地下一个外在的结论[①]。因为“生活从根本上说就是对话”，“存在即交际”[②]。“对话关系几乎无所不在，它浸透了整个人类的语言，人类生活的一切关系和一切表现形式，总之它浸透了一切蕴涵意义的事物”[③]。巴赫金把独白型小说中作者对主人公的评价称为“背靠背”，那么陀思妥耶夫斯基在他的复调小说里与主人公的关系就是“面对面”。背靠背，“我”和“他”的视野是互不交融的，因此是独白的、定性的、完成的，也就是死的；面对面，“我”和“你”的视野是交融在一起的，因此是对话的、开放的、未完成的，也就是活的。在这个意义上，我们理解了陀思妥耶夫斯基小说为什么都没有真正的结尾。对话也由此通向了成长。

陀思妥耶夫斯基创造了复调小说，对主人公采取对话的态度，组织对话，再现了他人意识以及他们的世界，写出了它们真正的不可完成的状态——生长，而它们的本质所在，正是这个不可完成的特点[④]。巴赫金从陀思妥耶夫斯基的小说里发掘出了对话的方向——成长，并把主人公的未完成性上升到哲学的高度：“只要人活着，他生活的意义就在于他还没有完成，还没有说出自己最终的见解”[⑤]。

三　狂欢即成长

在世界文学领域，理解陀思妥耶夫斯基，理解拉伯雷都是个难题，但巴赫金都做到了。他在独白与对话的交界处发现了复调，在美与怪诞的对比中探寻到了诙谐，而且他找到了他们的内在联系——成长的精神。巴赫金给予陀思妥耶夫斯基和拉伯雷的不仅是赞赏，更是理解。他指出，人们用近代以来“美的美学”标准去衡量拉伯雷的“怪诞美学”形象，觉得他笔下的形象畸形、怪诞、丑陋。巴赫金要做的就是找对途径，理解对象。他找到了中世纪文艺复兴时期的民间诙谐文化传统，在这个传统的世界观与审美精神映照下理解拉伯雷。用巴赫金的话来说，就是用拉伯雷来表现拉伯雷。他成功了。巴赫金先从诙谐入手，接近狂欢，抵达成长。在诙谐

---

① ［苏］巴赫金：《诗学与访谈》，白春仁、顾亚铃译，河北教育出版社 1998 年版，第 76 页。

② Bakhtin, *Problems of Dostoevsky's Poetics*, Minneapolis: University of Minnesota Pres, 1984, pp. 287, 293.

③ Bakhtin, *The Problem of Speech Genres*, Austin: University of Texas Pres, 1986, pp. 72 – 74.

④ ［苏］巴赫金：《诗学与访谈》，白春仁、顾亚铃译，河北教育出版社 1998 年版，第 90 页。

⑤ 同上书，第 77 页。

映照之下，拉伯雷笔下那张着的大嘴和生产的身体都是成长的狂欢表达。

巴赫金从陀思妥耶夫斯基的主人公“自我意识”出发，通过对话抵达成长有如通幽曲径，他在拉伯雷的狂欢里发现成长则好比通途大道。他在《拉伯雷研究》里开篇就指出狂欢节产生的民间文化源头是诙谐文化，诙谐的本质就是成长；紧接着分析了民间诙谐文化的典型仪式——狂欢节，揭示出狂欢节世界感受的核心是成长；之后他详尽地分析了拉伯雷在《巨人传》中描写的各种狂欢节仪式、形象，语言，认为它们都体现了狂欢节的成长精神。

（一）诙谐是成长的世界观

巴赫金一开始就是从与官方严肃文化对话的角度讨论民间诙谐文化的，而且是在世界观的高度上，把严肃与诙谐看作是两种看待生活的不同观点。他说：“诙谐，就像严肃一样，是包罗万象的：它针对世界的整体、针对历史、针对全部社会、针对世界观。这是关于世界的第二种真理。”① 诙谐的本质体现在对待时间的态度上，它追求不断生长，不断交替更新，追求未完成性。拉伯雷的诙谐与陀思妥耶夫斯基的对话在“未完成性”上相会了。与在《陀思妥耶夫斯基诗学问题》里悬置与潜隐“未完成性”不同，在《拉伯雷研究》里，巴赫金开篇就点明诙谐具有未完成性，与一切现成的、不变的、企图永恒的事物相对立，与严肃相对立。

（二）狂欢节的世界感受——狂欢即成长

诙谐的世界观最充分地表现在狂欢节上，也就是说，狂欢节是民间诙谐文化的典型仪式。

巴赫金最为赞赏狂欢节体现出的“狂欢节世界感受”。狂欢节源于中世纪欧洲的民间节日宴会和游行表演。巴赫金的“狂欢节”主要指的是中世纪和文艺复兴时代，拉伯雷笔下的狂欢节。狂欢节最典型的仪式是给小丑国王脱冕加冕，这也是最能体验狂欢节世界感受的仪式。巴赫金这样概括狂欢节作为典型的民间节日的时间本质：“这是真正的时间的节日，不断生成、交替、更新的节日，它与一切永存、完成和终结相敌对，它面向未完成的将来。”② 这就是狂欢式的生长。拉伯雷的狂欢与陀思妥耶夫斯基的对话在“未完成性”上再次相会了。

这里要特别提及狂欢式的笑。巴赫金对笑的重视丝毫不亚于对狂欢节

① ［苏］巴赫金：《拉伯雷研究》，李兆林、夏忠宪译，河北教育出版社1998年版，第97页。

② 同上书，第11页。

本身。因为没有笑就没有狂欢节，狂欢式的成长是在笑声中进行的。狂欢式的成长就是在笑声中成长。巴赫金是在世界观的意义上讨论狂欢式的笑的。他认为狂欢式的笑的特性在于与自由不可分离的和本质的联系，密切地关系到不断变化的季节，蕴含着人们对美好未来的希望。狂欢式的笑强调更替和变化，强调欢乐的音调，用笑声反对官方对过去和永恒、不变的强调，用欢笑反对官方的严肃和恐惧，具有未完成的和开放的性质，连同变化和新生的欢乐。

狂欢式的笑的功能非常强大。笑是狂欢的氛围、形式和本质。狂欢是成长，而且是笑着成长。狂欢式生长与对话式生长都指向未完成的世界，拉伯雷的狂欢与陀思妥耶夫斯基的永不完结的对话在未完成性上是一致的，差别在于声调，一个欢笑，一个阴郁。

（三）拉伯雷的狂欢化形象——怪诞式生长

巴赫金提出了民间诙谐文化的问题，并从这个传统上理解拉伯雷。拉伯雷这位民间诙谐文化最伟大的表达者在他的狂欢之作《巨人传》里运用了一系列狂欢节的形式塑造了怪诞形象、物质—肉体形象，运用褒贬融合的狂欢节语言，在文学上和修辞上完美地表现了狂欢节的世界观意义。

1. 怪诞形象

怪诞形象是指由“生活的物质—肉体因素，如身体本身、饮食、排泄、性生活”等构成的形象。“肉体形象”主要指怪诞人体形象，“即是凹处、凸处、分支处和突出处：张开的嘴巴、阴户、乳房、阳具、大肚子、鼻子。人体只能通过交媾、怀孕、分娩、弥留、吃喝拉撒这一类动作来揭示自己的本质，即不断生长和不断超越自身界限的因素”①。“物质形象”主要指筵席形象“即吃、喝、吸纳形象”②。

怪诞形象所表现的是在死亡和诞生、成长与形成的阶段，自我变化、尚未完成的变形状态的现象特征。对时间、对形成的态度是怪诞形象必然的、确定的特征。它的另一个与此相关的必然特征是双重性：怪诞形象以这种或那种形式体现变化的两极即旧与新、垂死与新生、变形的始与末③。无论怪诞人体还是筵席形象，巴赫金重视的都是交界部分，人体与外部世界、与内部世界，新人体与旧人体的交界处。在这些交界处，人与世界的界限消失，人与人的界限消失，死和生相通，大宇宙与小宇宙相通。这里

① ［苏］巴赫金：《拉伯雷研究》，李兆林、夏忠宪译，河北教育出版社 1998 年版，第 31 页。

② 同上书，第 321 页。

③ 同上书，第 31 页。

没有绝对的死，死总是与生紧密相连，怪诞形象的核心是诙谐的生长的时间观念。而且交界处的双方都在交流、对话，你中有我，我中有你。这一点和巴赫金的对话主义精神相通。怪诞美学风格所追求的生长、界限消失、积极对话，正是对话主义的审美化、世俗化。

2. 褒贬融合的狂欢化语言

作为一位对语文学深有造诣的学者，巴赫金从贬低化的狂欢化逻辑中发现了拉伯雷小说中独特的“语言狂欢”——褒贬融合。它在修辞层面上反映了怪诞形象正反同体的双重性。他说拉伯雷的语言总是融褒贬于一体，总被用于说明双体变化着的世界。赞美和贬低同体共生：笨蛋和几十个赞美笨蛋的修饰语连用，放荡鬼和几十个赞美放荡鬼的形容词并陈。甚至毫无关系的各种领域里的词被硬编在一个词组里，“都在完成着有损身份的婚姻”①。褒贬融合于一体充满了狂欢文化特有的双重性。拉伯雷的怪诞式生长用一体双身的怪诞形象、褒贬融合的语言实现了巴赫金成长的复调。

四　历史即成长

巴赫金通过阐释陀思妥耶夫斯基主人公的未完成性和拉伯雷狂欢节世界感受的再生精神来表达他对时间的积极态度，就是对成长的礼赞。同样地，在他歌德身上也找到了时间的表象——成长。陀思妥耶夫斯基的成长是隐性的，拉伯雷的成长是显性的，歌德的成长则是历史的，也可以说是时间本身的。因此巴赫金对歌德的历史成长阐释几乎可以说是明快的。

（一）歌德的可视性思维——在空间中看出时间

巴赫金强调了歌德善于在空间中看出时间的非凡能力，可称之为歌德的可视性思维。这种可视性思维与拉伯雷的狂欢式思维、陀思妥耶夫斯基的空间型式思维对位地存在。可视性思维意味着善于用眼睛看的方式来理解世界。巴赫金认为，歌德的眼睛善于看到成长中的事物。这是歌德的可视性思维的与众不同之处，“他不愿意把任何东西看成是完成定型又静止不动的”，“在任何静止不动、纷繁多样的事物背后，他都能看到不同的时间的存在”②。在歌德这里，可视性不再是静态的，它与时间结合在一起。歌德明察秋毫的眼睛无处不在寻找并发现时间，即发展、成长、历史。在

---

① ［苏］巴赫金：《拉伯雷研究》，李兆林、夏忠宪译，河北教育出版社1998年版，第485页。

② ［苏］巴赫金：《小说理论》，白春仁、晓河译，河北教育出版社1998年版，第238页。

成长这个意义上，巴赫金把歌德的可视性思维称为“生成的视觉”①。他在完成定型的事物上辨别得出成长着的、酝酿着的东西。巴赫金对静止与变化的态度截然不同，他颂扬一切变化的事物，虽然没有贬低一切静止的事物，但他对变化的热切和对静止的冷淡泾渭分明。因此他赞赏陀思妥耶夫斯基创造的“未完成性”的主人公，称许歌德在完成定型的事物上辨别出成长的可视性思维。

（二）历史即成长

巴赫金把时间分成三类：一是自然时间，二是日常时间，三是历史时间。自然时间指星辰的运转，一年四季、公鸡啼鸣等在自然界中显示出来的时间；日常时间指人的生命、日常生活中显示的时间，如人的年龄、日出而作日落而息。自然时间和日常时间都是循环时间。有人研究说东方人的时间观念是圆形的，西方人的时间观念是线性的，所以东方人怠慢时间，西方人珍惜时间。其实也未必尽然，不过这个通行的说法有助于理解巴赫金的循环时间，就是周而复始。巴赫金说 18 世纪前三分之二时间里占绝对优势的是循环时间。历史时间突破了循环时间的圆圈，开始向前发展了。从形成上来讲，历史时间是在循环时间之后才形成的。“历史时间是人们创造能力的可睹结果，人的双手和智慧的结晶，城市、街道、楼房、艺术作品、机器、社会组织等等。”② 循环时间是自然的本能的时间，历史时间是人类创造的时间。

巴赫金对歌德的历史时间感评价很高。他说，歌德对历史时间所做的艺术观照，已经达到了顶峰③。歌德探索并发现了历史时间的明显可视运动，在 18 世纪发现了历史时间。他的《威廉·麦斯特》里，情节发生的那个固定不变的世界基础的背景开始搏动，这种搏动决定了人物命运和人们观念的更为走向表层的运动和变化。歌德历史时间感有两个特征，一是必然性，一是创造性。必然性是指一切在时间中都占有其牢固和必然的位置。孤立的历史时段是难以忍受的，它必须放在历史的长河里，找到它所处的位置才能得以理解。过去创造着现在，现在指明了未来。必然性是歌德时间感的中心。必然性的链条把现在、过去和未来连接到一起。

巴赫金指出，歌德的历史时间感具有完整性，包含过去、现在与将来的时间；他的历史视觉是由时间来统摄的，一切事物自身都打上时间的烙

---

① ［苏］巴赫金：《小说理论》，白春仁、晓河译，河北教育出版社 1998 年版，第 239 页。

② 同上书，第 235 页。

③ 同上。

印，充满时间，并且在时间中获得自己的形式和涵义。而且歌德的视觉和思维具有一种特殊的时空体性质。事件时间与完成这一事件的具体地点密不可分，因此歌德的时空体具有深刻的成长精神：那里没有僵死的、静止不动的、凝固的地方，没有固定不变的背景，没有不参与行动和变化的布景和环境。至此，陀思妥耶夫斯基的对话、拉伯雷的狂欢和歌德的历史时间共同指向了巴赫金思想的核心——成长。

参考文献

一　基本理论类

樊浩：《中国伦理精神的现代建构》，江苏人民出版社 1992 年版。
费孝通：《乡土中国》，上海人民出版社 2007 年版。
高健生：《家庭学概论》，河南人民出版社 1986 年版。
葛兆光：《中国思想史》，复旦大学出版社 2001 年版。
顾准：《顾准文集》，贵州人民出版社 1994 年版。
胡乔木：《胡乔木文集》第 2 卷，人民出版社 1993 年版。
李小江：《性别与中国》，生活・读书・新知三联书店 1994 年版。
李小娟：《走向日常生活的批判》，人民出版社 2005 年版。
李泽厚：《中国现代思想史论》，安徽文艺出版社 1999 年版。
刘广明：《宗法中国》，上海三联书店 1993 年版。
刘海鸥：《从传统到启蒙：中国传统家庭伦理的近代嬗变》，中国社会科学出版社 2005 年版。
潘允康：《家庭社会学》，重庆出版社 1986 年版。
强以华：《西方伦理十二讲》，重庆出版社 2008 年版。
万俊人：《比照与透析——中西伦理学的现代视野》，广东人民出版社 1998 年版。
万俊人：《伦理学新论：走向现代伦理》，中国青年出版社 1994 年版。
万俊人：《现代性的伦理话语》，黑龙江人民出版社 2002 年版。
王恒生：《家庭伦理道德》，中国财政经济出版社 2001 年版。
王长金：《传统家训思想通论》，吉林人民出版社 2005 年版。
韦政通：《伦理思想的突破》，四川人民出版社 1988 年版。
翁芝光：《中国家庭伦理与国民性》，云南人民出版社 2002 年版。
肖群忠：《孝与中国文化》，人民出版社 2001 年版。
萧家炳：《家庭伦理》，北京环境科学出版社 1996 年版。

徐扬杰：《中国家族制度史》，人民出版社 1992 年版。
衣俊卿：《回归生活世界的文化哲学》，黑龙江人民出版社 2000 年版。
衣俊卿：《现代化与日常生活批判》，黑龙江教育出版社 1994 年版。
岳庆平：《中国的家与国》，吉林文史出版社 1990 年版。
张岱年：《中国伦理思想研究》，凤凰出版传媒集团有限公司 2005 年版。
朱学勤：《道德理想国的覆灭》，上海三联书店 1994 年版。
李银河：《我们都是宇宙中的微尘》，北京十月文艺出版社 2018 年版。
阎云翔：《私人生活的变革：一个中国村庄里的爱情、家庭与私密关系：1949—1999》，上海书店出版社 2006 年版。
陈建华：《“革命”的现代性：中国革命话语考论》，上海古籍出版社 2000 年版。
陆挺、徐宏主编：《人文通识讲演录：学术人生卷》，文化艺术出版社 2007 年版。
王宁：《消费的欲望》，南方日报出版社 2005 年版。
[德] 恩格斯：《家庭、私有制和国家的起源》，张仲实译，人民出版社 1954 年版。
[法] 亨利·列斐伏尔：《日常生活批判》，叶齐茂、倪晓晖译，社会科学文献出版社 2018 年版。
[匈] 赫勒：《日常生活》，衣俊卿译，重庆出版社 1990 年版。
[英] 恩斯特·卡西尔：《人论》，甘阳译，西苑出版社 2003 年版。
[德] 马克斯·韦伯：《新教伦理与资本主义精神》，于晓、陈维刚译，生活·读书·新知三联书店 1987 年版。
[德] 莫里茨·石里克：《伦理学问题》，张国珍、赵又春译，商务印书馆 1997 年版。
[美] 埃里希·弗洛姆：《爱的艺术》，刘福堂译，安徽文艺出版社 1986 年版。
[美] 麦金太尔：《伦理学简史》，龚群译，商务印书馆 2003 年版。
[美] 麦金太尔：《三种对立的道德探究观》，万俊人译，中国社会科学出版社 1999 年版。
[英] 罗素：《伦理学和政治学中的人类社会》，中国社会科学出版社 1992 年版。
[英] 亚当·斯密：《道德情操论》，余涌译，中国社会科学出版社 2003 年版。
[美] 赫伯特·马尔库塞：《爱欲与文明》，上海文艺出版社 1987 年版。

［法］西蒙·波伏娃：《第二性》，陶铁柱译，中国书籍出版社 1998 年版。
［德］卡尔·曼海姆：《意识形态与乌托邦》，黎鸣、李书崇译，商务印书馆 2000 年版。

二　文学理论类

蔡翔：《日常生活的诗情消解》，学林出版社 1994 年版。
曹文轩：《小说门》，作家出版社 2003 年版。
曹文轩：《中国八十年代文学现象研究》，作家出版社 2003 年版。
陈顺馨：《中国当代文学的叙事与性别》，北京大学出版社 2007 年版。
程光炜：《文学讲稿："八十年代"作为方法》，北京大学出版社 2009 年版。
程光炜：《女性文学研究资料》，百花洲文艺出版社 2018 年版。
戴锦华：《涉渡之舟：新时期中国女性写作与女性文化》，北京大学出版社 2010 年版。
戴锦华：《隐形书写——90 年代中国文化研究》，江苏人民出版社 1999 年版。
戴锦华：《犹在镜中》，知识出版社 1999 年版。
贺桂梅：《"新启蒙"知识档案：80 年代中国文化研究》，北京大学出版社 2010 年版。
贺桂梅：《人文学的想象力》，河南大学出版社 2005 年版。
洪子诚等：《重返八十年代》，北京大学出版社 2009 年版。
洪子诚、孟繁华：《当代文学关键词》，广西师范大学出版社 2002 年版。
洪子诚：《当代文学史》，北京大学出版社 2009 年版。
胡健玲：《中国新时期小说研究资料》，山东文艺出版社 2006 年版。
黄修已、刘卫国：《中国现代文学研究史》，广东人民出版社 2008 年版。
孔范今、施战军：《中国新时期文学思潮研究资料》，山东文艺出版社 2006 年版。
李军：《"家"的寓言：当代文艺的身份与性别》，作家出版社 1996 年版。
李杨：《50—70 年代中国经典文学再解读》，山东教育出版社 2006 年版。
林安悟：《儒学与中国传统社会之哲学省察》，学林出版社 1998 年版。
刘禾：《跨语际实践》，宋伟杰译，生活·读书·新知三联书店 2002 年版。
刘慧英：《走出男权传统的藩篱》，生活·读书·新知三联书店 1996 年版。
孟繁华：《1978：激情年代》，山东教育出版社 1998 年版。
孟繁华：《梦幻与宿命：中国当代文学的精神历程》，广东人民出版社

1999 年版。
孟悦、戴锦华：《浮出历史地表》，河南人民出版社 1989 年版。
贺桂梅：《新启蒙知识档案》，北京大学出版社 2006 年版。
贺桂梅：《人文学的想象力：当代中国思想文化与文学问题》，河南大学出版社 2005 年版。
马春花：《被缚与反抗——中国当代女性文学思潮论》，齐鲁书社 2008 年版。
陈少华：《阉割、篡弑与理想化——论中国现代文学中的父子关系》，广东人民出版社 2005 年版。
陈晓明：《无边的挑战》，广西师范大学出版 2006 年版。
逄增玉：《二十世纪中国文学的历史文化透视》，东北师范大学出版社 1996 年版。
谭君强：《叙事学导论》，高等教育出版社 2008 年版。
唐小兵：《再解读——大众文艺与意识形态》，北京大学出版社 2007 年版。
陶东风：《社会理论视野中的文学与文化》，暨南大学出版社 2002 年版。
王卫平：《中国现代知识分子小说史论》，中国社会科学出版社 2009 年版。
王卫平：《中国当代文学价值评估体系的重建与文学价值论》，中国社会科学出版社 2017 年版。
王宇：《性别表述与现代认同》，生活·读书·新知三联书店 2006 年版。
吴俊：《文学流年：从八十年代到九十年代》，广州出版社 2001 年版。
吴义勤：《中国新时期小说研究资料》，山东文艺出版社 2006 年版。
许子东：《为了忘却的集体记忆》，生活·读书·新知三联书店 2000 年版。
杨义：《小说叙事学》，人民出版社 1997 年版。
尹昌龙：《1985：延伸与转折》，山东教育出版社 2002 年版。
张德详：《八十年代文学中的精神现象批判》，山西人民出版社 1991 年版。
张京媛：《当代女性主义文学批评》，北京大学出版社 1992 年版。
张学昕：《南方想象的诗学：论苏童的当代唯美写作》，复旦大学出版社 2009 年版。
张学正、丁茂远、陈公正等：《文学争鸣档案：中国当代文学作品争鸣实录》，南开大学出版社 2002 年版。
张志忠：《当代长篇小说论略》，解放军文艺出版社 2000 年版。
朱立元：《当代西方文艺理论》，华东师范大学出版社 1997 年版。
张新颖、金理：《王安忆研究资料》，天津人民出版社 2009 年版。
［美］华莱士·马丁：《当代叙事学》，伍晓明译，北京大学出版社 1991

年版。
[法] 热拉尔·热奈特:《叙事话语》,王文融译,中国社会科学出版社 1990 年版。
[英] 特雷·伊格尔顿:《二十世纪西方文学理论》,伍晓明译,北京大学出版社 2007 年版。

三 论文类

蔡翔:《父与子——中国文学中的“父子”问题》,《文艺争鸣》1991 年第 5 期。
曹书文:《刘震云小说创作论》,《河南师范大学学报》(哲学社会科学版)1996 年第 2 期。
陈宏:《女性解放路向选择的经典模式:20 世纪中国文学家庭叙事中的“娜拉现象”通观》,《江汉学刊》2004 年第 12 期。
陈娟:《新时期的婚姻伦理小说》,《社会科学》1992 年第 10 期。
程文超:《也谈女作家笔下的爱情、婚姻、家庭问题》,《文艺评论》1987 年第 6 期。
戴锦华:《池莉:神圣的烦恼人生》,《文学评论》1995 年第 6 期。
段崇轩:《悲剧人生和诗化人生的冲突——评谌容的家庭系列小说》,《当代作家评论》1989 年第 1 期。
高尔泰:《愿将忧国泪,来演丽人行》,《读书》1985 年第 2 期。
郝军启:《1980 年代小说的家庭伦理叙事》,博士学位论文,吉林大学,2009 年。
荒煤:《〈伤痕〉也触动了文艺创作的伤痕》,《文汇报》1978 年 9 月 1 日。
丁玲:《作为一种倾向来看——给萧也牧同志的一封信》,《文艺报》1951 年 4 月 8 日。
丁永强:《新写实作家、评论家谈新写实》,《小说评论》1991 年第 3 期。
黄秋耘:《〈山乡巨变〉琐谈》,《文艺报》1961 年第 2 期。
周扬:《建设社会主义文学的任务——在中国作家协会第二次理事会议(扩大)上的报告》,《文艺报》1956 年第 5、6 期。
旷新年:《20 世纪中国文学与个人、家、国关系的重建》,《常熟理工学院学报》2006 年第 3 期。
旷新年:《民族国家想象与中国现代文学》,《文学评论》2003 年第 1 期。
雷达:《敞开了青少年的心扉》,《十月》1983 年第 4 期。

李新宇：《传统家庭秩序的崩溃与重构——新时期文学的伦理观念考察》，《齐鲁学刊》1996 年第 5 期。
李新宇：《从天国到人间的回归与迷失——论近年文学作品中爱情的世俗化倾向》，《文艺争鸣》1991 年第 1 期。
李泽厚：《夜读偶录》，《瞭望》1984 年第 11 期。
刘冬梅：《从“婆媳冲突”的文学阐述看 20 世纪中国女性文化语境的变迁》，《理论与创作》2001 年第 4 期。
刘锡诚：《谈新时期文学中的人道主义问题》，《文学评论》1982 年第 4 期。
彭子良：《裂变与对立——论新时期文学中家庭观念的嬗变》，《文艺评论》1989 年第 6 期。
沈江平：《日常生活向度的家庭意识形态考量》，《甘肃理论学刊》2010 年第 3 期。
石万鹏：《论“五四”以来女性文学中母女关系的写作》，《山东社会科学》2000 年第 6 期。
孙先科：《父子之情与国家公义：王蒙小说中“大义灭亲”的故事原型及其意义阐释》，《河南大学学报》2010 年第 6 期。
谈凤霞：《朝向母亲镜像的认同危机——当代女性作家童年叙事中的母女关系论》，《江淮论坛》2008 年第 3 期。
向颖：《异化与重塑——论当代女性写作中的母女场景》，《文学界：理论版》2010 年第 5 期。
徐越：《父父子子——80—90 年代初文学作品中的父与子》，《安徽文学》2007 年第 9 期。
薛月兵：《十七年家庭书写探微》，《乐山师范学院学报》2005 年第 2 期。
张丹丹：《新时期以来中国小说中婆媳关系的叙事及其所反映的社会文化内涵》，硕士学位论文，北京语言大学，2007 年。
朱光潜：《关于人生、人道主义、人情美和共同美的问题》，《文艺研究》1979 年第 3 期。
俞建章：《文学创作中的人道主义潮流——学创作的回顾与思考》，《文学评论》1981 年第 1 期。
程德培：《面对自己的“角逐”——评王安忆的“三恋”》，《当代作家评论》1987 年第 2 期。
刘川鄂：《“池莉热”反思》，《文艺争鸣》2002 年第 1 期。
陈晓明：《反抗危机：论新写实》，《文学评论》1993 年第 2 期。

陈晓明：《胜过父法：绝望的心理自传——评余华的〈呼喊与细雨〉》，《当代作家评论》1992年第4期。

陈晓明：《最后的仪式——“先锋派”的历史及其评估》，《文学评论》1991年第5期。

陈晓明：《漫评刘震云的小说》，《文艺争鸣》1992年第1期。

苏沙丽：《论乡土现代派——以莫言、阎连科、刘震云为考察中心》，《文艺评论》2015年第1期。

刘震云：《整体的故乡与故乡的具体》，《文艺争鸣》1992年第3期。

摩罗、杨帆：《刘震云：奴隶的痛苦与耻辱》，《当代作家评论》1998年第4期。

周罡：《在虚拟与真实间沉思——刘震云访谈录》，《小说评论》2002年第3期。

罗维：《论中国文学之悲悯意识》，《求索》2007年第11期。

刘怀玉：《列斐伏尔与20世纪西方的几种日常生活批判倾向》，《求是学刊》2003年第5期。

萨支山：《试论五十至七十年代“农村题材”长篇小说——以〈三里湾〉〈山乡巨变〉〈创业史〉为中心》，《文学评论》2001年第3期。

李淑霞：《王安忆创作论》，博士学位论文，浙江大学，2006年。

刘成才：《中国当代文学“十七年”（1946—1966）被批判小说研究》，博士学位论文，苏州大学，2011年。

徐秀明：《20世纪中国成长小说研究》，博士学位论文，上海大学，2007年。

季红真：《文明与愚昧的冲突——论新时期小说的基本主题》，《中国社会科学》1985年第3—4期。

[法] 路易·阿尔都塞：《意识形态和意识形态国家机器》，李迅译，《当代电影》1987年第4期。

四　作品类

白桦：《苦恋》，《十月》1979年第3期。

白桦：《啊！古老航道》，《清明》1980年第1期。

蔡测海：《远处的伐木声》，《民族文学》1982年第10期。

残雪：《山上的小屋》，《人民文学》1985年第8期。

陈村：《两代人》，《上海文学》1979年第9期。

陈国凯：《我该怎么办》，《作品》1979年第2期。

陈建功:《鬈毛》,《十月》1986 年第 3 期。
陈可雄、马鸣:《杜鹃啼归》,《青春》1980 年第 6 期。
陈世旭:《第三者》,《北京文学》1987 年第 12 期。
谌容:《错,错,错!》,《收获》1984 年第 2 期。
谌容:《懒得离婚》,《解放军文艺》1988 年第 6 期。
谌容:《人到中年》,《收获》1980 年第 1 期。
谌容:《杨月月与萨特之研究》,《人民文学》1983 年第 8 期。
池莉:《烦恼人生》,《上海文学》1987 年第 8 期。
池莉:《不谈爱情》,《上海文学》1989 年第 1 期。
池莉:《池莉文集:一冬无雪》,江苏文艺出版社 1995 年版。
池莉:《池莉文集:紫陌红尘》,江苏文艺出版社 1995 年版。
池莉:《太阳出世》,《钟山》1990 年第 4 期。
楚良:《对第三者的审判》,《海燕》1985 年第 10 期。
丛维熙:《大墙下的红玉兰》,《收获》1979 年第 2 期。
丛维熙:《雪落黄河静无声》,中国文联出版公司 1984 年版。
戴厚英:《人啊,人》,广东人民出版社 1980 年版。
戴厚英:《锁链,是柔软的》,花城出版社 1982 年版。
方方:《风景》,《当代作家》1987 年第 5 期。
冯骥才:《铺花的歧路》,《收获》1979 年第 2 期。
冯骥才:《在两个问号之间》,《莽原》1981 年第 2 期。
古华:《芙蓉镇》,《十月》1981 年第 2 期。
古华:《爬满青藤的木屋》,《十月》1981 年第 2 期。
韩少功:《女女女》,《上海文学》1986 年第 5 期。
航鹰:《东方女性》,《上海文学》1983 年第 8 期。
洪峰:《瀚海》,《中国作家》1987 年第 2 期。
贾平凹:《腊月·正月》,《十月》1984 年第 8 期。
贾平凹:《小月前本》,花城出版社 1984 年版。
蒋子龙:《赤橙黄绿青蓝紫》,《当代》1981 年第 4 期。
蒋子龙:《乔厂长上任记》,《人民文学》1979 年第 7 期。
靳凡:《公开的情书》,《十月》1980 年第 1 期。
柯云路:《衰与荣》,人民文学出版社 1988 年版。
柯云路:《新星》,人民文学出版社 1985 年版。
柯云路:《夜与昼》,人民文学出版社 1986 年版。
礼平:《晚霞消失的时候》,《十月》1981 年第 1 期。

李保均:《花工》,《四川文学》1980 年第 2 期。
李国文:《花园街五号》,《十月》1983 年第 4 期。
李国文:《月食》,《人民文学》1980 年第 3 期。
李杭育:《沙灶遗风》,《北京文学》1983 年第 5 期。
李锐:《厚土》,浙江文艺出版社 1989 年版。
李陀:《七奶奶》,《北京文学》1982 年第 3 期。
刘恒:《伏羲伏羲》,《北京文学》1988 年第 3 期。
刘恒:《狗日的粮食》,《中国作家》1986 年第 9 期。
刘心武:《爱情的位置》,《十月》1978 年创刊号。
刘心武:《班主任》,《人民文学》1977 年第 11 期。
刘心武:《钟鼓楼》,人民文学出版社 1985 年版。
刘震云:《被水卷去的酒帘》,1982 年 2 月于北京大学。
刘震云:《大庙上的风铃》,《奔流》1984 年第 4 期。
刘震云:《栽花的小楼》,《青年文学》1985 年第 4 期。
刘震云:《塔铺》,《人民文学》1987 年第 4 期。
刘震云:《新兵连》,《青年文学》1988 年第 1 期。
刘震云:《爹有病》,《星火》1988 年第 2 期。
刘震云:《单位》,《北京文学》1989 年第 2 期。
刘震云:《官人》,《青年文学》1991 年第 4 期。
刘震云:《一地鸡毛》,《小说家》1991 年第 1 期。
卢新华:《伤痕》,《文汇报》1978 年 8 月 11 日。
鲁彦周:《天云山传奇》,《清明》1979 年创刊号。
陆文夫:《井》,《中国作家》1985 年第 3 期。
陆星儿、陈可雄:《啊,青鸟》,《收获》1982 年第 2 期。
陆星儿:《美的结构》,《绿原》1981 年第 2 期。
路遥:《人生》,《收获》1982 年第 3 期。
莫言:《红高粱》,《人民文学》1986 年第 3 期。
莫应丰:《人去两三天》,《新苑》1982 年第 2 期。
田中禾:《五月》,《山西文学》1985 年第 5 期。
铁凝:《麦秸垛》,《收获》1986 年第 5 期。
铁凝:《没有纽扣的红衬衫》,《十月》1983 年第 2 期。
铁凝:《玫瑰门》,《文学四季》1984 年创刊号。
铁凝:《哦,香雪》,《青年文学》1982 年第 5 期。
王安忆:《雨,沙沙沙》,《北京文学》1980 年第 6 期。

王安忆：《金灿灿的落叶》，《青春》1981 年第 12 期。
王安忆：《庸常之辈》，《中国青年》1981 年第 17、18 期。
王安忆：《本次列车终点》，《上海文学》1981 年第 10 期。
王安忆：《流逝》，《钟山》1982 年第 6 期。
王安忆：《荒山之恋》，《十月》1986 年第 4 期。
王安忆：《小鲍庄》，《中国作家》1985 年第 2 期。
王安忆：《小城之恋》，《上海文学》1986 年第 8 期。
王安忆：《锦绣谷之恋》，《钟山》1987 年第 1 期。
王安忆：《爱情的故事（三题）》，《女作家》1987 年第 1 期。
王安忆：《爱情的故事》，《天津文学》1986 年第 9 期。
王安忆：《逐鹿中街》，《收获》1988 年第 3 期。
王安忆：《岗上的世纪》，《钟山》1989 年第 1 期。
王安忆：《弟兄们》，《收获》1989 年第 3 期。
王安忆：《好婆和李同志》，《文化月刊》1989 年第 12 期。
王安忆：《香港的情与爱：王安忆自选集之三》，作家出版社 1996 年版。
王安忆：《漂泊的语言：王安忆自选集之四》，作家出版社 1996 年版。
王安忆：《王安忆短篇小说编年卷一：墙基（1978—1981）》，人民文学出版社 2009 年版。
王安忆：《王安忆短篇小说编年卷二：舞台小世界（1982—1989）》，人民文学出版社 2009 年版。
王安忆：《王安忆短篇小说编年卷三：天仙配（1997—2000）》，人民文学出版社 2009 年版。
王安忆：《王安忆短篇小说编年卷四：黑弄堂（2001—2007）》，人民文学出版社 2009 年版。
王安忆：《流水三十章》，上海文艺出版社 2002 年版。
王蒙：《蝴蝶》，《十月》1980 年第 4 期。
王蒙：《风筝飘带》，《北京文艺》1980 年第 5 期。
王蒙：《坚硬的稀粥》，《中国作家》1989 年第 2 期。
王润滋：《鲁班的子孙》，《文汇月刊》1983 年第 8 期。
王润滋：《内当家》，《人民文学》1981 年第 3 期。
韦君宜：《洗礼》，《当代》1982 年第 1 期。
问彬：《心祭》，《当代》1982 年第 2 期。
萧也牧：《我们夫妇之间》，《人民文学》1950 年第 1 期。
叶蔚林：《五个女子和一根绳子》，《人民文学》1985 年第 6 期。

余华:《世事如烟》,《收获》1988 年第 5 期。
余华:《现实一种》,《北京文学》1988 年第 1 期。
张承志:《北方的河》,《十月》1984 年第 1 期。
张承志:《黑骏马》,《十月》1982 年第 6 期。
张承志:《阿勒克足球》,《十月》1980 年第 5 期。
张洁:《爱,是不能忘记的》,《北京文艺》1979 年第 11 期。
张洁:《沉重的翅膀》,《十月》1981 年第 4—5 期。
张洁:《方舟》,《收获》1982 年第 2 期。
张洁:《祖母绿》,《花城》1984 年第 3 期。
张贤亮:《灵与肉》,《朔方》1980 年第 9 期。
张贤亮:《绿化树》,《十月》1984 年第 2 期。
张贤亮:《男人的一半是女人》,《收获》1985 年第 5 期。
张贤亮:《邢老汉和狗的故事》,《宁夏文艺》1980 年第 1 期。
张弦:《被爱情遗忘的角落》,《上海文学》1980 年第 1 期。
张弦:《未亡人》,《文汇月刊》1981 年第 1 期。
张弦:《挣不断的红丝线》,《上海文学》1981 年第 6 期。
张辛欣:《我在哪儿错过了你》,《收获》1980 年第 5 期。
张辛欣:《在同一地平线上》,《收获》1981 年第 6 期。
张辛欣:《我们这个年纪的梦》,《收获》1982 年第 4 期。
张一弓:《犯人李铜钟的故事》,《收获》1980 年第 1 期。
张一弓:《张铁匠的罗曼史》,百花文艺出版社 1982 年版。
郑义:《老井》,《当代》1985 年第 2 期。
郑义:《远村》,《当代》1983 年第 4 期。
宗璞:《三生石》,《十月》1980 年第 3 期。

后　　记

这本书是在我的博士学位论文基础上增加内容、修改完善而成的。面对书稿，当时论文完成后宁静而幽远的感觉还如昨日般鲜明。五年时间倏忽而过，选题、成书、修改的过程也嵌入了我人生的一个新阶段。

选择“家庭叙事”的题目，最初的动念来自对日常生活平凡价值的深刻体验。每个人都生活在日常生活的河流中，无可逃遁。日常状态是人类生存的永恒状态，也是容易遭到忽视和批判的存在。它被认为是感性的、无序的、杂乱的、异化的、沉沦的、无望的，不少哲学家都“遗忘”了或者相当轻视个体的生存与平凡的生活事务，在国家与革命之上寄托超越日常生活的理想。列斐弗尔、赫勒的“日常生活批判”理论让我看到了日常生活的希望。在列斐弗尔看来，革命解决不了“第二天”的日常生活问题，人的最终解放归根结底存在于日常生活之中而不是日常生活之外。赫勒对日常生活怀有信心，认为日常生活的卑微无奇外观背后蕴藏着无限的创造力与巨大的解放潜能。我从他们的思想中找到了日常生活的价值和心理支持。我期待于个体与家庭的结合和超越之中寻找日常生活的希望所在，而这将是民族国家梦想的出发点。

书稿的撰写、修改与我的家庭生活相映成趣，彼此激荡。做了两个孩子的母亲、举家迁往市内，婚姻、家庭、生活的种种体悟日益深厚，思路在现实的家庭和论题的家庭之间往来穿梭，更加明了由浪漫爱情到现实婚姻所经历的磨炼和苦闷促使人成熟坚忍，更加理解那些为了和男性站在同一地平线上的女性为梦想所承受的压力和付出的辛劳，更加清楚地认识到每个家庭在民族国家的大叙事里所承担的日常而不可或缺的功能，它是我们的来处、出发之地、休养生息之所和归宿。

感谢我的博士生导师王卫平教授，他的悉心指导、督促、关怀是这本书稿诞生和完善的关键。老师学识深厚，成就卓著，又亲切温厚，平易近人，关注着每个学生的学术成长和生活，读博期间的每次课都是严肃而愉快的聚会。他给每个人的学位论文提出具体的指导意见，还叮嘱必须发表的那几篇论文不可拖得太久。18 万字的博士学位论文初稿，每个章节都有老师用红笔亲自写的修改意见，15 万字的修改稿，老师逐字逐句全文阅读，标出前后文不一致的地方，指出注释的缺漏。得知学位论文将出版，提醒我要完善内容，第六、七、八章就是在王老师的指导下增加的。如今又欣然为书稿作序，洋洋洒洒数千言，对书稿的内容和观点加以阐明和提点，饱含认可和鼓励。老师的关爱和辛劳让我感动又惭愧，将永久铭刻在记忆里，努力前行。感谢大连民族大学的培养，我在这里已经工作 17 年了。这部书稿得到了学校 2018 年人文社会科学优秀著作出版资助。感谢李洲良教授、李晓峰教授对书稿提出的宝贵意见和给予的关心、支持。感谢一路爱护、鼓励的师长、朋友们，在与他们的交流中收获了研究与生活的启发和感悟。感谢责编慈老师对我的帮助，受益于他对书稿的专业眼光、敬业精神和高水平加工，有他的指点、推动、沟通这本书方得以顺利出版。感念我的家人，他们的关爱、包容和信任助我走出荆棘，走向通途。愿这本小书成为诚挚的回馈。

王 莉

2019 年 4 月于大连